CW00517185

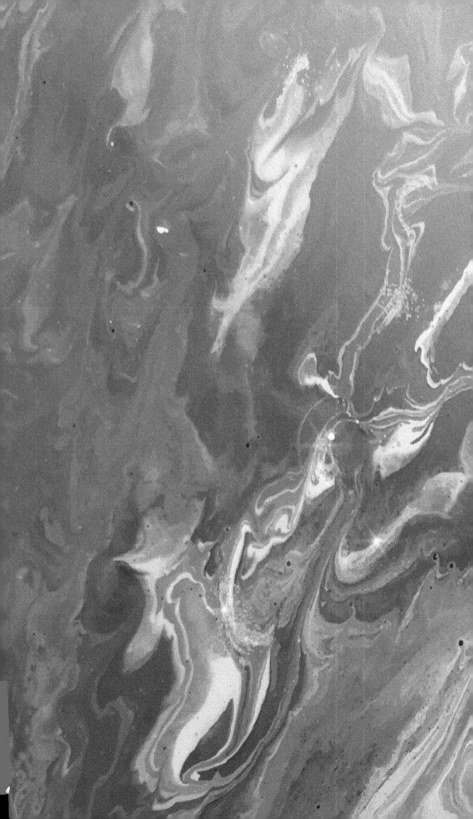

RICCARDO PIETRANI

LA ZONA EXTRAMONDO

Titolo: La Zona Extramondo
Autore: Riccardo Pietrani
Copertina: WarrenDesign

© Tutti i diritti riservati all'Autore
Nessuna parte di questo libro può essere riprodotta senza il preventivo assenso dell'Autore.

Remake de "Il segreto dell'ultimo giorno" (02/2013)

Prima edizione: 11/02/2020

«*Tutto ha una spiegazione naturale. La Luna non è una dea, ma un grande globo roccioso, e il Sole non è un dio, ma un immenso mondo infuocato.*»
Anassagora, "Sulla Natura"

«*Anche se le leggi della matematica si riferiscono alla realtà, esse non possiedono veridicità assoluta, e se l'avessero, allora non si riferirebbero alla realtà.*»
Albert Einstein

PROLOGO

Che meraviglia…

Questa fu l'impressione a caldo che sua Eminenza Nicodemo Farnese ebbe non appena entrò nella cappella di Avezzano. Non certo per la sua maestosità, visto che non superava i venti metri di lunghezza, né per qualche particolare degno di nota a livello estetico. Era solo una chiesetta di campagna, arredata in maniera scarna e dozzinale, con qualche affresco scrostato alle pareti e una croce di legno attaccata al muro dietro l'altare. Ben poca cosa per un prelato del suo rango, abituato allo sfarzo delle sale romane. Eppure, l'aria stantia all'interno della cappella e il silenzio ovattato che faceva da cassa di risonanza al crepitio dei tarli nei mobili, gli avevano spalancato le porte di un altro mondo.

A passi lenti e cadenzati, quasi avesse paura di rompere l'equilibrio di quell'atmosfera irreale, oltrepassò un mucchietto di calcinacci caduti dal soffitto e si piazzò di fronte all'altare. Si inginocchiò, congiunse le mani sul petto e, chinando il capo, iniziò a recitare le sue preghiere in latino.

«Vostra Eminenza!»

Il grido sgraziato di un soldato risuonò nella chiesa, distraendo padre Nicodemo dalle sue liturgie. Il vescovo aprì gli occhi e si voltò lentamente: il comandante delle sue guardie personali, Ascanio dei Formosa, aveva afferrato il suo sottoposto per la collottola e lo stava spingendo con forza fuori dal portone, imprecando a fil di labbra.

«Vostra Eminenza» disse il cavaliere in tono reverenziale, «vi chiedo perdono, non era nostra intenzione disturbare le vostre preghiere. Volevo solo rammentarvi che siamo in ritardo sulla tabella di marcia.»

Il prelato si mostrò leggermente sorpreso. «Oh… perdonatemi, ser Ascanio. A volte, quando mi immergo nella contemplazione di Nostro Signore, mi capita di scordarmi di tutto il resto. Abbiamo un compito importante e le preghiere di un vecchio vescovo non devono sottrarre tempo prezioso.»

«Non dite così, Eminenza» ribatté ossequioso Ascanio. «Le vostre azioni sono un faro per noi e per l'intera cristianità. Siete un esempio da seguire.»

«No, io sono solo un servo del Signore, e mi sforzo ogni giorno di mostrarmi degno del mio compito. Un compito gravoso, ma la gloria di Dio e della Madre Chiesa è l'unica cosa che tiene uniti tutti i popoli del mondo, l'unico modo per vincere la barbarie e l'anarchia che altrimenti governerebbero il cuore degli uomini.»

«Le vostre sono parole di grande saggezza.»

«Satana si annida ovunque. Il nostro scopo di cristiani, ricordalo» sentenziò Nicodemo, poggiando una mano sulla spalla del cavaliere mentre si apprestava a lasciare la cappella, «è uno solo: far trionfare l'amore di Nostro Signore sul Maligno. A ogni costo.»

Circa quattro ore dopo, il convoglio composto da sei guardie a cavallo e dalla lussuosa carrozza del vescovo giunse a destinazione. La piazza antistante la chiesa di San Gregorio, nonostante il cielo cupo che preannunciava un imminente temporale, era gremita di fedeli che avevano saputo dell'arrivo del grande inquisitore Nicodemo Farnese. L'uomo scese dalla carrozza con un sorriso di circostanza stampato in volto, elargendo benedizioni alla folla adorante. Mentre i soldati si facevano largo tra la calca, creando un corridoio sicuro per il passaggio del religioso, alcune gocce di pioggia iniziarono ad abbattersi al suolo. Nicodemo alzò gli occhi al cielo con un'espressione ambigua, poi si incamminò a passo spedito all'interno della chiesa.

Percorsa la navata centrale, i soldati aprirono una pesante botola dietro l'altare. Nicodemo, preceduto da Ascanio e seguito da altri uomini, scese la scala a chiocciola che conduceva a una stanzetta umida una ventina di metri più in basso. Davanti a loro una porticina di legno usurato, chiusa da una serratura arrugginita.

L'inquisitore estrasse una chiave dalla sua tunica porpora, la infilò nella toppa e aprì la porta. L'aria che si sprigionò dall'interno era talmente acre e malsana che ai soldati parve di aver ricevuto una secchiata di urina in faccia. Nessuno riuscì a trattenere smorfie di disgusto, ma dovettero farsi forza e avanzare.

Di fronte a loro si apriva un corridoio dal soffitto basso, con una serie di celle su entrambi i lati. Appese alle pareti, alcune torce gettavano una luce lugubre su quella prigione sotterranea, illuminando i corpi pallidi dei detenuti. Alcuni stavano accasciati su luridi giacigli di paglia, immobili, pieni di piaghe sanguinanti e circondati dai propri escrementi. Al passaggio del gruppo molti emisero dei lamenti, implorando cibo e pietà per le loro anime. Taluni provarono ad allungare le braccia ossute attraverso le sbarre fino a sfiorare i soldati, i quali indietreggiarono inorriditi. Anche il comandante sembrava turbato da quella vista. Solo l'Inquisitore Nicodemo Farnese rimaneva del tutto indifferente, procedendo con passo regolare.

Dal fondo del corridoio si avvicinò una figura scura, camminando a tentoni. Nella mano destra reggeva una piccola torcia.

«Siete il benvenuto, Eminenza» gracchiò con voce rauca. «Vi guiderò io.»

L'uomo, gobbo e claudicante, aveva un occhio spento e il viso percorso da profonde cicatrici. Il corpo, grasso e sgraziato, era parzialmente coperto da stracci. Sotto si intravedeva una pelle deturpata da una grave bruciatura sotto l'ombelico.

Il gruppo seguì il custode della prigione fino a un portone metallico. Incisa sui lastroni campeggiava una croce circondata da due angeli, ognuno dei quali brandiva una spada fiammeggiante. L'uomo si appoggiò con le mani sul metallo ed emise alcuni grugniti, finché le due metà non si spalancarono.

Quello che si parò loro di fronte era una visione infernale. I volti dei soldati sbiancarono di colpo: il più giovane di loro, Giacomo da Poltici, non riuscì a trattenere un conato di vomito e rigettò il rancio di qualche ora prima sul pavimento. L'odore di sporcizia che li aveva accompagnati fu sopraffatto dal calore di una fornace unito a un acre sentore di sangue. Appesi al soffitto o alle pareti, con le braccia incatenate sopra la testa, si trovavano una ventina di uomini martoriati da piaghe di ogni genere: segni di bruciature, escoriazioni da frustate, dita amputate e unghie strappate. Alcuni erano già morti, chi con gli intestini fuoriusciti dal ventre, chi impalato sul Triangolo, chi legato a macchine per slogare le articolazioni. Da una delle vergini di Norimberga uscivano deboli lamenti, segno che l'agonia della vittima era ormai giunta al termine. Uno sventurato, all'apparenza molto giovane, era seduto su una sorta di trono metallico, con polsi e caviglie bloccati, la testa riversa su una spalla e le palpebre tremolanti: il suo corpo era quasi del tutto scarnificato ed erano ben visibili le striature rossastre dei muscoli.

I soldati, sconvolti, cercavano a stento di mantenere un contegno militaresco, contraendo i muscoli e distogliendo lo sguardo dai corpi mutilati.

«So cosa state pensando» esordì l'Inquisitore. «Vi starete chiedendo se sia necessario un simile trattamento.»

Non sembrava affatto turbato da quei supplizi, anzi, a giudicare dallo sfavillio dei suoi occhi, dava quasi l'impressione di esserne compiaciuto.

«Costoro sono pecorelle smarrite, figli dell'Onnipotente che hanno perso la luce del giudizio. Io sento un gravoso fardello per ognuno di essi, dato che il mio compito è spingerli al pentimento e reindirizzarli sulla retta via. Ogni mio fallimento, ogni anima che rifiuta di pentirsi e volta le spalle all'amore misericordioso di Gesù Cristo Nostro Signore, è un'anima che va a rimpinguare le già nutrite schiere dell'esercito del Maligno.»

Detto questo, si diresse verso un prigioniero che non smetteva di singhiozzare, e gli accarezzò il volto rigato dalle lacrime. «Ricordate: la sofferenza avvicina a Dio. Avete peccato, ma se vi pentirete e farete ammenda per le vostre colpe, vi sarà concesso il perdono nel regno dei Cieli.»

«Tu... tu sei il peccatore!» bofonchiò l'uomo, con un impeto inaspettato. «Hai fatto torturare e uccidere le nostre famiglie solo per farci confessare! Dio ti punirà per le tue orribili azioni!»

Nicodemo, per alcuni secondi, rimase immobile e non proferì parola. Poi sgranò gli occhi e tese i muscoli del viso allo spasimo, assumendo un'espressione quasi demoniaca. «Come osi...» sibilò tra i denti, schiumando di rabbia. «Come osi, anima immonda, insultare un ministro della Santa Madre Chiesa!»

Con una rapidità degna del più addestrato dei soldati, l'inquisitore raccolse da un bancale una piccola ascia bipenne e, ruotando il busto di scatto, la fece piombare in fronte al prigioniero. Il crocchiare della calotta cranica provocò un brivido in tutti i presenti, mentre dallo squarcio prese a schizzare sangue e a colare materia cerebrale. L'uomo rovesciò gli occhi all'indietro e la testa gli ricadde sul petto.

L'Inquisitore si ricompose e il suo viso tornò a essere sereno. «Purtroppo, non tutti sono inclini al pentimento.»

Come se non fosse successo niente, si spostò verso il fondo della sala, verso il punto più vicino alla fornace, seguito dalle sue guardie che non avevano proferito parola.

Una figura imponente, intenta a maneggiare degli arnesi, dava loro le spalle. L'enorme sagoma si voltò di scatto, facendo indietreggiare i soldati. Alto oltre due metri, aveva un volto deforme e la fronte bitorzoluta che finiva quasi a coprirgli un occhio. La pelle biancastra era piena di chiazze scure e pelose. Aprì la bocca, dalla quale spuntavano solo un paio di denti marci, ed emise alcuni grugniti indicando il prigioniero a loro più vicino.

L'uomo, coi polsi bloccati in pesanti maglie di ferro attaccate a due colonne, aveva un corpo nerboruto e ostentava un'aria fiera, sebbene il suo corpo tradisse i segni di ripetute torture. Dalla fronte colavano rigagnoli di sangue ormai coagulato che lambivano il naso aquilino, mentre la folta barba era inzuppata di sudore e fuliggine.

«Capitano Giovanni Valsecchi, quanto tempo...» esordì Nicodemo. «Devo dirmi rammaricato di incontrarvi in una simile circostanza.»

Il prigioniero fece un sospiro e squadrò coi piccoli occhi azzurri l'Inquisitore e il suo seguito, riconoscendo il cavalier Ascanio.

«Dicono che non vi siete ancora deciso a confessare.»

«Non ho nulla da confessarvi.» rispose con decisione.

«Eravate uno degli uomini più fidati del Papa» riprese il prelato, girando attorno ad alcuni tavolini sui quali poggiavano vari strumenti di tortura. «Anch'io avevo grandissime aspettative quel giorno in cui salpaste. Avete idea di quanto dolore state arrecando alla Santa Madre Chiesa?»

«E voi?» ribatté l'uomo pieno d'astio. «Avete idea di quello che hanno passato i miei uomini? Le loro mogli e i loro figli… violentati e trucidati davanti ai loro occhi… non posso credere di aver servito delle bestie senza cuore come voi!»

«Tutto questo poteva essere evitato se voi, capitano, mi aveste detto fin da principio ciò che volevo sapere. Devo ammettere, comunque, di non aver mai visto un equipaggio portare tanta dedizione al proprio comandante. In genere basta strappare qualche unghia per sciogliere la lingua di chiunque.»

D'un tratto, l'attenzione dell'inquisitore fu calamitata da una morsa di ferro. La sollevò, rimirandola. «Certo che le parole pronunciate dal vostro mozzo, l'unico che ci abbia detto qualcosa, sono così blasfeme da farvi meritare il più duro dei castighi… come si può credere a simili vaneggiamenti? Voi avreste trovato il *Giardino dell'Eden*? Deve essere stato il demonio in persona a mettergli in bocca certe assurdità.»

«Li reputate vaneggiamenti?» rispose sprezzante il capitano. «Allora come mai vi interessano tanto?»

L'inquisitore fece due passi verso il prigioniero, dondolando la morsa di ferro davanti al suo viso. Valsecchi rimase impassibile. «Voi non temete la morte» gli sussurrò all'orecchio. «Mi sembra evidente.»

«Tutti noi siamo destinati a morire» replicò il capitano. «Sia io che i miei uomini l'abbiamo accettato nel momento in cui abbiamo scelto di tornare. Ma avevamo un compito molto più importante delle nostre vite, e l'abbiamo portato a termine per volere di Dio nostro Signore, che mi ha parlato per bocca di un suo emissario angelico.»

«Addirittura? Siete stato onorato della visita di un messaggero divino?» rise sprezzante l'Inquisitore. «E, di grazia, quale sarebbe questo compito?»

«Non lo saprete mai.» sentenziò un sorridente Valsecchi.

Nicodemo, a quelle parole, trattenne un moto di rabbia serrando la morsa di ferro. «Siete completamente fuori dalla grazia divina. Il mio cuore sanguina al pensiero di un'altra anima che non posso salvare. Ma… i vostri uomini?» chiese, avvicinandosi a un giovane prigioniero. «Davvero non avete pietà per la loro condizione?»

Così dicendo, sollevò la morsa e la puntò sull'occhio del ragazzo che tremava da capo a piedi, mentre moccio e lacrime si mischiavano sul suo volto.

«Ve lo chiedo di nuovo. Il vostro nostromo è stato visto allontanarsi a cavallo appena siete sbarcati. So che portava con sé il vostro diario di bordo. Ditemi dov'è andato. Rendetevi conto che è solo questione di tempo, lo troveremo comunque.»

«Mettetevi l'anima in pace, non succederà.»

Nicodemo sospirò. «Così sia.»

Avvolse la morsa attorno all'occhio destro del ragazzo finendo per tenergli completamente sollevate le palpebre. Non appena strinse, a un raccapricciante rumore polposo seguirono urla simili a quelle di un maiale sventrato.

Quando la morsa fu riaperta, il bulbo oculare cadde a

terra con ancora il nervo attaccato, mentre dall'orbita uscivano a intermittenza getti di sangue color rubino.

Valsecchi, con la mascella serrata, aveva in mente una
sola parola.
Perdonami.

1
LA CHIAMATA

1-1

Università di Yale, New Haven, USA
16 dicembre 2012, ore 14:50

«Prego, tocca a lei. Venga avanti.»

Lo studente si alzò in piedi e si diresse verso la piattaforma rialzata in legno massello dell'aula.

«Professor Grimm» esordì impugnando il microfono. «Vorrei sapere cosa ne pensa in merito alle teorie creazionistiche di Francis Crick, il costruttore della prima molecola di DNA.»

Kayn Grimm distolse lo sguardo dal giovane e si rivolse direttamente a tutta l'aula. Teneva una penna a sfera tra l'indice e il medio e la faceva vibrare ritmicamente. Fissò per un istante i fogli sparsi sulla scrivania, dopodichè sollevò la testa e si accinse a rispondere.

«Penso che sia la dimostrazione vivente dei danni derivanti da un eccesso di autostima. Oddio, vivente non proprio, dato che ci ha lasciato qualche anno fa.»

La puntualizzazione infelice provocò un risolino di sottofondo nell'auditorium.

«Certo, sarebbe facile da parte vostra obiettare che il Nobel l'ha vinto lui… ciò non toglie che anche una mente eccelsa come la sua non possa andare alla deriva.»

«Mi sembra di capire che lei boccia categoricamente le idee di Crick sulla panspermia, quindi...» insistette lo studente.

Il professore si schiarì la voce. «Dobbiamo fare un distinguo. L'idea che i semi della vita si siano sparsi per l'universo, arrivando anche sul nostro pianeta, è una teoria affascinante che risale all'antica Grecia. Ma, al momento, non esistono dati sufficienti a elevarla oltre il rango della semplice speculazione. Trovo inaccettabile, inoltre, la scia di conclusioni azzardate che sono state formulate a seguito di tale ipotesi, raggruppabili sotto il nome di *disegno intelligente*, secondo cui tutto il creato mostrerebbe di possedere caratteristiche intrinseche che vanno al di là della pura casualità. Il professor Crick ha sostenuto la tesi degli antichi astronauti, visitatori alieni che avrebbero portato la vita sulla Terra. A questo punto, tra chi parla di Dio e chi di alieni, non corre una grossa differenza.»

«C'è chi dice che la risposta si possa trovare in quella parte di DNA chiamato *Spazzatura*...» incalzò il ragazzo.

«Tirare a indovinare cosa possa o non possa esserci non fa parte del metodo scientifico» tagliò corto Grimm. «Se è vero che solo l'uno e mezzo percento del nostro corredo genetico viene utilizzato per la trascrizione delle proteine, ciò non significa che nel restante si nasconda chissà quale mistero.»

Nell'aula regnava un silenzio pressoché assoluto. L'eco della voce del professore era disturbata solo dalla lieve pressione delle penne sui fogli degli appunti. L'attenzione era tutta per lui, l'eminente Kayn Grimm, ospite d'eccezione del terzo giorno del seminario *Creazionismo ed Evoluzionismo: antitetici o complementari?*

Laureatosi in genetica e biologia molecolare a Yale col massimo dei voti, si era guadagnato fin da subito una fama notevole coi suoi studi sulla materia oscura del DNA, e per questo era stato chiamato a collaborare al progetto *Encode*. Osteggiato un po' per invidia, un po' per l'aria altezzosa con cui si poneva nei confronti di chi reputasse poco degno d'attenzione, nel tempo aveva collezionato parecchi nemici nell'ambiente accademico. Ed era sempre con grande piacere che tornava nella sua facoltà per rinfacciare ai suoi detrattori il successo meritatamente ottenuto, in barba ai tentativi di screditarlo.

«Molto bene» disse il rettore della facoltà. «Il tempo a nostra disposizione col professor Grimm è terminato. Penso di potermi esprimere a nome di tutti se dico che è stato un onore e un piacere averla con noi. Lei porta in alto il nome di Yale ed è un esempio per tutti questi giovani che faranno il futuro del nostro paese. La lasciamo ai suoi impegni, nella speranza che venga presto a trovarci.»

Tutta l'aula si alzò in piedi in un coro unanime di applausi, e il rettore coi suoi collaboratori si prodigarono in calorose strette di mano con Grimm.

Mentre gli studenti abbandonavano l'aula in massa, Kayn recuperò le sue carte e le mise in ordine nella ventiquattrore. Osservando i banchi vuoti, ripensò per un attimo ai suoi trascorsi da studente e alle sessioni interminabili di studio in completa solitudine, lontano dai bagordi dei suoi compagni.

Bei tempi.

«Fantastica lezione, professore!»

Kayn si voltò. Vide, vicino allo stipite della porta, un uomo di colore alto quasi due metri, la testa rasata e un paio di baffi scuri appena accennati.

«Johnny! Johnny Slater!» esclamò. «Quanto tempo!»

«Eh già... non ci vediamo da quanto? Da quel ritrovo di classe, saranno otto anni, almeno...»

I due si abbracciarono dandosi un paio di pacche sulle spalle.

«Non ti sei mai fatto sentire, eh?» lo punzecchiò Johnny.

«Ma smettila, dai! Andiamo a prenderci un caffè.»

Detto questo, si avviarono verso il bar dell'università.

«Be', qualche capello bianco in più, i soliti vestiti anonimi e un po' di pancetta... ma tutto sommato ti trovo bene!» disse Slater sorseggiando un cappuccino.

Kayn gli sorrise. Sebbene la folta capigliatura corvina di un tempo si fosse leggermente diradata e ingrigita, sfoggiava ancora un volto da ragazzino immune ai segni del tempo.

«E ascolta, te la ricordi Brenda? Brenda Stempton, la mia fidanzata del primo anno? Rammenti quella volta in cui dovevamo uscire in quattro? Quando ti dovevamo presentare la sua amica e tu ci hai dato buca?»

Kayn poggiò la tazzina sul tavolino. «Dio, cosa stai rivangando...»

«Qualcuno aveva fatto anche supposizioni sulla tua... ehm, identità sessuale.»

Il genetista lo fulminò con gli occhi.

«No, ma non io, eh!» lo anticipò Slater, «le ragazze. Comunque, tutto questo per dirti che l'ho rivista quattro anni fa e... ci siamo sposati.»

«Ah! Congratulazioni» disse senza particolare entusiasmo.

«E tu, invece? Sei sposato?»

«No. Figurati, mi conosci.»

Kayn gli aveva risposto, ma in fondo pensava che quella

di Slater fosse una domanda retorica. Durante gli anni passati all'università, era stato il suo compagno di stanza e il suo unico amico, o almeno l'unico che riuscisse a tollerare. Non aveva mai fatto vita sociale all'interno del campus, niente feste, confraternite o cose del genere. Kayn Grimm considerava la maggior parte della gente insulsa e superficiale, e la maggior parte della gente considerava lui un mezzo svitato per via delle sue intemperanze a volte anche violente. Una volta mandò in tilt con una secchiata d'acqua lo stereo dei suoi compagni di stanza, rei di non aver abbassato il volume mentre stava studiando. Queste situazioni spesso sfociavano in uno scontro corpo a corpo, dove la carica nervosa di Kayn raramente riusciva a sopperire alla sua scarsa prestanza fisica. Per sua fortuna, poteva contare sull'aiuto di Johnny, grazie al quale riusciva spesso a evitare il peggio.

«E a soldi come sei messo? Io ho appena chiuso un discreto affare immobiliare. Modestamente, oltre a insegnare letteratura, ho anche qualità da imprenditore.»

Kayn si fece una risata. «Vieni, ti faccio vedere una cosa.»

Una volta fuori dal locale, si incamminarono per le stradine che costeggiavano i prati antistanti l'edificio a mattoni rossi dell'università. Molti ragazzi erano intenti a studiare o a gingillarsi con gli amici, approfittando di quella giornata piuttosto calda, nonostante fosse arrivato l'inverno.

«Quindi, dopo la storiaccia col professor Pierce, non hai più voluto cattedre» riprese Johnny, «però ti piace tanto farti chiamare professore, vero?»

«Suona bene. E poi si addice più a me che a quasi tutti quelli qui dentro. Presenti esclusi, ovviamente. Comunque, guarda…»

Indicò un'auto parcheggiata a un centinaio di metri in linea d'aria.

«Wow, una Maserati! Non dirmi che…»

Kayn ammiccò.

«Hai capito… si tratta bene, il signore!» esclamò l'amico, avvicinandosi alla macchina. «Me la fai provare, vero?»

Il professor Grimm si sfiorò il collo muovendo la testa di lato. «Ogni tanto mi fa ancora un po' male, sai?»

Alludeva a un incidente nel quale erano stati coinvolti lui e Johnny: l'amico, ubriaco dopo una serata al pub, non aveva voluto consegnargli le chiavi e, tornando in facoltà, aveva scambiato due alberi per i piloni del cancello d'entrata, concludendo la serata in un fosso. Kayn aveva riportato un colpo di frusta.

Slater storse la bocca. «Sai cosa si dice su chi compra macchine del genere, vero? La storia del compensare…»

Prima che il genetista potesse replicare, sentì una vibrazione nella tasca dei pantaloni. Tirò fuori il cellulare e vide sul display la scritta: "numero privato".

«Pronto?»

«Professor Grimm?» disse una voce femminile. «Mi chiamo Greta Vossler. Dobbiamo incontrarci all'Hotel Plaza Royale. Lei è a Yale in questo momento, vero? In venti minuti al massimo sarà qui, considerata la sua vettura.»

Kayn tacque giusto un paio di secondi, necessari a metabolizzare quell'affermazione. Poi strinse con più forza il suo iPhone.

«Scusi, ma lei chi è? Cosa sta dicendo?»

«Ho dei documenti da mostrarle. Riguardano suo padre. Non le sto mentendo.»

Lui fece per replicare ma la voce gli si spezzò.

«Ora basta» concluse la donna. «La linea non è sicura. Stanza 207. A dopo» finì interrompendo la chiamata.

Kayn ammutolì.

«Che succede?» chiese Johnny, osservando lo sguardo

smarrito del suo amico.

«Forse sto facendo la cazzata più grande della mia vita, ma devo andare. Devo incontrare una persona.»

«Eh? Una persona?»

«Johnny, mi ha fatto molto piacere vederti. Ci sentiamo presto.»

Le rimostranze dell'ex compagno di studi, spiazzato dall'accaduto, non servirono a nulla: Kayn stava già camminando a passo spedito verso la sua macchina.

Non era per nulla convinto di quello che stava facendo. Sarebbe andato in un hotel a incontrarsi con una sconosciuta con cui aveva parlato trenta secondi al telefono, una sconosciuta che era in possesso di informazioni frammentarie sul suo conto. Poteva essere uno scherzo, poteva aver trovato il suo numero in qualche modo, così come sapere qual era la sua macchina… però aveva tirato in ballo il padre.

Suo padre.

«Che roba…» borbottò tra sé Julian Moncada, uno dei più anziani tra gli addetti alle pulizie di Yale, osservando la Maserati schizzare via rombando. «Ce l'avessi io, una macchina del genere, me ne tornerei a Reynosa e scoperei ben altro che foglie secche.»

Mentre, ramazza alla mano, fantasticava sulle possibili candidate al suo harem immaginario, notò un corvo stramazzato a terra in un punto del vialetto che aveva già pulito. La sua espressione di stupore durò solo un secondo, prima di udire alle sue spalle due tonfi felpati quasi in contemporanea. Si girò di scatto e vide altri due corvi sul selciato, zampe all'aria.

«Ma che…»

Alzando gli occhi al cielo e coprendosi con la mano per

evitare la luce diretta, assistette a uno dei fenomeni più strani che gli fosse capitato in vita sua: un intero stormo di corvi si stava schiantando al suolo a peso morto, come se un esercito di cacciatori avesse sparato all'unisono centrando ognuno il suo bersaglio. Anche molti studenti, gli occhi fissi al cielo e un'espressione vagamente allarmata sul viso, videro i corvi precipitare sul prato tutt'intorno a loro.

«Che palle...» fu l'unico commento dell'inserviente, che già pensava alla fatica che avrebbe fatto per pulire quel casino. Come nulla fosse, tornò alle sue faccende di sempre, a capo chino e sbuffando come al solito.

1.2

Ore 15:41

A bordo della sua auto, il professor Kayn Grimm sfrecciava verso la meta indicata dalla donna. Il rombo del motore otto cilindri della Maserati Granturismo si faceva largo con prepotenza in mezzo all'orda di vetture lungo l'autostrada.

Quella delle macchine sportive era una passione ereditata dal padre, che a suo tempo aveva dilapidato gran parte dei suoi averi per comprare e mantenere cavalli di razza come la sua ultima Lamborghini Countach. Ogni volta che Michael Grimm si sentiva stressato per il suo lavoro o per un litigio con la moglie, saliva in macchina e percorreva chilometri su chilometri, rincasando solo a tarda sera. Quell'abitudine, oltre al passare ore e ore chiuso nel suo studio per il suo lavoro di consulente finanziario, avevano fatto sì che non fosse stato un padre molto presente. Ciononostante, Kayn aveva avuto un'infanzia serena: gli agi derivanti dalla ricchezza della sua famiglia non gli avevano fatto rimpiangere più di tanto la mancanza della figura paterna, e Milena, che suo padre aveva sposato due anni dopo la morte di sua madre, si era sempre dimostrata affettuosa e attenta alla sua educazione.

Ci fu un episodio, però, dopo il quale Michael Grimm non fu più lo stesso.

Il suono del clacson di una vettura a pochi metri dietro la sua distolse Kayn dai suoi pensieri. Senza accorgersene, era rimasto sulla corsia di sorpasso decelerando progressivamente.

Attraverso lo specchietto retrovisore si rese conto delle smorfie di impazienza dell'automobilista, e per tutta risposta, lo seminò schiacciando a tavoletta sull'acceleratore della Maserati.

Seguendo le indicazioni vocali del navigatore, arrivò a destinazione, ritrovandosi dinanzi al Plaza Royale, un lussuoso hotel a cinque stelle appena fuori dal centro di New Haven.

Scese dalla macchina e diede una rapida occhiata intorno per analizzare la situazione, e nonostante non ci fosse nulla di sospetto si rese conto che non era stata un'idea saggia recarsi lì da solo. Ormai, però, la porta scorrevole dell'hotel era davanti a lui…

«Buongiorno, mi dica!» lo salutò la graziosa ragazza alla reception.

«Buongiorno, la stanza 207 dove si trova?»

«Secondo piano, sulla destra.»

Kayn ringraziò e si avviò spedito verso l'ascensore. Cercò di nascondere la tensione, ma in realtà non era affatto tranquillo. Per un attimo tentò di convincersi che la sua era solo paranoia e riprese a fissare i tasti numerici che si illuminavano.

Dopo la breve salita, si ritrovò nel corridoio del secondo piano e si diresse alla stanza indicata. Il numero 207 campeggiava nel centro della porta.

Bussò.

Udì dei passi, poi il rumore della serratura che scattava.

«Ben arrivato, professor Grimm. Sono lieta che abbia accettato il mio invito. Entri, la prego.»

La voce di poche ore prima al telefono aveva finalmente un volto.

«Avrà molte domande da farmi. Ma ora sediamoci. Vuole qualcosa dal frigobar?» gli chiese la ragazza in tono molto cortese.

«No, grazie.»

Kayn la squadrò da capo a piedi. Di corporatura minuta, al massimo un metro e sessanta d'altezza, aveva tutte le curve ben definite, in particolare il seno generoso. Il viso era tondo e paffuto, con un accenno di lentiggini e una pelle di porcellana. L'insieme era rovinato solo da una piccola gobba sul naso. Portava un maglione verde a collo alto e un paio di jeans stinti ma, nonostante l'abbigliamento scialbo, i grandi occhi smeraldo e il caschetto di un biondo caldo le donavano un fascino particolare.

La ragazza si fece subito seria in viso. «Mi chiamo Greta Vossler, come le ho già detto, e lavoro, o meglio lavoravo, per il *New York Times*. Stavo conducendo un'indagine su dei fondi transitati in maniera sospetta sullo IOR, la banca dello Stato Vaticano. Conosce?»

«Certo...»

«Non devo quindi sottolinearle come sia l'unica banca al mondo a non aderire alle norme antiriciclaggio, o che sia stata al centro di numerosi scandali.»

«No, infatti, non deve» replicò Kayn, «veda di arrivare al punto, signorina Vossler, sempre che un punto ci sia.»

«Mi lasci finire» ribattè lei, per nulla risentita, «in modo da poterle fornire un quadro chiaro della situazione. Uno degli affari più sporchi della banca risale al 1979, quando lo

IOR tentò di spacciare obbligazioni statunitensi contraffatte per un valore di circa novecentocinquanta milioni di dollari, tramite l'appoggio di Cosa Nostra Americana. Uno dei principali attori di questa truffa fu Erick Losenberg, imprenditore di New York e azionista di maggioranza della Silver Bank. È qui che entra in gioco suo padre.»

Kayn aggrottò le sopracciglia. «Erick Losenberg? Se non sbaglio, era stato lui a rilevare l'azienda di materiali plastici di mio nonno alla sua morte, visto che mio padre non voleva occuparsene. Ero piccolo ma me lo ricordo: un omaccione, spalle squadrate, altissimo...»

«Si ricorda per caso anche degli affari per cui aveva ingaggiato suo padre?»

Il professore scrollò le spalle. «No, mio padre era molto riservato sul suo lavoro.»

Greta si tirò indietro una ciocca di capelli finita davanti agli occhi e continuò. «So che il rapporto fra Michael Grimm e Losenberg divenne molto stretto negli anni. Lo invitava spesso alle feste sul suo yacht, nelle sue ville... Losenberg gli aveva anche regalato una Aston Martin, magari se la ricorda.»

Kayn era sbalordito dalla quantità di informazioni che sembravano essere in possesso della donna. «Finora ho capito che lei è una gran ficcanaso, tipico dei giornalisti. Non capisco dove voglia andare a parare.»

«Dai dati in mio possesso, Losenberg aveva iniziato già dal 1978 a costituire una serie di società offshore su cui depositava fondi neri provenienti dall'evasione fiscale. Strutture a scatole cinesi, con società aperte e chiuse lo stesso giorno per depistare eventuali indagini. Poi, a quanto pare, decise di progettare una gigantesca operazione, ossia la citata truffa delle obbligazioni... il fatto è che, almeno in apparenza, una parte di quei soldi era destinata a suo padre.»

Seguirono alcuni interminabili secondi di silenzio, dopodiché Kayn sbottò. «Quindi lei mi ha fatto percorrere duecento chilometri per dirmi che mio padre era implicato in una truffa internazionale? Ha una minima prova a sostegno di questa cazzata?»

La ragazza non si scompose. «Non racconto... cazzate, non è nella mia indole. Certo che lo prove, ma il punto è un altro, signor Grimm. Suo padre è stato ritrovato morto nella sua auto, dopo essersi sparato in bocca con una nove millimetri. Esatto?»

Kayn annuì.

«Anche i risultati dell'autopsia parlano di suicidio. C'è solo un particolare che non quadra, però...» Greta fece una pausa di un paio di secondi. «Dubito che un essere umano sia in grado di premere un grilletto quando il suo cuore si è fermato diverse ore prima.»

1-3

Tolone, Francia
16 dicembre 2012, ora locale 09:11

«*Bonjour, monsieur.*»

La grassa addetta ai piani dell'hotel De La Rose aspettò invano che l'ospite della stanza 315, appena salito dal giardino dove era stata servita la colazione, ricambiasse il saluto.

Quando vide che l'uomo, ignorandola, inserì il badge nel codificatore ed entrò chiudendo la porta dietro di sé, ci rimase parecchio male. Bofonchiando sottovoce, continuò il suo giro spingendo il carrello pieno di stracci e biancheria sporca. Aveva già in mente di fargli un servizio pessimo il giorno seguente.

E niente cioccolatino sul cuscino.

L'uomo, una volta entrato in camera, si diresse verso il bagno. Davanti all'ampio specchio sopra al lavabo, si sbottonò la camicia fino all'ombelico, rivelando la presenza di una piccola garza sotto la clavicola. Con una smorfia strappò il cerotto che la teneva attaccata e osservò la ferita ormai suturata. La tastò coi polpastrelli, per sicurezza, poi buttò la garza nel cestino. Ennesima cicatrice ed ennesimo tatuaggio rovinato: stavolta ne aveva fatto le spese un dente del cobra che risaliva la schiena fino a mostrare le fauci sul pettorale destro. Aveva già perso alcune squame due anni prima, a Vienna, per una coltellata di striscio.

Farai fatica a mordere.

Dall'armadietto, l'uomo tirò fuori una boccetta di collirio. Si spostò alcune ciocche dei capelli biondo platino dalla fronte, si versò una goccia in ciascun occhio e si tolse le lenti a contatto marroni. Sbattè le palpebre un paio di volte, poi si osservò allo specchio. L'occhio destro, con la pupilla castano scuro, era leggermente più arrossato di quello sinistro, con la pupilla azzurra. Dopo essersi sciacquato la faccia, tornò in camera e si sedette sul materasso. Sospirò per un attimo guardando il muro, poi si chinò in avanti e da sotto il letto estrasse una valigetta di pelle nera. L'aprì con un semplice clic, svelando una Smith & Wesson 686 col calcio in avorio e un caricatore di riserva in un comparto separato.

Iniziò a smontare la pistola e a pulirne con cura ogni parte. Dopo qualche minuto la rimontò e, inserendo una cartuccia, fece ruotare il tamburo. Il tutto con la massima calma.

Guardò di sfuggita il passaporto sul comodino. Nella camera alloggiava Derek Tremblay, turista canadese in cerca di relax nelle campagne della Provenza. Il biglietto aereo per Bonn era invece prenotato da Franco Torriani, affarista italiano in trasferta per chiudere un contratto di acquisizione aziendale. Era un giochino simpatico, quello di inventarsi una storia credibile e ricca di aneddoti dietro ogni identità falsa che era costretto a indossare, anche quando non ne avrebbe avuto alcun bisogno.

Aveva provato a cambiare vita. Due anni prima, dopo l'ennesimo lavoro eseguito alla perfezione, aveva deciso di darci un taglio. Soldi ne aveva accumulati a sufficienza, e una bella casetta su un'isola della Polinesia poteva fare al caso suo. Così era sparito dalla circolazione, rifugiandosi in quell'angolo meraviglioso del globo. Era però consapevole di dover tenere la guardia sempre alta: nonostante le mille precauzioni, Viktor Zagaev era uno dei killer più ricercati al mondo da polizia, servizi segreti e tutti i numerosi nemici che il suo lavoro gli assicurava.

Il risultato non era stato quello sperato: aveva provato a dilettarsi con le immersioni e la pesca subacquea, aveva tentato di socializzare con molte persone, sia locali che turisti, e ascoltare i loro racconti di vita. Di fronte a tutto questo, però, non era riuscito a non avvertire un profondo senso di vuoto. Niente sembrava soddisfarlo. A qualunque attività si dedicasse, dopo un lieve entusiasmo iniziale, finiva per considerarla inconsistente come un pugno di sabbia. Avrebbe dato tutto per sentirsi una persona normale, gioire del suo denaro, stare in spiaggia a crogiolarsi al sole.

Poi, un giorno, era andato a fargli visita un *collega* incaricato di eliminarlo. Purtroppo per lui, Viktor si era accorto già da tempo di essere osservato e non si era fatto trovare impreparato. Durante la notte aveva riempito il letto con dei cuscini e si era nascosto dietro casa. Nonostante fosse un trucco vecchio come il mondo, il sicario ci era cascato in pieno. Nell'istante in cui il malcapitato aveva sentito la canna fredda sulla nuca, aveva capito di aver fallito.

Guardando l'uomo a terra in una pozza di sangue, il russo aveva percepito nitidamente il brivido dell'adrenalina sopirsi a poco a poco fino a sparire del tutto. Era da tempo che non si era sentito così vivo, così eccitato: aveva realizzato che, pur non amando uccidere in sé, era l'unica cosa che sapeva fare e l'unica che riusciva a procurargli quelle forti emozioni. Era ormai una parte imprescindibile della sua persona, senza la quale sarebbe... morto.

Mentre il sangue era arrivato a lambirgli la scarpa destra, era scoppiato a ridere. Poi aveva telefonato a Gerald Muttley, l'intermediario gli procurava i lavori, per comunicargli il suo ritorno in grande stile.

Lo stesso uomo che avrebbe chiamato dopo il lavoro a Bonn, se tutto fosse andato come previsto.

1.4

New Haven, USA
Ora locale 15:58

Kayn sentiva lo sguardo della donna su di sé. Un brivido gli percorse la spina dorsale all'udire quella frase.

«Cosa intende dire? Che mio padre non si sarebbe suicidato?» le chiese, digrignando i denti.

«Si calmi, professore, così...»

«Non mi calmo per un cazzo!» sbottò il genetista, colpendo con una manata il vaso di fiori sul tavolo che si frantumò a terra. «Visto che mi conosce così bene, saprà che Dio non mi ha fatto dono né della calma né della pazienza! Cosa diavolo vuoi, perché vai a rivangare questa storia?»

La ragazza era rimasta sulla poltrona, per nulla spaventata dalla sfuriata del professore. Anzi, aveva un'espressione quasi seccata, come una mamma di fronte ai capricci del suo bambino.

«Signor Grimm, le ho detto di darsi una calmata. Non avrebbe fatto tutta questa strada per parlare con una sconosciuta se in cuor suo non sapesse che c'è stato qualcosa di strano, di misterioso, dietro la morte di suo padre, vero? Posso capire che per lei sia doloroso riaprire questa ferita, ma la verità è la cosa più importante, o no?»

Il viso impassibile della giornalista e il suo tono conciliante colsero Kayn alla sprovvista. Il suo respiro da affannoso ritornò normale. Si sedette di nuovo dopo essersi sfiorato la mano con cui aveva schiaffeggiato il vaso.

«Va bene, va bene…»

«Perfetto. Diamoci del tu, visto che hai iniziato per primo. Ora ti mostrerò qualcosa di molto importante, Kayn.»

Detto questo, Greta si mise a frugare nella sua borsetta e tirò fuori una chiavetta USB che andò a inserire in un PC portatile appoggiato sullo scrittoio vicino al tavolo. Digitò la password per decrittare il documento, poi passò il computer al professore.

Il file era aperto e, al centro, campeggiava la scritta del Federal Bureau of Investigation.

«Questo è materiale classificato. Solo il fatto di esserne in possesso ci fa rischiare la galera. Leggilo.»

Lui, ancora titubante, appoggiò il dito sul touchpad e iniziò a scorrere le varie cartelle. Si aprirono una serie di numeri di conto, trasferimenti, addebiti, gli elenchi delle società offshore sotto il controllo dello IOR e quelle riconducibili a Losenberg. Dopo un po', l'attenzione di Kayn fu attirata da un nome.

Grimm, Michael.

Nel documento si diceva che un conto corrente alle Cayman era stato aperto a suo nome, per poi essere girato a una società fittizia a sua volta acquisita da un'altra chiamata Union Corps.

Il genetista alzò la testa verso Greta, fissandola. Okay, non aveva mentito, ma non poteva credere che il padre fosse invischiato in affari loschi: guadagnava parecchio e non era mai stato avido.

«Leggi sotto.»

Kayn tornò a fissare il PC. Scendendo col touchpad, arrivò a leggere il saldo delle varie compagnie fino al maggio 1986. Tutte erano state liquidate, tutte tranne una: la Union Corps. In data sei giugno, risultavano spariti anche quei soldi.

«Ma questo vuol dire che...»

«Vuol dire che tuo padre, essendo morto il due giugno, non ha mai toccato quel denaro.»

Il professore si perse per un istante a fissare i puntini luminosi riflessi sullo schermo del PC, dati dalle tapparelle semichiuse. Poi si alzò, andò alla finestra, la aprì e appoggiò i gomiti sul davanzale. Si sentì in un certo senso sollevato: almeno aveva la certezza che la villa, le auto lussuose e tutto il resto non erano il frutto di truffe bancarie. Ripensò al padre, alle sue frasi sull'onestà, sulla necessità di costruirsi una carriera stabile, e alla sua ostilità verso un adolescente con la testa fra le nuvole, un impegno altalenante nello studio, appassionato di misteri e stranezze. Diverse volte lo aveva messo alla berlina con parenti e amici, raccontando aneddoti imbarazzanti e bollando i suoi interessi come stupidaggini infantili. Kayn ripensò a quante volte l'aveva maledetto per questo suo comportamento. Ma, nonostante questo, bastava un attimo per appianare le cose: quando bussava alla porta per parlare un po', i complimenti sinceri per ogni bel voto a scuola, le domeniche al parco quando non era fuori per lavoro. Piccoli gesti d'affetto che a un bambino non dovrebbero mai mancare. Negli ultimi anni, però, il comportamento del padre aveva subito un cambiamento radicale. Il suo sguardo era sempre preoccupato, i suoi atteggiamenti apparivano strani e quasi nevrotici. Era diventato ancora più solitario, e le piccole attenzioni verso il figlio erano sparite del tutto. Tralasciava il lavoro, nonostante stesse fuori casa molto più di prima: diverse volte Kayn aveva ascoltato sulla segreteria telefonica messaggi di clienti che lo cercavano, con ogni probabilità senza ricevere mai risposta. Questo cambiamento improvviso aveva insinuato nella moglie il sospetto che frequentasse un'altra donna: a causa di ciò i litigi familiari si erano intensificati e avevano finito per coinvolgere anche lui. L'armonia familiare era definitivamente rotta.

Kayn tornò a sedersi davanti allo schermo del computer.

«Tutto okay?» chiese Greta, con una nota di preoccupazione nella voce.

«Sì, volevo solo staccare un istante.»

«Vuoi un po' d'acqua?»

«Eh, magari...»

La giornalista tirò fuori dal frigobar una bottiglietta di minerale e la porse a Kayn, che la ringraziò con un sorriso. La diffidenza iniziale che aveva provato verso la donna stava via via scemando. Prese due sorsi abbondanti, poi appoggiò la bottiglietta sul tavolino. «Facciamo un po' d'ordine. L'F-BI ha scoperto questa truffa che coinvolge lo IOR e Losenberg... perché non è intervenuto direttamente?»

Greta annuì. «È proprio questo il punto. Ci sono state varie rogatorie rifiutate da parte del Vaticano, che può farlo, purtroppo, essendo uno stato estero; quando poi sono riusciti a farsi spedire la documentazione, anche se ritoccata e ricca di omissis, il Bureau ha chiuso le indagini senza formulare un capo d'accusa. L'impressione è che qualcuno, da dietro le quinte, abbia estromesso i federali per un suo interesse personale.»

La discussione stava prendendo una piega sempre più preoccupante. Intrighi, FBI, macchinazioni... sembrava di essere in uno di quei romanzi cospirazionisti di cui Kayn era appassionato.

Greta si alzò in piedi, andò a frugare nella sua borsetta in pelle ed estrasse un pacchetto di sigarette. «Ti dà fastidio? Lo so che qui non si potrebbe, però…»

«No, no, fai pure.» In realtà, da quando aveva smesso, Kayn trovava più gradevoli i vapori della candeggina che il fumo di sigaretta, ma non era il momento per certe sottigliezze.

La giornalista fece un paio di tiri, inspirando a pieni polmoni. Poi appoggiò la sigaretta nell'incavo del portacenere di vetro sul tavolino. Si rimise a sedere, accavallando le gambe, e continuò. «Due giorni dopo la visita del mio contatto, mi sono recata a lavoro come di consueto. Dovevo staccare all'una per la pausa pranzo. Verso l'una meno un quarto arrivò Katie, una mia collega…» si interruppe un attimo, quasi a trattenere un singhiozzo «che mi chiese l'auto in prestito. Doveva andare a prendere il figlio a scuola per via di un disguido del marito. Non potevo rifiutarmi, era sempre stata gentile con me… presi le chiavi e gliele consegnai, lei mi ringraziò e promise di riportarmele entro mezz'ora. Solo un minuto dopo, mentre riordinavo dei faldoni nel mio ufficio, sentii una deflagrazione assordante subito seguita dalla sirena di molti antifurti. Mi affacciai alla finestra… la mia macchina era ridotta a un cumulo di lamiere in fiamme. Avevano nascosto un ordigno sotto. L'innesco era nella serratura, e la chiave avrei dovuto girarla io.»

A parte quel breve moto di commozione a metà frase, Kayn era sbalordito dal contegno con cui Greta raccontava un'esperienza così devastante. Nessun gesto fuori posto, nessuna lacrima, nessuno scatto d'ira. Quasi inquietante.

«Dopo quell'episodio, ho capito che dovevo sparire immediatamente. Ho fatto i bagagli e sono andata da una mia amica a Providence, per poi venire qui.»

«Perché non hai chiamato la polizia?»

Greta scosse la testa. «Troppo rischioso. Non hai capito con che genere di persone abbiamo a che fare? A ogni modo, il mio contatto ha detto che si farà sentire quando troverà una via di fuga sicura. Ora clicca sull'ultima cartella.»

Kayn tornò a fissare lo schermo ed eseguì il suggerimento di Greta. Si aprì quello che sembrava, all'apparenza, un referto medico.

«Ma questa è...»

«L'autopsia sul corpo di tuo padre» rispose perentoria la ragazza. «Quella vera.»

Kayn, incredulo, si accinse a leggere con attenzione.

«Quest'autopsia è stata la prima eseguita dall'FBI dopo il ritrovamento del cadavere di tuo padre. Anche se ufficiosamente estromesso, il Bureau avrebbe comunque dovuto riportare la documentazione ufficiale in suo possesso. Ecco perché hanno eseguito l'autopsia e l'hanno comunicata alla tua matrigna solo a cose fatte.»

«La causa reale della morte» lesse ad alta voce Kayn, «si può ragionevolmente ascrivere a un arresto cardiaco in seguito all'iniezione di una capsula C1 all'altezza della scapola. Le analisi confermano la totale irrintracciabilità della sostanza estranea all'interno del corpo in esame.»

Iniezione.

Iniezione...

Al genetista, tutt'a un tratto, parve di trovarsi in una bolla: non sentiva più niente, a parte il martellare del suo cuore nella cassa toracica. Vedeva la bocca di Greta muoversi, ma le sue parole arrivavano ovattate. Si alzò di scatto. Non riusciva a parlare, era come se il fiato gli si fosse spezzato in gola. Iniziò a barcollare per la stanza, finendo contro i mobili e facendo cadere alcune suppellettili. Poi si inginocchiò e cacciò un urlo scomposto, irrazionale, quasi disumano.

Nell'arco di un secondo, quel documento aveva riportato a galla una tempesta di emozioni e ricordi, troppi per non venirne sopraffatti. Aveva sempre avuto il sospetto che quel giorno, quel lontano due giugno 1986, le cose fossero andate diversamente dalla versione ufficiale. Però, alla fine, le pressioni di parenti e conoscenti lo avevano convinto ad arrendersi alla presunta evidenza, e così Kayn si era sforzato di mettere a tacere dubbi e supposizioni. Un odio profondo verso suo padre si era fatto strada in lui: lo odiava per averlo abbandonato così, per non averlo accompagnato durante la crescita. Odio che nel tempo aveva finito per placarsi, lasciando il posto a un senso di indifferenza e disprezzo.

Fino a quel momento.

Fin quando, ventisei anni dopo, avrebbe scoperto la verità.

Bicchiere dopo bicchiere, aveva già quasi finito la bottiglia di prosecco del minibar, aperta solo pochi minuti prima.

«Voglio i nomi» disse Kayn tra un sorso e l'altro. «Voglio sapere chi cazzo è stato.»

«Non lo sappiamo. Ma gente in grado di estromettere l'FBI da un'indagine... be', non è cosa da poco. Devono avere appoggi ai massimi livelli, o devono essere proprio loro i massimi livelli.»

Il professore sorrise, facendo ciondolare il bicchiere semivuoto. «Addirittura, e cos'è? Il New World Order?»

«Kayn, ascoltami.»

Lui la squadrò con gli occhi rossi, gonfi di pianto.

«Kayn.»

Fece per riempire di nuovo il bicchiere con quello che era rimasto della bottiglia, ma gli occhi teneri di Greta contribuirono a dissuaderlo.

«Capisco cosa provi. Losenberg fu trovato morto proprio come tuo padre, con un colpo in bocca a bordo del suo yacht. Dissero che non riusciva a reggere il peso dello scandalo.»

«Per quasi trent'anni ho immaginato cosa potesse essere successo» borbottò Kayn fissando il vuoto. «Ce l'avevo con lui perché mi aveva abbandonato… e invece…»

Greta lo prese di petto. «Pensavo volessi saperlo. La verità, per quanto amara, è sempre meglio di mille bugie accomodanti. Ma ti ho chiamato anche per un altro motivo: mi serve il tuo aiuto.»

Il professore si incupì in volto. «Il mio aiuto? Per cosa?»

«Per cercare un oggetto. Pensi che questa gente si sarebbe scomodata per una semplice truffa finanziaria? C'è ben altro, Kayn. Il mio contatto mi ha parlato di un manufatto che si presume essere stato in possesso di tuo padre e di Losenberg, noto come il *Diario di Valsecchi*. Ti dice nulla?»

«No, non mi pare proprio. Cosa sarebbe?»

«Non ne ho la minima idea, ma credo sia qualcosa di molto importante per valere una mobilitazione del genere, non trovi?»

«Sì, ma in che modo potrei aiutarti? Sono già venuti a setacciare casa mia da cima a fondo, quando è morto mio padre. Che stessero cercando questo diario?»

Greta lo fissò. «Potrebbe essere.»

«Be', non hanno trovato nulla. Forse si sbagliavano…»

«O forse non hanno cercato nel posto giusto.»

2

OMBRE

2.1

Bonn, Germania
16 dicembre 2012, ora locale 21:50

Il grande televisore LCD, nero lucido sui bordi, era appeso alla parete nord dell'atrio della torre direzionale della multinazionale Gesshandert. Sullo schermo si alternavano le avventure sentimentali di una coppia di adolescenti, una sparatoria di un vecchio western, la pubblicità di una marca di profumi e altro ancora.

«Smettila di giocare col telecomando, Konrad! E togli i piedi da sopra la scrivania, un po' di contegno! Il direttore è in riunione» sbottò l'uomo in divisa dirigendosi verso la macchinetta del caffè.

Quando la raggiunse, tirò fuori dalla tasca un paio di monete e le infilò nell'apposita fessura.

«Che palle che sei, Jurgen! Peggio di mia moglie…» replicò rimettendosi a sedere composto. Il distintivo di guardia giurata sul petto recitava Konrad Richter.

Il turno di notte era per antonomasia quello più noioso in assoluto. La desolazione notturna faceva da contraltare al ritmo frenetico del giorno e al continuo viavai di persone. Tanto più che non era mai successo nulla che richiedesse il servizio di vigilanza: erano decenni che la torre non subiva tentativi di furto o violazione. Il lavoro, per Konrad, era diventato guardare i programmi scadenti che la TV offriva in seconda serata divorando patatine e snack.

Fece zapping ancora per qualche secondo, poi posò il telecomando sul ripiano della scrivania e diede un'occhiata distratta ai monitor collegati alle telecamere di sorveglianza. Tutto tranquillo, come al solito.

«Jurgen, già che sei lì, prendimi un Kit-Kat» chiese al suo collega, tra un colpo di tosse e l'altro.

«Va bene, in fondo ne hai mangiati solo tre stasera.»

Dopo aver ritirato il suo caffè, Jurgen si avvicinò al distributore degli snack, inserì l'importo in denaro, premette il codice numerico e aspettò che il Kit-Kat finisse nel vano raccoglitore: lo snack, però, rimase in bilico sul divisorio di metallo senza cadere.

«Vedi?» disse ridacchiando. «È destino. Lassù qualcuno ti ama e vuole evitarti un infarto.»

«Invece di fare il simpaticone, muovi un po' quel bidone e vedrai che viene giù!» sbuffò Konrad. «Morirò per un Kit-Kat, adesso. Te l'ho già detto che sei peggio di mia moglie?»

Scuotendo la testa, Jurgen si piazzò su un lato della macchina e iniziò a spingerla avanti e indietro, provocando un rumore tremendo. Dopo varie imprecazioni, il tanto agognato snack cadde finalmente nel vano contenitore.

«Oh. Konrad, è la tua serata fortunata.»

Jurgen si girò e si incamminò verso la postazione del collega. Gli parve di vedere una sagoma indistinta: quando dopo un secondo mise a fuoco, si rese conto che si trattava del suo amico con la testa riversa sulla scrivania.

«Konrad!» gridò, lasciando cadere il Kit-Kat. Prima ancora che questo toccasse terra, si ritrovò un sottile filo di metallo attorno al collo. Jurgen sentì il respiro del suo assalitore sulla nuca. Poi, una stretta secca gli recise la carotide in pochi secondi, lasciandogli solo il tempo di emettere qualche rantolo e agitare le braccia nel vano tentativo di liberarsi.

Il presidente Erwin Stahler, all'interno della sala direttiva al quindicesimo piano del grattacielo, prese due bicchieri e ci versò dentro del whisky.

«Questa è un'ottima annata, signor Wagner» disse, porgendone uno all'uomo seduto di fronte a lui. Costui, dietro i suoi occhialini con montatura lavorata, fissò il liquore facendo ondeggiare lievemente il bicchiere da destra a sinistra. Se lo passò sotto al naso e infine lo portò alla bocca, prendendone un sorso misurato.

«Dovrebbe essere un Ardbeg... del '96 o '98.»

«Del '96, per la precisione» puntualizzò Stahler, riponendo la preziosa bottiglia nel mobiletto alle sue spalle.

«Apprezzo molto la sua gentilezza, *herr* Stahler, ma se non le dispiace, per me è ora di andare.»

«Certo, capisco. Questo è quanto pattuito.»

Voltò la valigetta sopra il tavolo dalla parte del suo ospite e la aprì. «Duecentomila euro. Li conti pure.»

«Oh, non ce n'è bisogno. Mi fido di lei.»

Dopo lo scambio di cortesie, i due si alzarono per congedarsi e si diressero verso la porta a scorrimento, che si aprì quando il presidente passò il suo badge sullo scanner.

Ulrich Wagner, appena ebbe posato il piede fuori dalla soglia, si ritrovò la canna di un silenziatore puntata alla tempia sinistra. Fremendo, diede una rapida occhiata ai corpi delle sue due guardie stesi a terra. In un istante realizzò che avrebbe fatto la stessa fine. Dalla pistola partì un colpo che gli perforò il cranio da parte a parte, spargendo frammenti di cervello sul pavimento. Il suo corpo e la valigetta col denaro caddero all'unisono.

Stahler, dietro di lui, si ritrovò alcuni schizzi di sangue sul completo damascato. Cacciò un urlo e indietreggiò di qualche passo, mentre l'ombra con la pistola in pugno avanzava lentamente.

Varcata la soglia, si rivelò per quel che era: un uomo con una tuta aderente provvista di imbottiture su petto, gomiti e ginocchia. Era alto oltre il metro e novanta e di corporatura snella. Stahler fu rapito dal colore dei suoi occhi, uno azzurro e uno marrone, tanto che lo fissò inebetito per alcuni secondi quasi estraniandosi dalla situazione critica in cui si trovava.

«Il Diario di Valsecchi» ordinò perentorio il killer. Parlava un tedesco perfetto, anche se con una lieve cadenza russa.

«Quale diario?»

Con disinvoltura, puntò l'arma al ginocchio destro del presidente e sparò. Il sibilo felpato del silenziatore fu seguito dalle grida strazianti di Stahler, che crollò sul pavimento stringendosi la ferita grondante sangue, con la faccia paonazza e le vene del collo tirate dal dolore.

«Il Diario di Valsecchi.»

«Non è ancora arrivato, cazzo!» gracchiò, digrignando i denti.

La canna del silenziatore si alzò nuovamente. Stavolta toccò al ginocchio sinistro. Stahler cacciò un urlo bestiale, rotolandosi a pancia in giù ed emettendo respiri strozzati. «Va bene... va bene...» ansimò a fatica, «dietro al quadro... della Natività, su quella parete. Il codice è 445109.»

Il killer abbassò la pistola e si diresse a passi felpati verso il dipinto. Staccò il quadro e lo appoggiò sul pavimento con delicatezza. La cassaforte era lì, davanti ai suoi occhi: era di struttura piuttosto semplice, con la giusta attrezzatura non sarebbe stata un'impresa decrittarne il codice. Ma non ne aveva bisogno.

Mentre digitava la sequenza, Stahler, con le gambe inerti immerse nel sangue, si appropinquò alla scrivania strisciando sui gomiti. Era la sua unica possibilità di uscirne vivo, e il cervello gli rilasciò nelle vene l'adrenalina necessaria a compiere quell'ultimo disperato tentativo.

Una lucina verde e un flebile beep segnalarono l'apertura della serratura. Il killer spalancò il piccolo vano di metallo incavato nella parete e... lo trovò vuoto. Si voltò di scatto verso l'uomo ferito, ma notò solo la grossa pozza di sangue e una doppia striscia rossa che scompariva dietro la scrivania sul lato destro della stanza. Poi lo vide tirare fuori qualcosa da un cassetto, e un mezzo sorriso di commiserazione gli si disegnò sul viso. Ancora prima che Stahler potesse puntare la pistola contro l'intruso, un foro circolare gli comparve in mezzo alla fronte, facendolo crollare sul fianco destro con gli occhi sbarrati.

Viktor estrasse un cellulare da un comparto della tuta e chiamò l'unico numero in memoria.

«Pronto?»

«Il bersaglio è stato eliminato, ma il Diario di Valsecchi non è ancora arrivato. Le informazioni erano sbagliate.»

«L'ho saputo qualche istante fa, il volo è stato soppresso e il corriere ha dovuto prendere il successivo. Non sapevo se contattarla o meno.»

Viktor rimase in silenzio qualche secondo. «Non posso aspettarlo qui.»

«Può venire da me. Quanto pensa di metterci?»

«Dieci minuti al massimo» disse interrompendo la chiamata. Schizzò lungo le scale e uscì dal palazzo, saltando a cavalcioni su una Suzuki Hayabusa nera. Avviò il motore da quasi duecento cavalli e partì sgommando, dirigendosi a tutta velocità verso il centro cittadino.

Viktor giunse nei pressi di una villa signorile del XIX secolo, con una folta vegetazione di rampicanti a sormontare il muro di cinta. Si piazzò davanti al maestoso cancello d'ingresso, sormontato alle colonne laterali da due gargoyle.

Il cancello si aprì cigolando sui cardini e lui entrò tenendo il motore al minimo, mentre le ruote da corsa sfrigolavano sull'acciottolato del vialetto antistante.

Il russo scese dal mezzo e salì i pochi gradini che conducevano al portone d'entrata. Solo in quel momento si sfilò il casco, scoprendo i capelli biondo platino. Un inserviente, già in attesa, lo invitò a entrare, accompagnandolo dal padrone di casa.

«Venga pure, Viktor, si accomodi» disse l'uomo, posando un bicchiere di vino sul tavolino di cristallo alla sua destra.

Il salone era illuminato solo da una lampada antica in bronzo. Nella penombra si intravedeva un caminetto e uno stuolo di effigi di santi appese alle pareti. Sul tavolino si trovavano un paio di occhiali, una Bibbia rilegata in pelle e la porpora cardinalizia che testimoniava l'appartenenza di monsignor Karl Grafkne alla Santa Romana Chiesa, anche se in quel momento indossava una semplice camicia nera e un paio di pantaloni di feltro.

«Sassicaia tenuta San Guido» esordì l'anziano monsignore fissando il liquido rosso nel bicchiere «annata 1981. Che esperienza… quando lo sorseggi, se chiudi gli occhi, ti compaiono davanti le colline toscane coi vitigni, il sole, la brezza delicata e il cielo limpido di una giornata di settembre. Dovrebbe vedere quei luoghi…»

Viktor non emise un fiato, e il cardinale riprese in mano

il suo bicchiere. «Lì vicino sorge un'abbazia, arroccata su un'altura. L'incarnazione della pace e della tranquillità. E immagini di sorseggiare un buon bicchiere di vino, accompagnato da un prosciutto al coltello e del formaggio… gli italiani sì che sanno godersi la vita, non come i miei compatrioti zoticoni che vanno avanti a wurstel e litri di birra ogni sera. Lei è mai stato in Italia?»

«Sì» rispose secco Viktor, «ma non per il vino.»

«Non sa cosa si perde. Perdoni la mia scortesia, ne vuole un calice?»

«No.»

Il cardinale si strinse nelle spalle e tappò la bottiglia. La sua espressione si fece più seria. Le rughe che gli attraversavano il volto e la pelle chiazzata tradivano un'età superiore agli ottanta, eppure gli occhi cerulei mostravano ancora un'espressione viva e pungente.

Ordinatosi prete subito dopo la Seconda Guerra Mondiale, era emigrato in Italia dove aveva fatto strada in fretta nella gerarchia ecclesiastica, collaborando con alti funzionari del Vaticano e diventando segretario personale del cardinal Serafini, membro del consiglio di amministrazione dello IOR. La sua brillante carriera era giunta al culmine con l'investitura a cardinale e la successione al cardinal Venturi nel ruolo di prefetto agli Archivi Segreti Vaticani.

Monsignor Grafkne si passò le mani sui pochi capelli bianchi che gli restavano, prese un sospiro profondo e iniziò a tamburellare le dita sul bracciolo della poltrona.

«Erwin Stahler è morto?»

«Sì.»

Il religioso fece un cenno d'assenso. «Meglio così.»

Viktor ruotò il polso sinistro, massaggiandosi i tendini alla base col pollice dell'altra mano. «Dunque?»

«Mi spiace per il contrattempo, ma è solo un piccolo ritardo sulla tabella di marcia. Volendo, abbiamo una ventina di minuti per farci una chiacchierata.»

L'affermazione del cardinale era intrisa d'ironia, conoscendo bene la poca propensione del killer al dialogo. Per questo fu colto abbastanza alla sprovvista quando Viktor iniziò a parlare.

«Riguardo al mio ingaggio. Di solito i miei servizi vengono richiesti per questioni più delicate, e il pagamento complessivo per il recupero di un semplice libro mi sembra alquanto generoso. Non chiedo mai più dello stretto necessario, ma è una circostanza particolare.»

In realtà la sua non era semplice curiosità: visto il contrattempo, voleva cercare di carpire, tra le righe, un eventuale passo falso del cardinale. Non era la prima volta che qualcuno gli tendeva una trappola mascherata da incarico.

Grafkne sorrise. «Un semplice libro, dice? Non c'è niente di più complesso e potente di un libro. Un libro può causare rivoluzioni, può cambiare il corso della storia. La forza della Chiesa stessa risiede in questo libro.»

Il cardinale posò la mano sulla Bibbia al suo fianco. «Per secoli e secoli si sono succeduti re, popoli, nazioni, combattendo e dominando gli uni sugli altri. Ma la legge della spada rappresenta davvero lo strumento di controllo più efficace? Chi viene soggiogato con la forza prima o poi si ribella, trasformandosi da oppresso in oppressore. Invece esiste una forma di egemonia più subdola e al contempo più idonea al controllo delle masse: quella derivante dalla conoscenza sull'ignoranza e sulla superstizione. La Chiesa è passata indenne nei secoli proprio così, facendosi baluardo di una visione universale delle cose da imporre come unica e indiscutibile. La Chiesa si è autoassegnata il ruolo di scudo contro la paura più grande, superiore a quella per qualunque uomo, per quanto potente e spietato sia: quella di essere giudicati, dopo la morte, dal tribunale supremo presieduto da Dio. In fondo abbiamo commesso nefandezze inenarrabili, ma siamo ancora qui. Più forti che mai.»

Con assoluta lucidità, il cardinale aveva appena messo a nudo le contraddizioni che fin dagli albori avevano costellato la storia della Chiesa. Ma quello che aveva di fronte era un killer da lui assoldato, per cui sarebbe stato ridicolo farsi scrupoli di coscienza.

«Perché le ho fatto tutta questa premessa, si chiederà» specificò Grafkne, continuando il suo discorso. «Ebbene, glielo spiego subito. Ieri siamo venuti a sapere che un antico tomo, il Diario di bordo del navigatore Giovanni Valsecchi, è stato ritrovato nei sotterranei di un'abbazia a Siracusa. Per quanto ne sappiamo, era stato rinvenuto una prima volta alla fine degli anni '70, dopodichè se ne erano perse le tracce. Il libro è stato venduto a un'asta a Erwin Stahler, noto nell'ambiente come collezionista di antichità. Nonostante il curatore dell'asta abbia verificato che il tomo è mancante di una pagina, rimane un tesoro di inestimabile valore... e il più grande pericolo di sempre per la Santa Chiesa.»

«Addirittura?» disse Viktor in tono ironico.

«Be', provi a pensare cosa potrebbe succedere» ribatté il cardinale, piccato, «se il sistema di valori che funge da collante per due miliardi di credenti sparsi per il globo dovesse frantumarsi di colpo. Si perderebbe qualunque riferimento etico e morale, sarebbe il caos. Comunque, credo sia giunta l'ora.»

L'uomo si alzò e andò a prendere una cartina dal ripiano della libreria, la srotolò sul tavolino e inforcò gli occhiali.

«L'aereo arriverà a momenti. Il corriere prenderà un taxi. Per raggiungere il palazzo della Gesshandert, il percorso più breve è passare da dietro il municipio e immettersi su via

Dheirstug…»

Viktor osservò attentamente la cartina, poi si avviò verso la porta. «Ci rivediamo qui tra meno di un'ora.»

Grafkne lo guardò sgommare via con la sua moto oltre la cancellata. Tirò un sospiro, chiuse gli occhi e scosse la testa.

Il mio ultimo desiderio. Non chiedo altro.

2-2

Pripjat, URSS
23 aprile 1986

Il cigolio dell'altalena in movimento durava ormai da più di venti minuti.

«Viktor... Viktor! Dai, fammi salire, voglio andarci anch'io! Dai, Viktor... uffa!»

«Ancora un po', Natasha! Ancora un po' e ti faccio salire!» promise il bambino ridendo, mentre continuava a ondeggiare.

Il cortile del vecchio orfanotrofio era pieno di giochi. Uno scivolo pericolante, una ruota arrugginita e alcune gomme legate agli alberi con corde marce e sfilacciate. Fra le erbacce incolte era rimasto anche un quadrato di sabbia. Il gioco preferito di Viktor, però, rimaneva l'altalena: il vento che gli sfiorava il viso rappresentava un'assaggio di libertà, come se un giorno potesse spiccare un balzo e volare oltre quelle mura decadenti che lo tenevano rinchiuso fin dai suoi primi ricordi di bambino.

«Ehi, mostriciattolo, non hai sentito cosa ha detto la tua amichetta? Falla salire, forza!»

«Boris, lascialo stare! Vai via!» gridò indispettita Natasha.

«Tu stai zitta!» le disse Boris dandole uno schiaffo. La

piccola si portò una mano alla guancia e iniziò a piangere.

«Bastardo!» urlò Viktor saltando giù dall'altalena e scagliandosi contro il bambino. I due si azzuffarono in maniera scomposta, rotolando per terra. Tutti gli altri orfani accorsero per vedere la scena, facendo il tifo e gridando. Viktor ebbe subito la peggio, essendo piccolo e gracile, mentre Boris era più grande e robusto.

«Che succede qui? Fermi!» tuonò suor Anna, facendosi largo tra il gruppo e correndo a dividere i due litiganti.

«È stato lui! Io gli ho chiesto di salire sull'altalena ma lui mi ha attaccato!» frignò Boris, mentre si puliva il viso sporco di terra.

La grassa suora lanciò un'occhiata sprezzante a Viktor. Sul viso aveva dipinta un'espressione perennemente arcigna che atterriva tutti i bambini. Quando si arrabbiava, le tremava la palpebra dell'occhio destro: era il segnale che nessuno si augurava mai di vedere.

«Lo sapevo! Come al solito è sempre colpa tua! Invece di ringraziare chi ti accoglie, combini solo guai...»

Viktor sapeva che era inutile ribattere, in quanto era da sempre il bersaglio preferito delle invettive della suora. Si era sentito ripetere più volte che i suoi occhi di colore diverso erano colpa del diavolo, rendendolo motivo di scherno da parte degli altri bambini.

«Non è vero, suor Anna! Lui mi ha solo difeso!» intervenne Natasha, aggrappandosi alla veste della religiosa.

«Lasciami! Stai dalla sua parte?» gracchiò la suora. «Allora andrete entrambi dal parroco. Saprà lui come sistemarvi! Suor Katerina, vieni a darmi una mano.»

E mentre gli altri bambini ridevano, le due donne trascinavano in malo modo i due innocenti verso gli alloggi del parroco.

«Signore, ti ringraziamo per questo cibo che ci offri, e ti preghiamo di darne a quanti non ne hanno. Amen.»

«Amen!» risposero in coro i bambini attorno alla lunga tavola del refettorio, gettandosi a capofitto sulla misera cena offerta dall'istituto: patate, rape rosse, cicoria, raramente qualche pezzo di carne di dubbia qualità, il tutto servito su piatti sbeccati.

Viktor e Natasha, invece, stavano in piedi in un angolo, nel silenzio più totale. I vestiti di Viktor, già logori, erano ancora sporchi del fango e del sangue della rissa pomeridiana; i loro occhi, gonfi di pianto, erano rivolti a terra, e l'espressione devastata dei loro volti tradiva la violenza sconvolgente che avevano subito.

«Voi due!» strillò suor Anna. «Avete visto i bravi bambini che mangiano? Noi diamo da mangiare solo ai bravi bambini. Voi, invece, a letto senza cena! Filate!»

Terrorizzati, Viktor e Natasha corsero su per le scale, diretti ai dormitori.

«Ehi… Viktor… stai dormendo?»

«No…» rispose lui con voce tremante. «Ho fatto ancora quel sogno e poi mi sono svegliato.»

«Quello della bambina col pigiama? Di nuovo?»

«Sì…»

Natasha si alzò e si avvicinò al suo letto.

«Ma che fai? Se sale suor Anna…»

«Non mi importa. Non voglio stare da sola.»

Viktor la guardò. Contemplando incantato i suoi lunghi capelli biondi, gli occhi azzurri come il cielo, si chiese che razza di Dio avesse potuto permettere a una creatura così angelica di precipitare in un inferno simile.

«Don Iosif… ti ha fatto ancora quelle cose?» le domandò, visibilmente imbarazzato.

La bimba annuì. Poi nascose la testa fra le braccia e pianse in silenzio.

Viktor le sfiorò la nuca. «Non piangere, ti prego…»

Natasha alzò lo sguardo e lo fissò con gli occhi lucidi.

Continuando ad accarezzarla, le sorrise. «Dai, domani è il giorno delle adozioni. Magari verrà qualcuno che ti porterà via da questo schifo.»

«No, non voglio!» fece la bambina, gettandoglisi al collo «Voglio restare con te…»

Viktor rimase spiazzato da quell'abbraccio. Sentì un fuoco improvviso ardergli dentro, bruciando ogni fibra del suo corpo. Poi, con braccia tremanti, la cinse timidamente. Chiuse gli occhi: per un istante, l'orrendo mondo che li circondava scomparve. Al posto dei pianti, dello squallore, della sporcizia e delle violenze quotidiane, Viktor vedeva solo lei… sentiva solo il suo respiro… ascoltava solo il battito del suo cuore. Un unico pensiero prese forma nella sua mente, un unico desiderio.

Dio, ti prego, fa' che questo momento duri per sempre.

Per sempre.

2-3

Bonn, Germania
Ora locale 22:43

Viktor si diresse a gran velocità verso la sua meta. Il roboante ruggito della Suzuki anticipava il suo passaggio lungo i viali illuminati della città, ancora pieni di automobili e ragazzi ebbri di birra fuori dai pub. Durante il tragitto, analizzò e prefigurò eventuali scenari su come si sarebbe potuta evolvere la situazione. Era una cosa che gli veniva naturale dopo il terribile addestramento a cui era stato sottoposto nei corpi speciali: prelevato da una prigione in Siberia dopo una condanna per omicidio e altri reati, era stato inserito in un reparto d'elite di assassini governativi ai quali sarebbero state affidate le missioni più pericolose e fuori dalla legalità. La loro condizione di galeotti senza legami era l'ideale per inscenare la loro morte in caso di bisogno. Di tutto il gruppo, Viktor Zagaev si era dimostrato di gran lunga il migliore in ogni ambito: purtroppo, la sua scelta di abbandonare l'organizzazione governativa per diventare uno dei killer più richiesti sul mercato lo aveva trasformato a sua volta in un bersaglio di quegli stessi servizi che l'avevano addestrato.

Visto che il libro non doveva essere danneggiato, escluse la possibilità di uccidere il taxista da lontano onde evitare che la macchina finisse fuori strada e, alla peggio, si incendiasse. D'altra parte, il numero relativamente elevato di persone ancora in giro avrebbe reso difficile un intervento allo scoperto.

Arrivato in prossimità del punto tattico, diede un'occhiata intorno e notò un palazzo di media altezza il cui tetto rimaneva in ombra rispetto ai lampioni che illuminavano il viale. A centocinquanta metri circa dalla strada sottostante era stato piazzato un dosso per limitare la velocità.

Perfetto.

Nascose la moto dietro un cassonetto della spazzatura nel vicolo. Aprì il sottosella e tirò fuori una valigetta nera. Salì velocemente sul tetto dell'edificio. La visuale era proprio come aveva previsto.

Estrasse dalla valigetta i pezzi di un SRS, un fucile di precisione molto compatto nelle dimensioni, e iniziò a montarlo. Quando ebbe finito di preparare l'arma, si sdraiò a terra, indirizzò la canna del fucile verso la strada e avvicinò l'occhio al mirino telescopico. Il tiro era a una distanza piuttosto corta ma, essendo un bersaglio in movimento, ci voleva la massima concentrazione. Ora era il momento di regolarizzare la respirazione e rilassarsi.

Liberare la mente.

2-4

Pripjat, URSS
24 aprile 1986

Faceva freddo.

Più freddo del solito.

Il pallido sole che illuminava quel grigio mattino non era sufficiente a far salire la temperatura.

I bambini in cortile, in riga sull'attenti come a una parata militare, coperti solo dagli stracci che indossavano ogni giorno, si sforzavano di sorridere mascherando il tremore e il battere dei denti. Il giorno delle adozioni rappresentava un evento cruciale: era l'unica speranza di poter oltrepassare i cancelli di quel mondo fatto di violenze e abusi e iniziare una nuova vita con una vera famiglia. Ogni bambino fantasticava su chi sarebbe venuto a prenderlo, quale lavoro facesse, che vita avrebbe potuto offrirgli. L'immaginario collettivo era animato dalle più rosee previsioni che a volte rasentavano il fiabesco, ma tutti concordavano su alcune cose: si sarebbero ingozzati a vita di dolciumi, avrebbero dormito fino a tardi in una cameretta tutta loro e soprattutto non avrebbero mai più avuto alcun rapporto con suore o preti.

«Su con la schiena! Nikolaj, smettila di mangiarti le unghie! Fai schifo! Dio santissimo, come siete combinati… sul serio pensate che qualcuno voglia in casa propria dei bambini sporchi come voi? Vergognatevi!»

La voce cavernosa di suor Anna, coi suoi rimbrotti, era una costante quotidiana cui tutti i reietti dell'istituto erano ormai abituati. Fosse stato per lei, se non fosse per i fondi che il governo erogava in base al numero degli ospiti, si sarebbe sbarazzata volentieri di tutti i marmocchi senza pensarci due volte. Odiava i bambini, i loro piagnistei e il baccano che facevano ad ogni ora del giorno e della notte. Risentimento nato anche dal fatto di non aver preso i voti per vocazione ma perché costretta dalla famiglia, dei campagnoli ignoranti che avevano offerto la figlia minore al Signore per aver ricevuto la "grazia" di aver guarito il capofamiglia da una grave malattia. In seguito al trasferimento all'orfanotrofio di Pripijat, la sua personalità era man mano peggiorata fino a diventare la strega cinica che terrorizzava i bambini dell'istituto.

La donna passò in rassegna i ragazzini fino a fermarsi di fronte a Viktor. «Tu, brutto mostro... spero sia la volta buona, non ne posso più di guardare quei tuoi occhi demoniaci. Ma visti i lividi che hai addosso, scommetto che le mie preghiere non si avvereranno.»

Il bambino guardava per terra, avvilito, trattenendo a stento le lacrime. Natasha, al suo fianco, squadrò la suora con aria torva dopo quelle parole.

«E tu? Che hai da guardare? Stai al tuo posto!»

La tensione di quegli attimi fu interrotta dall'arrivo di due auto lussuose che si fermarono davanti al cancello. Le porte delle macchine si aprirono: scesero quattro uomini alti e massicci e un uomo basso e più minuto, calvo e del tutto privo di peli sul volto, vestito con una giacca di montone. Nello spazio tra le sopracciglia aveva tatuato un piccolo triangolo. Era circondato da un'aura inquietante che i bambini percepirono subito, irrigidendosi.

L'uomo, seguito dagli scagnozzi, si accinse ad attraversare il cancello.

«Sorridete, maledizione!» bisbigliò a denti stretti suor Anna, vedendo i bambini insolitamente nervosi.

Gli uomini si fermarono di fronte alla schiera di orfani.

«Benvenuto, egregio signore!» esclamò festosa la suora. «Oggi potrà avere l'occasione di regalare la felicità a uno dei nostri bambini! Guardi pure, sono tutti in ottima salute e ben educati!»

Somigliava più a una vendita di bestiame. La suora sapeva benissimo che a volte i bambini non venivano realmente adottati ma finivano nel giro della prostituzione, del lavoro minorile quando non del traffico d'organi. Ma tutto questo non produceva neanche una scintilla di umana compassione nel suo animo avvizzito.

«Tra loro c'è una bambina di nome Natasha?» disse l'uomo con voce tonante. La mano di Viktor ebbe un fremito e si strinse forte a quella della sua amica.

«Certo che c'è!» rispose suor Anna. «Quella biondina là... è lei!»

Gli occhi dell'uomo misterioso si posarono sulla piccola indicata dalla mano rugosa della suora.

Viktor sentiva la sua amica tremare man mano che quell'individuo si avvicinava, e non riusciva a far nulla per rassicurarla. Ne erano entrambi spaventati.

«Ciao piccola. Sei fortunata, da oggi avrai una nuova casa.»

Uno degli scagnozzi afferrò il braccio di Natasha, tirandola a sé.

«No, non voglio! Lasciami!» gridò lei, senza ottenere effetti. Anche Viktor cercò di trattenerla attaccandosi al braccio dell'uomo, ma costui lo afferrò per il collo e lo fece volare sul prato.

«Stai fermo, Viktor, maledetta bestia!» urlò suor Anna, correndo a fermare il ragazzino che si stava rialzando. Nonostante si fosse buttata su di lui con tutto il suo peso, Viktor riuscì a liberarsi dandole una gomitata sul naso.

«Natasha! Natasha!» gridò, correndo verso la sua amica con le lacrime agli occhi. Prima di poterla raggiungere, un'altra guardia del corpo lo bloccò per una spalla e gli mollò un forte ceffone che lo fece cadere nuovamente.

La bimba, mentre veniva fatta salire a forza sulla macchina, riuscì a slacciarsi la catenella che portava al collo e a lanciarla verso di lui.

Viktor la raccolse, con un rivolo di sangue che colava a un angolo della bocca. Guardò disperato la macchina allontanarsi, finchè non scomparve all'orizzonte.

Natasha…

Le sue parole riecheggiarono per qualche istante. Poi, improvvisamente, lo investì la consapevolezza che era tutto finito. L'unico barlume di colore in quel mondo spento se n'era andato per sempre. Provò un dolore lancinante, come fosse stato trafitto da centinaia di coltellate, e il sangue prese a ribollirgli nelle vene.

Non sono riuscito a fare nulla…

Strinse i pugni a tal punto che le nocche gli diventarono bianche. Era talmente teso che sarebbe bastata una scintilla per farlo esplodere. E la parola sbagliata al momento sbagliato la pronunciò Boris.

«Piange perché non c'è più la sua amichetta! Come farà, adesso?»

Viktor si voltò di scatto. Il suo sguardo fece ammutolire tutti i bambini. Si diresse deciso verso colui che aveva pronunciato quella frase.

«Ehi… non vorrai prenderle di nuovo?» balbettò Boris,

spaventato dalla sua espressione.

Gli arrivò in bocca un pugno di una forza inaudita. Il bambino cadde all'indietro come un sacco di patate. Viktor gli salì sulla pancia a cavalcioni e iniziò a colpirlo con una serie di destri e sinistri velocissimi, tanto che la faccia di Boris diventò una maschera di sangue nel giro di poco. Stavolta nessuno degli orfani si mise a fare il tifo. Nessuno fiatò, ammutoliti da quella violenza e dalla paura.

La furia distruttiva di Viktor fu interrotta solo da una bastonata in testa di suor Anna, che gli fece perdere i sensi.

Viktor si riprese dopo un'ora circa. Era sdraiato su un letto dalle coperte porpora. Si guardò un attimo intorno e riconobbe la stanza del parroco.

Toccandosi la fronte, si accorse della presenza di una benda che gli copriva metà della testa. Provava un dolore fortissimo e un senso di parziale smarrimento, non percepiva più l'orecchio sinistro e le mani erano gonfie e violacee per i colpi assestati. Cercò di muoversi, di alzarsi, ma non ci riuscì e ricadde sul cuscino, respirando affannosamente.

«Non sforzarti, Viktor. Devi riposare, adesso.»

Quella che udì era l'odiosa voce di Don Iosif. Stava in piedi sulla soglia con una tazza di tè in mano e mescolava lo zucchero con un cucchiaino. In quel momento la rabbia cedette il passo all'intontimento: Viktor dovette arrendersi e si riaddormentò.

Viktor...
Viktor...
Fuggi... non è giunto il momento...
Non è giunto il momento... non ancora...

Fuggi…

«Chi sei!» urlò Viktor, svegliandosi di soprassalto. Era tutto sudato e ansimava. Ancora una volta, quel sogno. Si voltò a destra e vide il parroco accanto alla finestra.

«Oh, ben svegliato. Hai dormito più di cinque ore, lo sai?»

Il bambino non rispose. Piuttosto, gli cadde l'occhio sul comodino dove, accanto a una Bibbia con sopra una penna stilografica, c'era un vassoio con un succo d'arancia e un pezzo di pane con la marmellata.

«Ho pensato che potessi avere fame…» disse il parroco con un sorriso lascivo. A digiuno dal giorno prima, l'impulso naturale ebbe la meglio su tutto il resto e Viktor iniziò a mangiare con foga.

Don Iosif andò a sedersi di fianco a lui. «Lo sai, vero, che hai fatto una cosa molto grave? Abbiamo dovuto portare Boris all'ospedale, e il naso di suor Anna è piuttosto malconcio.»

Viktor finì di bere il succo e non rispose.

«Ieri ti ho dovuto punire. Possibile che non impari mai la lezione? Ma questa volta non ti picchierò, tranquillo.»

Facendosi ancora più vicino, Don Iosif appoggiò il braccio attorno alle spalle del bambino. «Ieri mi sono occupato di Natasha… che ne dici se oggi ci facciamo un po' di coccole? Solo io e te…»

Non aspettò una risposta a quella domanda retorica e cominciò ad accarezzagli delicatamente la schiena. La mano di Iosif era callosa e viscida, ma Viktor cercò di restare impassibile: era uno sforzo sovrumano, ma doveva riuscirci.

Sapeva già cosa fare.

Alzando l'abito talare, il parroco estrasse il pene dalle

mutande e iniziò a massaggiarlo su e giù con la mano sinistra finchè non raggiunse l'erezione. Con l'espressione più candida e raggiante possibile, appoggiò l'altra mano sulla nuca del bambino tirandolo a sé.

Viktor assecondò il gesto abbassando la testa. Poi, con uno scatto fulmineo, afferrò la stilografica dal comodino e trafisse il membro del prete. Nella sua breve vita, non aveva mai sentito un grido di dolore più acuto: risuonò in tutte le stanze dell'istituto mentre il sangue prese a schizzare a fiotti dalla ferita sporcando tutto ciò che c'era intorno. Altrettanto velocemente, prima che l'uomo riuscisse ad abbozzare una reazione, Viktor estrasse la stilografica dal pene sanguinolento e gliela conficcò con tutta la forza che aveva nell'occhio destro. Don Iosif cacciò un altro urlo, più rauco del primo, dopodichè cadde di schiena sul letto, agonizzante.

Viktor si alzò in piedi, col respiro affannoso e le pulsazioni a mille, imbrattato di sangue e schiumante di rabbia. Udì le suore chiamare il parroco a gran voce e i tonfi dei loro passi sulle scale di legno.

Doveva agire in fretta.

Si fece coraggio, inspirò e iniziò a correre come un forsennato. Si gettò lungo le scale saltando due gradini alla volta, e quando a metà rampa incappò in suor Katerina le diede uno spintone che la fece sbattere contro il muro. La suora strillò per dare l'allarme e si lanciò all'inseguimento, mentre Viktor aveva già raggiunto il cortile ed era ormai prossimo al cancello. Nell'istante in cui dovette scavalcarlo, però, avvertì tutta insieme la fatica per aver percorso più di duecento metri quasi in apnea: si sentì mancare del tutto le forze e per un attimo pensò che avrebbe fallito, che quel cancello sarebbe rimasto un ostacolo insormontabile.

Poi, la furia incontenibile che ancora gli montava dentro gli procurò un'altra iniezione di adrenalina. Con un balzo afferrò le sbarre di metallo arrugginite e si arrampicò fino in cima. Al momento di scavalcare, una delle guglie appuntite del cancello lo ferì di striscio sulla coscia destra, ma Viktor strinse i denti e si gettò dall'altra parte. Atterrò in malo modo, ma si rialzò immediatamente e iniziò a correre pensando solo a seminare i suoi inseguitori.

Riuscì a raggiungere un vialetto buio tra due costruzioni abbandonate e si nascose lì, cercando di trattenere il fiatone e la paura. Sentì gli strepiti delle suore affievolirsi man mano... avevano gettato la spugna. Rimase in quel vicolo per più di due ore, dopodichè si rimise in marcia dirigendosi verso la stazione. Era sudato, sanguinante, con la testa fasciata in fiamme, ma felice di aver abbandonato quel posto orribile.

Dopo venti minuti di camminata trovò la stazione. Entrò nella sudicia sala d'aspetto, piena di cartacce e siringhe usate, e si gettò a terra, esausto.

Dopo un po' arrivò un treno. Ci salì sopra senza biglietto, senza sapere dove fosse diretto.

Si sedette. Mise la mano in tasca e tirò fuori la catenella di Natasha. Tornò a quella notte, al calore delle sue braccia, al candore della sua pelle.

La strinse forte nel pugno, poi la portò alla fronte e pianse.

2-5

Il navigatore della BMW adibita a taxi dava istruzioni su come raggiungere il palazzo della Gessahndert, mentre i fari allo xeno illuminavano la strada.

Sui sedili posteriori, un uomo di corporatura minuta e dagli occhi infossati teneva stretta sulle gambe una valigetta nera con la chiusura in acciaio.

«È qui per affari?» chiese il taxista baffuto per rompere il ghiaccio. Il passeggero lo fissò per qualche secondo, poi guardò fuori dal finestrino. «Una specie…»

«Be', c'è molta gente in giro che ha in ballo delle *specie* di affari…»

L'uomo non replicò. Era visibilmente nervoso, si voltava in continuazione da un finestrino all'altro e la fronte era madida di sudore.

«Sente caldo? Vuole che abbassi il riscaldamento?»

«No, non si preoccupi. Piuttosto, quanto manca?»

«Direi un dieci minuti circa. Quindici, al massimo.»

«Questi sono per lei» disse, tirando fuori una banconota da cento euro, «se riesce ad arrivarci in cinque.»

«È una sfida?» ribatté il taxista. «Va bene, superiamo quel

dosso lì e poi si prepari al decollo.»

L'auto rallentò per affrontare il dosso.

«E adesso si tenga stret…»

Uno scoppio improvviso a una gomma smorzò sul nascere l'euforia del taxista. Percorse qualche metro per affiancarsi al marciapiede, soverchiando il rumore del copertone a terra con una raffica di bestemmie contro ogni divinità esistente.

Frenò, scese dall'auto e guardò la gomma continuando a bestemmiare. Nel frattempo, l'uomo con la valigetta uscì in preda al panico, con la mano tremante a contatto con la pistola di piccolo calibro nascosta sotto la giacca.

«Cosa diavolo è successo?»

«Eh… che mi sono giocato i suoi cento euro!»

Il killer ritrasse immediatamente la canna ancora fumante del fucile, lo smontò e lo rimise nella valigetta in meno di un minuto. Scese rapidamente le scale dell'edificio e si incamminò a passo spedito verso il taxi. Erano circa un centinaio di metri.

Mentre il taxista ravanava nel bagagliaio dell'auto per prendere il cric e la gomma di scorta, il corriere guardava nervosamente l'orologio, valutando se fosse il caso di aspettare o lasciar perdere il taxista e proseguire a piedi. Nel mentre, vide un uomo avvicinarsi. Aveva una valigetta nella mano destra.

«Signori, posso darvi una mano?» gli chiese con accento russo.

«Oh, certo!» rispose il taxista. «Guardi un attimo se…»

La frase fu interrotta dal sibilo di un proiettile che gli penetrò la nuca, facendolo sbattere con la fronte sul parafango.

Un'espressione di stupore mista a terrore fu l'ultima a rimanere impressa sulla faccia del corriere, che cadde all'indietro con un foro in testa nel vano tentativo di afferrare la sua pistola per reagire.

Viktor rimise velocemente l'arma nella cintola e si chinò a raccogliere il prezioso carico. Si guardò intorno per accertarsi che la fulminea azione fosse passata inosservata. Tutto come da copione.

Si avviò rapido verso il vialetto dove era nascosta la moto con una valigetta per mano.

Di punto in bianco, appena imboccato l'angolo, si ritrovò davanti un uomo che sembrava lo stesse aspettando. Il suo volto era glabro, con la pelle che pareva ustionata, piena di crosticine e solchi, e un orecchio mozzato. Nonostante il freddo terribile, indossava soltanto una maglietta a maniche corte e un paio di jeans.

Viktor non aveva tempo per pensare alla singolarità di quell'incontro, ma capì al volo che non aveva buone intenzioni. Alzò la gamba destra e tirò un calcio diretto al volto dell'avversario, bilanciandosi con le due valigette. Nonostante la velocità del colpo, l'uomo lo schivò con un movimento di busto, afferrò la gamba ancora in aria col braccio sinistro e gli tirò un terribile pugno sul lato del ginocchio. Viktor udì un sonoro crac, e vide la sua gamba piegarsi in maniera innaturale. Un bruciore insopportabile divampò dall'articolazione a tutta la gamba, ma non fece nemmeno in tempo a gridare che l'uomo lo colpì con un manrovescio al centro del torace. L'impatto terrificante lo sbalzò in aria per oltre sette metri, facendolo schiantare contro un furgone parcheggiato dall'altro lato della strada principale. I frammenti di vetro si sparsero a terra e Viktor cadde faccia avanti sull'asfalto.

A fatica sollevò gli occhi verso il suo disumano avversa-rio. Dalla bocca perdeva molto sangue, la vista gli si stava offuscando... intuì che stava per perdere i sensi. Riuscì a cogliere il sorriso beffardo dell'uomo mentre apriva la vali-getta con il tomo che aveva recuperato, lo vide tirare fuori un accendino e dargli fuoco, lasciandolo cadere sulla strada mentre le fiamme divoravano le vecchie pagine ingiallite.

Qualche secondo dopo, la vista gli si rabbuiò del tutto.

3

L'ANGELO CUSTODE DEL FATO

3-1

Bonn, Germania
17 dicembre 2012, ora locale 07:32

«Allontanarsi prego… fate largo… ho detto allontanarsi!»

Gli agenti di polizia tentavano faticosamente di disperdere la calca di giornalisti e semplici curiosi che si era creata sotto il palazzo della Gessahndert. Tutti avevano intuito che doveva trattarsi di qualcosa di serio, a giudicare dal vistoso dispiegamento di forze messo in campo dalle forze dell'ordine.

Il brusio della folla fu interrotto dall'arrivo improvviso di una Golf color argento con un lampeggiante blu sul tetto, seguita da altre due volanti.

Dopo una sonora sgommata, la porta della vettura si aprì. Ne scese un uomo sulla quarantina, capelli rossicci e spalle robuste coperte da un lungo giubbotto color ocra. Indossava un paio di vecchi Rayban, che assieme alla mascella scolpita lo facevano sembrare il Terminator di Schwarzenegger.

Gli agenti che erano con lui gli fecero strada lungo la rampa di scale antistanti all'androne d'ingresso, allontanando i giornalisti. All'interno della costruzione, la Scientifica aveva già iniziato a eseguire i primi rilievi.

«Buongiorno, detective Wichmann.»

Il grasso tenente Haller della Scientifica, prossimo alla pensione, abbozzò un sorriso di circostanza e gli porse la mano. Matthias Wichmann gliela strinse con noncuranza, poi si tolse gli occhiali e li ripose in un taschino del giubbotto.

«Buongiorno, tenente. La situazione?»

«I cadaveri sono stati trovati dagli addetti alle pulizie questa mattina alle sei. L'uomo sulla scrivania si chiama Konrad Richter, quarantasei anni, sposato con due figli. Ha il collo spezzato, presumibilmente preso alle spalle.»

Mentre il tenente parlava, Matthias si avvicinò al corpo. «Ora del decesso?»

«A giudicare dal rigor mortis, sono stati uccisi da una decina di ore. Nessun segno di colluttazione, gli oggetti sulla scrivania sono tutti in ordine... dev'essere stata un'azione fulminea.»

I vigili occhi celesti del detective si posarono sulle telecamere di sorveglianza. «Avete già il mandato per recuperare i nastri?»

«Le telecamere sono state scollegate alle ventuno e trenta di ieri sera...»

Matthias si sfregò leggermente la peluria rossiccia sul mento. «Sarebbe stato troppo facile.»

Si diresse verso il secondo cadavere.

«Jurgen Kato, trentanove anni, sposato, un figlio. Era in servizio alla Gesshandert da otto anni, proprio come Richter. L'arma del delitto è quello spago di metallo.»

Indicò a un metro circa l'arma macchiata di sangue, responsabile dello squarcio sul collo della vittima.

«Su cui immagino non troveremo impronte. Quindi, mentre Kato si trovava alla macchinetta degli snack, il killer entra in azione su Richter. Successivamente...» ipotizzò Wichmann, mimando una traiettoria ipotetica col braccio, «si nasconde dietro quella colonna, in modo da sfuggire al campo visivo dell'altro sorvegliante. Da lì, quando Kato scende la scalinata e intravede la postazione, l'assassino arriva alle sue spalle e lo uccide.»

Haller annuì. «Credo che la sua ricostruzione sia perfetta.»

«Abbiamo a che fare con un esperto di massimo livello.»

Detto questo, il tenente e il detective si diressero verso l'ascensore. Destinazione l'ultimo piano, la direzione.

«Alla segretaria» disse il tenente durante la salita, «il presidente Erwin Stahler ha lasciato detto che avrebbe avuto una riunione fino a tarda serata. Non credo fosse una riunione convenzionale, a giudicare dagli *invitati*.»

Le porte dell'ascensore si aprirono. I cadaveri facevano bella mostra di loro sul corridoio.

«Questo è Rolf Sneider» continuò il tenente, indicando quello a loro più vicino. «Trentadue anni, una lista di precedenti lunga un chilometro, dentro e fuori dalla galera per tre volte. Il compare si chiama Florin Iliescu, trent'anni, di origine rumena. Anche lui con le sue condanne per spaccio e i suoi tre anni al fresco. Erano scagnozzi di Axel Wagner, un tizio a cui sta... stava, addosso la narcotici. Quello con la testa ridotta a una marmellata.»

Wichmann osservò i fori dei proiettili e la posizione dei corpi. Nessun colpo a terra o sulle pareti, quindi nessuna reazione delle vittime. Anche qui, precisione e velocità d'azione.

Entrò nella sala principale e si diresse alla parete nord, vedendo la cassaforte aperta.

«Nessun segno di effrazione, è stata aperta normalmente.»

Infine, Wichmann si voltò verso il corpo di Stahler, figura molto nota agli ambienti investigativi per un grosso caso di smaltimento di rifiuti chimici in cui era coinvolta anche la mafia italiana. Le prove a suo carico, in tribunale, erano state giudicate insufficienti, ma solo perché dei vizi di procedura avevano reso inservibili delle intercettazioni più che eloquenti.

«Detective Wichmann!» chiamò a gran voce uno degli agenti, distogliendolo dai suoi pensieri.

«Che succede?»

«Hanno appena telefonato dall'ospedale. Il sospetto ha ripreso conoscenza.»

3-2

Ore 09:50

Il sole penetrava timidamente dalle veneziane della stanza 34 nel reparto di pneumologia dell'ospedale Elki, illuminando le coperte e le sbarre di metallo del letto. L'aria era viziata dallo scarso ricambio e da un acre sentore di medicinale. Una vecchia televisione su una mensola in alto riportava le notizie del giorno, in particolare le novità sugli ennesimi scontri tra la polizia e i manifestanti del Movimento per la Redenzione, un gruppo di fanatici religiosi fautori del pentimento globale in vista, a loro dire, dell'imminente fine del mondo.

Sdraiato sul lettino, con la gamba gonfia appesa, Viktor fissava il muro davanti a sé. Aprì e richiuse la mano, avvertendo un leggero formicolio. Per fortuna la sensibilità era tornata.

Ripensò alla notte precedente. Nel corso della sua carriera aveva affrontato migliaia di combattenti esperti, situazioni critiche, trappole di ogni tipo, uscendone sempre vincitore. Non aveva mai fallito una missione. Fino a quel momento. Ma qualcosa non quadrava. Analizzò mentalmente quell'uomo e i suoi movimenti… chi poteva essere? Da quanto tempo lo stava seguendo? Ma, soprattutto, da dove aveva preso quella forza? Quelle movenze dimostravano dei riflessi e una precisione che non aveva mai visto prima, senza contare la potenza d'impatto dei suoi colpi, pazzesca, devastante, molto superiore a quella di qualunque avversario mai incontrato prima di allora. Nessun tipo di addestramento a lui noto avrebbe potuto portare un corpo umano a quei livelli.

Mentre indugiava in questi pensieri, la porta si aprì.

«Buongiorno» gli disse un uomo dai capelli rossi, mostrando il distintivo. «Sono il detective Matthias Wichmann, reparto Indagini Speciali.»

Prese una sedia, si sedette con nonchalance accanto a Viktor e lo guardò abbozzando un sorriso di sfida.

«Dunque. Sono convinti che non parli il tedesco, ma io credo di sì... sei russo d'origine, vero? Quei tatuaggi sono stati fatti in carcere, a giudicare dal tratto. Prigioni siberiane, immagino... dicono che lì la storia e l'importanza di un uomo si vedano dai suoi tatuaggi.»

Viktor non esternò alcuna reazione.

«Hanno fatto vari controlli mentre eri privo di conoscenza. Non risulti schedato in nessun archivio, nessun precedente... un cellulare usa e getta con un solo numero ora inattivo. Però...»

Matthias fece una pausa a effetto, appoggiando i gomiti sulle gambe e avvicinandoglisi all'orecchio. «Io so di un killer russo ingaggiato da qualcuno per un certo lavoro. Null'altro di preciso, purtroppo gli informatori al giorno d'oggi sono quel che sono. Mi ha svelato solo che questo tizio è conosciuto nell'ambiente come il Diavolo di Pripjat...»

Nel sentir pronunciare quel soprannome, Viktor ebbe un lievissimo sussulto involontario: quanto bastava per l'occhio esperto del detective.

«Wow, ho sentito parlare molto di te. Nessuno aveva il

tuo identikit prima d'ora. Dicono tu sia uno dei migliori killer di sempre. Piacere di fare la tua conoscenza!»

Il sorriso trionfante di Matthias tradiva l'entusiasmo per aver finalmente dato un volto a un uomo ricercato dalle polizie di mezzo mondo, pur non potendolo provare concretamente.

«Bene, ora che ci siamo presentati, ti spiego cosa è successo secondo me. Tu puoi sempre interrompermi, eh, se sbaglio qualcosa! Allora, verso le ventuno e trenta ti sei recato al palazzo della Gessahndert. Sei entrato, hai disattivato le telecamere e hai freddato i due agenti di guardia. Poi ti sei diretto, usando le scale, fino al dodicesimo piano. Una bella scarpinata, eh? Ti sei occupato degli uomini di guardia, hai ucciso Wagner e sei entrato nella stanza. Hai gambizzato Stahler per farti aprire la cassaforte, ma forse non hai trovato quello che cercavi. Così ti sei diretto verso il bivio prima della tangenziale… hai aspettato l'arrivo di un taxi, magari il passeggero aveva quello che non hai trovato da Stahler. Hai colpito la ruota dell'auto con un fucile di precisione, a prima vista l'angolazione dello squarcio sulla gomma indica che il colpo proveniva dall'alto, in diagonale, forse dal tetto di uno degli edifici lì vicino. Poi sei sceso di corsa, hai raggiunto il taxista fermo per cambiare la gomma e hai ucciso i due uomini. Ora, però… cos'è successo dopo? Sei tornato a prendere la moto ma sei stato investito? Hai sbattuto con violenza contro la portiera del furgone, sembra che ti ci abbiano lanciato contro! Hai avuto fortuna a non riportare gravi danni dopo un impatto del genere, a parte i legamenti strappati del ginocchio e un trauma all'addome. Ma come hai fatto? Mah… e la valigetta che abbiamo ritrovato, vuota, oltre a quella con il tuo fucile, conteneva per caso quel libro bruciato lì per terra? Non dirmi che era quello lo scopo della tua missione… comunque ora lo stanno analizzando in laboratorio. I medici dicono che hai una fibra forte, in ogni caso, quindi tra pochi giorni potrai alzarti dal letto. La gamba, invece, be', sai… i legamenti sono un problema, io ho rotto il crociato facendo Muay Thai e non mi sono operato, è una bella rogna. Adesso vado a mangiare qualcosa, per star dietro a quello che hai combinato non ho preso nemmeno un caffè. Ci vedremo ancora.- Nel frattempo, buona permanenza!»

Il detective, dopo aver parlato a ruota libera senza avere la benchè minima risposta da parte del suo interlocutore, uscì dalla stanza con un sorriso di soddisfazione stampato sul volto.

«Tenetelo d'occhio ogni singolo minuto» ordinò ai due agenti di guardia «è estremamente pericoloso, anche se al momento non può muoversi.»

«Agli ordini, signore» risposero all'unisono.

Wichmann s'incamminò lungo le corsie dell'ospedale, raggiungendo infine l'ascensore. Aspettò qualche secondo, poi cambiò idea e prese le scale.

Una volta arrivato nel parcheggio sotto l'ospedale, fece scattare a distanza la sicura della sua Golf e vi si diresse deciso. Salì, mise in moto e sgommò come suo solito per raggiungere l'uscita: eppure, dopo un centinaio di metri, ebbe un flash improvviso. Schiacciò a tavoletta il pedale del freno, provocando due lunghe strisciate di gomma sull'asfalto e una strombazzata di clacson della macchina dietro di lui.

Incredibile… oggi è… mi sono scordato?

3-3

Pattaya, Thailandia
16 dicembre 2008, ore 11:40

«Non guardare a terra, Matthias!» gridò il maestro Kaorang Sitmanoon dal bordo del ring. Un istante dopo, allo straniero dai capelli di fuoco arrivò un bel pugno in faccia: l'impatto, sebbene attutito dal guantone da quattordici once e dalla vaselina spalmata su zigomi e arcate sopracciliari, fu abbastanza forte da sbilanciarlo.

«Su la guardia!»

Il suo avversario, Pisinchai Kopanklan, vincitore del prestigioso titolo di "fighter of the year" l'anno precedente, iniziò a tirare una gragnuola di colpi al viso e al corpo cercando di penetrare le difese momentaneamente indebolite. Matthias, braccia chiuse e testa bassa dietro i guantoni, cercò di incassare gli attacchi del thailandese e al contempo di tenerlo alla distanza necessaria per evitare il clinch.

Schivando l'ultimo pugno della combinazione, gli occhi di Matthias visualizzarono le braccia abbassate del suo avversario.

Adesso!

Alzandosi sulla punta del piede sinistro e sfruttando la forza centrifuga, fece partire un calcio circolare al viso che centrò il bersaglio. Il paratibie d'allenamento produsse un rumore secco e la forza d'impatto fece cadere il thailandese a terra di lato.

Il maestro rise. «Pisinchai! Alzati, forza!»

Il thaiboxer thailandese si rialzò senza problemi. Sgranchì il collo a destra e sinistra, fece un occhiolino a Matthias e prese a girargli attorno. Con uno scatto fulmineo si avvicinò allo statuario straniero, gli tirò un low kick alla gamba sinistra e in una frazione di secondo lo legò in clinch, iniziando a tempestarlo di ginocchiate laterali. Matthias cercò di divincolarsi, ma fuggire da quella presa era impossibile. Fece l'errore di abbassarsi troppo e finì per prendere una ginocchiata nello sterno: rosso in viso, si accasciò al suolo emettendo dei rantoli simili al nitrito di un cavallo.

«Va bene, basta così» sentenziò il maestro.

«Scusa, ho esagerato?» fece Pisinchai in un inglese stentato, guardando il tedesco che riprendeva fiato.

«Doveva dartene di più» intervenne il maestro con una smorfia di disapprovazione. «Sette anni che vieni qui e ancora non sai come gestire il clinch!»

«Maestro, non sia severo, è pur sempre un *farang*... cosa si aspetta?» ridacchiò il campione, dando un paio di pugni per finta a Matthias.

«Giusto perché non ho il gomito a posto...»

«Andate a lavarvi, piuttosto» disse il maestro. «Puzzate come animali.»

Una nutrita rassegna di persone di varie nazionalità si trovava riunita su delle panche all'interno di un capannone nel campo d'allenamento. Si consumava un pranzo a base di pad thai, pollo speziato, gamberi e verdure.

Ogni tanto, soprattutto nel periodo estivo, il campo si riempiva di occidentali desiderosi di allenarsi nella Muay Thai secondo gli schemi originali thailandesi: corsa alla mattina, sessioni di sacco, colpitori, corsa al pomeriggio, ancora sessioni di colpitori e sparring.

Dopo il pranzo, per Matthias giunse il momento di congedarsi: di lì a poco sarebbe passato il pulmino che lo avrebbe accompagnato all'aeroporto di Bangkok, da dove avrebbe preso il volo per tornare a casa. Salutò calorosamente Pisinchai e gli altri compagni d'allenamento, assicurando loro che sarebbe tornato presto. Il momento fu interrotto dal ronzio del motore scassato di un vecchio Volkswagen, il modello in voga tra gli hippie.

Sollevando la pesante valigia, Matthias salì sul pulmino che conteneva già sei persone e i loro bagagli. La marmitta del catorcio iniziò a sputacchiare fumo nerissimo e si allontanò lungo la strada sterrata che portava alla città. Dal finestrino, Matthias osservò i suoi compagni e il campo che l'aveva ospitato per due splendide settimane, e sentì già un po' di nostalgia; ma ora era il momento di tornare dalla sua famiglia, da sua moglie e dalla sua bambina che immaginava in trepida attesa del suo ritorno.

Bangkok distava circa centoquaranta chilometri dal campo, e con quel vecchio trabiccolo non ci avrebbero messo meno di due ore abbondanti. Pensò di schiacciare un pisolino, ma i continui sobbalzi causati dalle buche e dagli ammortizzatori scassati non favorivano certo il sonno. A questo si aggiungeva la caciara degli altri passeggeri a mo' di mercato del pesce. Rigirandosi più volte sul sedile dal tessuto consumato, Matthias cercò di trovare una posizione più comoda possibile e si sforzò di addormentarsi.

Due ore dopo fu svegliato dagli strattoni di un suo compagno di viaggio, il quale gli sorrise mettendo in mostra un invidiabile schieramento di denti marci e gengive annerite. Matthias si stropicciò gli occhi e si accorse di essere davanti al grande aeroporto di Bangkok.

L'autista scese dal pulmino e iniziò a dare una mano ai passeggeri a scaricare i bagagli, mentre Matthias si faceva aria sventolandosi la maglietta che si era appiccicata addosso. Trascinò la valigia in pelle fino al check-in dove scoprì, con amara sorpresa, che l'aereo aveva tre ore di ritardo.

Ecco... ci mancava...

Con aria afflitta si guardò intorno per cercare un posto dove sedersi e prendere qualcosa da mangiare per ingannare l'attesa. Si diresse verso il bar, si sedette al bancone e ordinò un panino e una lattina di Coca Cola, non senza lanciare un sorriso malizioso all'avvenente barista. Matthias si considerava un marito modello, prodigo di cure per la moglie e la figlia, ligio al lavoro, ma con un unico, colossale difetto: una tendenza innata a fare il *piacione*. Conscio del suo aspetto fisico sopra la media, cercava spesso e volentieri di attirare l'attenzione delle belle ragazze che incontrava, ma il tutto si esauriva nel giro di due chiacchiere e qualche battuta.

Mentre gustava il panino e si puliva la bocca col tovagliolo, scorse qualcosa in mezzo alla calca di persone che riempivano l'aeroporto. Lo scintillio biondo dei capelli di una bambina spiccò come la luce di un fiammifero nel buio della notte. La osservò meglio: i capelli le arrivavano poco sotto le spalle, gli occhi erano di un azzurro terso, aveva un neo sotto al labbro inferiore e un'aria indifesa. Era a piedi nudi e indossava un pigiamino celeste. Nella mano teneva un pupazzo di pelouche a forma di giraffa.

Matthias la fissò. Un momento di confusione, in cui il suo cervello cercò di mettere assieme i pezzi. Non poteva essere vero.

Era sua figlia.

Alexandra?

Si alzò immediatamente dallo sgabello con aria stordita e urlò il suo nome. «Alexandra! Alex!»

Come era possibile che quella bambina fosse sua figlia? Lei si trovava a migliaia di chilometri di distanza, con sua madre, ad attendere il suo ritorno. L'aveva sentita per telefono il giorno prima, era in fibrillazione, voleva aiutare la mamma a preparare una cena per festeggiare il suo rientro.

La piccola gli sorrise, poi iniziò a correre in mezzo alla gente.

Spiazzato, Matthias istintivamente le corse dietro. Si guardò intorno, nel frattempo, per vedere se ci fosse anche Harriette, sua moglie, ma di lei nessuna traccia. Non gli avevano fatto una sorpresa… e, in ogni caso, cosa ci faceva in giro in pigiama?

Matthias inseguì la bambina fuori dall'aeroporto. La bimba non smetteva di correre e lui doveva sforzarsi per non perderla di vista in mezzo a quel traffico di biciclette e risho, alle bancarelle, alla fiumana di gente che faceva avanti e indietro. Continuò a rincorrerla chiamando a gran voce il suo nome, ma lei si fermava solo quando lo vedeva bloccarsi esausto per riprendere fiato: allora si voltava quasi volesse aspettarlo e lo fissava sorridendo.

Andò avanti così per un po', finchè la bambina si fermò dietro la bancarella di un venditore di uccelli portafortuna. Matthias, stremato, la raggiunse e si bloccò. Era proprio lì, davanti a lui. La sua Alexandra.

«Papà…»

D'un tratto, la bambina iniziò a sussurrare qualcosa.

«Papà, mi dispiace, un giorno capirai. Grazie a questo, potremo scongiurare la fine di ogni cosa.»

«Cosa? Alexandra... cosa stai dicendo? Che ci fai qui? Dov'è la mamma?»

L'ennesima ondata di persone lo travolse. Solo un paio di secondi di confusione, poi la folla si diradò... e sua figlia era sparita.

Si guardò attorno in preda al panico.

«Alex! Alexandra! Dove sei?» urlò respirando affannosamente. Poi si avvicinò al venditore della bancarella. «Dov'è mia figlia? Dove è andata la bambina che stava qui?»

«Bambina? No bambina!» gli rispose in un inglese stentato il thailandese, indaffarato a mostrare la sua mercanzia ai passanti.

«La bambina! La bambina bionda!» gli urlò addosso, scuotendolo per le spalle «Quella che stava qui due secondi fa!»

Il venditore, infastidito, si divincolò dalla presa di Matthias, lo spinse con forza facendolo cadere e gli sciorinò addosso una serie di imprecazioni nella sua lingua madre.

Matthias si ritrovò col sedere a terra. Si guardò intorno, smarrito, terrorizzato, sotto gli occhi dei passanti che lo fissavano. L'uomo della bancarella aveva ripreso come niente fosse la sua attività. Di sua figlia nessuna traccia.

Cosa diavolo era successo? Era stata un'illusione, un sogno? Ma no, l'aveva vista davvero. Aveva visto le sue labbra muoversi, sentito la sua voce, anche se non era riuscito a comprendere il senso di quelle parole.

«Tutto bene?» chiese qualcuno alle sue spalle.

Matthias si girò in direzione della voce. Con una smorfia di dolore si rimise in piedi.

«Aspetta, ti aiuto io.»

Due mani candide lo sostennero per il braccio destro

finchè non ritrovò l'equilibrio. Matthias guardò la ragazza negli occhi: era una bellissima thailandese coi capelli corti e neri e un sorriso gentile sulle labbra. Per alcuni secondi la squadrò da capo a piedi, senza dire nulla.

«Hai visto… hai visto una bambina?»

Un'espressione leggermente sgomenta si dipinse sul viso della ragazza. Poi abbassò lo sguardo sul suo avambraccio destro. «Fammi vedere…»

Il tedesco si ritrasse d'istinto. Solo in quel momento si accorse di avere un taglio sopra al gomito, dal quale usciva un rivolo di sangue. Doveva esserselo procurato cadendo sopra un sasso appuntito.

«Stai tranquillo» cercò di rassicurarlo la donna con un sorriso «sono un'infermiera, so quello che faccio.»

Tirò fuori dalla borsetta una bottiglietta d'acqua, l'aprì e ne versò un po' sul braccio di Matthias. La rimise a posto e prese un fazzoletto di stoffa ricamato, annodandolo attorno alla ferita.

Il detective osservò in silenzio la ragazza mentre si muoveva con estrema naturalezza. Fu ammaliato dalla sua grazia e dal suo viso delizioso.

«Per ora va bene così, ma è meglio disinfettarla» disse la ragazza. «E forse sarebbe il caso di andare in ospedale, potrebbero metterti un paio di punti. Io abito lì, se vuoi puoi salire da me per medicarti.»

«No, no… non è niente…» farfugliò Matthias, ancora confuso dalla presunta visione della figlia. «Poi devo prendere un aereo, devo tornare a casa…»

Subito dopo fece una smorfia di dolore. La ferita era più profonda di quanto pensasse. Guardò la macchia che si espandeva sul fazzoletto e concluse che non se ne sarebbe potuto andare così su due piedi.

«Va bene, ma niente ospedale» bofonchiò. «Prima, però,

devo fare una telefonata.»

Lei annuì soddisfatta. Matthias si allontanò di qualche metro ed estrasse il cellulare dalla tasca, componendo il numero.

«Amore?»

«Ehi!» esordì la moglie Harriette con voce squillante «allora? Sei partito?»

«Ehm, no. In pratica è successa una cosa... comunque niente di che, sono caduto e mi sono fatto male al braccio, adesso devo farmi medicare.»

«Oh, ti pareva» esclamò lei dall'altro capo del telefono. «Non è possibile, ogni volta!»

«Ma no, non è nient...»

«Te ne capita sempre una quando vai in Thailandia! E un anno il gomito, e l'altro anno il tuo amico, adesso il braccio...»

«Prendo il prossimo volo, parte tra tre ore e mezzo. Era quello su cui ero indeciso...»

«Sì, lo so anch'io!» ribatté stizzita la moglie. «Ti ricordi perché hai scelto quello che partiva prima? Perché saresti arrivato qui alle otto e avremmo portato Alexandra al Luna Park! Dai, lo sapevi, oggi è l'ultimo giorno, ci teneva tanto ad andarci con te!»

Sentirla pronunciare il nome della figlia gli mozzò il respiro per un istante.

«Alexandra... è lì con te, vero?» chiese con un filo di voce.

«Eh? Certo, dove dovrebbe essere?»

Quella risposta non placò i suoi turbamenti. D'altronde, cosa poteva aspettarsi? Avrebbe mai potuto, una bambina di otto anni, prendere un aereo per la Thailandia da sola? Eppure, quello che aveva visto e sentito prima non poteva essere un'illusione o un sogno a occhi aperti.

«No… niente, niente.»

«Cosa c'è, mi devo preoccupare? Hai battuto anche la testa?»

Il bruciore della ferita e il tono sprezzante della moglie lo avevano innervosito fin da subito, e quella frase lo fece sbottare del tutto. «Oh, ma vaffanculo!» gridò. «Mi sono fatto male, cazzo, okay? Mi sono fatto male cadendo. Adesso vado a farmi medicare, e a quel cazzo di Luna Park c'andremo la prossima volta!»

Matthias non era solito a quegli scatti d'ira e mal sopportava chi diceva parolacce. Una risposta del genere era veramente fuori dagli schemi, per uno come lui.

«Matt…»

«Ora vado» la interruppe sul nascere. «Dai un bacio ad Alex.»

Il detective mise giù la cornetta stizzito, senza aspettare una replica.

«Vuoi qualcosa da bere?» gli chiese la ragazza, facendo accomodare Matthias nel suo piccolo appartamento. Il mobilio era scarno, ma era pieno di monili etnici che lo rendevano piuttosto particolare. Tra questi, diverse statue in legno intagliate che raffiguravano antichi guerrieri di Muay Thai intenti a combattere coi guanti in corda.

«Qualcosa di forte, se ce l'hai» borbottò con una certa sfacciataggine. La thailandese sembrò non farci caso e prese della tequila con due bicchierini. Ne bevvero due giri ognuno, dopodichè Matthias si appropriò della bottiglia senza tante cerimonie, versandosene un altro e scolandolo alla goccia.

Tra un bicchiere e l'altro scoprì che la ragazza si chiamava Anchali, che aveva venticinque anni, che suo fratello praticava la Muay Thai ed era stato campione del Lumpini Stadium per due anni di fila, e che si era lasciata da poco col suo fidanzato, un inglese trasferitosi in Thailandia. Matthias le raccontò quello che era capitato, la visione della figlia, ma i suoi interrogativi e turbamenti andavano via via affievolendosi man mano che il liquore scendeva giù per la gola.

«Il bagno è piccolo, siediti sul letto» gli disse Anchali mentre tirava fuori garze e disinfettante.

Il detective si lasciò cadere pesantemente sul materasso, sentendosi sprofondare. Non era abituato a bere e la tequila aveva fatto effetto molto in fretta.

«Vediamo un po'…» disse lei, passando delicatamente sulla ferita dell'ovatta imbevuta di disinfettante. Matthias fece una leggera smorfia.

«Brucia?»

«Ma no, ho fatto finta» scherzò. «Poi sono già alticcio, tra poco non sentirò più nulla.»

La tensione nell'aria era sempre più palpabile. La thailandese aveva un tocco vellutato, e dalla sua posizione Matthias riusciva a scrutarle il seno generoso attraverso la scollatura della canottiera. Si rese conto, al contempo, che lei non stava facendo nulla per impedirglielo. La valvola del desiderio stava per saltare.

A livello conscio, il detective non avrebbe saputo definire il momento esatto in cui terminò la medicazione e iniziò tutto il resto. Semplicemente si ritrovò sdraiato, senza vestiti, con Anchiali sopra di lui. Così avvinghiati, il sudore ben presto si insinuò sulla pelle, e i mugolii di piacere facevano da contraltare alla monotona melodia del letto cigolante. La ferita al braccio non esisteva più, così come sua moglie e tutti gli eventi che l'avevano portato fin lì.

Quando la foga amorosa si spense, Anchali si sdraiò al suo fianco. Accarezzò l'ampio torace dell'occidentale dai capelli rossi e ne osservò un livido sul fianco destro, frutto di un calcio in allenamento.

Matthias, cadenzando la respirazione, rimase in silenzio per alcuni secondi. Poi, un brivido gli rizzò i peli sulle braccia.

«Io sono sposato...» balbettò con un filo di voce.

«Non te l'ho chiesto» rispose la thailandese senza scomporsi.

«Devo andare, cazzo... il volo...»

Si alzò in fretta e furia, raccogliendo i vestiti e infilandoseli disordinatamente. Dentro di sé si stava già maledicendo: fino ad allora era sempre stato sicuro che, pur facendo il cretino, non avrebbe mai "saltato il fosso" finendo a letto con qualcun'altra. Ebbene, si sbagliava.

«Vuoi che ti accompagni?» disse Anchali, restando sdraiata sul letto.

«Conosco la strada» le rispose in maniera scorbutica mentre si abbottonava i jeans. Aveva come l'impressione che la ragazza si aspettasse una conclusione del genere. Usato per il sesso... magari, una decina di anni prima ne sarebbe stato fiero. Adesso decisamente meno.

Scese di gran carriera le scale e si diresse a piedi verso l'aeroporto, pensando a cosa comprare per Harriette e Alexandra per cercare di farsi perdonare del ritardo.

Bonn, Germania
17 dicembre 2008, ora locale 02:20

«Mamma, ma quando torna papà?» mugugnò la piccola Alexandra. Indossava il suo pigiamino celeste e nella mano sinistra teneva stretta la giraffa Freddy, fedele compagno di sonno.

«Cosa ci fai alzata a quest'ora?» le domandò Harriette, seduta a braccia conserte sulla poltrona, cercando di non cedere al sonno. «Torna a letto, dai. Papà lo rivedrai domattina.»

Suo marito doveva essere rientrato ormai da più di due ore, eppure risultava irraggiungibile al cellulare. Aveva controllato gli orari dei voli, e quello che avrebbe dovuto prendere era arrivato senza subire il minimo ritardo. Nella testa le aleggiava una nota di preoccupazione: conosceva bene Matthias e sapeva che era in grado di cavarsela in ogni frangente, ma a turbarla in quel momento era stata la sua risposta e il suo atteggiamento così fuori dalle righe. Strana la sua reazione, strano il suo tono, strano tutto.

Alexandra mise il broncio. «Uffa! Aveva detto che mi avrebbe portato al Luna Park e invece niente… almeno voglio il mio regalo!»

«Non fare la capricciosa!» tagliò corto la madre. «Guarda che se non dormi dico a tuo padre di non dartelo!»

«Ma io non ho sonno!»

«Alexandra, non mi fare arrabb…»

Un insolito rumore metallico la fece ammutolire di colpo.

«Mamma, cosa…»

Harriette interruppe subito la figlia, facendole cenno di tacere col dito davanti alla bocca, poi prese un uncino dal caminetto e si diresse lentamente verso la cucina, da cui sembravano provenire i rumori.

Appena varcò la soglia, si trovò di fronte un uomo che le puntava una pistola dritta in faccia.

«Getta quel cazzo di ferraccio!» sbraitò l'intruso, con la mano che tremava vistosamente.

«Stai facendo una stupidaggine…» provò a dire la donna, posando l'uncino a terra e sforzandosi di mantenere i nervi saldi. «Mio marito è un detective della polizia. Vattene, giuro che non dirò nulla.»

«Sì, certo che me ne vado, ma prima voglio tutto quello che avete! Forza, oro, soldi, tutto!» ordinò, agitando la pistola.

Alexandra era rimasta ferma sulle scale, paralizzata dal terrore. Le scappò un singhiozzo strozzato che cercò di reprimere subito, ma non abbastanza perché il ladro non la notasse.

«Ehi, bella bambina!» sussurrò il malvivente. «Vieni qua, non ti faccio nulla.»

«Lascia stare mia figlia, bastardo!» urlò la Harriette. In risposta l'uomo fece un passo avanti e la colpì al viso col calcio della pistola, facendola cadere e rischiando di cadere a sua volta.

Harriette, a terra e col volto sanguinante, pensò che il ladro doveva essere sotto l'effetto di qualche droga vista la scarsa coordinazione, il sudore e i tremori.

«Piccola, non vuoi che faccia ancora male alla mamma, vero? Dai, scendi!»

Alexandra fece come intimato, singhiozzando. Stringeva forte al petto la sua giraffa.

«Dimmi piccolina, come ti chiami?»

«Lasciala stare, schifoso!» ringhiò la madre mentre cercava di rialzarsi. Il ladro le mollò un calcio in faccia coi suoi pesanti anfibi, colpendola di striscio. Harriette rotolò a terra, macchiando il tappeto del sangue che le colava dal labbro inferiore.

«Mamma…»

«Allora, vuoi dirmi o no come ti chiami?» ripetè un po' spazientito il delinquente, allungando una mano per sfiorarle una guancia.

Harriette, facendo appello a tutte le sue forze, si rialzò

velocemente e gli piombò addosso, cercando di colpirlo agli occhi e di far cadere l'arma. La bambina si mise a urlare, ma le sue grida furono interrotte, pochi secondi dopo, da uno sparo.

La donna si accasciò lentamente a terra con lo sguardo perso nel vuoto. All'altezza del torace, il foro di un proiettile da cui sgorgava copiosa una gran quantità di sangue.

Il criminale realizzò la situazione dopo qualche secondo. «Merda... oh, merda!»

Alexandra era immobile, con gli occhi sbarrati e la mascella serrata. Voleva gridare, ma non riusciva proprio ad aprire la bocca.

In preda al panico, il ladro si mise a rovistare in fretta e furia nei cassetti, gettandone il contenuto a terra, nella speranza di trovare qualcosa di valore. Ma non ci riuscì.

Con la respirazione affannata e il cuore che sembrava voler schizzargli dal petto da un momento all'altro, si voltò verso Alexandra e la fissò. Per una frazione di secondo non vide in lei una bambina di otto anni, ma una persona che l'aveva visto in faccia. Facendosi guidare più dalla paura che dalla razionalità, alzò la pistola nella sua direzione.

Matthias scese dal taxi che l'aveva accompagnato a casa. Prese i bagagli, pagò il taxista aggiungendo una lauta mancia e si diresse verso la sua abitazione.

Non era riuscito a prender sonno durante le estenuanti tredici ore da Bangkok a Bonn. La sua testa era impegnata a ripensare agli eventi che lo avevano costretto a prendere quel volo anziché quello prenotato a suo tempo. Si sentiva ancora addosso l'intenso profumo di Anchali, quell'intruglio di Ylang Ylang e dio solo sa cosa di cui casa sua era pregna… e, oltre all'odore, era salito sull'aereo con lui anche il senso di colpa. Nonostante percepisse qualcosa di strano in tutta la vicenda, come se l'intero universo si fosse coalizzato contro di lui per farlo cedere sotto i colpi della lussuria, sapeva bene che era fin troppo facile cercare scuse o scappatoie. Forse qualcosa in lui non andava, troppo stress o troppe botte ricevute? Magari una visita a sua cognata Dagma, sorella di Harriette, che lavorava come psichiatra in una clinica privata, avrebbe potuto essergli d'aiuto.

Giunto davanti alla porta, si soffermò un attimo a pensare se, per caso, la moglie lo stesse aspettando in piedi. D'altro canto, non aveva osato telefonare per non beccarsi una sfuriata per averla svegliata. Per farsi perdonare, tirò fuori dalla valigia una collanina di legno con un topazio e se la mise in tasca, poi tirò fuori le chiavi.

Aprì la porta lentamente, attento a non fare rumore.

La richiuse.

Andò verso la sala.

Vide qualcosa di strano per terra, in lontananza, ma era troppo buio per capire cosa fosse, così accese la luce.

Si bloccò.

Trascorsero secondi interminabili, in cui si ricordò dell'episodio in Thailandia e si convinse che quella scena davanti ai suoi occhi fosse solo frutto della sua immaginazione. Non poteva essere vero, non c'era altra spiegazione. Mentre pensava tutto questo, sentì il battito cardiaco accelerare e una sensazione di formicolio ai piedi che pian piano stava risalendo per tutto il corpo. Quando arrivò alle mani, un riflesso condizionato lo costrinse suo malgrado ad aprirle, provocando la caduta della valigia e del regalo.

Il suono degli oggetti che toccarono terra lo svegliò da quel torpore. Con l'adrenalina a mille, si gettò sul corpo della moglie calpestando la chiazza di sangue.

«Harriette... Harriette!» sillabò con voce strozzata, scuotendola per le spalle alla disperata ricerca di un minimo segno vitale. Pensò a fare un massaggio cardiaco, una respirazione bocca a bocca, ma non fece in tempo a fare nulla poiché, alzando lo sguardo, vide dell'altro sangue dietro il divano. Dalla sua posizione non riusciva a distinguere bene, ma un brivido di terrore gli corse lungo la schiena. Si alzò in piedi, fece tre passi in avanti e vide un corpicino riverso a terra a faccia in giù.

«Oh no... no...»

Percepì improvvisamente una sensazione strana, come se stesse perdendo il senso dell'orientamento. Si sentì tirare in ogni direzione, le immagini dell'ambiente circostante si sovrapponevano come in un collage disordinato e una serie di puntini luminosi iniziarono a comparire in numero crescente nel suo campo visivo. Conosceva quelle sensazioni, ma ebbe a disposizione solo un istante per rendersi conto di cosa stava succedendo.

Poi il buio.

Si risvegliò un'ora dopo. Inizialmente realizzò soltanto di essere sdraiato, e non in casa sua.

«Detective, si è ripreso...»

A parlare era l'agente Calwert, seduto a fianco al letto su una seggiola arancione. Matthias lo riconobbe dopo qualche secondo, mentre un dolore acuto sembrava pervadere ogni muscolo del suo corpo. Guardandosi meglio attorno, si rese conto di trovarsi in una stanza d'ospedale.

«Cosa... ci faccio qui?»

L'agente aprì la bocca per rispondere, ma esitò un attimo. Trovare le parole adatte in quella circostanza era davvero difficile. «Dunque, a quanto dicono i medici, sembra che lei abbia avuto una crisi epilettica.»

Quella diagnosi fece scattare una scintilla nella sua memoria. D'un tratto si spiegavano il mal di testa, i dolori muscolari causati dalle convulsioni, il senso di smarrimento al risveglio.

«Erano più di vent'anni che non mi capitava...» bofonchiò, ricordando quello che aveva passato durante l'infanzia, quando la malattia era esplosa ed era arrivato ad avere anche più crisi nella stessa settimana. Dopo alcune prove con diversi farmaci aveva trovato la terapia adatta e dall'età di quindici anni non aveva avuto più alcun episodio, tanto che qualche anno dopo aveva interrotto anche la cura senza alcuna ricaduta.

Si guardò di nuovo attorno, indugiando sul vasetto di margherite poggiato sopra al comodino alla sua destra. Cercò di mettere a fuoco i singoli petali, i colori, la forma degli steli. Poi, d'un tratto, spalancò gli occhi e volse la testa verso l'agente.

«Harriette... Alexandra...» balbettò, senza il coraggio di proseguire. In quegli istanti sperava soltanto che qualcuno gli dicesse: *"Tranquillo, stanno bene, hai avuto delle visioni durante la crisi"*.

L'agente Calwert, invece, abbassò lo sguardo tirando un lungo sospiro, durante il quale ripassò mentalmente le parole più adatte per dirglielo.

«Ecco, quando la pattuglia è arrivata, purtroppo... i soccorsi hanno fatto il possibile, ma...»

Non riuscì a proseguire e lasciò la frase biascicata in sospeso.

Matthias non disse nulla per un paio di secondi, il suo cervello si era bloccato su quel "purtroppo". Poi scese di scatto dal letto e si fiondò verso la porta, staccandosi dal corpo la flebo di elettroliti. L'agente non si era ancora alzato dalla sedia che lui l'aveva già spalancata e superata.

«Detective! Si fermi!» urlò Calwert. «La prego!»

Si mise a inseguirlo, allertando anche il personale sanitario, mentre Matthias si precipitava a piedi nudi lungo la corsia con un'espressione allucinata in viso. Due agenti che si trovavano poco più avanti, intenti a parlare con un'infermiera, lo videro correre come un forsennato e si gettarono loro stessi all'inseguimento riuscendo a bloccarlo dopo qualche secondo.

Matthias urlò e si dimenò, tentando di liberarsi dalla stretta dei poliziotti, che in tre facevano fatica a tenerlo. Arrivò anche un medico che provò a calmarlo ma nella foga ricevette una gomitata in fronte che gli aprì un discreto taglio. Riuscì a divincolarsi dalla presa ma fece solo altri tre passi prima di crollare in ginocchio, in un pianto disperato.

La figlia aveva perso la vita sul colpo. La pallottola aveva trapassato di netto il cuore e si era conficcata nel muro.

La moglie era arrivata ancora viva all'ospedale, ma ormai aveva perso troppo sangue e l'emorragia interna aveva compromesso i polmoni. Il disperato tentativo di salvarla era fallito sotto i ferri.

Seduto su una seggiola nel corridoio, in quanto si era rifiutato di tornare nella sua stanza, Matthias ascoltò passivamente quel freddo resoconto che documentava, in termini medici, la fine della sua famiglia. A un certo punto le voci dei dottori si affievolirono: immaginò sua figlia, l'espressione che avrebbe avuto stringendo il suo regalo in mano, le volte in cui l'aveva portata al Luna Park, il ritorno da scuola dopo un bel voto, i week-end di pioggia a giocare assieme con le sue bambole, il ditino puntato ogni volta che il suo papà diceva una parolaccia e la promessa di non dirne più. Non si fermò a pensare che quei ricordi mischiati potevano essere l'anticamera dell'ennesima crisi, e ci scivolò dentro quasi senza accorgersene.

3-4

Bonn, Germania
17 dicembre 2012, ora locale 13:02

La corsia dell'ospedale Elki brulicava di vita: medici e infermieri indaffarati nei loro rispettivi compiti, pazienti appena operati che venivano portati in lettiga alle loro camere, vecchi che vagavano trascinando le loro aste delle flebo, parenti in visita con annessi cioccolatini e biscotti.

L'agente di guardia alla stanza del *presunto* assassino, il giovane Harnold Bauer, leggeva annoiato un quotidiano locale. Mancavano una decina di minuti all'arrivo del collega per il cambio turno, dopodichè sarebbe andato in un'officina a far riparare l'auto della moglie.

«Buongiorno, agente.»

Harnold sollevò gli occhi dal giornale e vide tre uomini in doppiopetto nero e occhiali scuri venire verso di lui. Non li aveva sentiti arrivare.

«Buongiorno. Chi siete?»

«Non è importante. Siamo qui su autorizzazione del procuratore distrettuale, abbiamo l'ordine di interrogare il sospettato.»

Detto questo, uno degli uomini gli passò di fianco e aprì

la porta della stanza senza nemmeno aspettare una risposta della guardia.

«Ehi, un momento! Che diavolo fate? Devo chiamare il detective!»

«Lo chiami pure» disse serafico il più basso dei tre, richiudendosi la porta alle spalle.

Harnold Bauer rimase di stucco. Dopo qualche secondo si riprese, tirò fuori il telefono e chiamò il suo superiore.

Matthias, nel frattempo, si trovava al cimitero monumentale di Bonn. Un luogo lugubre circondato da alte e spesse mura, mura che sembravano pensate apposta per trattenere le anime dei defunti in una sorta di prigione senza tempo.

I suoi passi cadenzati sferzarono il selciato che lo separava dalla tomba di Harriette e Alexandra. I loro nomi erano incisi su due lastroni di marmo nero, l'uno accanto all'altro. Le date segnate accanto al loro viso sorridente erano una coltellata al cuore ogni volta che faceva loro visita.

Come un automa, ripetendo gli stessi gesti da quattro anni a quella parte, tolse i fiori vecchi dai contenitori di metallo, versò l'acqua in terra e andò a buttarli nel cestino. Poi si diresse verso la fontanella, riempì i vasi di acqua fresca e vi adagiò le rose bianche e le orchidee che aveva preso dal fioraio.

Estrasse da una tasca un pelouche con le fattezze di una giraffa e lo posò sulla lapide della figlia, mentre le lacrime sgorgavano ormai senza freno.

Non gli ci era voluto molto, a Matthias, per individuare l'efferato esecutore di quel massacro. Le tracce lasciate durante la fuga gli avevano permesso di risalire a lui senza possibilità d'errore. Aveva agito in solitaria, in spregio agli ordini ricevuti dai superiori che gli avevano assegnato due settimane di congedo forzato e una serie di sedute dallo psicologo della polizia.

Due giorni dopo l'uccisione della sua famiglia, aveva bloccato l'assassino in un bar alla periferia di Bonn e gli aveva scatenato addosso tutta la sua furia di fronte ai presenti ammutoliti. Era stato proprio il proprietario del locale a chiamare la polizia, che per fortuna di Matthias era arrivata sul posto dopo pochi minuti: l'assassino era infatti ridotto malissimo e ci avrebbe probabilmente rimesso le penne se il detective non fosse stato bloccato a fatica da quattro agenti. Alla fine se l'era cavata con tre costole rotte, una commozione cerebrale, lo strappo di una cornea e la milza spappolata.

Franz Bauhning, così si chiamava, aveva passato due mesi piantonato in ospedale, dopodichè era stato processato per direttissima e condannato all'ergastolo. A causa del suo comportamento, e delle polemiche scatenate dall'episodio sull'uso crescente della forza da parte della polizia, i piani alti avrebbero voluto la testa di Matthias, ma il suo eccellente stato di servizio e le particolari circostanze gli avevano permesso di cavarsela con sei mesi di sospensione dal servizio. I sei mesi peggiori della sua vita. Il senso di colpa era un opprimente macigno che non lo abbandonava per un singolo istante. Avrebbe dovuto essere già a casa, avrebbe dovuto difendere la sua famiglia... e invece, per una scopata, per una cazzo di scopata con una cazzo di thailandese sconosciuta, aveva distrutto tutto per sempre. A niente serviva urlare e rompersi le nocche a forza di pugni contro i muri di casa, quella casa che non si sarebbe più impregnata del profumo di sua moglie e non sarebbe più stata cosparsa delle briciole lasciate da Alexandra quando mangiava i biscotti.

Matthias era piombato in una profonda depressione. Aveva smesso di allenarsi e iniziato a far uso di eroina, così, di netto, e ne era divenuto subito dipendente. Si era allontanato da tutti, passando metà delle giornate alla ricerca delle dosi e l'altra metà a iniettarsele in vena. Quando l'ago penetrava nella pelle e rilasciava lo stupefacente, Matthias si sentiva trasportare in un mondo parallelo in cui riviveva alcuni momenti della sua vita in tutta la loro vividezza: la moglie col lungo strascico bianco il giorno delle nozze, l'acquazzone che li aveva sorpresi al loro ritorno, i primi vagiti della loro bambina e la promessa che si sarebbe preso cura di loro per sempre.

Promessa che non era riuscito a mantenere.

Il suono improvviso del cellulare lo riportò alla realtà.

«Pronto…» rispose con voce smorzata.

«Detective? Sono l'agente Bauer.»

«Cosa succede?»

«Be', ecco…» incespicò il poliziotto. «Sono entrati nella stanza del sospetto alcuni… agenti dei servizi segreti, credo. Mi hanno detto di avere un'autorizzazione, volevo sincerarmi se…»

«Aspetta, aspetta, cosa?» lo interruppe Matthias, incredulo. «Ti avevo detto di non far entrare nessuno!»

«Lo so, ma loro…»

«Stai zitto!» tagliò corto Matthias, chiudendo la chiamata e iniziando a correre verso l'uscita del cimitero.

Nella stanza d'ospedale, i tre uomini erano disposti a semicerchio attorno al letto. Viktor li squadrò uno per uno.

Il primo, quello che aveva parlato, era il più magro di costituzione e il più basso. Leggermente stempiato, aveva una cicatrice sul collo simile a una bruciatura. A giudicare dalle movenze degli altri, doveva essere il capo. Il secondo era calvo e più corpulento: Viktor notò, all'interno della giacca, un leggero rigonfiamento incompatibile con una pistola. Nascondeva qualcosa. Il terzo era un uomo di colore molto alto e massiccio, sicuramente oltre i centoventi chili.

«Buongiorno, signor Zagaev» esordì con un mezzo sorriso il capo. «O come la chiamano nell'ambiente, Diavolo di Prypjat.»

Viktor non rispose, limitandosi a fissarlo.

«Sappiamo tutto sul suo conto. Devo dire che alcune sue imprese mi hanno lasciato sbalordito, sento quasi un moto di ammirazione nei suoi confronti.» Mentre parlava, l'uomo si avvicinò lentamente alla finestra, guardando all'esterno attraverso una fessura della veneziana. «Io sono Johann Brett. Faccio parte della CIA, precisamente della sezione K9. Mi piacerebbe parlare in maniera approfondita dei nostri compiti, come mi piacerebbe ascoltare il resoconto dell'incidente che l'ha portata qui, ma temo che il tempo a nostra disposizione sia limitato. Veniamo al sodo, dunque. Sappiamo che lei ha ucciso sia il direttore Stahler, sia il corriere. Certo, si sarebbe potuto bypassare Stahler e occuparci del recupero del Diario di Valsecchi direttamente, ma così hanno deciso ai piani alti. Non importa, acqua passata. Ora, però, vorremmo sapere chi le ha commissionato l'incarico e soprattutto chi le ha sottratto il diario.»

«Corporatura massiccia, avanti con gli anni, barba bianca…» disse il killer con voce un po' affaticata, mentre l'uomo sembrava ascoltarlo con attenzione. «Aveva un abito rosso e degli stivali neri. E un sacco sulle spalle.»

Gli uomini si scambiarono un'occhiata fugace, mentre Johann Brett abbassò lo sguardo e inspirò. «Signor Zagaev, lei dev'essere una persona intelligente. Forse pensa che non uscirà vivo da questa stanza. Senza dubbio, in un'altra circostanza, sarebbe stato così, anche in memoria di tutti gli operativi che ha ucciso negli anni passati. Ma qui l'oggetto del desiderio è molto più importante di qualunque altra cosa. Quindi, signor Zagaev, ha due opzioni: dirci chi le ha rubato il Diario di Valsecchi e chi ne ha commissionato il recupero, e andarsene quindi sulle sue gambe, almeno per il momento, oppure…»

L'uomo alla destra di Brett infilò una mano nella giacca, nella zona del rigonfiamento, e ne estrasse un flaconcino con una siringa. Poi gliela porse.

«Questo, mister Zagaev, è veleno di Chironex Fleckeri, una medusa dei mari australiani. È classificata come l'animale più velenoso al mondo: ne bastano tre millilitri per andare incontro alla morte in circa tre minuti, dopo atroci spasmi e un arresto respiratorio. Tutto questo mentre il cervello rimane lucido e cosciente. Orribile, non trova?»

Con un ghigno malcelato, Brett infilò l'ago nella boccetta attraverso il tappo e ne aspirò il contenuto. «Non vuole proprio ripensarci, signor Zagaev?» domandò per l'ultima volta, tenendo la siringa immobile in mano. «Davvero vuole che finisca tutto così? In un letto d'ospedale, con la bava alla bocca e le convulsioni?»

Viktor rivolse lo sguardo al soffitto, accennando un sorriso.

Il capo scosse la testa. «Come preferisce. La fatica di dover cercare più a lungo sarà compensata dal pensiero dei suoi arti che si contorcono e del suo respiro interrotto. Peccato non poter assistere allo spettacolo.»

Detto questo, passò la siringa all'operativo a destra, il quale si avvicinò al tubicino collegato alla flebo per iniettarvi la dose mortale di veleno.

Con uno scatto improvviso del braccio sinistro, Viktor strappò la medicazione e afferrò la siringa dalla parte alta per poi rivolgerla contro l'uomo, infilzandolo a livello del collo. Schiacciò lo stantuffo e il liquido venefico gli entrò in circolo. Prima che facesse effetto, il killer gli estrasse la pistola dalla fondina e si gettò oltre la sponda opposta del letto, cadendo a terra sul ginocchio dai legamenti strappati. Soffocando l'atroce spasmo di dolore, sparò un colpo in fronte all'energumeno nero appena prima che lui facesse lo stesso. Un proiettile sparato da Brett lo sfiorò alla schiena, ma allo stesso tempo Viktor aprì il fuoco da sotto il letto, puntando alle gambe. L'uomo cadde a terra urlando di dolore con la tibia spezzata, e il killer lo finì con un colpo dritto alla carotide. L'altro uomo, invece, era a terra in preda a spasmi terribili, riuscendo a emettere solo dei suoni gutturali incomprensibili.

Il giovane agente Bauer entrò nella stanza pistola in pugno, tremando come una foglia. «Fermo! Getta...» tentò di intimare al sospettato, prima che questi gli forasse il cranio facendolo stramazzare al suolo.

Trascinandosi sugli avambracci fino alla sedia a rotelle che avevano approntato per quando si fosse ripreso, Viktor riuscì a issarvisi e a dirigersi, pistola salda in mano, verso l'ascensore più vicino. I pazienti e i medici, terrorizzati dagli spari, stavano scappando in maniera disordinata lungo la corsia, chiudendosi dentro le camere o nascondendosi sotto i banconi. Uno di essi cercò di fermarlo, ma il suo tentativo fu annullato da una pallottola dritta nel cuore.

Arrivato all'ascensore, Viktor aspettò che le porte si aprissero e puntò la pistola contro le persone che in quel momento si trovavano nella cabina, intimando loro di uscire. Dopodiché entrò e premette il pulsante per il seminterrato. Sotto l'ospedale c'era un parcheggio: la sua speranza era trovare una moto o uno scooter che potesse guidare nelle sue condizioni.

La fortuna gli sorrise: una KTM da cross era parcheggiata a pochi metri di distanza. A quella vista, sentì il cuore pompare più veloce e l'adrenalina schizzare alle stelle, annullando quasi del tutto il dolore alla gamba.

Smontò il pezzo della carena dove si trovava la centralina usando un pezzo della sedia a rotelle a mo' di cacciavite, staccò lo spinotto, salì sulla moto e la fece partire con la pedalina. Accelerò sgommando verso l'uscita e, una volta in strada, con indosso solo il camice dell'ospedale, si diresse a sud.

Matthias arrivò davanti all'ospedale pochi minuti dopo. Con sua grande sorpresa vide una massa di gente che fuggiva terrorizzata. Quando salì le scale della struttura semi-deserta e arrivò al reparto in cui era ricoverato il killer, il motivo apparve chiaro.

A terra giacevano una serie di corpi, e i pochi medici rimasti erano inginocchiati attorno a essi tentando qualche manovra d'emergenza.

Matthias avanzò, mostrando il distintivo, e si abbassò accanto al cadavere di Bauer. Aveva solo ventidue anni ed era in servizio effettivo da appena quattro mesi.

Non dovevo lasciarlo da solo…

La sua leggerezza era costata la vita a un agente, ma non

poteva perdere nemmeno un secondo di più con quell'assassino a piede libero: perciò inspirò, strinse i pugni ed entrò deciso nella stanza 34.

Le vittime erano lì, coi loro doppiopetto scuri macchiati di sangue. Uno aveva gli occhi sbarrati e dalle labbra serrate colava un rivolo di schiuma mista a sangue. All'altezza del collo aveva una siringa infilzata.

Matthias controllò le tasche di tutti in cerca di un tesserino, ma non trovò nulla. Nero di rabbia, prese in mano il telefono premendo sullo schermo fin quasi a sfondarlo.

«Procuratore Ruggle? Sono Wichmann! Ma che cazzo succede? Ha dato lei l'autorizzazione a interrogare il sospetto?»

L'uomo dall'altro capo della linea rispose di sì in tono dimesso.

«Ma le ha dato di volta il cervello?» sbottò furioso. «Ha idea di quello che è successo qui?»

«Disposizioni superiori, detective! Non ho potuto fare nulla! Ma cos'è successo?»

«Non è possibile...» ribatté Matthias costernato. «Ridicolo... vuole sapere cos'è successo? C'è un mare di cadaveri, un agente è morto e Zagaev è scappato! Sufficiente?»

«Zagaev? Viktor Zagaev?» ripeté incredulo il procuratore «Il sospetto era lui?»

«Certo che era lui! E lei non si è degnato nemmeno di chiamarmi prima di autorizzare questi tizi!»

«Maledizione, ti ho già spiegato che...»

«Procuratore, se ne vada a...» e, prima di terminare la frase, interruppe la chiamata.

Niente parolacce... eh... facile a dirsi...

Rimise in tasca il telefono e corse via dall'ospedale, mentre le sirene delle volanti si facevano sempre più vicine.

3-5

Boston, USA
17 dicembre 2012, ora locale 06:00

Il fastidioso squillo della sveglia destò bruscamente Kayn dal sonno in cui era sprofondato, complice il soffice materasso dell'hotel.

Appena il giorno prima, una carrellata di notizie inattese lo aveva fortemente provato a livello umano e psicologico, causandogli un discreto accumulo di stanchezza. Perciò, dietro consiglio di Greta, aveva scelto di prenotare una camera per la notte: al risveglio sarebbero partiti entrambi molto presto, visto che rimanere troppe ore nello stesso luogo avrebbe reso le cose facili a chiunque avesse voluto rintracciarli.

Si alzò a fatica dal letto, si preparò in fretta e furia sciacquandosi con la saponetta dell'hotel e si vestì.

Si incontrò con Greta nella hall al pianterreno.

Lei sembrava fresca come una rosa. «Non si fa aspettare una signora.»

Kayn rispose con uno sbadiglio. «Scusa, ma non sono abituato a queste levatacce. Un'altra oretta di sonno non mi sarebbe dispiaciuta.»

«Puoi restare qui, se vuoi.»

Detto questo, si avviò verso l'uscita senza aspettarlo.

«Ehi, un momento! C'è qualche problema?» le chiese infastidito.

Greta si bloccò, fece dietrofront e gli arrivò a qualche centimetro dal viso. «Forse non hai capito la portata della questione. Abbiamo alle calcagna gente che non si farebbe il minimo scrupolo a piantarti un proiettile in fronte, caro professore. Se vuoi restare e concederti ancora un pisolino fallo pure, ma non è detto che tu riesca ad arrivare vivo fino alla colazione.»

Kayn rimase impressionato dalla tempra e dalla determinazione della donna. Non sembrava mostrare titubanze, mentre a lui quelle parole avevano instillato un certo timore.

«Okay, ho capito. Perdonami.»

«Quindi?» lo incalzò Greta. «Che hai intenzione di fare?»

Il professore si prese un secondo per sospirare. «Vengo con te, ci mancherebbe. La fine di mio padre è una ferita che non si è mai rimarginata, figuriamoci se mi tiro indietro.»

Il viso di Greta cambiò espressione, perdendo la durezza granitica di prima. «Pensavo di essere vicina all'obiettivo, e invece non avevo nemmeno iniziato a scalfire la superficie. Dobbiamo preparci a qualsiasi cosa.»

Il tragitto che li separava dal New Jersey, dove si trovava la casa di Kayn, era di circa trecento chilometri. A bordo della Maserati non ci sarebbero volute più di tre ore e mezza.

L'intenzione era passare da casa di Kayn, che abitava appena fuori Manhattan, per cercare alcuni documenti nell'immenso archivio del padre. L'idea era stata avallata con forza dalla giornalista, mentre lui si era mostrato piuttosto scettico.

«Ribadisco che non troveremo nulla. Ricordo gli uomini che, dopo aver messo tutto a soqquadro, se ne andarono con delle facce sconsolate. Dissero di essere della scientifica, ma anche se avevo solo quindici anni non gli ho creduto nemmeno per un istante.»

«Vale la pena tentare, no? Casa tua per ora non dovrebbe essere un luogo sorvegliato.»

Kayn era visibilmente irrequieto. Cercò di non darlo a vedere, ma non gli riusciva molto bene: stringeva il volante con forza e buttava di continuo un occhio allo specchietto retrovisore, come se da un momento all'altro dovesse riflettere la sagoma di qualche fantomatico inseguitore.

«Quindi, se ho ben capito» esordì il genetista dopo alcuni minuti di silenzio, per stemperare la tensione, «tra mio padre e Losenberg c'era un rapporto più stretto di quanto mostrassero in pubblico.»

La ragazza annuì. «Esatto. Erick Losenberg era un imprenditore di successo, ma è sempre stato conosciuto anche per la sua personalità eccentrica. Ha partecipato alla Parigi Dakar in tre diverse edizioni, ha scalato alcune vette dell'Himalaya, ha fatto delle regate in solitaria. A un certo punto della sua vita, però, dal 1978 in poi, ha iniziato a finanziare delle spedizioni di ricerca nell'Oceano Atlantico. Si era fissato col mito del Triangolo delle Bermuda, la regione di mare dove…»

«Uh, lo conosco bene» la interruppe Kayn. «Leggevo tantissimo sull'argomento, da ragazzo. Anche Cristoforo Colombo aveva annotato eventi insoliti in quella zona di mare durante il suo primo viaggio verso l'America. Strani fenomeni luminosi e un comportamento anomalo dell'acqua che avevano creato allarmismo nel suo equipaggio.»

«Anch'io ho fatto qualche ricerca più approfondita, in effetti ci sono molti risvolti interessanti. Però...»

«Però bisogna andarci coi piedi di piombo» le disse, interrompendola una seconda volta. «Credo che ci sia una spiegazione razionale: è una delle rotte marittime e aeree più affollate, contando gli incidenti occorsi in qualunque altra zona a parità di traffico noterai che più o meno si equivalgono.»

«Proprio quello che stavo dicendo io...» sottolineò lei stizzita. «E allo stesso tempo, come spieghi l'assenza, in molti casi, di relitti o corpi umani galleggianti?»

«Non dico di avere tutte le risposte in tasca, ma ci possono essere molte spiegazioni. Mai sentito parlare dei *buchi azzurri*? Sono antichissime caverne riempitesi d'acqua dopo l'inabissamento di parte della terraferma. In queste fosse si formano correnti in grado di attrarre piccole imbarcazioni e trascinarne i relitti in profondità.»

«Piccola imbarcazione è un eufemismo per navi da guerra e da rifornimento?» ironizzò la giornalista. «Senza contare i numerosi aerei di cui si sono perse le tracce.»

Kayn sorrise compiaciuto. Il modo che Greta aveva di tenergli testa nella discussione solleticava il suo istinto di cercare sempre il contraddittorio, e al contempo gli ricordava quando, da ragazzo dell'era pre-internet, amava sbizzarrirsi in teorie pseudo-complottistiche.

«Gli oceani sono immensi» riprese in tono pacato. «E l'uomo ne ha esplorato solo una piccola parte. Siccome ci troviamo in un'epoca in cui, grazie ai satelliti, possiamo vedere l'immagine di gente che passeggia a mille chilometri di distanza, pensiamo che la natura non abbia più segreti. Ma non è affatto così.»

Greta si sistemò i capelli dietro le spalle con un gesto delicato. «In fondo stiamo dicendo la stessa cosa, mi pare...»

«Be', dipende. Io dico che ci sono effettivamente degli aspetti singolari, ma mi guarderei bene dal parlare di alieni o amenità simili. Ne ho viste molte di ipotesi fantasiose crollare dopo una scoperta rivelatrice. Da giovane ero più entusiasta, adesso sono più realista. Magari sarò diventato un po' noioso, ma c'azzecco la maggior parte delle volte.

«Va bene, ho capito la tua visione» rispose Greta, mentre fissava un grosso camion alla sua destra che trasportava tronchi d'albero. «Comunque, tornando al discorso principale, Losenberg aveva coinvolto scienziati e studiosi importanti in queste spedizioni ma aveva circoscritto il tutto nella massima segretezza. Doveva esserci un motivo molto serio se non voleva che tutto questo venisse reso pubblico. Perfino il finanziamento non proveniva dal suo patrimonio personale, cosa che avrebbe giocoforza dato nell'occhio viste le ingenti somme necessarie. Per questo motivo, con l'aiuto di tuo padre, aveva istituito delle società offshore in cui versare fondi neri derivanti dai bilanci falsati delle sue aziende, in modo da avere una liquidità sempre a disposizione e non riconducibile direttamente a lui. L'evasione e i reati finanziari commessi da Losenberg non erano finalizzati all'arricchimento, ma solo a queste spedizioni.»

Kayn rimase in silenzio alcuni secondi, affascinato dalla dialettica di Greta che aveva ricostruito un complesso intrigo finanziario in maniera impeccabile.

«Strano, però, che mio padre fosse amico di una persona simile, uno che addirittura arriva a compiere reati per cercare il Triangolo delle Bermuda? Mi diceva sempre di non perdere tempo dietro a certe fesserie quando gli parlavo di argomenti simili…»

La ragazza sorrise. «E se ti dicessi che tuo padre, Michael Grimm, ha partecipato a due di queste spedizioni?»

Kayn rimase allibito. Conoscendolo, gli suonava quantomeno bizzarra, se non assurda, l'idea di suo padre alla caccia del Triangolo delle Bermuda.

«Ne sei certa?»

Greta annuì. «Proprio perché sapevi com'era caratterialmente, la sua onestà, il suo pragmatismo, dovrebbe farti riflettere il suo appoggio a Losenberg e alle sue manovre illegali, e addirittura la partecipazione alle spedizioni. Qualcosa deve averlo colpito in profondità, non credi?»

Il professore tamburellò con l'indice sul volante. «Non so cosa pensare.»

«Conosci la storia della USS Cyclops? Avevano molti documenti a riguardo, a quanto sembra.»

Sgranò gli occhi. «Cyclops? Parli della nave militare scomparsa durante la prima guerra mondiale?»

«Esatto. Un'imbarcazione da rifornimento da diciannovemila tonnellate, con trecentonove uomini di equipaggio, salpata dalle Barbados e diretta al porto di Norfolk, in Virginia. Al comando c'era il capitano Worley, d'origine tedesca, famoso per le sue intemperanze e il comportamento bizzarro. Molti riferivano di averlo visto parlare da solo, o sentito accennare a storie di fantasmi che avevano per protagonista una bambina.»

«Questo particolare mi era sfuggito. Un tedesco al comando di una nave americana durante la guerra contro i tedeschi…»

«Già. Ironico, vero?» fece Greta, sorridendo appena. «Comunque, mentre la navigazione procedeva tranquillamente, il capitano diede l'ordine di virare verso sud, deviando dalla rotta prestabilita. Poco dopo, senza preavviso, tutti i contatti si interruppero.»

Kayn ascoltava con attenzione, ricordandosi a poco a poco i dettagli di quella vicenda.

«Furono eseguite molte ricerche» continuò la giornalista,

«ma tutte senza risultato. Nessun segno di naufragio, nessun relitto, nessun cadavere. Svanita senza lasciare traccia.»

«Saranno stati gli UFO?»

Girandosi verso di lei, vide che la sua espressione era rimasta seria. La magra battuta di spirito non aveva sortito l'effetto desiderato. «Era per sdrammatizzare...»

«Fu nominata una commissione d'inchiesta» riprese Greta dopo un sospiro, «ma nessun elemento risultò abbastanza convincente per formulare una spiegazione esaustiva. Cominciò a farsi strada l'ipotesi del tradimento del capitano, che avrebbe ceduto la nave e il suo carico ai suoi connazionali, ma fu più che altro un semplice palliativo per l'opinione pubblica.»

«In effetti il sospetto poteva starci...»

«Be', questa diceria si diffuse a tal punto che la moglie, finita la guerra, fu costretta a tornare nel suo paese natio per non subire l'onta della vergogna. Una volta in Germania, la donna assunse di nuovo il cognome originale del defunto marito, in modo che il figlio non si portasse dietro la macchia dell'infamia. Scrisse anche un libro di memorie dove sostenne con forza l'innocenza di Worley e il suo amore per l'America. Morì pochi anni dopo per un cancro all'utero e il figlio andò a vivere coi nonni. Non so se siano in vita dei discendenti, al giorno d'oggi.»

«Cognome originale? Cosa intendi?»

«Frederick Worley in realtà non si chiamava così, si era fatto cambiare il nome proprio per celare la sua origine tedesca all'interno della marina. Il suo vero nome era *Friedrick Wichmann*.»

3-6

New Jersey, USA
Ore 09:43

Ormai erano arrivati alla residenza di Kayn. Il viaggio era volato, immersi com'erano nella discussione in merito al misterioso passato di Michael Grimm.

«Ci abbiamo messo poco, vero?»

«Sei riuscito a farmi recitare un intero rosario anche se sono atea» rispose Greta accennando un sorriso.

Il genetista vide con piacere che, pian piano, lei stava prendendo sempre più confidenza, abbandonando quell'aria dura e seriosa.

«Nell'ultimo periodo i miei stavano attraversando una brutta crisi» fece Kayn, scendendo dalla Maserati. «Mio padre stava fuori casa più del solito e quando tornava stava sempre sulle sue, chiuso nello studio. Ne deduco che queste spedizioni facessero parte dei viaggi di lavoro.»

«Direi che a questo proposito torna in ballo il famigerato Diario di Valsecchi. Se la data del ritrovamento da parte di Losenberg è il 1978, come riportato in quel file, non può essere una coincidenza che i preparativi per le spedizioni siano iniziati subito dopo.»

Kayn non replicò, continuando a camminare lungo il vialetto antistante la sua villa. Progettata per il padre da un architetto suo amico, aveva un design molto moderno per l'epoca, con ampi finestroni e molti spigoli curvi. Nonostante la particolarità, riusciva ad armonizzarsi molto bene con l'ambiente circostante.

«Ho una gran fame» disse il proprietario di casa, infilando la chiave nella toppa. «Dovrebbe esserci qualcosa in frigo.»

Greta passò davanti al grosso acquario del salone, pieno di variopinte specie di pesci. «Molto bello.»

«Piacevano molto a mia madre» puntualizzò Kayn «le infondevano tranquillità. E anche a me fanno lo stesso effetto, se devo essere sincero. Mio padre no, invece: detestava il pesce in ogni sua forma... ed è finito a fare spedizioni in mezzo all'oceano.»

«La psiche umana è piuttosto complessa...» commentò enigmatica lei. «Comunque mi hai stupito: da uomo single di mezza età mi aspettavo una casa abbastanza disordinata, invece è praticamente perfetta.»

«Ecco, l'ordine invece era un dogma assoluto di mio padre. Tutto doveva essere al suo posto. Una volta mi buttò via la cartuccia del mio gioco preferito per il Nintendo, solo perché stava sul pavimento invece che nella sua custodia. Non gli rivolsi la parola per una settimana, fin quando non si decise a ricomprarmelo.»

«La trovo un'ottima qualità.»

«Uh, be', grazie. Allora, vuoi mangiare? Vediamo cosa mi è rimasto...» fece il genetista, aprendo il frigo. «Dunque... due budini e qualche yogurt al cioccolato, un melone, un po' di latte...»

«Un bicchiere di latte freddo va benissimo, grazie.»

«Perfetto. Vuoi anche qualche biscotto al cioccolato?»

«No, grazie. Ma ti piace parecchio il cioccolato, a quanto pare.»

Kayn annuì con convinzione. «Fin da bambino. Mia madre cercava in ogni modo di tenermene lontano con la fissa del colesterolo…»

Richiuse il frigo, prese due bicchieri dalla mensola, ci versò il latte e ne porse uno a Greta. «Adesso dimmi, però, cosa pensi di trovare qui. E come.»

Lei prese un sorso, immersa nella contemplazione del mobilio, lussuoso ma dallo stile superato. «Lo studio di tuo padre c'è ancora, vero?» chiese, appoggiando il bicchiere sul tavolo. «Puoi mostrarmelo?»

«Certo, non c'è problema. Abbiamo rimesso tutto a posto dopo la visita di quegli stronzi, e da allora non ho toccato più nulla.»

Salirono assieme le scale in legno ed entrarono. Lo studio era abbastanza piccolo rispetto alle altre stanze della casa. La parte centrale era occupata dalla una scrivania su cui troneggiavano due vecchi computer Commodore 64, circondati da una gran quantità di matite e penne, tutte riposte in ordine negli appositi portaoggetti. Sembrava proprio la postazione di qualcuno che dovesse tornare da un momento all'altro per continuare il lavoro interrotto. Invece, erano passati oltre venticinque anni dall'ultima volta che suo padre ci aveva messo piede.

Greta si guardò intorno, facendo scorrere le dita tra i lunghi filari di volumi ordinati con cura sui ripiani.

«Dal Big Bang ai buchi neri, di Stephen Hawking…»

«Mio padre era pazzo di quel libro. L'ho letto anch'io, anche se…»

Alla ragazza brillarono gli occhi. Sfogliò il libro fino alla quarta di copertina e iniziò a tastare la rilegatura in cerca di rigonfiamenti.

Kayn la guardò perplesso. «Cosa stai facendo?»

Lei non rispose e continuò a esaminare il volume, fino a che non individuò una minuscola piega. Ci infilò un'unghia e iniziò a tirare, portando alla luce un piccolo alloggiamento. Strappò via il velo di carta che lo ricopriva ed estrasse un foglio ripiegato all'apparenza molto antico, custodito in una busta di plastica.

Un'espressione di sincero stupore si disegnò sul viso del professore, che si avvicinò per guardare meglio. «Cosa diamine è? Sembra una pergamena!»

Greta diede un'occhiata sommaria e se lo infilò in tasca. Poi si avvicinò a Kayn. «Ricordi quando ti ho detto che non sapevo mentire?»

«Eh?» balbettò lui inebetito.

Con un gesto fulmineo, Greta estrasse una piccola siringa dalla tasca e gli iniettò un potente narcotico nel collo.

Prima che potesse rendersene pienamente conto, il genetista crollò sul pavimento privo di sensi.

«Mentivo.»

4

QUANDO VERRÀ IL GIORNO

4.1

Foresta nera, Germania
17 dicembre 2012, ora locale 15:01

La folle corsa della moto da cross durava da più di un'ora, ormai. L'aria fredda di dicembre sferzava il volto e il corpo di Viktor, coperto solo dal camice. Aveva le mani quasi congelate e la gamba molto gonfia, ma sapeva che non poteva fermarsi. Quella dannata Unità K9 poteva già essere sulle sue tracce, quindi doveva assolutamente sfruttare il vantaggio accumulato.

Per sua fortuna, nella moto c'era benzina sufficiente a raggiungere la destinazione che aveva in mente: Todtnau, nella Foresta Nera. Vicino a quel paesino aveva individuato una piccola baita abbandonata, immersa nella boscaglia, e l'aveva adibita a suo nascondiglio d'emergenza. Ne aveva approntati parecchi nel corso della sua carriera: ci stipava kit medici, armi, carte clonate, contanti, cellulari usa e getta e altre cose che gli sarebbero tornate utili in caso di necessità.

Scelse di tagliare per alcune stradine interne e dopo una ventina di minuti giunse a destinazione. Si inoltrò con la moto nel sottobosco, attraverso uno spesso strato di foglie secche cadute dalle querce. A ogni sobbalzo sulle radici e gli avvallamenti, una scossa di dolore si irradiava dal ginocchio a tutto il corpo.

Una volta raggiunta la casetta di legno spense il motore. Scese a fatica dalla KTM e la spinse, zoppicando, fino al piccolo porticato dove la nascose sotto un telone. Prese un bastone da terra per utilizzarlo come stampella e si avvicinò con circospezione alla porta di legno marcito. La aprì con un cigolio, facendo entrare il primo raggio di sole all'interno dell'abitazione da almeno un anno. L'aria era per forza di cose umida e stantia, uno spesso strato di polvere ricopriva tutti gli oggetti e le ragnatele erano ovunque.

Viktor si avvicinò al caminetto. Prese alcuni rami secchi, qualche pagina di vecchissimi giornali e accese un timido fuoco. Dopo essersi riscaldato per qualche minuto, andò in fondo alla stanza e spostò il tappeto consunto che ricopriva quel punto del pavimento. Sollevò un pannello nascosto e scoprì una scala che conduceva a una botola sotterranea. Scese a fatica i gradini malfermi, cercando di trattenere le smorfie di dolore per la gamba.

La piccola stanzetta ospitava un vero e proprio arsenale, tra pistole, fucili a pompa, AK-47 e lanciagranate. Viktor diede una controllata generale alle armi, poi aprì uno scatolone e tirò fuori un pesante giaccone di renna. Dopo averlo indossato prese una valigetta rossa, ne estrasse una siringa con un flacone di morfina e ne aspirò quel tanto che bastava per placare momentaneamente le fitte.

Tornò al piano superiore portandosi dietro un M16 e due AK-47. Praticò dei fori alle finestre sbarrate da travi di legno, i quali sarebbero serviti per infilarci, alla bisogna, le canne dei fucili. Poi si diresse sul retro dell'abitazione, dove in un angolo riparato c'era una tanica con della benzina. Ne versò una parte nel serbatoio della moto tramite un imbuto, e infine rientrò in casa e si sedette accanto al fuoco.

«Signore, venga subito, ci sono novità.»

Hartmach, direttore del distaccamento tedesco dell'Unità K9, si alzò dalla scrivania e si incamminò lungo il corridoio dalle pareti in cemento grezzo verso l'androne centrale, dove erano posizionati i maxischermi e le postazioni di controllo.

«Il telefono di Romeo Gismondi» disse il suo uomo. «Aveva ragione lei, abbiamo fatto bene a tenerlo sotto controllo.»

I due entrarono nella sala principale.

«Fai partire il nastro, Luther.»

«Romeo, abbiamo perso i contatti col nostro emissario. Stai all'erta.»

«Non si preoccupi, eminenza, il reperto è al sicuro.»

«Perfetto. Rimani nascosto finché non ti chiamo, la situazione è molto delicata.»

«D'accordo. Mi faccia sapere quanto prima.»

«È tutto?» chiese il direttore.

«Sì, signore. La comunicazione parte da Bonn, è il cardinale Karl Grafkne.»

Gli occhi di Hartmach si illuminarono. «Lo voglio morto entro un'ora. Contatta una squadra a Il Cairo, devono sorvegliare Gismondi e informarmi di ogni suo movimento. Convoca un consiglio straordinario, illustrerò io personalmente il *briefing* della missione. Tra cinque minuti esatti.»

Il direttore tornò rapidamente nel suo studio privato. Si sedette sulla poltrona e sollevò la cornetta.

«Direttore Generale, sono Hartmach. Devo comunicarle qualcosa sull'operazione di recupero del Diario di Valsecchi.»

Dopo una decina di minuti di conversazione, ripose il cordless e guardò fisso di fronte a sé. Un sorriso appena accennato si materializzò a un angolo della bocca.

Si alzò in piedi e si avviò spedito verso il salone principale per iniziare il briefing, dove ad attenderlo c'erano tutti gli agenti operativi.

«Signori, statemi bene a sentire. Jorge, dammi il profilo di Gismondi sullo schermo.»

Sui monitor alle spalle del direttore comparve la foto di un uomo piuttosto grasso, doppio mento, gote rosse e chiazzate di venuzze e capillari, sparuti capelli bianchi e occhiali da vista.

«Due bersagli primari. Lui è Romeo Gismondi, consulente del Pontificio Istituto di Archeologia Cristiana del Vaticano. Si trova a Urfa, in Turchia. A quanto pare ha trovato un manufatto di grande importanza. Fatelo sorvegliare ventiquattr'ore su ventiquattro, voglio nome e posizione di chiunque lo contatti. Vai col secondo fotogramma, Jorge.»

L'immagine fu sostituita da quella di un porporato molto avanti con gli anni.

«L'arcivescovo di Bonn, il cardinale Karl Grafkne. È stato lui a dare mandato a Zagaev di recuperare il Diario di Valsecchi, ma non l'ha mai ricevuto. Va eliminato. Dovrà sembrare un suicidio, e...»

«Signore!» esclamò uno degli operativi appena entrato nella stanza. «Abbiamo rintracciato Viktor Zagaev, ha raggiunto Todtnau. Lo abbiamo perso una volta penetrato nella boscaglia, ma c'è una nostra squadra a circa venti chilometri di distanza.»

«Forse ha un nascondiglio in quelle zone. Probabilmente si starà rifornendo di armi, dobbiamo bloccarlo il prima possibile. Fate confluire gli agenti verso il bosco. Massima attenzione.»

Todtnau, Germania
Ora locale 17:11

«Mamma, guarda là!»

«Dove, Axel?»

Il bambino indicò alla madre due fuoristrada neri che stavano attraversando a tutta velocità una strada sterrata del paese, sollevando una grossa nuvola di polvere. Il rombo dei potenti motori spinti al massimo copriva il cinguettio degli uccelli e i muggiti delle vacche.

«Gente di città… sempre di fretta» borbottò la donna.

«Mobile 1, siete in posizione.»

«Ricevuto.»

I veicoli accostarono a fianco di una collinetta, proprio al limitare della boscaglia. Scesero in tutto sette uomini in doppiopetto nero, pistole in pugno. Si inoltrarono nel sottobosco, guidati dalla sala di comando di Berlino attraverso le trasmittenti nell'orecchio. Camminavano svelti cercando di far meno rumore possibile.

Arrivarono nei pressi della casetta dopo circa una ventina di minuti.

«Base, qui Mobile 1. Abbiamo trovato l'abitazione, passo.»

«Ricevuto, Mobile 1. Circondate il perimetro. Occhi aperti e muovetevi con cautela.»

Il caposquadra dettò delle indicazioni ai suoi uomini con le dita. Lui e un altro sarebbero rimasti davanti, tre di loro dietro, e gli ultimi due a destra. Al via, tutti scattarono verso le loro posizioni.

Improvvisamente si udì un fruscio di rami seguito da un urlo straziante. Il caposquadra gettò un'occhiata fulminea alla sua destra e vide uno degli uomini a terra con le gambe infilzate da una lama seghettata, di quelle usate dai tagliaboschi.

«Una trappola! Dietro agli alberi, presto!»

Appena terminata quella frase, dalla casupola iniziarono a piovere raffiche di proiettili. Due uomini, che non avevano fatto in tempo a mettersi al riparo, furono falciati in pieno dai colpi di un M16 e stramazzarono al suolo.

Il caposquadra era in fibrillazione, sapeva di dover riacquistare il controllo della situazione il prima possibile.

Seguendo i suoi gesti, due agenti puntarono verso la casa deviando uno a destra e l'altro a sinistra, mentre gli altri fornivano copertura.

Viktor si gettò a terra dietro una cassapanca per ripararsi dal fuoco incrociato. I proiettili si conficcavano nel legno tarlato, mentre detriti e polvere gli cadevano addosso.

Attese il momento in cui la maggior parte dei suoi nemici avesse avuto bisogno di ricaricare: a quel punto imbracciò un Ak-47 con lanciagranate e lanciò una granata VOG-25 a frammentazione. La bomba esplose con uno scoppio fragoroso, sbalzando in aria un agente e spappolandogli una gamba.

«Convergete verso l'entrata, svelti! Vi copro io!» gridò il

caposquadra, mentre la polvere sollevata dall'esplosione ancora offuscava il campo visivo. Non si aspettava che avesse un tale arsenale né un tale livello di reattività.

Mentre il comandante faceva del suo meglio per fornire fuoco di copertura, i due operativi arrivarono alla porta laterale e tentarono un'incursione lampo, sfondandola e iniziando a sparare all'impazzata. I proiettili devastarono la stanza, e dopo alcuni secondi di fuoco selvaggio si resero conto che dentro non c'era nessuno. Avanzarono lentamente, volgendo lo sguardo in ogni angolo.

«Non lo vediamo… dove cazzo è finito?»

Un istante dopo Viktor emerse da una botola nel pavimento, imbracciando un fucile automatico. I loro riflessi non furono abbastanza pronti da evitargli di essere crivellati di colpi.

Il caposquadra udì la raffica e le grida dei suoi uomini. Avvertì con nitidezza il sangue che gli si ghiacciava nelle vene. Si rese conto di essere rimasto solo. Nascosto dietro a un tronco, fremeva al solo pensiero di dover penetrare nella casupola e affrontare quell'uomo.

«Base, qui Mobile 1, mi ricevete?»

«Ti riceviamo, aggiornami sulla situazione!»

«Sono tutti morti. Sono rimasto solo io e ho finito i proiettili.»

Il caposquadra sentì un'imprecazione da parte del direttore in sottofondo.

«Eh… mantieni la posizione» fece l'operatore, «e controlla che l'obiettivo non esca dall'abitazione, abbiamo già allertato un'altra squadra.»

Appena terminata la comunicazione, l'uomo udì il rombo di un motore. Vide una moto schizzare via ad alta velocità dal retro dell'abitazione e perdersi nel sottobosco.

«Base! L'obiettivo è fuggito!»

Il caposquadra udì nel microfono un vero e proprio concerto di insulti e bestemmie da parte del direttore Hartmach, ma non ci fece caso più di tanto. Ripose la pistola nella fondina e si sedette a terra con la schiena appoggiata all'albero. Guardò verso l'alto, cercando di rallentare la respirazione, poi si lasciò sfuggire una risatina sommessa. Il sollievo che provò nel vedere il killer fuggire fu impagabile.

Nel frattempo il cardinale Grafkne, chiuso nella sua villa, stava leggendo uno studio sul Vangelo di Giovanni. Alzò la testa lentamente e guardò l'orologio, rassegnato. Niente da fare, la chiamata di Zagaev non era arrivata. Il Diario di Valsecchi doveva essere finito nelle mani di qualcun altro. Forse la CIA, o forse chissà. A quel punto, probabilmente avevano già individuato anche lui come mandante.

Con un profondo sospiro, prese in mano il crocifisso dorato che indossava, se lo sfilò dal collo e lo appoggiò sul ripiano della scrivania. Aprì un cassetto e da un comparto nascosto estrasse una vecchia teca di vetro e legno, all'interno della quale era conservata una specie di carta nautica ingiallita dal tempo. La osservò un po' di tempo. Poi, prese una stilografica e un foglietto e vi scrisse sopra una data.

Fu distratto per un attimo da un rumore. Sentì nitidamente forzare la serratura e il calpestio dei passi sugli scalini.

Sono già arrivati.

Posò la stilografica e guardò il foglietto, accennando un sorriso.

«Peccato non aver fatto in tempo... mancavano pochi giorni. Avrei voluto vedere coi miei occhi» disse ad alta voce.

Quando un uomo in doppiopetto gli si parò di fronte, puntandogli la sua arma, il suo ultimo pensiero andò a quel giorno lontano in cui tutto aveva avuto inizio.

Il giorno della rivelazione.

4-2

Città del Vaticano
10 giugno 1986

«Monsignor Grafkne, è l'ora dell'appuntamento.»

«Arrivo subito. Grazie, Alberto.»

Il prete fece un inchino e richiuse il portone.

Grafkne doveva sbrigarsi, in effetti. Non era cosa da tutti i giorni essere convocati per un colloquio privato dal cardinal Venturi, il prefetto agli Archivi Segreti Vaticani, una delle figure più importanti all'interno della Santa Sede. Soprattutto perché il cardinale era una persona estremamente riservata.

Rompendo gli indugi, il vescovo si diede una sistemata all'abito talare, tirò fuori dal cassetto una catenella con una grossa croce d'oro e la legò dietro al collo. Uscì dalla stanza e salì rapidamente le scale che portavano allo studio privato del cardinale.

Man mano che procedeva, cresceva la curiosità di sapere il motivo di quella convocazione. Aveva sempre cercato di fare buona impressione su tutti all'interno del Vaticano, fin da quando si era trasferito, semplice prelato, in qualità di assistente del cardinal Serafini, facente parte del consiglio di amministrazione dello IOR. Si era distinto fin da subito per le sue doti in ambito finanziario, arricchendo l'istituto grazie a investimenti mirati e molte operazioni poco pulite diventate ormai routine all'interno dell'istituto. In pochi anni era diventato vescovo e aveva continuato con successo il suo operato, garantendo un volume di affari di notevoli dimensoni e ricevendo gli encomi personali del Papa.

Giunto dinanzi alla stanza del cardinale, si fermò un attimo per riprendere fiato. La salita aveva lasciato il suo gracile corpo a corto di ossigeno. Quando si sentì pronto, bussò con tre tocchi decisi.

«Vieni pure avanti» rispose una voce dall'interno.

Il vescovo Grafkne entrò, trovando il cardinale seduto alla sua imponente scrivania di marmo.

«Buongiorno, siediti pure» lo invitò indicandogli una poltrona lì davanti.

Karl si guardò intorno. La stanza emanava un alone di sacralità tangibile. Gli arazzi sulle pareti raffiguravano immagini del Giudizio Universale: gli angeli dalle trombe dorate guidavano le schiere di cherubini, spade in pugno, mentre l'Arcangelo Gabriele, con il dito puntato al cielo, sembrava ammonire chiunque gli rivolgesse lo sguardo dell'imminente castigo divino.

Quest'atmosfera non faceva che aumentare le sue perplessità, costringendolo a uno sforzo interiore per mantenere un contegno rilassato.

Il cardinal Venturi, nel frattempo, era rimasto in assoluto silenzio. Gomiti sulla scrivania e mani intrecciate, fissava il vescovo dritto negli occhi, immobile. «Bene, finalmente abbiamo occasione di parlare con calma.»

«Per me è un onore, Eminenza» proferì Karl in tono sommesso, osservando il suo volto dai lineamenti molto marcati e spigolosi.

«Mi hanno sempre parlato molto bene di te e del modo

in cui ti occupi degli affari della nostra Madre Chiesa.»

«La ringrazio molto, ma non merito tutte queste lodi. Sto solo facendo ciò che è nelle mie possibilità.»

Un sorriso accennato si stampò sulla faccia del cardinale. «Non essere modesto. Come ben sai, con il collasso del Banco Ambrosiano abbiamo passato un brutto momento, ma fortunatamente la cieca obbedienza dei nostri fedeli non ci ha abbandonato, e ben presto le voci malevoli saranno messe a tacere. Nulla può intaccare il potere della Chiesa. Almeno per ora.»

«Cosa intende con *almeno per ora*, Eminenza?»

Il cardinale fece una pausa di un paio di secondi, fissandolo dritto negli occhi. «Presumo tu sappia che il mio collaboratore, Luigi Incorvaia, ci ha lasciati in maniera tragica sei mesi fa.»

Karl abbassò lo sguardo, ricordando l'incidente stradale in cui il prelato aveva perso la vita. «Sì, certamente. Ho preferito non entrare nell'argomento per non turbarla.»

«Ascoltami bene» fece Venturi senza cerimonie. «Ho intenzione di riporre in te la stessa fiducia che avevo per Luigi, penso tu possa fare al caso mio più di chiunque altro. Ormai sono vecchio, non mi rimane molto tempo. E, quando non ci sarò più, mi piacerebbe che tu prendessi il mio posto.»

Il vescovo strinse le mani sui braccioli della poltrona. Non si aspettava una proposta del genere, sicuramente non in maniera così diretta. Essere degno della fiducia del cardinale era motivo di grande orgoglio per lui, così come la carica futura di prefetto agli Archivi Segreti Vaticani; d'altro canto, però, avrebbe significato la fine del suo impegno all'interno dello IOR e forse anche un allungamento dei tempi della sua probabile elezione a cardinale.

«Prima che tu mi risponda» continuò Venturi, «devo farti

un discorso. Un discorso lungo e complesso. Qualunque sarà la tua decisione, nemmeno una parola di quello che sto per dirti dovrà uscire da questa stanza, d'accordo?»

Il timbro ferreo della sua voce era più eloquente della richiesta stessa. Karl annuì convinto.

«Perfetto. Dunque, il potere della nostra Madre Chiesa è rimasto inalterato nel corso del tempo grazie alla capacità di chi ci ha preceduto di sfruttare al massimo le paure e l'ignoranza della gente. Siamo sempre stati capaci di rigirare a nostro favore il conflitto tra fede e scienza, tanto che anche adesso la spinta reazionaria a modificare teorie quasi certe alla luce delle Sacre Scritture è molto potente. Ma c'è qualcosa… qualcosa che mina le fondamenta della nostra istituzione.»

Dal volto del cardinale sparì l'ambiguo sorriso per lasciare spazio a un'espressione severa e minacciosa. «Me lo ricordo come fosse ieri. Trentanove anni fa il mio predecessore, il cardinal Romano, mi fece la stessa rivelazione. Io ero proprio lì, al tuo posto. E si tratta del supremo segreto che il custode di questi Archivi detiene fin dai tempi dell'inquisitore Nicodemo Farnese.»

Grafkne sgranò gli occhi. «Parliamo… del Nicodemo Farnese del sedicesimo secolo?»

«Proprio lui. Sul suo letto di morte aveva riportato questa storia. Parlava di un viaggio compiuto da Giovanni Valsecchi, un capitano delle guardie papali, verso il Nuovo Mondo, e del suo ritorno in patria. Non volle svelare la sorte dei suoi uomini dispersi, né cosa realmente avesse incrociato sul suo cammino. Nicodemo rivelò che con quell'equipaggio utilizzò il massimo della ferocia, le torture più abiette e proibite, ma non riuscì a estorcere quasi nulla. Solo il mozzo si fece scappare alcune parole… e da quello che gli raccontò, l'inquisitore si fece l'idea che essi avessero trovato qualcosa di molto simile al… Paradiso Terrestre.»

Karl trasalì e si mosse sulla sedia. «Co… cosa?»

«Un ecosistema praticamente irreale: alberi ricolmi di frutti, acqua cristallina, e creature sconosciute. Descrizioni molto simili alla Genesi. E aggiunse che, chi sceglieva di rimanere in quel luogo, avrebbe avuto vita eterna. Come Adamo ed Eva prima della cacciata. Tu pensa se qualcuno la scoprisse… pensa al manipolo di studiosi che accorrerebbe da tutto il globo: sarebbe la scoperta scientifica del millennio, ma al contempo sarebbe tutto riportato a una dimensione di realtà. L'elemento divino svanirebbe, la Bibbia perderebbe quell'aura di sacralità e il nostro potere rischierebbe di collassare.»

Il vescovo era perplesso. L'idea che il cardinale prendesse sul serio quei racconti era piuttosto bizzarra, visto che lui stesso riteneva la Bibbia un ammasso di sciocchezze.

«I marinai della ciurma di Valsecchi» proseguì Venturi, con un'espressione sempre più cupa, «erano perlopiù gretti e ignoranti, non potevano conoscere la Bibbia e le descrizioni che in essa si facevano del Paradiso Terrestre. Il loro resoconto avrebbe potuto anche essere frutto di fantasia, ma Nicodemo era un esperto conoscitore dell'animo umano e nei loro occhi riuscì a percepire la scintilla della verità, il luccichio di chi ha sperimentato un'estasi profonda. Il capitano Valsecchi aveva redatto il suo diario di bordo nel quale erano annotate, sempre a detta del mozzo, descrizioni più particolareggiate ma, appena sbarcato, lo fece portare via da uno dei suoi uomini. Nicodemo tentò con ogni mezzo di recuperarlo, ma non ci riuscì mai. Il cardinal Romano mi riferì che da lì in poi, sempre nella riservatezza più totale ad eccezione del pontefice e pochi altri che dovevano sovrintendere al finanziamento, furono organizzate numerose spedizioni alla ricerca di questo mitico luogo, sulla base di una carta nautica disegnata dal nostromo. L'ultima risale a circa sei anni fa. Nessuna è mai andata a buon fine, e tre di esse non hanno fatto più ritorno. Se solo avessimo in mano il Diario di Valsecchi, forse potremmo avere informazioni più dettagliate... senza contare che non possiamo assolutamente permettere che qualcun altro inizi a fare delle ricerche per conto proprio.»

Karl ponderò bene la sua obiezione, cercando di non risultare offensivo. «Alla luce di questo, però, e anche delle capacità della tecnologia moderna... cioè, non voglio contraddirla, ma mi sembra strano che non sia stato ancora trovato questo luogo leggendario...»

«La risposta non è così semplice. Sai qual è il tratto di mare in cui dovrebbe trovarsi quest'isola? Il Mar dei Sargassi, altrimenti noto come *Triangolo delle Bermuda.*»

«Ne ho sentito parlare...» disse Grafkne, leggermente turbato.

«I fenomeni particolari descritti da chi ha navigato in quelle acque, così come le sparizioni di navi e aerei, non sono leggende. C'è qualcosa di misterioso, e dev'essere per forza di cose connesso all'isola del Paradiso Terrestre. E non solo... c'è un'altra rivelazione fatta dal mozzo. Riferì all'inquisitore che un'apparizione angelica sotto forma di una bambina comunicò loro la fatidica data della fine del mondo. E questa data è citata più e più volte nel corso della storia: sia nel calendario Maya quanto in una stele sumera custodita proprio in questo archivio...»

Karl pendeva dalle labbra del cardinale. «E... cioè?»

«Il 21 dicembre del 2012.»

5

L'ANOMALIA

5-1

Monterrey, Messico
13 aprile 1985, ora locale 14:50

«Pablo, sono io. Apri il cancello del blocco C.»

«Subito, signore.»

Alla gracchiante voce dell'interfono seguì il clangore metallico della serratura. Il direttore del manicomio criminale Batricalas, Epigmenio Vega, oltrepassò le sbarre assieme al suo ospite misterioso e alle sue quattro guardie, strofinandosi la punta del naso ancora sporco del cappuccino appena consumato.

Cercando di non farsi notare, dava ogni tanto qualche occhiata allo strano tatuaggio che l'uomo – un funzionario del ministero della difesa USA, a suo dire – aveva in mezzo alla fronte, segno particolare che si confaceva ben poco a un agente governativo. Raffigurava un semplice triangolo con un puntino al centro. Del resto, anche il suo aspetto generale era molto strano: era completamente glabro, niente capelli o barba o sopracciglia, e aveva gli occhi con un iride color miele brillante, una tonalità che lui non aveva mai visto prima di allora.

«Come le dicevo» continuò Vega, mentre la guardia dietro di lui richiudeva il cancello, «Anselmo Ortiz è stato portato qui due mesi fa, ormai, e da allora non ha rivolto la parola a nessuno. Da quel che sappiamo, sosteneva di essere una sorta di sensitivo, uno di quelli che vedono la storia di un oggetto solo sfiorandolo... piso... psio...»

«Psicometria» rispose il misterioso funzionario.

«Eh, sì, esatto. Quella roba lì. Tutte stronzate, ovvio. In ogni caso, un giorno si reca alla centrale di polizia con una pistola e inizia a sparare all'impazzata, uccidendo due agenti. Poi si punta l'arma alla tempia, farnetica qualcosa e preme il grilletto... ma l'arma si inceppa! Proprio un gran buco di culo, il bastardo. Durante l'interrogatorio ha blaterato qualcosa riguardo una bambina bionda apparsagli in sogno, che avrebbe un piano per lui e altre stronzate del genere. Poi, più nulla. Silenzio totale.»

«Sì, ero già al corrente di questi dettagli. Grazie, in ogni caso.»

«Ah be', ovviamente» incespicò il direttore, preso alla sprovvista. «Mi deve scusare, ma a me fa sempre piacere raccontare le storie dei nostri detenuti. Alcune sono proprio bizzarre... ad ogni modo, posso sapere cosa cerca il dipartimento della difesa americano da Ortiz?»

«Mi dispiace, sono informazioni riservate.»

La sua voce aveva un che di inquietante, così come i suoi occhi color miele. Il direttore non osò contraddirlo, ma aveva la certezza di non trovarsi di fronte a un funzionario del ministero.

«Capisco...»

Il gruppo proseguì in silenzio per alcuni metri lungo il corridoio del blocco C. Dietro le pesanti porte blindate, ormai arrugginite, erano rinchiusi i criminali mentalmente instabili più pericolosi dello Stato. Urla, lamenti, frasi sconnesse e incomprensibili si udivano appena attraverso le spesse pareti.

«Ecco, questa è la sua cella» annunciò Vega, mentre la guardia al suo fianco tirava fuori le chiavi e apriva il portone. Una zaffata di sudore misto a urina si propagò immediatamente all'esterno, ma Epigmenio Vega e il suo agente, abituati a quell'ambiente, parvero non farci caso. Il detenuto se ne stava appollaiato su una sedia, con lo sguardo rivolto in alto, verso la piccola inferriata.

«Se ne sta sempre lì, a fissare il cielo. Meglio così, già gli altri detenut...»

Si bloccò: notò, con sorpresa, che le pareti della cella erano disseminate di iscrizioni rossastre raffiguranti numeri e date, che a un'occhiata più attenta si rivelarono scritte con il sangue. Sul pavimento si potevano notare delle strisce scarlatte che conducevano alla sedia, sotto la quale si era formata una piccola pozza.

«Si è tagliato i polsi, questo deficiente...» borbottò il direttore. Rivolgendosi poi alla guardia gli intimò di andare a chiamare il medico.

«Non ora!» sentenziò il funzionario. «Ci penso io alle sue ferite. Mi lasci da solo con lui.»

Vega rimase interdetto, ma preferì non contraddirlo. «D'accordo... sarebbe contro il regolamento, ma... va bene, faccia in fretta.»

La guardia carceraria e il direttore uscirono dalla cella chiudendo la porta dietro di loro. I quattro bodyguard in doppiopetto e occhiali scuri fecero quadrato attorno all'entrata.

«Ciao, Anselmo» esordì il misterioso individuo, avvicinandosi al detenuto dopo aver dato una rapida occhiata alle scritte sui muri.

Ortiz rimase impassibile fin quando quello non gli mise

una mano sulla spalla: a quel punto ebbe un fremito, e una goccia di sudore freddo gli colò dalla tempia. Si girò lentamente verso di lui, fissandolo dritto negli occhi. «*Nova Lux Temperantia…*»

L'uomo sorrise. «Bravo, Anselmo. Ho sentito parlare di te. Da quello che vedo sulle pareti, hai già scoperto alcune delle anomalie da noi classificate come *Eventi Ignoti…* ma vorrei fare un ulteriore piccolo test.»

Tirò fuori da una tasca della giacca tre minuscoli oggetti.

«Mostrami ciò che vedi» lo esortò, porgendogli un frammento metallico lungo alcuni centimetri.

Ortiz lo strinse nel palmo della mano, e restò per alcuni secondi in silenzio. Poi, all'improvviso, voltò la testa all'indietro, col respiro bloccato, e fu scosso da spasmi di breve durata. Alla fine tornò in sé, respirando affannosamente, con la faccia terrorizzata come se avesse appena avuto un incubo.

L'uomo gli porse un pastello nero. Anselmo lo prese in mano, in un mare di sudore, e iniziò a scrivere per terra.

15 – 03 – 1962 21:14:56 10.70567, 112.75001

«Perfetto» decretò soddisfatto l'uomo. «Questo è l'Evento Ignoto numero 47, in cui è precipitato l'aereo Lockheed L-1049H. Data, ora e coordinate esatte. Continuiamo…»

A quel punto passò al detenuto un manico semi-annerito di una stoviglia. Dopo che Anselmo l'ebbe preso in mano, si ripeté la scena di prima. Ancora una volta si gettò sul pavimento e tracciò un'altra sequenza di numeri.

13 – 11 – 1933 12:19:44 25.79076, 21.603321

L'uomo sorrise. «Questo è classificato come Evento

Ignoto numero 23» proseguì, «occorso a una spedizione di militari italiani durante la repressione dei ribelli libici. Questa era la maniglia di una gavetta per il rancio. Bene, e ora necessito della tua massima attenzione...»

Lentamente, estrasse da una tasca interna un antico coltello dal manico intarsiato. «Anselmo, questa lama è appartenuta al comandante Giovanni Valsecchi. L'aveva con sé anche durante il viaggio verso l'isola. Nonostante innumerevoli tentativi, ancora non riusciamo a risalire a nessun dato riguardante date e coordinate. È l'unica anomalia che si ripete ciclicamente, ed è classificata come *Evento Ignoto Omega*.»

Ortiz fissò il coltello un secondo, poi ci poggiò sopra la mano. Una terza crisi, più pronunciata delle precedenti, lo fece cadere dalla sedia in preda a spasmi incontrollati. Con gli occhi sbarrati, colmi di terrore, fissò quell'uomo misterioso che se ne stava impassibile a osservarlo. Poi si mise le mani nei capelli, sbatté la testa a destra e sinistra ed emise dei lunghi lamenti simili ai latrati di un cane.

«Stai tranquillo, Anselmo. Nessuno c'è mai riuscito fino ad ora, ma tu hai un potere molto forte. Vieni con me, conoscerai tanti altri col tuo stesso dono e, insieme, col nostro aiuto, vi impegnerete nel tentativo di darci una risposta.»

Il misterioso visitatore gli voltò le spalle, si avvicinò alla porta della cella e toccò due volte il vetro. Mentre uno dei gorilla stava andando a chiamare la guardia carceraria, Anselmo afferrò il pastello con la mano che gli tremava. Con la coda dell'occhio, l'uomo lo vide scrivere qualcosa.

21 – 12 – 2012 24:00

Un mezzo sorriso gli comparve sulle labbra. «Sei sulla strada giusta.»

«Papà, guardami!»

«Sì, Kayn, ti vedo…» disse distrattamente Michael Grimm, stravaccato sulla poltrona a guardare il notiziario e, al contempo, a leggere gli ultimi andamenti di borsa pubblicati sulle pagine di economia di un quotidiano «stai solo attento a non…»

Il suono dell'ultima parola fu soverchiato dal forte rumore di un vaso che si infrangeva sul pavimento. Il nunchaku appena comprato si era rivelato difficile da utilizzare in maniera adeguata, specie in una sala piena di suppellettili.

«Kayn!» sbraitò il padre, fissandolo. «Cosa ti avevo detto?»

«Scusa, papà, non l'ho fatto apposta!» balbettò Kayn mortificato. «Mi è scivolato di mano…»

«Una notizia appena arrivata in redazione…» annunciò la voce della giornalista in sottofondo, calamitando l'attenzione di Michael Grimm. *«C'è stato un disastroso incidente all'istituto di correzione Batricalas, nella città di Monterrey, in Messico. Un terribile incendio ha distrutto tutto l'edificio, al momento si stimano almeno centocinquanta morti tra detenuti e personale di servizio.»*

Le immagini della tragedia lo lasciarono a bocca aperta.

«I vigili del fuoco sono ancora in azione per spegnere gli ultimi focolai ancora attivi. Non sono chiare le cause dell'incidente, si sospetta un ipotetico corto circuito ma non si esclude la natura dolosa.»

«Papà…»

«Non adesso!» sbottò Michael, dirigendosi verso il telefono e componendo in tutta fretta un numero.

«Buongiorno, ufficio del presidente Losenberg, come posso...»

«Sono Michael Grimm. Mi faccia parlare immediatamente con Erick.»

«Al momento il presidente è in riunione, signor Grimm» rispose con cortesia la segretaria, nonostante l'irruenza della richiesta. «La faccio richiam...»

«Ho detto immediatamente! Vallo a chiamare qualunque cosa stia facendo!»

«U-un attimo solo...» balbettò la ragazza. Nel frattempo Michael Grimm strinse il telefono come se volesse frantumarlo.

«Pronto, Mick. Che succede? Cos'è tutta questa foga?»

«Erick, accendi la televisione.»

«Cos'è successo?» chiese il miliardario.

«Quel carcere in Messico, con il detenuto che avrebbe dovuto aiutarci. Non esiste che si tratti di una coincidenza... avevo ragione. Non siamo i soli a cercare l'isola.»

5-2

Maledizione…

Il professor Romeo Gismondi estrasse rapidamente la scheda del suo cellulare, sganciò la batteria e gettò tutto nel water. Ormai erano passate più di dieci ore e non aveva ricevuto nessuna chiamata dal cardinale. Doveva essere successo qualcosa.

Si rendeva necessario abbandonare l'hotel dove alloggiava e andare il più lontano possibile. La CIA, nello specifico l'Unità K9 di cui aveva appreso da poco l'esistenza, non avrebbe avuto grossi problemi a rintracciarlo. Ne era sicuro.

Buttò sul letto una valigia, aprì le ante dell'armadio e iniziò a tirar fuori i vestiti, afferrandoli a casaccio. Richiuse il trolley e uscì trafelato dalla stanza, scendendo di corsa le scale fino al pianterreno.

Arrivò ansimando di fronte all'addetto alla reception, che lo guardava con la faccia un po' stranita. Si asciugò il sudore dalla fronte con un fazzoletto. Ci si metteva anche il caldo in quel momento: vero che dopo sei mesi di scavi si era un po' abituato, ma quando non tirava un filo d'aria, come quel giorno, coi suoi cento chili e passa iniziava a sudare in maniera copiosa chiazzando tutti i vestiti.

«Ci lascia così senza preavviso, professor Gismondi?» chiese Mohamed da dietro il bancone, in un inglese quasi perfetto.

«Eh sì, ho un… affare urgente da sbrigare.»

«Oh, che peccato. Proprio per stasera abbiamo organizzato uno spettacolo di danza del ventre nella hall. Ballerine di una bellezza mai vista» ammiccò il receptionist, facendo leva sulla nota abitudine dello studioso di frequentare prostitute, molte delle quali procurate dallo stesso proprietario dell'hotel. D'altro canto, a causa del suo aspetto tutt'altro che avvenente e dell'età avanzata, Gismondi non avrebbe avuto grandi chance di conquistare una donna, a meno di offrirle una lauta ricompensa.

Le sue pupille ebbero un guizzo dietro gli occhialini all'udire le parole di Mohamed, ma scacciò subito la tentazione: ne avrebbe potuti vedere molti altri, di balletti, se fosse rimasto in vita.

«Grazie, Mohamed, ma non ho tempo.»

«Come preferisce. Allora buona fortuna, spero di rivederla presto.»

Mai augurio fu più azzeccato.

Dopo aver saldato il conto, Gismondi trascinò la pesante valigia fuori dalla porta scorrevole fino in strada. Trovare un taxi non sarebbe stato un problema, c'era una fila di vetture in attesa dei clienti posteggiate lì davanti.

Chiamò con un gesto il conducente, che si prodigò a sistemare il trolley nel bagagliaio della sua vecchia Mercedes anni '80. Gismondi si sedette ansimando sui sedili posteriori, tentando di arginare il sudore che dal viso gli colava sulla camicia.

«Allora, mister, dove andiamo?»

«A Giburut e fai prima che puoi.»

Aveva avuto poco tempo per pensare a una destinazione migliore. Anche se doveva lasciare la Turchia il più presto possibile, si rendeva conto che dirigersi in aeroporto, il primo posto a essere sorvegliato, sarebbe stata la scelta meno saggia. Giburut, un piccolo paese a una trentina di chilometri di distanza, poteva rappresentare un nascondiglio di fortuna vista la presenza di un suo contatto.

La Mercedes raggiunse la destinazione prefissata dopo mezz'ora. Era una casa coloniale bianca che dominava il resto del paese.

Gismondi si fece aiutare a scaricare la valigia e lasciò una cospicua mancia al taxista. Si avvicinò faticosamente alla porta e bussò tre volte.

«Chi è?» domandò una voce stizzita dall'interno.

«Sahid, sono Romeo, apri.»

La porta si spalancò di colpo e sulla soglia apparve un uomo dallo sguardo torvo, alto e con una barba ispida e nera. Con una mano afferrò l'archeologo per la camicia e lo tirò con forza dentro casa, poi diede una rapida occhiata intorno e richiuse la porta dietro di sé.

«Idiota! Sei impazzito?» sbraitò il turco. «Farti vedere qui! In pieno giorno, oltretutto!»

«Lo so, lo so, ma è un'emergenza. Sono nella merda, nella merda fino al collo. Credo che mi abbiano intercettato.»

«Bene, mossa intelligente venire qui, allora!»

«Sahid, cazzo, sei l'unico che può aiutarmi! Dimentichi forse quanto ti ho fatto guadagnare in questi anni con tutti i reperti che ti ho procurato?»

L'uomo aggrottò le sopracciglia. «Abbiamo guadagnato entrambi. Non ho nessun debito verso di te.»

«Capisci solo il linguaggio dei soldi, vero? Tu fammi

tornare in Italia e io ti garantisco che ne avrai parecchi.»

«Ad esempio?» ammiccò il turco.

«Cinquantamila euro ti bastano?»

«Però!» esclamò Sahid con una smorfia. «Ci tieni parecchio alla tua pellaccia. Ma non è che hai tra le mani qualcosa di importante, per offrirmi così tanto? E magari ti stanno inseguendo per quello…»

Il professore ebbe un fremito. «Non c'entra nulla, ho solo qualche pezzo di poco conto.»

Sahid lo guardò un po' sospettoso, poi gli fece cenno di seguirlo. Si diresse nello stanzino sul retro, si chinò su un punto preciso del pavimento e sollevò una mattonella: si intravedeva una maniglia tra la polvere che si era accumulata negli interstizi. Ci soffiò sopra, l'afferrò e tirò con forza, scoprendo una botola sotterranea.

«Nasconditi quaggiù, per ora. Nel frattempo vedrò di chiamare qualcuno che ti organizzi la fuga. Naturalmente i soldi che chiederà li dovrai mettere in conto come extra.»

«Va bene, va bene» rispose sbuffando Gismondi. «Basta che vada tutto liscio.»

«Così si ragiona. C'è una lampada a olio lì sopra. Accendila, se non vuoi stare al buio.»

L'archeologo seguì il suggerimento, poi si guardò intorno, perplesso. «Ma quanto devo restare qui dentro?»

«Che cazzo ne so? Un paio d'ore, un giorno, dipende da come si mettono le cose.»

Gismondi fece per obiettare, ma Sahid richiuse la botola prima che potesse aprir bocca.

Dopo diverse ore passate a dormire, l'archeologo fu svegliato da un rumore di passi. Erano entrati degli uomini in casa, e li sentì confabulare con Sahid. Lì udì avvicinarsi all'apertura della botola, e finalmente fu scoperchiata.

Gismondi si alzò in piedi, stiracchiandosi, e osservò quegli uomini. Erano in quattro. Avevano delle tute piuttosto strane, nere, che li coprivano interamente, e dei visori a forma di occhiali zigrinati: sembravano un ibrido fra gli uomini della Swat e dei ninja. Non aveva mai visto nulla del genere nella sua vita.

«Era ora» balbettò, mentre due di loro scendevano gli scalini «stavo iniziando a preoccupar…»

Non fece in tempo a finire la frase che fu afferrato per le braccia e gli venne infilato in testa un cappuccio nero.

«Che cazzo succede! Cosa state facendo!» gridò, cercando di divincolarsi dalla presa. Un forte pugno nello stomaco lo fece desistere dall'opporre ulteriore resistenza.

«Sahid… figlio di puttana…» bofonchiò, con la voce spezzata dai colpi di tosse, mentre veniva trascinato fuori dalla botola.

«Mi spiace, professore» sogghignò il turco. «Ma sono intervenute cause di forza maggiore.»

Il gruppo raggiunse rapidamente l'esterno dell'abitazione, dove li attendeva un furgone nero col motore acceso.

Mentre caricavano a forza il professore nel veicolo, nella casa rimasero solo Sahid e quello che sembrava essere il loro capo.

«Ha visto, signore?» chiese il turco in tono dimesso. «Credo di meritarmi una bella ricompensa, non trova?»

«Certamente.»

Con un gesto fulmineo l'uomo estrasse una pistola e, prima che Sahid potesse reagire, due proiettili lo trapassarono all'altezza dei polmoni.

Lasciando il turco a terra agonizzante, l'assassino uscì

dall'abitazione e salì sul furgone, il quale sgommò allontanandosi fuori dal centro abitato.

Gismondi respirava affannosamente. Il cappuccio di stoffa lo faceva sudare più del normale, e nessuno gli aveva rivolto la parola, nonostante fossero in viaggio ormai da parecchio.

«Per favore… per favore…» bisbigliò in turco, facendo l'ennesimo tentativo. «Mi dite cosa volete da me?»

L'uomo al suo fianco imprecò e gli assestò un colpo nelle costole col calcio del suo fucile. Romeo si piegò su se stesso, rantolando.

Poco dopo, il furgone si fermò.

Il cuore dell'archeologo andò in fibrillazione. Poteva essere giunto al capolinea.

Si sentì afferrare per le braccia con una forza tale da bloccargli la circolazione. Lo fecero scendere dal furgone e dopo una decina di metri a passo forzato inciampò in uno scalino metallico e perse l'equilibrio. Non cadde grazie alla presa dei suoi accompagnatori, che lo spinsero su per un'altra decina di gradini.

Gismondi ebbe l'impressione di essere imbarcato su un aereo.

5-3

Golden Fields, USA
17 dicembre 2012, ora locale 16:20

Greta era arrivata.

Alla fine di quella lunga via tortuosa, circondata dai campi, si trovava la fattoria degli Higgins.

Il viaggio era stato molto lungo, attraverso sconfinate radure e distese di campi coltivati. Sedici ore affrontate con una sola sosta, spingendo senza riserve il motore della Maserati sottratta a Kayn, per raggiungere un angolo sperduto nel Missouri.

Parcheggiò nell'ampio cortile ghiaioso, a fianco a un vecchio furgoncino Ford rosso con delle cassette piene di uova nel retro. La lucida carrozzeria dell'auto si era ormai coperta completamente di polvere, ma il suo aspetto lussuoso stonava lo stesso con l'ambiente circostante.

La giornalista scese dall'auto e storse subito il naso per il fetore di letame. Dando una rapida occhiata in giro, ne comprese la provenienza: una stalla distava solo una trentina di metri, e in quel momento un grosso trattore con un rimorchio pieno di materia organica stava concimando i campi attorno casa.

Sulla porta di casa si presentò una signora sulla sessantina con indosso un foulard di lana color crema. «Buongiorno…»

«Buongiorno, signora, scusi per il disturbo. Cercavo Jason Higgins. Abita qui, vero?»

«Sì. È mio marito.»

Greta percepì una nota di astio, o forse gelosia, nella risposta. «Signora, guardi che non voglio disturb…»

«Jason!» strillò la donna verso l'interno della casa. «C'è una che ti cerca!»

«Falla entrare, Brenda! E smettila di urlare, per l'amor di Dio!»

La moglie si spostò quel tanto che bastava per farla passare, sempre mantenendo un'espressione torva in viso.

Greta trovò il fattore seduto al tavolo, in cucina. «Buongiorno, signor Higgins.»

«Chiamami pure Jason, carissima!» le disse festoso, spostando avanti la sedia alla sua sinistra «Com'è andato il viaggio? Sei stanca? Vuoi qualcosa da bere?»

L'uomo aveva in mano un bicchierino di whisky quasi vuoto. Nonostante l'età in apparenza prossima alla settantina, aveva una corporatura piuttosto robusta. La carnagione abbronzata presentava qua e là qualche macchia scura, tipica della senilità, ma i piccoli occhi azzurri scoccavano uno sguardo pungente, di persona che la sapeva lunga.

«Un bicchiere d'acqua, magari.»

«Brenda, vai a prendere dell'acqua, e anche un altro po' di whisky.»

«Non ti sembra di esagerare? Non sei più un ragazzino, Jason!» gli sbraitò contro la moglie. «Ne hai già bevuti due!»

«Non sono affari tuoi. E, già che ci sei, porta tu le uova in paese. Io sono occupato. Le chiavi del furgone sono sul comodino.»

La donna fece per replicare, ma lo sguardo deciso del

marito la dissuase dal continuare. Si limitò a dirigersi verso la camera da letto, da dove la sentirono borbottare mentre recuperava le chiavi. Poi uscì dal retro.

Mentre la sagoma del furgoncino si allontanava e lo scoppiettio del malandato motore si faceva sempre più impercettibile, nella sala da pranzo i due si guardarono senza parlare.

«Sai, somigli molto a tuo padre... Luna» esordì lui, mandando giù l'ultimo goccio di whisky con una smorfia e fissandola con i suoi occhi azzurri. «Il taglio delle labbra, l'espressione del viso...»

«Mia madre aggiungeva anche il naso. Comunque, me l'aspettavo diversa la tua vera voce, più cupa.»

Jason sorrise. «Ho usato il distorsore al telefono solo per un'ulteriore precauzione. Sempre meglio essere prudenti. Come va il tuo lavoro per l'FBI?»

«Una meraviglia, a parte il fatto che qualcuno ha provato a farmi saltare in aria. Tu, invece, come te la cavi, Jason? O dovrei chiamarti *Florence Thompson*?»

L'uomo fece una smorfia. «Quell'individuo non esiste più da tempo. Al suo posto ora c'è Jason Higgins, felice contadino del Missouri, con una moglie burbera e fedele, un figlio volenteroso e tanti animali da accudire. Molto meglio dello stress cittadino, in fondo. E dimmi, tua madre?»

«Morta due anni fa» gli rispose in maniera secca. «Cancro al seno preso troppo tardi.»

Il volto di Florence si incupì. «Mi dispiace davvero. La conoscevo bene, Hilary... era una donna splendida. Lei e tuo padre formavano una coppia perfetta.»

«Ho molte domande da farti» tagliò corto Luna, «e poco tempo a disposizione. Preferisco venire subito al sodo.»

Così dicendo, estrasse il foglietto recuperato a casa di Kayn, imbustato in una pellicola protettiva, e lo appoggiò sul tavolo. «Questo è quanto mi avevi richiesto. Un giorno mi dirai come facevi a sapere dove si trovava…»

Florence lo prese con la mano destra, lo estrasse dalla pellicola e infine lo aprì. Gli si illuminarono gli occhi.

«È quello che aspettavo da molto, molto tempo.»

«Perfetto. Ora mantieni la promessa. Dimmi dove si trova mio padre.»

Il vecchio si alzò in piedi. Si diresse lentamente verso la finestra e osservò il paesaggio.

«Come ti ho già detto al telefono, ero un operativo di primo livello dell'Unità K9. Amavo il mio lavoro, per quanto pericoloso. Pensavo di rendere un servizio al paese lavorando all'interno dell'Agenzia, per di più in uno dei distaccamenti più prestigiosi. Poi, dopo quello che scoprii assieme a tuo padre…» trasse un lungo respiro e scosse la testa. «Decisi di fuggire. Abbandonai tutto e tutti. Mia moglie, i miei due figli, la mia vita. Inscenai la mia morte in un finto incidente stradale, e al mio posto seppellirono un cadavere non identificato. Sì, è terribile, lo so, ma fui costretto. Ho perfino cambiato i miei connotati: mi sono sottoposto a una rinoplastica e mi sono fatto limare gli zigomi. Ci è voluto un po' ad abituarmici.»

«E alla tua famiglia di adesso cosa hai raccontato?»

«Nulla di tutto questo, com'è ovvio. Quando arrivai qui, mi presentai come uno ormai stufo della vita di città. Questa comunità mi accolse a braccia aperte e Brenda, che era rimasta vedova da poco, iniziò ad affezionarsi a me. Ci sposammo subito, e dopo un anno nacque nostro figlio Sebastian. Tra l'altro, dovrebbe rientrare tra poco dal lavoro nei campi.»

«Allora è il caso che mi sbrighi» tagliò corto Luna, alzandosi dalla sedia. «Forza, dimmi di mio padre. Se quello che hai detto è vero, ovvio. Non so nemmeno perché mi sono fidata di te.»

«Forse hai solo un ottimo sesto senso. Non avrei alcun motivo per mentirti.»

Thompson si alzò e andò a prendere un portagioie di legno. All'interno c'era custodita una chiave. La prese e la porse a Luna. «Ecco qui. Los Angeles, banca Jerald Credit Career, cassetta numero 1816. Lì troverai quello che cerchi.»

«La cassetta di un caveau?» gli chiese con aria dubbiosa.

«Esatto.»

«Mi aspettavo qualcos'altro.»

«E cosa? Pensavi che ti avrei dato un passaggio, sciocca ragazza?» sbottò lui un po' alterato. «Ti ho detto che avevo delle informazioni. Gira la chiave nella serratura e le avrai anche tu.»

Luna la prese senza nascondere un moto di stizza.

«Strano» commentò il vecchio, tornando a sorridere. «Non mi hai chiesto nulla riguardo al significato del foglietto.»

«Perché sono convinta che non me lo dirai.»

«Avevo ragione, hai proprio un ottimo sesto senso» gongolò, accarezzandosi il mento. «Pensare che avevi solo un anno quando tuo padre è dovuto fuggire... un fagottino biondo che piangeva in continuazione. Ricordo che mi parlava delle notti insonni a cui lo costringevi.»

Luna si infilò di nuovo il giacchetto di jeans, senza esternare alcuna reazione emotiva.

«Aspetta, non puoi andare in giro con quella macchina» aggiunse Florence. «Daresti troppo nell'occhio. Dove l'hai rimediata, tra parentesi?»

«Un prestito del nostro comune amico Grimm.»

«Ah, ecco, mi sembrava. Prendi la mia, penserò io a far sparire la Maserati.»

Il vecchio afferrò da un cassetto un mazzo di chiavi e gliele lanciò. Luna le intercettò al volo e si incamminò verso la porta, senza aggiungere altro. Appena scese le scale, si fermò un attimo e si voltò, certa di trovarselo alle spalle. «Una cosa, però, vorrei saperla. Perché in tutto questo tempo mio padre non ha mai provato a mettersi in contatto con me o con mia madre? Non saprà nemmeno se sono viva o morta... mamma non abbandonò mai la speranza di rivederlo fino al giorno in cui ha esalato il suo ultimo respiro. Lui era solo uno scienziato, non un operativo. Perché svanire in questo modo?»

Florence si fece serio in volto. «Lo scoprirai.»

«D'accordo» gli rispose perentoria. «Allora... addio.»

«Arrivederci, Luna. Arrivederci.»

Il vecchio, dopo aver osservato la ragazza allontanarsi con il suo vecchio Dodge Ram grigio, rientrò in casa e si diresse verso lo scantinato. Quando aprì la porta di legno i cardini cigolarono producendo un suono stridulo. Tirò una cordicella e una lampadina si accese al centro della stanza. Spostò alcune cianfrusaglie e afferrò una cassetta di metallo. La aprì ed estrasse alcuni album fotografici, iniziando a sfogliarli con malinconia. Le foto lo immortalavano con la sua prima famiglia, intenti ad allestire un barbecue coi vicini, o in visita ai laghi salati, o il primo giorno di scuola della figlia Penny. Spezzoni di una vita che non gli apparteneva più.

Infine, prese un piccolo quaderno ingiallito e ne sfogliò le pagine delicatamente. Erano piene di appunti, calcoli e sequenze numeriche.

Ventisei anni... il momento è arrivato.

5-4

Bonn, Germania
17 dicembre 2012, ora locale 19:20

Matthias Wichmann si aggirava sovrappensiero per la casa del cardinale Karl Grafkne, tra i flash dei fotografi della Scientifica. Pur trattandosi di una vittima celebre, le sue attenzioni e la sua rabbia erano ancora calamitate dalla vicenda di Viktor Zagaev e dalla sua fuga dall'ospedale, colpa del pavido Procuratore. Si figurava già encomi e lodi nel momento in cui la sua identità fosse stata confermata, e invece si ritrovava con un pugno di mosche in mano e una scia di cadaveri con delle famiglie a cui fornire spiegazioni. Senza contare il povero agente Bauer… cercò di scacciare il senso di colpa convincendosi che mai, mai si sarebbe immaginato uno scenario del genere. In fondo, l'aveva messo a guardia di un uomo malmesso. Ma chi erano i tre individui intrufolatisi nella sua stanza, cosa potevano volere da lui? In quel momento, invece che occuparsi di un ottantenne porporato, fremeva dalla voglia di saperne di più su quegli uomini. Ma era il suo lavoro, e questo gli toccava.

Riprese il controllo di se stesso e dei suoi pensieri, e senza ulteriori indugi si dedicò ad analizzare la scena.

La porta era forzata dall'esterno. Il cardinale era riverso a terra con un proiettile in mezzo alla fronte. Fuoco aperto a distanza ravvicinata, nessun segno di colluttazione o resistenza: del resto, considerando l'età avanzata di Grafkne, era difficile pensare a una reazione di fronte a un uomo armato. Una vera e propria esecuzione.

«Detective Wichmann, venga a vedere questo» lo sollecitò uno degli agenti della Scientifica vicino alla scrivania. Indicò un foglietto per terra, che raccolse con una pinzetta e inserì in una busta di plastica trasparente.

Matthias si avvicinò e lesse una data scritta a penna.

21 – 12 – 2012

Rimase alcuni secondi in silenzio, guardando perplesso l'agente in tuta isolante bianca.

«Cos'è, adesso pure un cardinale credeva a questa roba del calendario Maya?»

L'agente inarcò le sopracciglia. «E chi lo sa. Ultimamente c'è parecchia gente che ci crede, so che in molti hanno organizzato delle specie di sit-in di veglia la notte del venti, ci andrà pure mio figlio.»

Matthias si grattò il mento, inspirando.

«Certo che è strano» continuò il collega della Scientifica. «Quelle storie… adesso anche questo…»

«Ehi, sveglia! Non succederà niente. Di date sulla presunta fine del mondo ce ne sono state a bizzeffe, non è mai successo nulla. E sarà così anche stavolta. In compenso, mentre sono qui a perdere tempo, c'è un assassino pericolosissimo a piede libero.»

Appena ebbe finito di pronunciare quelle parole, sentì il taschino vibrare. Tirò fuori il cellulare e vide un numero non salvato in rubrica.

«Pronto?»

«Matthias? Sono Dagma, ti chiamo dalla clinica. Ti disturbo?»

«Direi di sì, sono su una scena del crimine.»

«Ah, mi dispiace, scusa» rispose Dagma a bassa voce. «Ti richiamo in un altro momento.»

«Ma no, scusami tu» continuò Matthias, scuotendo la testa. «È solo che... diciamo che c'è parecchia tensione nell'aria, ecco. Ma dimmi pure, esco a farmi un giro» disse avviandosi all'esterno della villa e sedendosi sul muretto che cintava il vialetto d'ingresso.

Dall'altro capo del telefono c'era Dagma Munchen, sorella maggiore della defunta moglie Harriette. Il detective aveva stabilito con lei un bel feeling da subito, quando lui era solo il fidanzato di Harriette e lei una semplice studentessa di psichiatria. Divenne poi la zia preferita di Alexandra, colei che le aveva fatto nascere la passione smodata per le giraffe dopo averle regalato un pelouche al Luna Park. Da allora, ogni volta che andava a trovarla, glie ne portava sempre una diversa, tanto che ormai nella sua cameretta non c'era quasi più posto. Anche il 15 dicembre di quattro anni prima ne aveva comprata una enorme ai magazzini Rosch, ma non fece in tempo a dargliela personalmente.

«Quindi adesso sai tutta la storia» concluse Matthias dopo dieci minuti di sfogo. «Uno dei peggiori assassini è a piede libero e io sono assegnato a questo vecchio cardinale.»

«Ma è pur sempre un omicidio, no?»

«Sì, ma non è questo il punto. L'impressione è che mi vogliano tenere lontano dal caso. Sarebbe stato un colpo da novanta dimostrare l'identità di quell'uomo... boh, forse me lo merito.»

Sentì la donna prendere un respiro profondo. «Matthias, il mondo non gravita attorno a te. Può essere una semplice coincidenza. E poi basta con questa logica del karma! Accidenti a te e a quando ti ho regalato quel libro…»

Matthias rise a quel pensiero. Si riferiva a quando, dopo sei mesi dalla tragedia e con il percorso di disintossicazione da eroina quasi terminato, Dagma gli aveva regalato *"Karma e Samsara: l'eterno ritorno"*. Quel libro aveva contribuito a far emergere il suo lato più spirituale, che fino a quel momento non era mai venuto alla luce. Matthias non si considerava certo un uomo di filosofia: era ateo, piuttosto materialista e istintivo. Dopo la tragedia, però, e soprattutto dopo la visione di quella specie di fantasma in Thailandia, l'idea che potesse esistere un'interconnessione profonda tra tutti gli eventi, concetti come il destino, la ciclicità e l'espiazione delle proprie colpe sulla Terra avevano iniziato a farsi strada in lui.

«Comunque non ti ringrazierò mai abbastanza. In quel periodo, con le crisi di astinenza e il resto, mi avevano abbandonato tutti. Solo tu sei rimasta al mio fianco. Tu e la tua tisana alla liquirizia.»

«Me l'hai già detto mille volte, e ti ho già detto che non c'è nulla da ringraziare.»

«Va bene, va bene. Dai, adesso è meglio che vada. Magari il fine settimana ci prendiamo una pizza, che dici? Sempre che non finisca il mondo il ventun dicembre, come ha scritto pure questo vecchio pazzoide.»

«Come, scusa? Quale vecchio pazzoide?»

«Ma niente, hanno ritrovato in casa del cardinale un foglietto con la data del ventun dicembre. Quella del calendario Maya, che sembra abbia fatto perdere la brocca a tutti quanti.»

Dagma fece una pausa di qualche secondo. «Ahi, ahi… adesso ho paura a dirtelo. Chissà che film ti faresti…»

«Cioè? Dirmi cosa?» le chiese incuriosito.

«Dunque… è stato portato qui un bambino, qualche

giorno fa. È affetto da una grave forma di autismo, non parla, non comunica in alcuna maniera col mondo. Una brutta storia familiare alle spalle: il padre era un delinquente, la madre alcolizzata se lo portava spesso dietro nei bar o nelle sale slot... insomma, per farla breve, poco tempo fa il padre è morto in una sparatoria, la madre è stata interdetta e il bambino affidato ai genitori di lei che l'hanno portato da noi in clinica.»

«E...?»

«Be', stamattina, quando gli infermieri sono andati in camera sua, hanno trovato le pareti completamente scarabocchiate con delle scritte a matite colorate. E le scritte erano una semplice data ripetuta un'infinità di volte. Indovina un po' qual'era?»

«Quella del ventun dicembre? Dici sul serio?» esclamò Matthias, scendendo con un balzo dal muretto.

«Sì. La cosa strana è che questo bambino non è mai andato a scuola, è analfabeta.»

«Magari l'ha vista in televisione, o l'ha ricopiata da qualche parte» fece il detective con voce incerta. «Lo sai che è sulla bocca di tutti da diversi mesi.»

«Dev'essere così, infatti.»

Matthias fece una breve pausa. «Anzi, sai che ti dico? Passo a trovarti. Così, magari, lo vedo dal vivo.»

«Ecco, lo sapevo!» lo canzonò la cognata.

«Leggi tra le righe, è solo una scusa per vederti! Dai, a parte scherzi, hai da fare? Disturbo se faccio un salto?»

«Vieni pure, al momento non c'è nulla di improrogabile.»

Matthias salutò e chiuse la conversazione. Gridò agli agenti ancora dentro la villa che se ne stava andando e fece per salire sulla sua Golf quando guardò di fronte a lui e trasalì.

Nel vialetto c'era una bambina. Una bambina a piedi nudi, con un pigiamino azzurro e il pupazzo di una giraffa.

«Ale… Alexandra?»

La mano che teneva il cellulare lasciò la presa, e il telefono cadde sulla ghiaia.

«Sto sognando?»

«Papà, dovrai raggiungermi sull'isola» fece la bambina. «È l'unico modo.»

«Che cosa… cosa stai dicendo… Alexandra!»

Si lanciò verso la bambina con un misto di terrore e incredulità sul viso.

«Cosa ha detto, detective?» chiese un agente affacciatosi alla finestra.

Matthias si distrasse un istante, voltandosi verso di lui. Si girò nuovamente senza rispondergli, ma sua figlia era sparita.

«Alexandra! Alexandra! L'hai vista, no?» gridò all'agente «Hai visto anche tu la bambina!»

«Bambina? Detective, non ho visto nessuna bambina…»

«Ma come no! Era qui davanti! Come hai fatto a non vederla!» gli urlò contro «Sei cieco?»

«Le dico di no, non l'ho vista!» rispose l'agente con un tono un po' seccato.

«Qui! Qui davanti» provò a insistere Matthias, indicando col dito. «Fino a un secondo fa…»

Finita la frase, rimase alcuni secondi imbambolato a fissare il vuoto. No, non poteva essere ancora come quella volta in Thailandia. Una visione, un'allucinazione… in fondo aveva dormito poco. Qualche strascico delle droghe sui suoi neuroni. Cercò in ogni modo di darsi una spiegazione razionale a quello che aveva visto, e alla fine riuscì a calmarsi. Salì sulla Golf, ancora stranito, e partì di colpo lasciando dei solchi nella ghiaia.

La spia del serbatoio della KTM si accese improvvisamente. Era in giro da più tempo di quanto pensasse e non si era mai fermato.

Di lì a poco, Viktor intravide una stazione di servizio. Rallentò e, deviando a destra, si fermò proprio davanti alle pompe.

Scese dalla moto con circospezione. Appoggiando a terra la gamba sinistra, però, sentì una fitta di dolore attraversarlo dal tallone alla tempia: l'effetto della morfina stava diminuendo.

Merda...

Cercando di mascherare la sofferenza, si avvicinò zoppicando alla cassa self-service, dove inserì una banconota da venti euro. Mentre riforniva la moto, si rese conto di reggersi in piedi a fatica. Anche la vista gli si offuscò un paio di volte. Non mangiava dalla sera prima e aveva consumato moltissime calorie, doveva assolutamente prendere qualcosa all'emporio.

Oltrepassò la porta scorrevole.

«Buongiorno» salutò il commesso da dietro la cassa.

Viktor non rispose e si avvicinò allo scaffale dei dolci. Cercò una barretta di cioccolato, l'ideale per ovviare alla carenza di zuccheri. Mentre passava in rassegna i vari gusti, con la coda dell'occhio si accorse che il commesso lo stava fissando con insistenza, e da come si muoveva gli parve piuttosto nervoso. Intuì che qualcosa non andava.

Facendo finta di nulla, continuò a guardare le barrette

finché, passando davanti a uno scaffale con un ripiano vuoto, incrociò lo sguardo di un uomo che era fermo nell'altra corsia proprio di fronte a lui. L'istante dopo Viktor avvertì un leggero fruscio al suo fianco. Fulmineo, afferrò il ripiano e spinse con tutta la forza, facendo crollare l'intero scaffale addosso all'uomo dall'altro lato; dopo aver estratto due pistole dalle tasche del giaccone, riversò un fiume di piombo sui due uomini che l'avevano accerchiato alle estremità della corsia. I colpi andarono tutti a segno e i due caddero a terra senza vita.

Terminata la sparatoria, si avvicinò all'uomo sepolto sotto lo scaffale, che si dimenava tentando di liberarsi, e gli piantò una pallottola in fronte. Rimase per un attimo a fissare i suoi occhi sbarrati e il sangue che si allargava sul pavimento.

L'Unità K9 della CIA… sono tenaci, questi bastardi.

Sollevò la testa e il suo sguardo si posò sul commesso. Il malcapitato era immobilizzato dal terrore, non era riuscito nemmeno a nascondersi.

Trascinando la gamba, Viktor iniziò ad avanzare verso di lui.

«No, aspetta… ti prego! Mi hanno obbligato!»

«Quando sono arrivati?»

«Ci-cinque minuti fa, credo… mi hanno puntato una pistol…»

In quel momento gliela puntò anche Viktor, ma a differenza degli uomini di prima lui premette il grilletto.

Berlino, Germania
Ora locale 19:21

«Sparito? Gismondi è sparito?»

«Purtroppo sì, signor direttore» disse l'agente Schmidt.

«Gli uomini di Mahkan hanno seguito le tracce del veicolo fino al deserto, ma riferiscono che queste si interrompono bruscamente...come se Romeo Gismondi fosse svanito nel nulla.»

In un impeto di rabbia, il direttore Hartmach scagliò una tazza di caffè contro il muro della sala operativa. «Siete un branco di idioti!»

«Signore» intervenì un agente con voce incerta, vista l'aria che tirava. «Abbiamo perso i contatti con Mobile 3, la squadra appostata alla stazione di servizio.»

«Quindi Zagaev è passato da lì... sta procedendo sul percorso previsto. Fate convergere tutti gli operativi al punto di blocco prima dell'uscita 8.»

Impartito l'ordine, si avviò rapidamente verso il suo ufficio. Si sedette alla scrivania, gomiti sul ripiano, e fissò il telefono. Era convinto che presto avrebbe squillato. E infatti, dopo una decina di minuti, ecco la chiamata.

«Pronto, direttore generale.»

«Ciao Adalrich» esordì dall'altra parte del telefono Ron Kramer, direttore generale della CIA. «C'è un cambio di programma. Romeo Gismondi è stato prelevato.»

«Prelevato? Da chi?»

«Secondo te?»

Hartmach aprì la bocca ma si bloccò in tempo.

«Ah... quindi... sono intervenuti loro direttamente? Non mi era mai capitato...»

«Anch'io so soltanto quello che mi vogliono far sapere, non credere» puntualizzò Kramer.

«E per quanto riguarda Zagaev?»

«Non mi hanno detto nulla in proposito. Decidi tu, vivo o morto non fa differenza.»

Hartmach mise giù il telefono. Si alzò di scatto e si affrettò a raggiungere la sala principale.

«Date ordine a tutti gli operativi di prendere Zagaev vivo» ordinò ai presenti. «Ripeto, lo voglio vivo.»

Il dolore alla gamba si faceva sempre più lancinante. Gli sforzi a cui Viktor l'aveva sottoposta durante la sparatoria avevano contribuito ad acuirlo, e ora anche le vibrazioni della moto erano diventate una tortura. Non poteva, in ogni caso, permettersi il lusso di fermarsi. Dopo aver perso tutti quegli agenti, l'Unità K9 non ci avrebbe pensato due volte a spiegare tutte le loro forze a disposizione.

Viktor imboccò una stradina secondaria, dove le possibilità di venire intercettati erano più ridotte. Mentre il vento gelido gli sibilava tra le orecchie, notò che la via era insolitamente sgombra.

Subito dopo una curva, si ritrovò di fronte una serie di auto nere a sbarrargli il passaggio.

Tentò di frenare e di girare la moto, ma la velocità sostenuta glielo impedì: così perse il controllo e cadde a terra, rotolando sull'asfalto per alcuni metri.

Con la faccia contrita dal dolore, provò a rialzarsi, ma senza successo. Era allo stremo delle forze.

Gli operativi dell'Unità K9 gli furono addosso in un lampo, lo ammanettarono e lo trascinarono dentro un furgone.

L'uomo salito al posto di guida si sistemò l'auricolare. «Base, qui Mobile 4, l'abbiamo catturato.»

«Ben fatto. Vi comunicheremo le modalità per il rientro. Il capo sarà ansioso di vedervi.»

Il furgone partì a tutta velocità e gli altri veicoli lo seguirono a ruota.

Clinica Heisenburg. Settore C, sesto piano. Centoventisette scalini.

Matthias aveva fatto quel percorso innumerevoli volte nei mesi successivi alla tragedia, ma non aveva mai preso l'ascensore. Dagma non voleva che si presentasse in clinica, visto che in più di un'occasione aveva sottratto per lui delle dosi di morfina in modo da alleviare la sofferenza durante le crisi di astinenza. Eppure lui ignorava questo divieto, di solito quando era ridotto veramente a uno straccio sia fisicamente che mentalmente.

Molte volte aveva pensato che una clinica di igiene mentale fosse la sua destinazione più sensata. L'idea che la morte di Harriette e Alexandra fossero colpa sua, colpa di quella maledetta coincidenza di eventi, era qualcosa di terribilmente difficile da accettare. Non aveva parlato mai a nessuno di quella visione così vivida e reale di sua figlia, temendo di essere preso per pazzo. Alla polizia e a Dagma aveva raccontato che aveva perso l'aereo a causa di un guasto al pulmino sul quale viaggiava. Poteva mentire a tutti, ma non a se stesso.

Al sesto piano, ad accoglierlo trovò la dottoressa Dagma Munchen. Appena la vide, capì che era meglio soprassedere su quell'episodio nel vialetto della villa. Si autoconvinse, all'istante, che era stata una semplice allucinazione, in fondo era durata solo un battito di ciglia. Niente Alexandra, niente isola.

«Ciao, Matthias!»

«Ehi, ho fatto prima che ho potuto.»

Il viso radioso di Dagma dimostrava molto meno dei suoi quarantaquattro anni. La somiglianza con Harriette era notevole, sebbene lei fosse più alta e slanciata di sua sorella. L'unica nota stonata in quel viso quasi angelico era una piccola cicatrice sullo zigomo destro, retaggio di un incidente stradale avvenuto in gioventù quando il suo fidanzato, appena patentato e fradicio d'alcol, si era tolto la curiosità di scoprire se fosse più duro il parafango della sua Opel e il tronco di una grossa quercia.

«C'è un'altra novità» esordì lei con un'espressione stranita in volto. «Tra la nostra telefonata e il tuo arrivo, Dietrich, il bimbo autistico di cui ti ho parlato, ha fatto un disegno…»

«Un disegno? Quindi?»

Senza aggiungere altro, la dottoressa gli fece cenno di seguirlo. Si diressero verso la stanza del bambino, attraversando il corridoio tappezzato di disegni di alberi e casette colorate.

Entrarono e lo trovarono seduto sul pavimento, circondato da fogli e matite, ancora intento a disegnare. Folti capelli castani, fissava attentamente il foglio e la sua mano si muoveva sicura come quella di un artista. Alle pareti, scritta centinaia di volte, la famosa data della fine del mondo.

Dagma raccolse da terra il disegno incriminato. «Posso, Dietrich?» disse porgendolo a Matthias che restò di stucco.

«Ma… è bellissimo!»

Sul foglio era raffigurata una baia con molte persone sulla battigia, intenti a guardare una miriade di pesci spiaggiati. Una scena piuttosto sinistra, ma dipinta con un'impressionante dovizia di particolari.

«Non è bravo» puntualizzò Dagma. «È *troppo* bravo. A sette anni un bambino non ha ancora sviluppato completamente la capacità visiva, figuriamoci quella figurativa. Tra l'altro, questa mi sembra la baia di Campeche, in Messico. Ci sono stata due settimane in vacanza… ma lui dove può averla vista? E come può averla riprodotta così fedelmente?»

«Ah, non ne ho idea» le rispose, costernato «certo che… anche Mozart scrisse la sua prima sinfonia a cinque anni, no?»

«Sì, ma questo è diverso. Non so, è davvero strano. E inquietante.»

«Per caso ti ho contagiato?» la canzonò Matthias. «Comunque, ho voglia di un caffé, andiamo a prendercene uno?»

«Il bar è chiuso, dovrai accontentarti delle macchinette qui fuori.»

«Non c'è problema. Però offri tu.»

Dagma diede un'ultima fugace occhiata al bambino, poi richiuse la porta dietro di sé.

Dopo qualche minuto Dietrich smise di disegnare. Ripose al loro posto le matite, ordinandole per colore come nella loro disposizione originale, e chiuse la scatola. Poi andò a sedersi sul letto, fissando la porta.

Sul pavimento giacevano gli ultimi due disegni. Uno raffigurava un uomo dai capelli rossi a terra, circondato da altri con indosso dei vestiti neri… e l'altro un volto di uomo calvo con un triangolo tatuato in mezzo alla fronte.

5-5

New Jersey, USA
Ora locale 20:56

«Argh…»

Lentamente, Kayn riaprì gli occhi. La prima sensazione che avvertì fu un forte mal di testa. Poi la nausea. Quando provò ad alzarsi, sentì delle fitte acute ai muscoli delle gambe e allo sterno. Una volta in piedi, realizzò l'enorme fatica che faceva a mantenere l'equilibrio: il narcotico che gli aveva somministrato Greta doveva essere molto potente.

Diede un'occhiata all'orologio. Quasi le ventuno. Era rimasto incosciente per undici ore. Barcollando e appoggiandosi dove capitava, riuscì ad arrivare al lavandino del bagno. Nello specchio vide riflessa la sua faccia stravolta.

Maledetta troia… maledetta!

Si sciacquò il viso, poi aprì il rubinetto dell'acqua fredda nella doccia e vi si infilò dentro di colpo, sperando che quel getto gelido sulla pelle riuscisse a rivitalizzarlo.

Uscì dal bagno con indosso un accappatoio verde. Tremava dal freddo, ma si sentiva decisamente più sveglio. La doccia aveva sortito l'effetto desiderato.

Controllò un po' in giro per vedere se Greta avesse rubato qualcosa. Soldi e preziosi sembravano al loro posto, ma…

Dove sono le chiavi della macchina? Cazzo!

Corse fuori e scoprì che il suo timore era fondato.

La macchina era sparita.

Per cinque minuti di fila gridò una tale serie di bestemmie da fare abbaiare tutti i cani dell'isolato.

Rientrato con i nervi a fior di pelle, Kayn salì nello studio. Raccolse da terra il libro di Stephen Hawking e passò le dita sulle pagine.

Come faceva quella stronza a sapere che c'era qualcosa qui dentro…

Questa e altre domande gli turbinarono nel cervello, quando si ricordò che doveva sporgere denuncia per la sparizione della macchina. Decise di ignorare il suggerimento di Greta di tenere le autorità all'oscuro. Dopotutto, quella storiella su suo padre era servita al solo scopo di entrare in casa sua. L'unica vera delinquente era lei.

Scese nel salone, accese il televisore e lanciò il telecomando sul divano. Stava per afferrare il cordless quando quello iniziò a squillare da solo. Ritrasse il braccio ed ebbe un attimo di esitazione, infine si decise a rispondere.

«Pronto?»

«Signor Kayn Grimm?»

«Sì, sono io…»

«Buongiorno, sono lo sceriffo Guile Andrews della contea di Golden Fields, nel Missouri. Lei risulta proprietario di una Maserati Granturismo nera, targa CU887Z, corretto?»

«Sì, è la mia macchina!» esclamò. «È stata rubata alcune ore fa! Stavo proprio per andare a denunciarne il furto.»

«Ho capito. Il signor Jason Higgins, un abitante del posto, ha trovato quest'auto nella sua proprietà. Ha sfondato il recinto dell'abitazione.»

«Ah... be', guardi, come le ho detto» puntualizzò Kayn, «la macchina mi è stata rubata, io mi trovo nel New Jersey. Ma il danno è grave?»

«Mah, da quello che ho visto, il danno è di lieve ent...»

«Un momento solo, sceriffo» lo interruppe prendendo il telecomando con la mano sinistra per abbassare il volume. Stava per premere il tasto quando la sua attenzione venne calamitata da uno speciale del TG della BBC.

«Continuano gli strani fenomeni delle morie di massa. Questa volta è toccato a un grande branco di tonni del Golfo del Messico, trovati spiaggiati a centinaia sulle...»

«Signor Grimm, mi sente?»

«... coste della baia di Campeche. Stando alle prime analisi, le cause della morte rimangono sconosciute e...»

«Signor Grimm? Signor Grimm, pronto?»

Il tono perentorio dello sceriffo riscosse bruscamente Kayn da quello stato di imbambolamento di fronte al notiziario. «Sì, sono qui. Scusi...»

«Bene. Allora, il furto non è stato ancora denunciato quindi la responsabilità è sua. Deve venire a riprendersi l'auto e a sbrigare le pratiche assicurative per il risarcimento al signor Higgins.»

«Certo, certo. Gli riferisca che prenoterò un biglietto del treno per domattina e lo risarcirò personalmente.»

Kayn mise giù la cornetta. La sua Maserati era salva e l'indomani sarebbe tornata al suo posto. Per quella notte poteva dormire tranquillo.

5-6

Los Angeles, USA
18 dicembre 2012, ora locale 08:56

«Ecco, ci siamo» annunciò l'attempato direttore della banca davanti alla cassetta 1816.

Durante il tragitto dal suo ufficio al caveau, scortati da una guardia, Luna si era dovuta sorbire le interminabili autocelebrazioni sullo straordinario livello di sicurezza della banca, sui nuovi sensori biometrici, sulla situazione economica attuale e sulle prospettive dei pagamenti digitali.

«Se ha delle perplessità dopo aver controllato la sua cassetta, si rivolga pure a me» continuò l'uomo ammiccando, palesemente attratto dal petto prosperoso della ragazza.

«D'accordo» gli rispose lei con sufficienza, impaziente di liquidarlo nel minor tempo possibile.

Una volta rimasta sola, Luna estrasse dalla borsetta la chiave che le aveva consegnato Florence Thompson. Quando fece per inserirla nella fessura, notò che le tremava la mano.

Con un rapido clic sbloccò la serratura ed estrasse la cassetta, appoggiandola sul tavolo di metallo al centro della stanza. Trasse un lungo sospiro e si decise ad aprirla.

All'interno c'era un foglietto ripiegato su se stesso. Lo aprì lentamente.

Un fiume di parole scritte a mano, con l'inchiostro un po' sbiadito e alcune macchie scure che deformavano la calligrafia.

Lacrime.

In alto sulla destra una data: 30 maggio 1986.

Piccola mia, se stai leggendo questa lettera vuol dire che tutto si è compiuto come previsto. Chissà che idea ti sarai fatta di me in tutti questi anni… probabilmente mi odierai, mi vedrai come un mostro che ha abbandonato una moglie e una figlia piccola al loro destino. Ah, il destino… credimi, al pensiero che non ti vedrò crescere, andare a scuola o spegnere le candeline il giorno del tuo compleanno, sento già una stretta lancinante al cuore. Mi mancate già da morire. Mi manca la pelle di Hilary, il suo profumo, mi manca tenerti in braccio e coccolarti per farti addormentare.

A quel punto, Luna avvertì un improvviso bruciore al petto. Le lacrime spingevano per uscire, ma con uno sforzo incredibile riuscì a trattenerle e a ricacciarle in profondità.

Quello che ho scoperto in questi giorni va al di là di ogni logica plausibile. Sono uno scienziato, ho dedicato tutta la mia vita alla ricerca della conoscenza e a sfidare l'ignoto spingendomi sempre oltre i confini, ma la mente umana ha un limite. E io me ne sono reso conto solo dopo averlo superato. In certi momenti sento la follia bussarmi alle tempie chiedendomi di lasciarla entrare, così da obliarmi e porre fine alle sofferenze cui mi sottopone la continua ricerca di uno schema razionale. E non

solo... se sapessi di quali atrocità mi sono reso involontariamen-
te complice... se avessi visto quello che ho visto io... quanto do-
lore ho causato! Non volevo, sono stato ingannato. Ma questo
non cambierà le cose. Sai cosa succede a una bottiglia d'acqua
quando la congeli? Ecco, è quello che sta accadendo alla mia te-
sta. Ho riflettuto a lungo e sono arrivato a una conclusione. Ho
deciso di togliermi la vita. Non posso vivere con questo peso sul-
la coscienza, non riuscirei a portare sulle spalle questo terribile
fardello, e potrei mettere a repentaglio anche la vostra vita. Flo-
rence, il mio unico vero amico, veglierà su di te e al momento
giusto ti darà le risposte che cerchi. Forse alcune cose non le
comprenderai, ma ti assicuro in lui puoi riporre la fiducia più to-
tale. Ti lascio nelle sue mani. Addio, piccola mia. Il tuo papà ti
ama sopra ogni cosa.

Per alcuni secondi, Luna non riuscì nemmeno a respirare. Aspettava da una vita il momento in cui avrebbe rivisto
suo padre, aveva pensato a lungo alle domande da porgli e
si era chiesta spesso come avrebbe reagito. Sarebbe stata
preda della rabbia? Oppure trovarsi di fronte l'uomo che l'a-
veva messa al mondo avrebbe fatto scattare una molla di affetto viscerale e gli sarebbe saltata al collo in lacrime? Ora,
dopo aver letto quel testamento, sapeva che non avrebbe
mai trovato risposta alle sue domande.

Si guardò un attimo intorno, desolata. Pensò che avrebbe potuto lasciar perdere e rinizare una nuova vita con l'i-
dentità fittizia che gli aveva procurato Florence. In fondo,
ritrovare suo padre era stato il suo obiettivo fino a quel momento, e il cerchio si era chiuso lì, in quel caveau, dentro la
cassetta 1816.

Eppure, una scintilla si accese dentro di lei. Non era ancora finita.

Risalì al pianterreno della banca e si diresse rapidamente verso l'uscita. Mentre il direttore la chiamava a gran voce, cercando di attirare la sua attenzione, lei aveva già la testa proiettata verso la sua prossima meta.

Berlino, Germania.
Ora locale 12:09

La carovana di veicoli dell'Unità K9 percorreva la tangenziale diretta alla sede del distaccamento. Ancora un quarto d'ora e sarebbero giunti a destinazione.

Quattro vetture scortavano il furgone nel quale si trovava sedato Viktor Zagaev. Essendo in precarie condizioni di salute, era stato trattenuto per la notte nell'appartamento di un medico dell'Unità K9, in modo da ricevere quel minimo di cure funzionali a trasportarlo senza pericolo.

«Siamo stati fortunati, Ekram» disse l'operativo alla guida dell'auto in testa al gruppo. «Zagaev era allo stremo delle forze, solo per quello l'abbiamo preso così facilmente. Ha sterminato la squadra di Garlick da solo, questo bastardo.»

«Lo so, lo so. Avrà ucciso più di cento operativi in pochi anni. Ma non pensiamoci più. Ora è lì che dorme nel furgone, e noi ci beccheremo un bell'encomio dal diret...»

«Cosa diavolo è? Rallenta!» lo interruppe Ekram, facendo un cenno verso la strada.

A circa duecento metri, un uomo dal volto scarnificato, vestito solo con una maglietta a maniche corte e un paio di pantaloni leggeri, fermo sulla linea che divide le due corsie, lasciò cadere a terra una sigaretta e la spense con la suola della scarpa. Estrasse da dietro la giacca una pistola dalla forma affusolata. Lentamente, sollevò l'arma e la puntò in direzione dell'auto. Schiacciando un piccolo bottone sull'impugnatura, la canna si aprì formando quattro piccole bocche di fuoco a forma di croce.

«Cazzo! Ha una pist...»

Dall'arma partì un colpo. Il suono fu simile a quello di una cannonata. Quattro proiettili calibro 50 schizzarono verso la macchina, ne trapassarono il parabrezza come fosse burro e ridussero in poltiglia la testa del conducente senza che quello avesse il tempo di finire la frase.

Ekram si ritrovò cosparso di sangue e pezzi di materia cerebrale. Si gettò sul volante nel tentativo disperato di riprendere il controllo dell'auto, ma era troppo tardi: una brusca sterzata a sinistra la fece capovolgere più volte finché non si schiantò contro il guard-rail di cemento, continuando a strisciare sull'asfalto tra le scintille per una decina di metri. Nel frattempo, due SUV coi vetri oscurati, sopraggiunti a velocità sostenuta nell'altra carreggiata, si fermarono a fianco alle altre macchine che erano riuscite a frenare e a evitare l'impatto. Dai SUV scesero otto uomini armati di M4 che iniziarono a crivellare di colpi le auto di scorta senza nemmeno dare il tempo agli agenti dell'Unità K9 di abbozzare una pur minima resistenza: i pochi che avevano aperto le portiere furono falcidiati all'istante dai proiettili.

Terminata la sparatoria, un membro del commando assalitore picchiettò contro il portellone del furgone, intimando agli uomini all'interno di uscire. Due agenti vennero fuori con le mani alzate, furono disarmati e fatti inginocchiare.

L'uomo dalla pelle deturpata, che nel frattempo aveva passeggiato tranquillo fino al luogo della carneficina, si avvicinò al furgone e diede un'occhiata dentro. Vide il corpo di Zagaev sdraiato a terra, polsi e caviglie legati. Fece cenno ai suoi uomini, usando il linguaggio dei segni, di portarlo via, e si voltò verso gli agenti dell'Unità K9. Si abbassò davanti a uno di loro e ne accarezzò il volto, delicatamente. Sentì che gli tremava la mascella e respirava con affanno. Rimase così alcuni istanti. Poi, d'un tratto, si alzò in piedi e salì su uno dei due SUV seguito dal commando armato. I motori si accesero e i due automezzi ripartirono a tutta velocità.

I due sopravvissuti si voltarono solo dopo una decina di secondi. Pallidi come cadaveri, sudati fradici, si rimisero in piedi e seguirono con lo sguardo i veicoli in lontananza.

«Cristo…» balbettò l'operativo più giovane. «Lassù qualcuno ci ama per forza. Ma chi cazzo erano quelli? E la faccia di quel tizio? Sembrava *Freddy Krueger*…»

«Non ne ho la minima idea…»

A quel punto squillò la suoneria di un cellulare. I due si guardarono interdetti. Il più vecchio ravanò nelle tasche della giacca ed estrasse un iPhone.

«Ehi, ma questo non è mi…»

A distanza di quasi un chilometro, gli uomini sul SUV in coda udirono una deflagrazione proveniente dal luogo della sparatoria. Dallo specchietto retrovisore videro una nube di fumo e fiamme farsi sempre più alta.

L'autista guardò compiaciuto il capo del gruppo seduto al suo fianco, e non gli sfuggì che le labbra sfregiate gli si inarcavano in un leggero sorriso.

«Comandante Faust, è tutto pronto per la partenza» fece un altro membro del commando dai sedili posteriori. Aveva in mano un tablet sul quale era visualizzato uno schema particolare. «L'anomalia si sta per riaprire, come da programma.»

Faust chiese ai suoi uomini, usando la lingua dei segni, come si sentissero.

«Bene, signore, come preventivato. La permanenza all'esterno senza le radiazioni inizia a causare danni solo dopo quarantotto ore, siamo perfettamente in tempo per rientrare.»

Lo sfregiato sorrise e alzò il pollice.

5-7

Golden Fields, USA
18 dicembre 2012, ora locale 13:02

«Bene, signore, siamo arrivati. Questo è l'indirizzo che mi ha fornito» annunciò l'autista del taxi a Kayn.

Come promesso allo sceriffo, il giorno seguente alla telefonata Kayn aveva preso un treno fino a Independence e, da lì, aveva preso un taxi per raggiungere la fattoria degli Higgins. Non lo preoccupava più di tanto il danno arrecato dal ladro, era solo ansioso di risalire sulla sua macchina.

Dopo aver dato una lauta mancia al taxista, scese dall'auto e si diresse verso la casa.

Salì i quattro scalini e bussò tre volte alla porta.

«Buongiorno, signor Grimm!» esclamò gioviale il proprietario, invitandolo a entrare. «È venuto in perfetto orario per assaggiare le bistecche di mia moglie! Prego, si accomodi!»

Kayn rimase leggermente spiazzato da un'accoglienza tanto calorosa. La tavola era già imbandita ed era stato apparecchiato un piatto anche per lui. La padrona di casa stava condendo l'insalata e spadellando le bistecche.

«Sentirà come sono morbide queste bistecche! I migliori vitelli di tutto lo stato li alleviamo qui, caro professore! Un momento... non sarà mica vegetariano?» chiese Jason Higgins a Kayn, puntandogli il coltello dal suo posto a capotavola.

«Ehm, no, no, per carità. Adoro la carne.»

Kayn percepì qualcosa di artificioso in quell'atmosfera.

Chissà che non spunti fuori un bestione con una motosega per farmi a pezzi... o che mi servano carne umana...

Sorrise nervosamente a quei pensieri bislacchi, che in ogni caso gli lasciarono addosso una certa voglia di togliere il disturbo il prima possibile.

«Be', siete molto gentili, davvero. Mi dica, signor Higgins, è grave il danno alla recinzione? Scendendo dal taxi non ho visto nulla...»

«È successo sul retro, ma non si preoccupi! Vedrà che sistemeremo tutto senza problemi.»

«Non è che sta edulcorando la pillola con questi manicaretti per poi darmi la batosta? Ad ogni modo, complimenti alla cuoca!» esclamò Kayn sorridendo alla moglie di Higgins, che ricambiò il sorriso e fece un cenno d'assenso. «Proprio come piace a me.»

«No, no, a indorare la pillola ci penserà quest'ottimo vino italiano. Assaggi, assaggi!» lo incitò Jason e gli riempì il bicchiere fino all'orlo di un Chianti riserva.

«Papà, io esco!» annunciò Sebastian alla fine del pranzo. «La saluto, professor Grimm!»

Il genetista ricambiò il saluto e decise che era ora di andare a vedere le condizioni della sua auto. «Signor Higgins, la ringrazio di questo fantastico pranzo. Ora, se non le dispiace...»

«Brenda!» sbottò il fattore, interrompendo Kayn. «Non lo vedi che è finito il whisky? È da ieri che ti sto dicendo che va ricomprato! Ora cosa offro al professore, l'acqua per le vacche?»

«Oh, signor Higgins, non si preoccupi per...»

«Ma cosa strilli, vecchiaccio! Sempre a strillare! Ci morirai col tuo maledetto whisky!» rispose la moglie.

«Brenda, vai in paese, devi portare la carne da Bosley, no? Già che ci sei, prendi anche una bottiglia di whisky.»

«Brenda vai! Brenda fai! Ma che cosa sono, la tua serva? Alza quel culo rinsecchito e vacci tu!»

Kayn, nel frattempo, era rimasto in silenzio per l'imbarazzo.

«Devo parlare di una questione importante, qui! Se preferisci, io vado in paese e tu prendi chiodi e martello e ripari la recinzione, va bene?»

Brenda fece per replicare, poi afferrò le chiavi del furgone e si diresse stizzita verso la porta sul retro.

«Dunque, dove eravamo rimasti?» riprese Higgins. «Oh, mi scusi per mia moglie, è un po' scorbutica ma mi vuole un bene dell'anima!»

«Certo, immagino...» convenne Kayn un po' imbarazzato.

«Vuole sapere come l'ho conosciuta? Ecco, tutto ebbe inizio...»

Dopo circa un'ora e quaranta minuti, durante i quali il vecchio aveva tirato fuori svariati aneddoti della storia con la moglie, della sua terra e del raccolto dell'anno, Kayn non ne poteva più. Faceva sempre più fatica a trattenere gli sbadigli e si sentiva le palpebre pesanti come macigni. Nonostante ciò, non riusciva a trovare il momento adatto per inserirsi nella discussione e porre fine a quell'interminabile fiume di parole.

Notò, tuttavia, che Higgins guardava in continuazione il vecchio orologio a pendolo del salone.

«Signor Higgins, mi scusi» lo interruppe, un po' a disagio. «Vorrei…»

Il suono del campanello soverchiò la voce di Kayn. «Oh! Mi dia solo un attimo, professore.»

Il padrone di casa si alzò, andò alla porta e girò il pomello.

Sulla soglia c'era Luna.

«Sei in perfetto orario, cara.»

«Cosa?» replicò lei, visibilmente sorpresa.

Nel frattempo Kayn si era alzato dalla sedia per sgranchirsi le gambe e aveva buttato uno sguardo verso l'entrata.

I loro occhi si incrociarono.

«Tu?» esclamò il genetista, fissandola sbigottito «tu… brutta troia!»

Così dicendo, le si avventò contro con le mani protese in avanti. In un lampo, però, si ritrovò a terra immobilizzato, con un ginocchio sulla schiena e un braccio piegato all'indietro.

«Sono invecchiato, ma qualcosa ancora me lo ricordo!» si compiacque Jason, tenendolo bloccato sul pavimento.

«Ma che cazzo fai? È stata lei! La puttana che mi ha rubato la macchina è lei!» strillò Kayn, dimenandosi nel tentativo di scrollarselo di dosso.

«Feeermo…» gli intimò Jason, facendo pressione sull'articolazione. Kayn emise un urlo acuto. «Ascoltami bene. Ora ti lascio andare, professore. Ma devi promettermi di fare il bravo e ascoltare. C'è un motivo per cui siete entrambi qui.»

Il genetista registrò un improvviso mutamento nel tono

del fattore, la cui voce ora suonava più posata e austera.

«Va bene, va bene, cazzo, lasciami andare!»

L'uomo liberò Kayn, che si rimise in piedi con una smorfia sul viso mentre si massaggiava il polso.

Luna aveva seguito tutta la scena senza dire nulla.

«Sediamoci tutti» disse il vecchio, sospirando. «Dobbiamo parlare.»

Dopo essersi accomodati al tavolo della sala, Kayn continuava a guardare in cagnesco Luna, che ricambiava con un'espressione quasi compassionevole.

«Io ancora non ho visto la mia macchina...» dichiarò stizzito.

«C'è altro di cui preoccuparsi, sciocco ragazzo» disse il vecchio fattore. «La storia della recinzione serviva solo a farti venire qui. Piuttosto, Luna, hai aperto la cassetta?»

«Luna?» si intromise Kayn. «Ma non ti chiamavi Greta?»

«Neanche io mi chiamo Jason, se è per questo, ma Florence» gli fece eco il vecchio, sorridendo.

«Ah, fantastico. Poi? C'è altro che devo sapere? Tu sei una donna e lei è un uomo?»

Luna raccolse i capelli in una coda. «Risparmia questo sarcasmo da quattro soldi, non fai ridere nessuno.»

«E tu che cazzo vuoi? Sei fortunata a...»

«Ehi, basta» tagliò corto Florence. «Ora statemi a sentire.»

Si alzò in piedi e iniziò a camminare lentamente per la stanza. «È difficile dare una dimensione temporale esatta a quello che sto per raccontarvi. Ma vi assicuro che è la pura verità. Una verità conosciuta solo da pochissime persone.»

«Oh, wow...» gli fece il verso Kayn, fulminato all'istante da uno sguardo di Luna.

«Nei primi anni del 1500» iniziò Florence, «l'Occidente si trovava in piena corsa all'oro delle Americhe. Spagna e Portogallo facevano la spola con enormi galeoni trasportando ingenti quantitativi di metalli e pietre preziose e accrescendo così la loro potenza economica e militare. In tutto questo, l'Italia intera e lo Stato della Chiesa rimasero in disparte. Per far fronte a questa situazione, nel 1561 venne organizzata una spedizione di cinque caravelle: il papa di allora, Pio IV, sperava ardentemente non solo che riportassero in patria oro e preziosi, ma che trovassero terreno fertile per un'evangelizzazione di massa in modo da ampliare la propria sfera d'influenza anche sul Nuovo Mondo. Venne nominato a capo di quella spedizione Giovanni Valsecchi, già comandante di vascello della truppa papale, noto per la sua abilità di navigatore. Le caravelle presero il largo il 20 maggio 1561.»

«Presumo sia il Valsecchi del fantomatico *Diario*...» disse Kayn sospettoso.

«Presumi bene. Il tredici novembre dello stesso anno tornò in patria una sola delle caravelle, la Sancta Domina. Valsecchi, appena sceso a terra, incaricò uno dei suoi uomini di prendere un cavallo e portare al sicuro il suo diario di bordo. Probabilmente conosceva già la fine che lo attendeva: il resoconto che fece al papa e ai cardinali non fu accolto molto bene.»

Florence si interruppe un attimo per tornare a sedersi, poi continuò. «Provate a immaginare. Si aspettavano cinque navi piene d'oro, e invece si ritrovarono con quattro navi sparite e una totalmente vuota. Tutti gli uomini, Valsecchi compreso, finirono nelle mani dell'Inquisizione, in particolare di Nicodemo Farnese, conosciuto per essere uno dei più feroci della storia. A quanto sembra, il nostromo si lasciò sfuggire dei dettagli sotto tortura, ma ciò non fu sufficiente per guadagnare la clemenza e aver salva la vita. Qualche giorno dopo, i sopravvissuti alle torture si ritrovarono legati a un palo e avvolti dalle fiamme.»

«La Chiesa aveva un debole per le grigliate, in quel periodo» ironizzò Kayn mentre si mangiucchiava le unghie della mano destra. La presenza di Luna lo rendeva piuttosto nervoso.

«Nel diario di bordo» continuò Florence, «Valsecchi narrò di come lui e le sue navi fossero incappati in qualcosa di imprevisto durante la navigazione. L'acqua iniziò a cambiare colore, a ribollire, la linea dell'orizzonte si confuse e il cielo sembrò mischiarsi col mare. Poi seguirono delle scosse e tutti gli uomini persero i sensi. Quando si risvegliarono, con loro somma sorpresa, si ritrovarono sulle coste di un'isola non segnata sulle mappe. Delle cinque caravelle due erano scomparse, mentre di una rimanevano soltanto delle tavole galleggianti e alcuni cadaveri dell'equipaggio. Dopo lo shock iniziale, i sopravvissuti si decisero a scendere e a esplorare l'isola. Ebbene, Valsecchi era convinto di trovarsi di fronte a quello che le Sacre Scritture indicano come… il *Giardino dell'Eden*.»

«Addirittura…» mormorò Kayn, ridendo e scuotendo la testa.

«Eh già. Descrisse quell'isola come piena di animali e piante sconosciute e fece anche alcuni disegni esplicativi. Alberi mastodontici, lucertole gigantesche, elefanti enormi con zanne più grandi di un essere umano… insomma, un melting pot di creature provenienti da ogni era.»

«Pure i dinosauri…» sospirò il professore, che iniziava a spazientirsi.

«In quegli anni eravamo lontani da Darwin e dall'evoluzionismo, non erano stati ritrovati fossili né testimonianze della vita sulla Terra prima dell'uomo. Valsecchi parlò anche di come lui e la sua ciurma, una volta sbarcati, fossero stati attraversati da una sensazione di piacere estatico, un benessere primordiale mai provato prima, tanto che l'equipaggio rimanente si rifiutò di tornare in Italia. Restarono sull'isola nove giorni, durante i quali la esplorarono e ne disegnarono una mappa, dopodichè il capitano con la sua caravella decise di fare ritorno in madrepatria. Nel diario non c'è scritto il motivo di questa decisione.»

Kayn sorrise sarcastico. «Magari non apprezzava la cucina locale.»

Florence proseguì senza badargli, apparentemente immune al tono strafottente del professore. «Come vi ho accennato, il Diario di Valsecchi venne nascosto da un uomo della ciurma in una sperduta abbazia dell'Italia centrale. Fortuna, o sfortuna, volle che molti secoli dopo venisse riportato alla luce: l'uomo che lo ritrovò, anziché consegnarlo alle autorità, preferì venderlo a collezionisti privati sul mercato nero. Fu così acquistato nel 1978 da un ricco e stravagante imprenditore americano col pallino dell'antichità... tale Erick Losenberg.»

Il viso di Kayn si trasfigurò in un'espressione di sconcerto. Adesso quell'apparentemente ridicola storia iniziava a prendere una piega sinistra.

«Losenberg fu molto turbato dal contenuto del diario. Cominciò a organizzare delle spedizioni alla ricerca di questa misteriosa isola, munendosi di un'equipe di scienziati di prim'ordine e mantenendo la segretezza più assoluta. Come Luna ti avrà anticipato, credo, anche tuo padre, Michael Grimm, era al corrente di questa iniziativa e partecipò di persona agli ultimi due viaggi. Il diario deve aver avuto un impatto profondo anche su di lui. Valsecchi riportava delle coordinate abbastanza precise, che corrispondono a un punto all'interno del famoso Triangolo delle Bermuda.»

«E come mai non è stata scoperta, finora, con la moderna tecnologia?»

«Forse la questione non è così semplice. Durante l'ultimo viaggio, nell'aprile del 1986, accadde qualcosa. La spedizione era composta da due navi. A un certo punto, senza nessun preavviso, la bussola di entrambe iniziò a girare vorticosamente. Anche in quella circostanza, l'acqua prese a ribollire e l'orizzonte scomparve in una nube lattiginosa. Pian piano le imbarcazioni cominciarono a essere attirate verso la nube: tuo padre e Losenberg videro la nave che li precedeva venire inghiottita e svanire nel nulla, nonostante i motori fossero spinti al massimo per sfuggire al risucchio. Quando ormai pensavano che avrebbero patito la stessa sorte, la forza attrattiva scomparve di colpo. La nube si diradò all'istante, il cielo tornò limpido e l'oceano calmo.»

«E tutto questo come fai a saperlo?» chiese Kayn, visibilmente turbato in volto.

«Sono parole di Michael Grimm, tuo padre. Come del resto gli appunti sul diario, tutto ciò che so è merito suo. È stata proprio quella spedizione a dare il via alle nostre indagini… in breve tempo scoprimmo tutto di Losenberg, delle spedizioni e del Diario di Valsecchi. Io in persona fui incaricato di recuperarlo.»

«Tu? Quali indagini?»

«Come ti ho detto, il mio vero nome è Florence Thompson, non Jason Higgins. All'epoca dei fatti ero membro della CIA, nello specifico dell'Unità K9, il braccio operativo che si occupa delle questioni più spinose e meno ufficiali. Eravamo l'*elite* dell'agenzia, o per lo meno era quello che volevano farci credere. Ad ogni modo, fui posto al comando di una squadra con l'ordine di impossessarci del Diario di Valsecchi. Organizzammo una messinscena spedendo dei documenti compromettenti all'FBI riguardo le società offshore che Losenberg aveva costituito per mantenere la segretezza delle sue spedizioni. Falsificando i dati, facemmo comparire anche il nome di tuo padre.»

«Cosa? Ma allora…»

«L'FBI arrestò e interrogò i collaboratori di Losenberg, ma non cavò un ragno dal buco, come si suol dire. Ufficialmente l'indagine venne archiviata cosicché noi potessimo occuparcene a trecentosessanta gradi.»

«I documenti sono quelli che mi hai fornito, presumo» si inserì Luna, fino a quel momento rimasta in silenzio.

«Presumi bene. Numerosi interrogatori coi nostri metodi coercitivi non bastarono a far confessare l'ubicazione del diario. Nella nostra equipe figurava anche un giovanissimo scienziato dalle doti davvero eccezionali, una sorta di Nikola Tesla di fine secolo. Ed era il mio migliore amico. Si chiamava Jonathan Shelley. Tuo padre, Luna.»

Lei non parve esternare alcuna reazione.

«Il tempo a nostra disposizione stava finendo. Jonathan analizzò tutta la documentazione, e ne rimase molto colpito. Si fece strada in lui il sospetto che la nostra operazione celasse qualcosa di molto più importante, e della quale noi fossimo tenuti all'oscuro. Un giorno, una specie di leggero *bug* nel PC attirò la sua attenzione. Dopo qualche ricerca, scoprì che una rete esterna scaricava quotidianamente dati dal suo e da tutti i terminali della sezione. Erano i primordi di internet, ma noi già disponevamo di reti interne. Senza farne parola con nessuno, Jonathan provò a tracciarne l'origine ma scoprì che l'accesso era criptato da un algoritmo complicatissimo. Con la potenza di calcolo di allora ci sarebbero voluti anni per decrittarlo, ma Jonathan ci riuscì in tre giorni.»

Florence prese fiato, tracannò l'acqua rimasta nel bicchiere e proseguì il discorso. «Riuscì a stare connesso solo per qualche minuto, poi un programma di difesa tagliò il collegamento e modificò l'algoritmo. Impossibile forzarlo di nuovo.»

Luna lo guardava fisso negli occhi, senza muovere un muscolo.

«Il materiale estrapolato era sconvolgente. Jonathan scoprì che da tempo le azioni l'Unità K9, che godeva di ampia autonomia e rispondeva solo al direttore generale della CIA, venivano utilizzate per gli scopi di un'entità oscura chiamata *Gilda della Rinascita.* Gran parte delle missioni che ci venivano affidate non servivano gli interessi del nostro paese, ma quelli di questa sorta di associazione segreta. E il direttore generale, Ron Kramer, e gli altri prima di lui, prendevano ordini direttamente da loro. Insomma, eravamo stati tutti presi in giro e usati come burattini.»

Kayn, inebetito, ascoltò la storia che stava ormai prendendo la piega di un romanzo di fantascienza. «Ti rendi conto che tutto ciò è a dir poco pazzesco?»

«Certo che me ne rendo conto, ma è la pura verità. E lasciami aggiungere una cosa, forse la più importante. C'era una teoria alla quale Jonathan stava lavorando da molto tempo, una teoria complessa e rivoluzionaria. Ebbene, scoprì che questa organizzazione ne era già a conoscenza, convalidando così i suoi dati e il suo lavoro. In pratica, ebbe la conferma dell'esistenza della *Zona Extramondo.*»

Luna prese una sigaretta dal pacchetto nella sua borsa e l'accese. Anche lei, in quel momento, stava mantenendo il controllo a fatica. «Cosa sarebbe questa... Zona Extramondo?»

«Te lo spiegherò come tuo padre me lo spiegò a me, Luna» disse Florence. «In termini più semplici possibili. Immagina un'area di questo pianeta, separata dal resto e racchiusa in una sorta di bolla invisibile. Immagina che quest'area possa, in alcuni momenti, entrare in risonanza con la nostra realtà provocando i fenomeni descritti nel Diario di Valsecchi e nei racconti a proposito del Triangolo delle Bermuda.»

«Cioè, una sorta di dimensione parallela?» buttò lì Kayn.

«No, direi piuttosto *tangente*. E non è una dimensione, è una frazione del nostro mondo scollegata da esso. Le due realtà entrano in contatto solo sporadicamente, infatti molte navi e aerei sono passati, e passano tuttora, per quel tratto di mare senza incappare in nulla di strano. Ma, in alcuni momenti, si crea una breccia tra essa e il nostro universo: la maggior parte delle volte si richiude nel giro di pochi secondi, mentre in alcune occasioni la finestra dura abbastanza perché possa passarci qualcosa attraverso, come una nave o un aereo.»

Kayn rimase interdetto. «Scusa, mi stai dicendo che questa è la spiegazione scientifica al Triangolo delle Bermuda? Quindi la Zona Extramondo, o come si chiama, si trova lì?»

Florence annuì. «Ed è proprio in quel momento che i vostri padri si conobbero di persona.»

Luna e Kayn si scambiarono una breve occhiata.

«Jonathan entrò di nascosto nella stanza dov'era rinchiuso Michael Grimm e gli parlò a cuore aperto. Con le lacrime agli occhi, gli confidò tutto ciò di cui era venuto a conoscenza e di come fossero stati tutti presi in giro. Gli spiegò che lui e Losenberg, pur in possesso del diario e delle coordinate, non erano riusciti ad entrare nella Zona Extramondo perché non potevano conoscere il momento esatto in cui l'anomalia si sarebbe verificata per un lasso di tempo sufficientemente lungo. A quel punto Michael Grimm, convinto della sua buona fede, gli rivelò il nascondiglio del diario e della pagina mancante, in cambio della promessa di essere liberato al più presto.»

«Mio padre, quindi, voleva lasciarlo andare?» domandò Luna.

«Sì. Poi venne da me, portandosi dietro il quaderno coi suoi appunti. Quel giorno ero a casa. Mi fece un discorso a cascata di cui riuscii a capire meno della metà, ma rimasi comunque sconvolto. E mentre stavamo ancora parlando...»

Florence si fermò, tirò un lungo sospiro e affondò la faccia nelle mani. «Mentre stavamo parlando mi arrivò una telefonata. Era Jack Shepard, uno dei miei uomini. Era categoricamente vietato chiamarci sui telefoni di casa... c'era un baccano infernale, si sentiva molto poco. Lui era spaventato, urlava, ma prima che cadesse la comunicazione, fece in tempo a dirmi che erano sotto attacco. E che erano quasi tutti morti. Avevano epurato il distaccamento di New York, cioè la sede centrale dell'Unità K9 indipendente da quella della CIA a Langley, da cima a fondo.»

«Epurato?» ripeté Luna.

«Sì. La Gilda della Rinascita aveva fatto irruzione e sterminato tutti i miei ex-colleghi. Per evitare la diffusione delle informazioni carpite durante l'intrusione di Jonathan, avevano deciso di eliminare tutta la squadra. Non potevamo più tornare indietro, sicuramente ci stavano dando la caccia. Per quanto riguarda tuo padre...»

Kayn strinse i pugni, in attesa della conferma di ciò che temeva.

«Venne ucciso anche lui dal commando della Gilda, assieme a Losenberg. Seppi in seguito che la messinscena del suicidio era stata organizzata per placare l'eco mediatica della morte di un personaggio così in vista.»

«Figli di puttana... immagino siano gli stessi che vennero a casa mia subito dopo, vero? Maledetti... sono stato preso per il culo per tutti questi anni...» ringhiò Kayn.

«Dammi dei nomi! Farò un casino allucinante, rilascerò interviste, denuncerò tutti! Non la passeranno liscia, possa morire!»

«Piantala» tagliò corto Florence. «Saresti morto prima di domattina.»

«Dici? Proviamo, allora!» sbottò Kayn infuriato. «Vediamo se ci riescono! Finirebbero su tutti i giornali... se sono un'organizzazione segreta, non saranno felici di ricevere tutta questa pubblicità!»

«Cosa pensi di fare, sciocco ragazzo?» ribatté l'ex operativo. «Ti sei fatto mettere sotto da un povero vecchio, dove credi di andare? Non stiamo parlando di una banda di delinquenti di periferia.»

«Cosa c'è? Hai paura di qualcosa? Magari tutta questa storia è una stronzata... lei mi ha già preso per il culo, perché non dovrei pensare che lo stia facendo pure tu?»

Florence lo fissò per alcuni secondi. Poi andò ad aprire una credenza, afferrò un mazzo di chiavi e lo gettò sul pavimento vicino a Kayn. «Sei libero di fare come vuoi. La tua macchina è sul retro.»

La sua voce tradì una nota di amarezza.

Senza dire una parola, Kayn raccolse le chiavi e uscì dalla casa sbattendo la porta dietro di sé.

Luna, che aveva assistito alla scena impassibile, continuava a fumare. «Lo lasci andare così?»

«Sciocco ragazzo...» fece Florence, scuotendo la testa. «Spero prenda la decisione giusta.»

«Non mi sembra il tipo.»

Florence scrollò le spalle. «Che altro posso fare se non sperare? In ogni caso, era giusto che sapesse la verità.»

Kayn trovò la sua Maserati parcheggiata nel fienile accanto ad aratri, falciatrici e altri mezzi agricoli. L'odore di letame era fortissimo. Dopo aver scacciato un paio di galline che razzolavano lì intorno, si infilò nell'abitacolo e inserì la chiave.

Prima di girarla, però, ebbe un attimo di indecisione. Stava facendo la cosa giusta? Sì, aveva la conferma che suo padre era stato ucciso, ma cosa avrebbe potuto fare? Quella storia rasentava il surreale, ce n'era a sufficienza per una sceneggiatura di Hollywood. Forse erano tutte balle e c'era dietro qualcos'altro, forse no. Tutto era possibile. Ora poteva scegliere di non credere al vecchio, di tornare a casa e chiudere quel capitolo della sua vita definitivamente. Se quello che aveva raccontato Florence, invece, corrispondeva al vero, allora denunciare la cosa pubblicamente non sarebbe servito a nulla: non aveva prove, solo il racconto di una sorta di complotto a cui non avrebbe creduto nessuno. E, al contempo, lui si sarebbe esposto tantissimo contro un'organizzazione in grado di far fuori da un giorno all'altro una persona importante come Erick Losenberg....

Luna prese un'altra sigaretta. «Ti disturba se fumo ancora?»

«La casa è la mia, ma la salute è la tua» rispose Florence. «Comunque, tornando a tuo padre…»

Il vecchio si bloccò un istante. Aveva sentito dei passi. Luna mise d'istinto mano alla sua borsetta, dove nascondeva una 9mm, ma lui la rabbonì scuotendo la testa.

Tre tocchi decisi sulla porta di legno. Florence la spalancò di scatto e si trovò di fronte la pecorella di ritorno all'ovile.

«Devo ancora sapere che fine ha fatto il Diario di Valsecchi… e quella pagina mancante a cui accennavi…» borbottò il professore, mantenendo un'espressione torva in viso.

L'ex operativo dell'Unità K9 lo guardò per un secondo, poi scoppiò in una risata. «Entra, sciocco ragazzo!»

«Cosa c'è da ridere? E poi ho più di quarant'anni, la vuoi finire?»

Il vecchio continuò a ridere e a scuotere la testa, mentre Kayn tornò a sedersi vicino a Luna. I due si scambiarono uno sguardo fugace.

Florence prese un portagioie dallo scaffale. Ne estrasse una piccola teca. Con molta delicatezza l'adagiò sul tavolo e l'aprì.

«Questa… è la pagina mancante?» fece Kayn, osservando la vecchia pergamena. «Quella che si trovava a casa mia?»

«Sì. Questa è la pagina più importante del Diario di Valsecchi. Tuo padre, per precauzione, l'aveva separata dal resto.»

Kayn la osservò attentamente: le scritte erano vergate a mano con inchiostro nero ormai sbiadito. Vi era disegnata una mappa grossolana di un'isola, con una sorta di piramide bianca al centro. «E quindi, questa sarebbe…»

«La mappa di quello che racchiude la Zona Extramondo.»

Kayn, ancora perplesso, tacque per un paio di secondi.

«Leggi più sotto» suggerì Florence.

71,123433 – 35,610812

«Queste sarebbero… coordinate?»

«Il punto esatto in cui tuo padre incappò nell'anomalia, sì.»

«Un momento» replicò lui. «Se questa mappa risale al periodo di Valsecchi, quindi metà del millecinquecento, com'è possibile che abbia riportato delle coordinate numeriche? Ai tempi non esisteva ancora la suddivisione in meridiani e paralleli!»

«Non ne ho la più pallida idea... è uno dei tanti misteri della faccenda. Ma la cosa fondamentale è un'altra: io avevo il *quando*, voi mi avete fornito il *dove*. In questo punto, l'anomalia si ripresenterà domani alle ore 16, 8 minuti e 14 secondi, come potete leggere coi vostri occhi.»

Florence porse loro un foglietto consumato ma non certo antico come la pergamena. «È tutto ciò che rimane del lavoro di tuo padre, Luna.»

Kayn e la donna lessero l'indicazione temporale appena pronunciata.

«Domani, i cancelli del Paradiso Terrestre si apriranno...» sentenziò Florence in tono solenne. «E noi li attraverseremo.»

6

OOPART

6-1

Bonn, Germania
18 dicembre 2012, ora locale 13:28

Nell'atrio principale della clinica, Matthias e Dagma discutevano seduti sulle sedie a lato del distributore di bevande.

«Questo caffè fa proprio schifo» fece Matthias, inserendo altre monetine nella macchinetta. «Ma come fate a berlo?»

«Per lo stesso motivo per cui tu sei al terzo» rispose ironica «dopo un po' crea dipendenza.»

«Una specie di McDonald, insomma.»

Il caffè era effettivamente terribile, ma rappresentava comunque un palliativo per la stanchezza che si stava impossessando del detective, che si lambiccava il cervello per far quadrare gli ultimi avvenimenti.

Girò piano il cucchiaino, fissandolo. «È piuttosto strano.»

«Be', strano è strano. Ma non saltiamo a conclusioni affrettate.»

«Che conclusioni?» specificò Matthias. «Figuriamoci, non so nemmeno da dove iniziare… però questa maledetta data…»

In quel momento vide di sfuggita alcune persone su un ascensore che si stava per chiudere. Non fece in tempo a distinguere i volti, né la fisionomia, ma qualcosa in loro aveva attirato la sua attenzione.

«Dai, non ci arrovelliamo. Facciamo così, torniamo su che devo compilare un paio di cartelle» disse Dagma. «Ci metterò un quarto d'ora. Poi magari andiamo a mangiare qualcosa, va bene?»

«Va bene, va bene» rispose distrattamente Matthias. «Però decido io dove andare.»

Dagma sorrise e fece un cenno di assenso.

Si avviarono assieme all'ascensore più vicino, diretti al reparto di Dagma. Il detective, nel momento in cui premette il bottone del terzo piano, avvertì una piccola scossa.

«Che succede?»

«Niente, niente.»

No, non era niente. Il cuore prese a battergli rapido ed ebbe come un vuoto d'aria. Una brutta sensazione si impadronì di lui in maniera del tutto irrazionale.

«Buongiorno» salutò la receptionist all'indirizzo degli uomini usciti dall'ascensore. Quattro erano vestiti uguali con un abito scuro, grossi e nerboruti, mentre al centro c'era un ragazzo molto giovane d'aspetto, basso e completamente calvo e glabro, con un vestito di lino bianco all'apparenza molto pregiato, la giacca appoggiata sulle spalle e delle scarpe di pitone. Sembrava guidare il gruppo. Aveva uno strano tatuaggio a forma di triangolo in fronte, sul quale cadde l'attenzione della donna per alcuni istanti.

«Scusate... posso esservi utile?» chiese la receptionist. Gli uomini proseguirono senza calcolarla.

«Scusate un attimo, cercate qualcuno?» insistette la donna uscendo da dietro il bancone. «L'orario di visite per oggi è terminato!»

Quando si avvicinò a uno dei guardaspalle, questi le diede un forte schiaffo facendola cadere in malo modo.

«Fermi! Sicurezza!» urlò la donna, facendo appello al personale lungo la corsia. «Chiamate la sicurezza!»

«Ehi, ma che cazzo fate!» gridò uno degli inservienti che aveva visto la scena, correndo incontro al gruppo. Punto dritto al ragazzo calvo e provò a fermarlo con la forza.

Senza accorgersene, l'inserviente si ritrovò la sua mano attorno al collo. Il ragazzo lo staccò da terra con una facilità estrema, fissandolo coi suoi occhi color miele e con la bocca inarcata in un sorriso, mentre il pover'uomo si dimenava e farfugliava imprecazioni.

«Sei fuori di parecchio dal tuo peso forma, eh, *chico*?» lo schernì. Poi, una stretta secca. Sì udì un netto un *croc*, e la testa dell'inserviente si riversò di lato a bocca aperta.

«Oh... mio Dio... mio Dio!» gridò la receptionist col terrore dipinto in volto, alzandosi e correndo a nascondersi dietro il bancone.

L'assassino scagliò il corpo dell'inserviente di lato, facendolo sbattere con una violenza terribile contro il muro. La testa gli si spaccò nel punto dell'impatto. Sangue e materia cerebrale schizzarono sul muro e colarono sul cartellino che riportava scritto Julius Schmiedt.

«Bah! E adesso? Veramente indecoroso... questo vestito costa più del tuo stipendio annuale, caro Julius!» si lamentò il misterioso assassino parlando col cadavere, in riferimento alle macchie rosse sui suoi pantaloni.

A quella vista, tutti i presenti nella corsia si diedero alla fuga urlando e spingendo verso le uscite d'emergenza, mentre il gruppo avanzava lento e compatto lungo il corridoio.

Arrivati davanti alla camera 81 si fermarono. Il leader del gruppo aprì la porta ed entrò, mentre gli altri quattro rimasero fuori.

Il bambino ricoverato era seduto sul letto e fissava l'estraneo.

«Non avere timore, Dietrich» sussurrò l'uomo con voce suadente. «Conoscerai molti altri uguali a te che sono con noi da tempo. Vogliamo un mondo nuovo, ordinato, equilibrato, giusto, ma avremo bisogno anche del tuo aiuto per realizzarlo.»

Poi, l'uomo misterioso si abbassò a raccogliere alcuni disegni. Li guardò attentamente, poi li arrotolò, mettendoli in una tasca della giacca.

«Tommaso Mancini...» balbettò il bambino all'improvviso.

L'uomo sorrise e battè le mani. «*Exceptionnel*! Ma ora non più. Sai come mi chiamo adesso?»

Il bambino rimase in silenzio per qualche secondo, guardando a terra. «*Nova Lux Fortitudo, Apostolo della Rinascita.*»

«E quindi, come ti dicevo» fece Dagma, uscendo dall'ascensore «gli studi sulla nuova terapia proce...»

«Ferma!» le intimò Matthias, mettendole un braccio davanti. A metà del corridoio deserto c'era il cadavere di un inserviente.

«Ma quello... Julius!»

Matthias mise subito mano alla pistola. «Riparati lì dietro!» intimò a Dagma, indicandole una colonna. «E non fare rumore.»

Il detective squadrò i quattro uomini fuori dalla camera di Dietrich, che pur vedendolo con la pistola non si mossero di un millimetro. «Polizia, fermi dove siete!»

Matthias si avvicinò con l'arma spianata. In quel momento, dalla camera uscì Dietrich mano nella mano con un ragazzo piuttosto minuto e calvo.

«Allontanati dal bambino!» gridò Matthias.

Nova Lux Fortitudo l'osservò per qualche secondo, poi si girò verso Dietrich. «È lui? Quello del disegno?»

Il bambino annuì timidamente.

«*Wonderful*. Non dev'essere un caso.»

I quattro guardaspalle fecero per muoversi, ma lì fermò con un cenno e fece due passi avanti.

«Un altro passo e ti sparo! Fermati!» urlò Matthias. Senza che se ne rendesse conto, la pistola gli sfuggì dalle mani e arrivò levitando fino a un metro dall'Apostolo della Rinascita.

«Ma che…»

Il detective restò immobile, a bocca aperta, mentre l'arma si scomponeva in tutti i suoi pezzi. Rimasero sospesi in aria per un paio di secondi, poi caddero tutti sul pavimento.

«Sto forse sognando?» si chiese Matthias, allibito. «Ma tu chi… o cosa sei?»

In un battito di ciglia, l'Apostolo gli arrivò a un centimetro dal viso. Con un leggero colpo sul collo col taglio della mano fece crollare il detective su se stesso privo di conoscenza.

«Il rossiccio viene con noi» ordinò ai suoi uomini. «Scopriremo il suo ruolo.»

Deserto dell'Arizona, USA
18 dicembre 2012, ora locale 10:11

L'aereo con a bordo il professor Gismondi atterrò in un punto imprecisato del deserto. Una grossa piattaforma, mimetizzata alla perfezione col suolo circostante, si mosse e iniziò a scendere, calando l'aereo sottoterra. Due lastre di metallo si richiusero sopra di esso e tutto tornò come prima.

La discesa durò diversi minuti. Una volta arrivati, i soldati fecero scendere di forza Romeo dall'aereo. Gli tolsero il cappuccio che lo stava quasi facendo soffocare così da permettergli di inspirare a pieni polmoni. L'archeologo osservò di sfuggita il velivolo mentre veniva spintonato lungo un ampio corridoio: sembrava quasi uno stealth per la forma triangolare, anche se il materiale di cui era composto aveva una rifrangenza particolare. Tutto molto strano, pensò, così come le tute corazzate dei soldati. Non ebbe tempo, però, di arrovellarsi oltre nelle sue elucubrazioni perché dopo un centinaio di metri fu fatto salire su un grande ascensore che iniziò a scendere.

«Posso sapere dove siamo?» si azzardò a chiedere.

«Lo vedrai presto» gli rispose, da dietro il passamontagna, quello che doveva essere il capo della truppa.

Quando infine l'ascensore si fermò e le enormi porte si aprirono, il professore si bloccò sul posto e rimase a bocca aperta.

Di fronte a lui si ergeva, in uno spazio vuoto sconfinato, una struttura architettonica molto complessa. Un groviglio di cunicoli sospesi a centinaia di metri dal suolo, collegati da quattro gigantesche colonne portanti, più alte dei maggiori grattacieli di superficie, percorse da ascensori e montacarichi. Le pareti riproducevano una formazione a celle incastonate, simili a un alveare, di un materiale di colore grigioverde, e l'illuminazione era distribuita uniformemente da fari e file di neon.

«Sembra di essere in un film di fantascienza...» sillabò l'archeologo, estasiato e al contempo terrorizzato. «Che cos'è tutto questo?»

«Il cuore della nostra organizzazione. Siamo a milleseicento metri sotto al deserto dell'Arizona.»

«So... sotto?»

«Esatto. Ma non indugiamo oltre, la stanno aspettando.»

I soldati lo spintonarono di nuovo, facendolo avanzare verso una delle maestose colonne e salire su uno degli ascensori dalle pareti trasparenti.

Dopo una breve salita, la cabina si fermò all'imbocco di un cunicolo e all'apertura del portellone il gruppo vi si immise in fila indiana. Assieme a loro anche alcuni uomini in camice bianco attirarono l'attenzione dell'archeologo. Impiegarono alcuni minuti a percorrere quello stretto passaggiò, dopodichè entrarono tutti in un ascensore ancora più grande e iniziarono una nuova, interminabile discesa.

Saliamo e scendiamo in continuazione, questo posto sembra un labirinto...

Arrivati a destinazione, Gismondi si ritrovò in un'ampio salone, quasi del tutto spoglio, con le pareti intarsiate di simil-geroglifici. Il pavimento era listellato con una serie di figure geometriche romboidali perfettamente combacianti.

«Tassellatura di Penrose» tuonò una voce dal fondo della stanza, in un italiano perfetto. «Una composizione basata sulla sezione aurea, come testimonia il numero delle figure presenti che tende sempre più verso il Pi Greco.»

Gismondi udì alcuni passi e alla fine spuntò dalla penombra una figura dall'aspetto enigmatico. Il corpo era totalmente avvolto da un lucente mantello bianco. Completamente priva di capelli, barba o sopracciglia, aveva gli occhi color miele acceso, circondati da un eyeliner nero che ricordava quello degli antichi faraoni, e in mezzo alla fronte un tatuaggio raffigurante un triangolo.

«Buongiorno, professor Gismondi.»

«Buon... giorno» rispose Romeo, intimorito da quella figura al cui cospetto tutti avevano chinato il capo.

«In ginocchio di fronte a Sua Eccellenza!» urlò uno dei soldati in tuta nera, assestandogli un colpo nel costato col calcio del fucile. Il professore si piegò sul pavimento, tossendo e facendo una smorfia di dolore.

«Suvvia, non siate inospitali.»

Gismondi si sentì turbato da quell'uomo. La sua voce sembrava possedere qualcosa di anomalo, come se le sue corde vocali non vibrassero sulla stessa frequenza di quelle di un essere umano.

«Lei... chi è?»

L'uomo misterioso sorrise. «Il mio nome era Sergej Mizukov. Dopo la *Cerimonia di Rinascita,* sono conosciuto come Nova Lux Temperantia.»

6-2

Nei pressi di Norfolk, Virginia, USA
18 dicembre 2012, ora locale 23:09

Per evitare di essere localizzati, Kayn, Luna e Florence dovettero imboccare una serie di vie secondarie prima di raggiungere il porto di Norfolk, loro meta finale: a causa delle precipitazioni dei giorni precedenti le strade erano costellate di buche, e il vecchio Dodge ci metteva del suo con le sospensioni malandate.

Di questo dovevano ringraziare Florence. Aveva organizzato lui la spedizione nei dettagli per ridurre i rischi al minimo. Nuovi vestiti e documenti per tutti, una camera in un hotel presso il molo e uno yacht di lusso attrezzato per la navigazione oceanica, noleggiato con l'identità fittizia di due sposini con tanto di comandante. Tutto doveva essere perfetto e credibile. Avrebbero anche abbandonato l'auto poco prima e prendere due taxi separati per l'hotel.

Kayn e Luna lo sapevano bene. Ora che le risposte a lungo cercate da entrambi erano arrivate, andando a colmare il vuoto lasciato dalla scomparsa dei rispettivi padri, si apriva la possibilità di scoprire la causa all'origine di tutto, il vero comun denominatore della ricerca che aveva condotto Michael Grimm e Jonathan Shelley alla morte: l'isola all'interno della Zona Extramondo.

Stravaccato sul sedile posteriore, con il tessuto sfilacciato da cui fuoriusciva l'imbottitura in spugna, Kayn non aveva aperto bocca dalla partenza. Era abbastanza stressato, una mole enorme di informazioni gli era piombata addosso senza che avesse potuto analizzarle, sezionarle e digerirle. Ripensò a come tutto era iniziato, a quella donna sul sedile anteriore che si era presentata con un nome falso a parlargli del padre, come se sapesse esattamente quali tasti toccare per far presa su di lui. Gli ritornarono alla mente, vivide, tutte le volte in cui aveva discusso col padre, i litigi, le rimostranze sull'inutilità degli interessi del figlio, con la sua voglia di sondare i misteri del mondo, gli alieni, le antiche civiltà. Tutte cose bollate come fantasie da creduloni. E poi... scoprirlo invischiato in un affare del genere, lui così rigoroso e concreto, e farsi trascinare da un miliardario in una spedizione nel Triangolo delle Bermuda. Assurdo. Kayn si chiese come mai il padre non si fosse mai aperto con lui, perché non avesse mai provato a condividere almeno in parte i suoi piani. Chissà quanto avrebbero discusso, quanto sarebbe migliorato il loro rapporto. Se le cose fossero andate diversamente, la sua morte non avrebbe lasciato quello strascico di rimorsi che nel corso degli anni gli avevano logorato l'anima.

Florence e Luna, nel frattempo, discutevano su alcuni lati oscuri della faccenda.

«Quindi, i veri burattinai sono gli appartenenti a questa *Gilda della Rinascita*, giusto?» chiese Luna al vecchio Florence. Lei, al contrario di Kayn, aveva metabolizzato in fretta lo scenario.

«Esatto. L'origine di questa organizzazione è avvolta nel mistero. Ha sempre tenuto un basso profilo, limitando al minimo i rischi. Raramente sono scesi in campo in prima persona, di solito utilizzavano uomini e risorse dell'Unità K9, come vi ho spiegato, a loro insaputa. E forse anche da altre fonti. Il loro potere è endemico e capillare.»

«Certo che è una storia incredibile» si intromise Kayn. «Facciamo così: se alla fine di questa storia saremo ancora tutti vivi, ci scriverò su un bel romanzo.»

Florence e Luna si scambiarono un'occhiata perplessa, incapaci di decifrare il tono di questa affermazione.

«Ho un paio di romanzi nel cassetto da molti anni. Credo di essere bravo. Sono simil fantascienza, riguardano un po' gli argomenti di cui mi interessavo da ragazzino. Questo potrei chiamarlo "Sulle tracce dell'isola", oppure proprio *"La Zona Extramondo"*. Titolo d'effetto! Forse è meglio che ritorni vivo solo io, potreste non apprezzare le descrizioni che farei di voi due.»

«Hai preso una laurea anche in battute idiote?» lo provocò Luna col solito tono aspro.

«Dai, il suo è un tentativo di sdrammatizzare» la rabbonì Florence. «Lui non è mai stato sul campo con la pistola in pugno.»

«Pistola in pugno?» ripetè Kayn stranito, gli occhi fissi sulla ragazza.

«Oh, non credo te l'abbia ancora detto. Lei non è una giornalista, ma un'agente dell'FBI.»

Kayn sgranò gli occhi. «Sul serio? Quindi suppongo che anche la storia della tua amica morta sia una stronzata.»

«No» rispose Luna perentoria, voltando la testa e fulminandolo con lo sguardo. «Melissa è morta sul serio, ma era una collega del Bureau.»

Dall'espressione cupa che aveva assunto il suo viso, Kayn

capì che non stava mentendo.

«Tutto è iniziato il giorno in cui trovai un file negli archivi federali» spiegò Luna, guardando fuori dal finestrino. «Uno di quelli che ho mostrato anche a te, riguardanti la vicenda di Losenberg. Mi insospettì il fatto che l'indagine fosse stata chiusa così in fretta, tanto più che il periodo coincideva proprio con la scomparsa di mio padre. Ne parlai con Melissa e iniziammo una ricerca in parallelo, sfruttando le sue amicizie ai piani alti, quando fui contattata da Florence: lui mi disse di avere informazioni importanti e mi avvisò che c'era già qualcuno sulle mie tracce, ma all'inizio non gli prestai ascolto. Fu un grosso errore, e a pagare fu Melissa.» Tirò fuori una sigaretta dalla borsa e l'accese. «Il resto lo sai. Inutile dire che se non fossi fuggita, a quest'ora le farei compagnia nella tomba.»

«Capisci quando ti dico» si inserì Florence, rivolto a Kayn, «che questa è la gente più pericolosa al mondo? La Gilda della Rinascita conosce la Zona Extramondo e tenterà in ogni modo di raggiungerla. Non so se abbiano le coordinate e l'ora esatta, però potrebbero essere al corrente del nostro viaggio e tenderci un'imboscata. Dobbiamo essere pronti a tutto.»

«Di questo non ne avevi fatto menzione...» precisò Kayn con un'espressione turbata in volto. «E se io volessi tirarmi indietro?»

Florence non rispose, continuando a guidare.

«Sai, ho come l'impressione» continuò il genetista, «che tu non ci stia dicendo tutta la verità. Non lo so, è una sorta di sesto senso.»

«Effettivamente, qualcosa che non ti ho detto c'è. Penso possa stimolare la tua curiosità sapere che Valsecchi affermava...»

Un lungo attimo di silenzio, disturbato da una sirena in

lontananza, lasciò Luna e Kayn col fiato sospeso.

«Affermava di aver incontrato altri esseri umani sull'isola. Esseri umani provenienti da epoche diverse dalla sua.»

6-3

New Jersey, USA
8 maggio 1982

«Tieni, Kayn, e non perderli!»

«Certo che no, mamma!» esclamò il bambino gioioso, guardando i tre dollari in monetine nelle sue mani.

«Stai attento alle fermate sul pulmann! E, mi raccomando, torna a casa subito dopo. Devi finire i compiti di matematica. Lo sai che tuo padre torna dopodomani, non vorrai farti trovare con un'insufficienza, vero?»

«Ma dai, mamma…»

Lo sguardo severo della donna smorzò sul nascere l'accenno di protesta. Kayn si rese conto che non era il caso di farla tanto lunga… dopotutto, aveva ottenuto quello che voleva.

Mentre la madre lo osservava dalla soglia, il bambino uscì dal recinto della villa e si avviò lungo il viale alberato.

Era una bella giornata, più calda della media stagionale. Kayn, in maglietta a maniche corte e pantaloncini, camminò felice verso la fermata dell'autobus con un solo obiettivo in testa: raggiungere la fumetteria di Bobby Thomasel e comprare l'ultimo numero dei GI Joe, una nuova serie a fumetti di cui era diventato un fan accanito.

«Buongiorno, signor Thomasel!» esclamò festoso quando arrivò.

«Ciao, Kayn! Sei qui da solo, non c'è la tua mamma?»

«No, oggi no! Sono venuto con l'autobus.»

«Uh, e non hai avuto paura?» scherzò Bobby Thomasel, sorridendo sotto i baffi. «C'è un sacco di brutta gente sui mezzi pubblici. Drogati, delinquenti, gente che ti ruba i fumetti…»

«Allora, mi hai tenuto da parte il numero dodici?» chiese il bambino con l'acquolina in bocca, senza dargli ascolto. Il fumetto usciva ogni mercoledì e comprarlo il giorno dell'uscita era un rito da rispettare rigorosamente.

«Caspita, mi dispiace. Stamattina c'è stato uno sciopero dei trasportatori, purtroppo non mi è ancora arrivato. Tra l'altro sto aspettando anche degli arretrati. Se tutto va bene, me lo consegneranno domani, altrimenti la settimana prossima. Guarda, sono deluso quanto te.»

Il suo entusiasmo si spense all'istante. Aveva fantasticato di sfogliare le pagine dei suoi eroi, di scoprire quale sfida avessero lanciato i Cobra questa volta… e invece niente. Doveva andarsene a mani vuote.

«Eh, va bene, ho capito. Allora tienimelo da parte quando arriva…» biascicò avvilito, guardando il numero precedente ancora lì in bella vista nella vetrina. Poi, mentre stava per alzare i tacchi e tornare a testa bassa verso casa, notò di sfuggita un piccolo libro illustrato. Sulla copertina campeggiava un enorme serpente marino che assaliva alcune imbarcazioni. Si bloccò, colto da un improvviso moto di curiosità.

Il libro si intitolava *I misteri del mare*.

«E quello?» chiese il bambino, indicando il volumetto.

«Eh? Oh, è lì da parecchio. Ha una bella copertina, è per quello che lo tengo ancora esposto. Anzi, ora che mi ci fai pensare, è il caso che lo tolga, tanto non interessa a nessuno.»

«Lo voglio io!»

Kayn incrociò lo sguardo del proprietario della fumetteria. Non si spiegava nemmeno lui perché avesse pronunciato quelle parole così, d'istinto, ma provava un'attrazione irresistibile verso quel libro. *Doveva* averlo.

«Quanto costa?»

«Cinque dollari e cinquanta.»

«Cavolo. Togliendo quelli del biglietto, ho solo tre dollari…»

Il signor Thomasel annuì. «Va bene lo stesso. È tuo.»

«Davvero? Grazie!» esclamò Kayn, porgendo il denaro.

«Prova a ripassare domani, se vuoi, e salutami la mamma!» fece al ragazzino, che ricambiò annuendo.

Nonostante avesse ben presenti le parole della madre sul tornare presto, la tentazione di spulciare il contenuto di quel libro misterioso era troppo forte. Diede un'occhiata al suo orologio da polso colorato: mancavano ancora venti minuti prima dell'arrivo del pullman.

Entrò in un giardino pubblico che si trovava sul lato destro della strada, con un campo da basket dove stavano giocando dei ragazzi di colore, e si sedette su una panchina di legno.

Aprì il libro alla prima pagina, avvertendo quasi un brivido nello sfogliare la carta liscia, e iniziò a leggere.

"Il mare ha sempre rivestito un ruolo da protagonista nei grandi misteri del mondo. Nei tempi antichi veniva visto come un'entità a sé stante, con le sue leggi da rispettare, capace di por-

tare la vita così come di toglierla. *Molti sono i racconti di navi che inspiegabilmente spariscono, inghiottite dagli abissi dell'oceano; molti quelli di marinai che asseriscono di essere stati attaccati da mostri di ogni genere. Esiste il famoso Triangolo delle Bermuda, dove si sono perse le tracce di numerosi aerei e navi senza una spiegazione plausibile. Senza dubbio, alcuni resoconti possono essere frutto della vivace fantasia di qualche marinaio, ma altri…"*

Mentre era immerso nella lettura, Kayn vide un'ombra avanzare sulle pagine.

«Ciao! Cosa stai leggendo?»

Alzò gli occhi e si trovò di fronte una bambina con dei lunghi capelli biondi e due occhioni azzurri che lo guardava sorridente. Indossava un pigiama celeste ed era a piedi nudi. In mano aveva un pupazzo a forma di giraffa.

Kayn, prima che stranito dal suo abbigliamento, rimase folgorato dalla sua bellezza. In risposta, riuscì solo a biascicare qualche parola smozzicata. «Un libro… sul mare… anzi, non proprio… ecco…»

La bambina parve non badare al suo imbarazzo e si chinò per leggere direttamente il titolo sulla copertina.

«Oh, che bello!» esclamò. «Posso vederlo?»

Senza aspettare risposta, gli si sedette a fianco con naturalezza.

«Dove l'hai comprato?» chiese, con lo sguardo fisso sul libro.

«Ehm, alla fumetteria del signor Thomasel. La conosci?»

«No, non sono di queste parti.»

«Ah, okay… be', si trova all'incrocio con River Street. Il proprietario è un mio amico, mi tiene sempre da parte i GI Joe… tu sai chi sono i GI Joe?»

La bambina fece una smorfia che lo fece desistere dal lanciarsi in ulteriori dettagli. Non sapeva cosa dire: oltre a essere un ragazzino timido e introverso, la bellezza della bambina non lo aiutava certo a vincere la difficoltà che aveva nel relazionarsi con i suoi coetanei.

«Guarda! Guarda com'è grosso quel mostro! Che brutto! Ma esisterà davvero?» domandò la bambina, indicando un'illustrazione di un *kraken* che distruggeva un galeone.

«Be', ecco... la mamma dice che...»

«E questa che cos'è?» lo interruppe, incuriosita. Nella parte alta della pagina c'era una cartina del mondo: una freccia rossa indicava un'isola nel mezzo dell'Oceano Atlantico. «Leggimi cosa c'è scritto, dai!»

Kayn si compiacque dell'effetto positivo che aveva sortito il suo acquisto, e si apprestò a leggere ad alta voce.

"Tutti i popoli antichi parlano di una grande isola in cui risiedevano i primi uomini. Quest'isola era un dono della divinità creatrice: l'uomo viveva in totale armonia con la natura incontaminata, nutrendosi di ciò che essa offriva spontaneamente. Molti sono i nomi che sono stati attribuiti a questo luogo nel corso della storia: Antilia, Atlantide, Thule, Isola dei Beati... tanti appellativi per lo stesso mitico posto. Alcune leggende narrano della sua fine a causa di una catastrofe naturale che l'avrebbe fatta sprofondare negli abissi per sempre, ma alcuni marinai hanno raccontato di essersi trovati nelle sue vicinanze. Quale sarà la verità?"

La bimba fissò Kayn per qualche secondo, poi il suo sguardo tornò a concentrarsi sulle pagine del libro.

«Io so dov'è.»

Lui sgranò gli occhi. «Ma dai, non è vero!»

La bambina assunse un'espressione enigmatica. «In un certo senso, io abito lì.»

«Cosa? Che stai dicendo? Non prendermi in giro!» le disse Kayn, un po' seccato.

«Non mi credi? Allora ti sfido. Quando sarai più grande, prova a raggiungere l'isola. Se ci riuscirai, ci rivedremo.»

«Eh? Ma io...»

«Oh! Si è fatto tardi!» esclamò lei, alzandosi di scatto. «Devo andare, ciao! Anzi... arrivederci.»

Detto questo, la bambina iniziò a correre verso una zona del giardino con alcuni alberi.

Kayn si alzò dalla panchina a sua volta e, dopo un'iniziale indecisione, le scattò dietro nel tentativo di raggiungerla. «Aspetta! Non mi hai detto nemmeno come ti chiami!»

«*Alexandra*!» gridò la bambina.

Dopo un centinaio di metri quasi in apnea, Kayn si fermò. Ansimando, si piegò sulle ginocchia. Il sudore gli colava sulla fronte, ma lo sforzo era stato vano. Alexandra sembrava sparita.

Deluso, trasse dei profondi respiri per riprendere fiato.

Appoggiandosi sulle cosce, l'occhio gli cadde sull'orologio.

Oh no, è tardissimo!

Corse come un forsennato fuori dal parchetto verso la fermata del pullman. Urtò un paio di passanti senza nemmeno voltarsi a chiedere scusa, ma non bastò: quando arrivò riuscì soltanto a vedere la sagoma azzurra dell'autobus che si allontanava. Dovette rassegnarsi e aspettare il successivo, che sarebbe passato ventitré minuti dopo.

Si sedette sulla panchina di ferro sotto la grondaia della fermata. Memore delle parole della madre, si preparò psicologicamente a una ramanzina per il ritardo.

Da alcuni minuti Kayn aveva iniziato a guardare l'orologio a intervalli regolari. Era passata ormai più di mezz'ora, e dell'autobus nessuna traccia. Anche le altre persone in attesa sotto la pensilina avevano cominciato a borbottare e a commentare tra loro l'inspiegabile ritardo.

Di lì a poco, videro passare alcune ambulanze a sirene spiegate, seguite da pattuglie di polizia. Sembravano dirigersi verso l'imbocco del sottopassaggio che portava dall'altra parte della città. Sebbene la cosa fosse singolare, Kayn non ci fece molto caso.

Dopo un'altra mezz'ora di attesa, disperato al pensiero di sua madre che l'avrebbe aspettato furibonda, decise di incamminarsi a piedi verso casa. Sarebbe stata una scarpinata di quasi dieci chilometri, ma d'altronde non sapeva che altro fare: non aveva più monete per chiamare da una cabina telefonica e farsi venire a prendere.

Camminando, ripensò alla strana bambina che aveva incontrato e che tanto l'aveva colpito, e si domandò se quella conversazione sarebbe mai potuta avvenire se alla fumetteria avesse trovato il fumetto. Guardò il libro e lo sfiorò delicatamente con le dita, come se fosse merito suo averli fatti incontrare.

A un certo punto, dopo una decina di minuti, vide in lontananza un'auto che gli sembrava familiare. Questa accelerò e gli si avvicinò: era la Toyota grigia della madre. Kayn fu percorso da un brivido improvviso, immaginando già la sfuriata per il ritardo colossale. Lo avrebbe messo in punizione per almeno due settimane, poco ma sicuro... e forse si sarebbe anche perso l'anteprima dei GI Joe.

La macchina accostò e frenò di colpo. La ruota anteriore finì per strisciare contro il marciapiede, con relativo stridio e cerchione graffiato. L'auto non era ancora completamente ferma che la donna balzò fuori e si gettò a braccia aperte sul figlio.

«Oddio… sei qui! Sei qui!» singhiozzò, mentre le lacrime le scendevano lungo il viso. Strinse a sé il figlio, il quale si limitava a ricambiare l'abbraccio, sbigottito.

«Mamma, scusa, è colpa mia! Ho perso il pullman ma poi non è pass…»

«Non ti preoccupare! Signore, grazie…»

Il bambino capì che un tale comportamento era anomalo. Doveva essere successo qualcosa.

«Sali in macchina, forza. Andiamo a casa.»

Kayn aprì la portiera della monovolume e salì, continuando a fissare stranito la madre. Le lacrime adesso si erano quasi fermate.

«C'è stato un incidente» gli disse con voce rotta dal pianto. «Mio Dio… stavo tornando dal supermercato e ho visto la strada bloccata. Un camion ha sbandato, invadendo la corsia opposta… un groviglio di auto accavallate. C'erano ambulanze, polizia, gente che urlava… e quando ho visto la carcassa del tredici! Dio, stavo impazzendo. Sono scesa dalla macchina e ho visto quei sacchi neri…»

Kayn ascoltava a bocca aperta il resoconto di sua madre, così pieno di particolari truculenti.

«Mi sono gettata tra i poliziotti che cercavano di trattenermi… volevo vedere i cadaveri, pregando il Signore con tutte le mie forze. I paramedici mi hanno detto che gli unici due bambini sul bus erano stati portati in ospedale. Sono salita in macchina e mi ci sono fiondata a tutta velocità, ma neanche lì ti ho trovato. Ho pensato allora che potevi aver perso il pullman, e ho fatto il percorso a ritroso. E grazie a

Dio, sei qui.»

Kayn guardò la strada davanti a sé. Si fissò sulle linee discontinue che dividevano le carreggiate. Una dopo l'altra, le vedeva scorrere e scomparire sotto la macchina. Sentiva ancora in sottofondo la madre che continuava a parlare tra i singhiozzi, ma non l'ascoltava più. Le parole gli arrivavano ovattate, prive di significato. La sua attenzione era rivolta all'insieme di circostanze che si erano verificate dal momento in cui aveva visto quel libro illustrato nella vetrina della fumetteria, e che avevano significato la sua salvezza. Non riusciva ancora a inquadrare bene la situazione, ma aveva la netta sensazione che tutto quello non fosse avvenuto per caso.

6-4

Ore 23:18

«La bambina!» gridò Kayn, con la bocca aperta e gli occhi spiritati. Poi rilassò la schiena e si adagiò sul sedile con le braccia ciondoloni.

Luna osservò la sua reazione dallo specchietto e notò che gli brillavano gli occhi di un guizzo particolare. «Che succede? Tutto bene?»

«Niente... niente. Solo un sogno.»

Non lo era affatto. Era un lontano ricordo sepolto nella sua memoria, riemerso vivido nel momento in cui era venuto a sapere dell'esistenza della Zona Extramondo e dell'isola al suo interno. Poteva essere una coincidenza, quella frase poteva essere una delle tante sciocchezze che si dicono da bambini, come del resto la sua parte razionale lo induceva a credere. Eppure, si sentiva ghiacciare il sangue nelle vene al solo pensiero, e le mani non cessavano di tremargli.

«Doveva essere proprio un incubo» ironizzò Luna, sistemandosi una ciocca di capelli che le era caduta sulla fronte.

Dal sedile posteriore, Kayn la osservò incuriosito. Era incredibile come riuscisse a mantenere la calma e a mostrarsi impassibile. Perfino quei pochi segnali di turbamento erano scomparsi.

«Doc, tu che sei un accademico, dimmi un po'» lo interrogò ironicamente la ragazza «a livello storico, ci sono dei riferimenti concreti al Paradiso Terrestre? Luoghi, ipotesi...»

«Be'...» rispose Kayn, preso un po' alla sprovvista ma felice di far sfoggio della sua cultura. «Il mondo antico è pieno di racconti a tal proposito. Lo stesso Paradiso biblico, quello di Adamo ed Eva per intenderci, deriva dai racconti sumerici del Dilmun. Ma si tratta solo di miti.»

Rivolse lo sguardo al finestrino.

Almeno credo...

Deserto dell'Arizona, USA
18 dicembre 2012, ora locale 10:41

«Aprite la prima paratia!»

La sirena risuonò per tutta la struttura sotterranea. Dopodiché il portellone di metallo si aprì con un sibilo. Entrarono a velocità ridotta un furgone nero e alcune auto, che si fermarono in un hangar enorme.

Romeo Gismondi stava di nuovo grondando sudore. Nova Lux Temperantia aveva dato ordine ai suoi uomini di lasciarli soli. L'archeologo prese l'ennesimo fazzoletto dalla tasca, si asciugò la fronte e lo rimise appallottolato al suo posto.

«Professore, non temere per la tua incolumità» disse il misterioso Apostolo della Rinascita. «So molte cose di te, so che eri uno studioso brillante prima di vendere le tue doti e il tuo onore al Vaticano.»

Tentennò un istante prima di rispondere. «Avete ragione. Ho agito da codardo, facendomi finanziare dal Vaticano ed eseguendo i loro ordini, ma non ho mai interrotto le mie ricerche... voi mi avete rapito per impossessarvi di quello che ho trovato a Urfa, vero? Quella lastra...»

Nova Lux Temperantia rispose con un sorriso che non lasciava adito a dubbi.

«Ditemi che cos'è! Due sequenze di lettere, sempre le stesse, A T C G... possibile che si riferiscano davvero a...» continuò Gismondi, curioso.

«Sì, è proprio quello che pensi. Due sequenze nucleotidiche di DNA. Nel corso degli anni abbiamo trovato diversi altri manufatti con le medesime incisioni. Sull'Isola di Pasqua, su una stele in alfabeto Rongo Rongo. O su un papiro in aramaico antico trovato a Qumran. Ovviamente, si parla di epoche in cui non c'era la minima conoscenza della genetica né dell'alfabeto moderno. Sono quelli che vengono classificati come *Oopart*.»

Gismondi trasalì. Realizzò, tutto d'un tratto, che i dubbi di un'intera vita da studioso potevano essere risolti lì, grazie a quell'essere che non sembrava del tutto umano. «Allora non è l'unico reperto... ma come si spiega?»

«Io posso fornirti delle risposte, professore. Ma tu sei sicuro di essere pronto ad accettarle?»

7

NIENTE ACCADE PER CASO

7-1

Norfolk, USA
18 dicembre 2012, ora locale 23:39

«Ecco, signori, questa è la vostra stanza. Posso fare qualcos'altro per voi?»

«No, grazie» rispose Kayn.

L'inserviente si trattenne sulla porta anche dopo aver ricevuto la risposta a quella domanda di rito. Il professore notò la sua espressione da ebete e capì che tutta quella cortesia non era disinteressata. Così, mise mano al portafoglio e tirò fuori una banconota da dieci dollari.

«Grazie mille!» esclamò il ragazzo. «E, se avete bisogno di qualcosa, non esitate a chiamare!»

«Non ce ne sarà bisogno, buonanotte» lo liquidò Kayn in malo modo, richiudendo la porta dietro di lui.

«Come sei scortese» fece Luna, appoggiando i bagagli accanto al mobiletto su cui era appoggiato un televisore LCD da cinquanta pollici. La suite era un po' piccola ma dotata di ogni comfort, come si addice a un hotel di alta categoria.

«Perché non glieli hai dati tu, allora?»

«Scortese e anche tirchio» continuò lei, senza guardarlo, per poi dirigersi verso il bagno.

«Vedi un po'…» borbottò Kayn, stravaccandosi sul materasso e prendendo il telecomando dal comodino. «Florence poteva pure evitare di mettermi in camera con te.»

«Neanche a me fa molto piacere, non credere» ribatté Luna in tono sprezzante dal bagno. «Ma una coppia sposata non dorme in due camere diverse o in due letti separati, no? Genio.»

«Ma sì, io scherzavo, non hai capito…» balbettò Kayn un po' imbarazzato. «Non mi dà fastidio, è solo che…»

Pensala bene, pensala bene…

«Che non mi è mai capitato di andare a letto con una donna così avvenente.»

«Neanche a me con uno così cretino» rispose lei uscendo dal bagno.

Kayn non replicò, limitandosi a una smorfia di disapprovazione.

Mentre Luna sistemava alcuni vestiti, lui accese la televisione, fece zapping per qualche secondo, ma non trovando nulla di interessante spense e si sdraiò, fissando il soffitto. «Ci pensi?» esordì a bassa voce. «Siamo coinvolti entrambi in questa storia per i nostri padri… che strana coincidenza.»

«Che rilevanza ha?» ribatté Luna senza distogliersi dalle sue faccende.

Kayn abbozzò un sorriso di rassegnazione. «Sto solo tentando di conservare un po' di scetticismo in questa assurda storia. Devo farlo, dopotutto sono uno scienziato…»

«Almeno posso sperare che non darai più in escandescenze?»

«Voglio fartela io, una domanda» le disse, evitando di rispondere. «Credi nel destino?»

Luna si zittì un istante. «Dipende cosa intendi per destino.»

«Pensa se ogni tua azione fosse incasellata in un mosaico

preciso. Come un treno su dei binari da cui non si può deragliare, e qualcuno avesse già deciso, da prima che tu esistessi, il tuo orario di partenza, di arrivo e tutte le fermate intermedie.»

«I treni possono anche registrare ritardi...»

Kayn sorrise. «Sai, ci sono degli studiosi, i fautori del cosiddetto *disegno intelligente,* che ritengono che l'universo sia necessariamente opera di un progettista. Secondo loro esistono in natura elementi di una complessità tale che non potrebbero essere frutto del caso.»

«Perché quel risolino?»

«Perché li ho sempre contestati, visto che il loro scopo è, il più delle volte, dimostrare a ogni costo l'esistenza di Dio, piegando così la scienza alle loro tesi. Però...»

«Però?» ripeté Luna dopo qualche secondo di silenzio, vedendolo così assorto nei suoi pensieri da dimenticarsi di finire la frase.

«Ma niente, credo solo che certe cose facciano riflettere. Pensa al DNA: ogni unità nucleotidica è lunga 0,33 nanometri, e i cromosomi possono arrivare ad avere fino a duecentocinquanta milioni di paia di basi. Le basi si appaiano secondo uno schema preciso. Una struttura incredibile in uno spazio infinitesimale.»

«E quindi?»

«E quindi niente» le rispose sbuffando. «Sto solo contemplando la splendida complessità della natura e dell'ordine che la regola.»

«Ah, okay. E che conclusioni trai dalla tua contemplazione?»

«Devi pensare che si basa tutto sulla matematica in natura» attaccò a spiegare Kayn. «Ogni atomo si lega a un altro secondo una meccanica preordinata, formando una molecola. La molecola si lega ad altre a formarne di più complesse, che a loro volta formeranno cellule e così via. Se stiamo parlando è perché gli atomi del nostro corpo hanno reagito in una determinata maniera, seguendo dei principi fissi. La realtà non è altro che un immenso reticolo matematico in continuo fluire. Per quanto le singole azioni sembrino casuali, sono tutte inserite in un contesto di assoluto ordine. In un certo senso, è quasi rassicurante.»

«Che dire…» chiosò la ragazza, vedendolo così concentrato. «Io so che sono qui, che ragiono con la mia testa e decido io cosa fare o non fare. Poi, se c'è qualcuno che conosce le mie scelte o se il mio cervello è solo un grande ingranaggio che gira in maniera autonoma, la cosa non mi tange più di tanto.»

Kayn fece una smorfia. «Con una sola frase hai reso vani millenni di storia della filosofia.»

«Ascolta, io penso a sopravvivere. Se tutte queste storie sulla Zona Extramondo non avessero avuto un riscontro concreto, non si sarebbero guadagnate nemmeno un minuto della mia attenzione. A quanto pare, però, dei riscontri ci sono, e i nostri padri sono morti a causa di tutta questa storia. Quindi, adesso voglio verificarlo coi miei occhi.»

Kayn scosse la testa. «Da piccolo viaggiavo molto più con la fantasia, poi ho tirato il freno. Stai coi piedi per terra, sii cauto, a tutto c'è una spiegazione razionale, mi ripetevo. Magari ho sbagliato, non lo so. A un convegno, due giorni fa, ho pure tirato in ballo le statuette di Acambaro…»

«Che cosa sarebbero?» chiese Luna, mentre controllava fuori dalla finestra.

«Degli Oopart, oggetti fuori dal tempo, cioè senza una plausibile collocazione storica. Sono più di trentamila statuette ritrovate in Messico raffiguranti dinosauri e animali preistorici, apparentemente risalenti a un periodo compreso tra il 1500 e il 2500 avanti Cristo. Molte si sono rivelate dei falsi palesi, ma alcune sembrerebbero autentiche, per quanto la cosa appaia inverosimile. Ho sempre sostenuto che fossero dei falsi ben congegnati, anche per dar contro ai creazionisti che le ritenevano una prova della coesistenza di uomini e dinosauri, e quindi della fallacia della scienza.»

«Credi ci sia qualche collegamento con l'isola scoperta da Giovanni Valsecchi? »

«Assurdo per assurdo, cos'altro potrei pensare? Se questo posto esiste e come dice Florence c'era presenza umana, ci saranno pure arrivati in qualche modo. E se ci sono arrivati, può darsi che qualcuno se ne sia andato e abbia voluto imprimere materialmente il ricordo di quell'esperienza. Come Valsecchi stesso, del resto.» Kayn rimuginò un attimo, poi proseguì. «Chiunque essi fossero, in ogni caso, avrebbero dovuto azzeccare i momenti di apertura dell'anomalia magneti...»

Al vedere la bocca di Luna deformarsi in un leggero sorriso, l'ultima parola gli rimase sulle labbra. «Ehi, perché stai ridendo?»

«Non se ti stai rendendo conto di quanto la tua voce stia vibrando. Sembri emozionato come un bambino.»

Kayn si bloccò. Non se ne era accorto, ma quelle congetture solleticavano la sua innata fame di conoscenza, lo spirito fanciullesco del cacciatore di misteri.

«Guarda che un approccio moderato è senza dubbio preferibile a sparare conclusioni azzardate. L'hai detto tu stesso, no?»

«Controllata e metodica... te l'hanno insegnato al Bureau? A tal proposito, come mai hai scelto di intraprendere questa carriera? Solo per tuo padre?»

Luna annuì. «Direi di sì. Mi documentai parecchio da ragazza, così scoprii che la pratica della sparizione di mio padre era passata all'FBI ma il tutto si era concluso nel nulla.

Allora decisi che la mia destinazione sarebbe stata Quantico.»

«Niente male!»

«Non ti credere, ho fatto soprattutto lavoro d'archivio e ricerca. Raramente ho preso parte ad azioni sul campo.»

«Non si direbbe, a giudicare dai tuoi riflessi...» la punzecchiò, toccandosi il collo nel punto in cui lei gli aveva iniettato il narcotico.

Mentre la discussione aveva ormai preso una piega più personale, qualcuno bussò alla porta. Entrambi si interruppero un attimo e si guardarono; quando infine sentirono un colpo di tosse, si tranquillizzarono. Luna andò ad aprire, sapendo di trovarsi davanti Florence.

«Vi siete sistemati bene, a quanto vedo» sogghignò il vecchio, muovendo qualche passo nella stanza. «Credo che potreste formare davvero una bella coppia.» Poi si avvicinò alla borsa di Luna e annuì. «Hai già visionato il materiale?»

«Sì, ho dato un'occhiata. Spero siano sufficienti.»

«Cos'hai messo dentro a quel borsone?» chiese Kayn, con la lieve sensazione che gli stessero nascondendo qualcosa. «Il mio pesava una tonnellata, con tutta l'attrezzatura da campo.»

Florence sorrise. «Aprilo e guarda.»

Il genetista fece scorrere la zip. Sotto qualche maglietta e un paio di pantaloni scoprì un mini arsenale tra pistole, uzi e molto altro.

Sgranò gli occhi. «Per chi cazzo mi hai preso, per Rambo?»

Sollevò una Glock, rimirandola in lungo e in largo. Era la prima volta che ne teneva in mano una. «Non ho mai sparato nemmeno con una pistola ad acqua...»

Si voltò e vide Luna aprire in rapida successione caricatori, provare a montare mirini ottici e mimare il puntamento verso bersagli invisibili.

«Menomale che eri solo un'archivista...»

Florence scoppiò a ridere. «Quando incontreremo un animale con la bocca di un metro e mezzo, potresti provare a discuterci sull'evoluzionismo. Magari lo faresti addormentare da quanto sei prolisso...»

«Sei un emerito imbecille» lo apostrofò Kayn «Mi avevi detto che andavamo su un'isola, non a una cazzo di guerra!»

«Te l'ha già spiegato» intervenne Luna, continuando a controllare le armi, «che potrebbe esserci gente sulle nostre tracce. Sempre meglio premunirsi.»

«Ci fosse una volta che non gli dai ragione!»

«L'avevo detto che siete una bella coppia» disse Florence, coprendo l'ultima parola con un colpo di tosse secca.

Kayn s'indispettì, sentendosi in imbarazzo. «Non è ora di andare a dormire? Alla tua età non dovresti fare troppi sforzi.»

«Hai ragione. Pensa, oggi ho dovuto persino pulire il pavimento di casa con uno straccio di ottanta chili...» lo rimbeccò sghignazzando.

Kayn non rispose, limitandosi a guardarlo in cagnesco.

???

«Viktor...»

Il killer emise un debole mugugno.

«Sei sveglio?»

Viktor aprì lentamente le palpebre, mettendo a fuoco a malapena la figura di fronte a lui.

«Come ti senti?» gli chiese una donna bionda con voce soave. Parlava un russo perfetto.

«Chi... chi sei?» le domandò, ancora intorpidito dai tranquillanti.

La donna sorrise, senza rispondere.

«Dove mi trovo?» disse, guardandosi intorno. Poi fece una lieve smorfia di dolore e si portò la mano destra alla tempia. «Mi ricordo solo di essere caduto dalla moto...»

«Non preoccuparti. Eri davvero messo male quando Faust e la sua squadra ti hanno portato qui, ma ci siamo presi cura di te.»

Viktor ignorò la donna e diede un'occhiata più approfondita alla piccola stanza. Nessuna finestra e le pareti color bianco avorio. Nessun macchinario medico, nessuna presa d'aria, eppure l'ossigenazione era perfetta. Guardò in basso e si accorse di non essere su un letto, ma su una sorta di protuberanza della parete a forma di semi-cono concavo. I lati interni erano percorsi da una fila di buchi rettangolari, nei quali si intravedeva una luce rossastra. Provò a sfiorarne uno con la mano e avvertì un leggero calore.

«C'è qualcosa che non va?» gli chiese la donna. «Senti ancora dolore in qualche punto?»

«No...»

Si ricordò della gamba e allora provò a muoverla, trovandola completamente guarita.

Impossibile, un legamento non può tornare a posto da solo...

Lei lo guardò negli occhi, sorridendo.

«Non hai risposto alle mie domande: chi sei? Perché mi avete guarito?»

Viktor continuava a fissarla. Poteva essere una dottoressa, eppure i suoi vestiti erano molto strani, fatti di tessuti grezzi e colorati che poco si addicevano a un medico. Inoltre, nel suo volto c'era qualcosa di familiare.

«Non mi riconosci?» gli chiese lei, cogliendolo alla sprovvista. «Be', è naturale, è passato così tanto tempo... tu sei più facile da ricordare, un occhio azzurro e uno castano sono un particolare molto raro.»

Viktor non si raccapezzava su chi fosse quella donna.

«Ma quella è… incredibile, l'hai tenuta!»

Viktor seguì lo sguardo e capì che si riferiva alla sua catenella. A quel punto tutte le tessere del mosaico tornarono al loro posto. Fu com essere travolti da una tempesta di ricordi.

«Na… Natasha?»

7-2

Deserto dell'Arizona, USA
19 dicembre 2012, ora locale 01:23

Nell'hangar principale della base era arrivato il velivolo con il gruppo capitanato da Nova Lux Fortitudo. Una fila di soldati in tuta da combattimento andò a schierarsi davanti all'aereo, pronta ad accogliere l'equipaggio, mentre altri occupavano di sistemare lo spazio tutt'attorno e preparavano gli strumenti per il controllo e il rifornimento.

Scesero Nova Lux Fortitudo e i suoi uomini, uno dei quali portava sulle spalle Matthias, ancora incosciente. Dopo alcuni metri lo lasciò a terra e tutti gli altri uomini gli puntarono i fucili addosso, dato che iniziava a mugugnare.

In contemporanea, dall'ascensore principale uscì Nova Lux Temperantia seguito da una ventina di soldati.

«Bentornato, fratello» disse l'Apostolo della Rinascita sorridendo. «Che bel regalo hai portato.»

«Sai che amo... sporcarmi le mani, *hermano*» rispose, guardandosi i palmi ancora pieni di sangue.

Nel frattempo, Matthias si stava alzando in piedi.

«Aiutatelo» ordinò Temperantia ai suoi uomini, i quali eseguirono all'istante. Gli si avvicinò, sotto lo sguardo attento dei soldati. «Tu sei Matthias Wichmann, dunque. Io sono Nova Lux Temperantia, mio fratello è Nova Lux Fortitudo. Siamo gli Apostoli della Gilda della Rinascita.»

Il detective non disse nulla, guardandosi intorno e cercando di riprendere il pieno controllo di sé.

«Immagino tu voglia rivedere tua figlia, giusto?»

Matthias smise per un istante di respirare.

In un lampo, cogliendo alla sprovvista i soldati, assestò una gomitata alla testa del soldato che gli stava alla sinistra, si liberò dell'altro con uno strattone e saltò addosso all'Apostolo.

Il suo slancio, però, fu interrotto una frazione di secondo dopo, quando Temperantia alzò la mano destra. A Matthias sembrò di aver sbattuto contro un muro invisibile e si rese conto di esere bloccato a mezz'aria, a circa venti centimetri dal palmo dell'uomo. Quando incrociò il suo sguardo, anche se non capiva quello che stava accadendo, iniziò ad aver paura.

Una paura ancestrale.

«Sai, potrei frantumarti la cassa toracica prima che tu sbatta un'altra volta le palpebre» sussurrò l'uomo che un tempo si chiama Sergej, avvicinandosi all'orecchio del detective. «Ma non è mia intenzione. Forse hai frainteso ciò che ho detto.»

Quando il braccio dell'postolo si ritrasse, Matthias cadde rovinosamente a terra, rantolando e portandosi le mani al collo, sul quale risaltavano le vene gonfie per lo stress respiratorio.

«Portatelo in infermeria. Tra sei ore voglio lui qui assieme al professor Gismondi» ordinò Nova Lux Temperantia. «E iniziate i preparativi per la spedizione. Poi chiamate il settore informatico e date ordine di scollegare i nostri computer da quelli dell'Unità K9. Ormai non ci servono più, torneranno ai loro compiti usuali come membri della CIA. Non ci sarà nemmeno bisogno di epurare le loro sedi.»

Norfolk, USA
Ora locale 01:59

Il gran vociare giù al porto si era magicamente interrotto dopo l'una di notte, sostituito da un piacevole silenzio accompagnato solo dallo sciabordio dell'acqua del mare.

All'interno della suite, i due finti sposini avevano seguito alla lettera le indicazioni di Florence, spostando il letto dalla finestra e dormendo vestiti con un'arma da fuoco carica sotto i rispettivi cuscini.

«Ehi, Luna...» sussurrò Kayn, fissando il soffitto. «Sei sveglia?»

«Secondo te?» lo rimbeccò lei con un tono di voce più alto. In realtà era una domanda retorica: Luna non aveva fatto altro che girarsi e rigirarsi da quando si erano coricati.

«Che succede? Sei nervosa?» le chiese intimidito. Saperla sdraiata al suo fianco lo faceva andare in fibrillazione: già non era un dongiovanni di suo, poi ci si metteva anche la situazione anomala a complicare le cose. Kayn non sapeva proprio che pesci pigliare per apparire meno impacciato.

«No, non particolarmente.»

«Vuoi... che mi sdrai sul pavimento?»

«Me l'hai già chiesto. Non è un problema, davvero.»

Seguì qualche secondo di silenzio. «Cioè, tu non lo sei?»

«Nervoso, dici? Be'...» tentennò Kayn. «Lo sono, ma sono anche eccitato come un bambino. Mi sembra di essere tornato a quando avevo undici anni.»

«Non mi piacciono molto i bambini, sappilo» scherzò Luna.

«E farli, invece? Ti piace?»

Solo dopo aver pronunciato l'ultima parola di quella domanda maliziosa si rese conto di quanto fosse stata infelice.

Luna rispose con un sospiro gelido che cristallizzò l'imbarazzo sul volto di Kayn. Dopo alcuni interminabili secondi di silenzio, lei riprese il discorso apparentemente facendo finta di nulla. «Hai paura?»

«Scherzi? Una paura fottuta, specie dopo aver visto le armi! Tu invece no? Sembri così granitica, un robot... agisci e via, come quando mi hai infilzato e mi hai rubato la macchina.»

E dire che stavi iniziando a piacermi.

«Quanto a lungo me la farai pesare?»

«Ma no, scherzavo. Forse era... destino.»

«Parrebbe proprio di sì...» commentò la ragazza, girandosi verso di lui.

Kayn la guardò con la coda dell'occhio e gli sembrò di notare una parvenza di sorriso sulle sue labbra.

Dio, quanto è bella, però...

Per un attimo, se la immaginò mentre si alzava in piedi, si toglieva il maglioncino e i jeans esibendosi in uno strip provocante fino a rimanere con la sola biancheria intima; poi la visualizzò a cavalcioni su di lui mentre si abbassava coi suoi generosi seni all'altezza della sua bocca...

«Buonanotte» disse Luna a bassa voce, mandando in frantumi la sua fantasia come una sassata contro una finestra.

«Buona... buonanotte» rispose Kayn mestamente, emettendo un lungo sospiro. Poi ebbe un'illuminazione improvvisa. «Un'ultima cosa, Luna. Ti sei chiesta cosa spinga il vecchio a voler entrare nella Zona Extramondo?»

Aspettò alcuni secondi, ma non ottenne risposta.

«Luna?» sussurrò. Niente, sembrava crollata in un sonno

profondo. Kayn pensò che doveva essere stato uno shock anche per lei apprendere certe notizie, sebbene facesse di tutto per nasconderlo.

La lasciò riposare e si voltò dall'altra parte, anche se non smise di concentrarsi su Florence. L'organizzazione più pericolosa del mondo, a quanto sembrava, era intenzionata a raggiungere il loro stesso obiettivo. Lui e Luna avevano la spinta propulsiva della storia dei loro padri, ma Florence? Era fuggito, si era ricostruito una nuova vita, e ora voleva rischiare tutto per andare in un luogo sconosciuto? C'era forse qualcosa che non aveva ancora rivelato?

Dopo alcuni minuti, Kayn decise che per quella notte aveva torturato a sufficienza le sue meningi ed era arrivato il momento di dormire, anche perché non mancavano molte ore alla partenza. E l'indomani non sarebbe stato certo un giorno qualunque.

Dopo circa mezz'ora, Luna si sincerò che Kayn stesse dormendo e si alzò dal letto, in silenzio.

Uscì sul pianerottolo e salì al piano superiore, andando fino alla stanza 312.

Bussò tre volte. Florence aprì la porta e la richiuse dietro di lei.

«Hai avuto un tempismo perfetto, prima» esordì lei, «quando mi hai detto di salire senza farlo sentire a Kayn. Comunque, di cosa volevi parlarmi?»

«Lui non dovrà sapere nulla.»

«D'accordo.»

Florence inspirò. «Bene. C'è qualcosa che ancora non ti ho detto.»

«Natasha... che ci fai qui? Cos'è questo posto?» chiese Viktor, ancora scosso da quell'incontro.

La sua presenza aveva fatto riemergere, in un istante, una serie di ricordi sopiti da tempo. L'orfanotrofio, le violenze e gli abusi subiti, ma anche i momenti felici vissuti assieme. La bambina che ricordava adesso era diventata una donna alta e dalle forme giunoniche, ma gli occhi erano rimasti gli stessi.

«Ti sarà spiegato tutto. Ma dimmi, cosa hai fatto in tutti questi anni?»

Viktor provava una strana sensazione di benessere interiore mai esperita prima. Non ne capiva la provenienza né la natura. Non era certo il semplice piacere di rivederla o l'essere guarito dalle ferite: era qualcosa di molto più profondo che andava a stimolare tutto il suo essere. Sul suo volto, dopo tanti anni, si allargò un sorriso pieno e appagato.

«Cosa ho fatto... in questi anni?»

Passò mentalmente in rassegna i suoi primi crimini, il carcere, il campo d'addestramento e le prime missioni per conto del governo russo prima di diventare un cane sciolto.

«Niente di cui andare fieri.»

«Sai, siamo gli unici a essersi salvati...» sospirò Natasha, con aria malinconica.

«Cosa vuoi dire?»

«Io sono stata portata via il venticinque aprile del 1986 dall'orfanotrofio, ricordi? Tu sei scappato lo stesso giorno, esatto?»

Viktor inarcò le sopracciglia. «Sì, esatto. Ma aspetta un momento, tu come lo sai?»

«Sai cos'è successo il ventisei, a venti chilometri da lì, vero?»

«Intendi Chernobyl? Certo...»

Natasha sorrise. «Siamo gli unici sopravvissuti dell'orfanotrofio. Gli altri sono tutti morti nel giro di pochi anni per le radiazioni. E se ti dicessi che... non è stato un caso?»

Viktor la squadrò, perplesso, con una crescente sensazione di diffidenza. Quelle parole suonavano troppo strane.

«In che senso?»

«Nel senso che così doveva andare» affermò con sicurezza Natasha. «E così è stato.»

Viktor assunse un'espressione incredula.

«Non ti stai raccapezzando, vero?» gli chiese lei sorridendo e muovendo qualche passo verso la parete. «Un'occhiata vale più di mille parole. Forza, alzati e seguimi!»

Viktor decise di assecondarla. Si sollevò dal letto con una certa esitazione nel poggiare il peso sulla gamba, ma si accorse subito di essere tornato del tutto in sesto. Come fosse possibile non riusciva proprio a spiegarselo, ma non era certo quella la cosa più sbalorditiva al momento: la parete di fronte a Natasha, perfettamente liscia e priva di serrature o pulsanti, si aprì al suo passaggio scomponendosi in una serie di rettangoli orizzontali che rientravano formando un varco.

«Che fai, non vieni? Non avere paura!» lo esortò, facendogli cenno di seguirlo.

Viktor uscì dalla stanza con una certa inquietudine e rimase per un attimo a osservare la parete richiudersi dietro di lui nella stessa maniera in cui si era aperta, tornando ad essere interamente liscia.

Natasha lo invitò a seguirla lungo un corridoio illuminato da una luce azzurrina di cui Viktor non riuscì a individuare la provenienza, fino a uno spiazzo con un dislivello circolare al centro del diametro di una decina di metri.

«Vieni.»

Non appena Viktor salì sulla piattaforma, una spirale serpentina di un materiale grigiastro scaturì come per magia dalla circonferenza e andò a formare una parete conoidale attorno a loro.

«Ma è un ascens…»

Viktor non fece in tempo a finire la frase che udì una lieve vibrazione. Nonostante gli sembrasse solo un debole soffio, percepiva con chiarezza che si muovevano a forte velocità. Sopra di lui non riusciva a distinguere nulla se non un cono d'ombra scura.

«Cos'è che fa muovere quest'affare?»

Natasha si girò verso di lui e gli rivolse un sorriso, senza rispondere.

Dopo qualche secondo, l'ascensore si fermò. Viktor osservò esterrefatto il cono protettivo richiudersi su se stesso, finendo per combaciare alla perfezione col pavimento.

Si trovavano in un gigantesco androne, alto almeno centocinquanta metri, con la parete sinistra inclinata a spiovente di circa quarantacinque gradi. Il pavimento, di un colore grigio opaco, era percorso da venature di una sostanza all'apparenza granulosa, piuttosto luccicante, con sfumature tra il celeste e il bluastro che cambiavano in continuazione.

«Vieni.»

Raggiunse Natasha vicino alla parete a spiovente. La donna ne sfiorò la superficie con delicatezza e dal punto di contatto si formò una rientranza di forma ellittica fino a un'ampiezza che permettesse loro di passare agevolmente.

Dall'esterno proveniva una luce intensa, tanto che Viktor dovette mettersi un braccio davanti agli occhi per proteggersi. Una volta fuori, lo abbassò e finalmente potè mettere a fuoco.

«Ma dove…» bisbigliò con un filo di voce, dopodiché non riuscì a emettere un altro suono. Gli occhi quasi fuori dalle orbite, fissi su quello sconfinato, stupefacente paesaggio.

Natasha lo guardò sorridendo. «Benvenuto in *Paradiso*.»

7-3

Deserto dell'Arizona, USA
19 dicembre 2012, ora locale 07:01

All'interno di una delle camere adibite ai soldati, il professor Gismondi sudava in preda a un tremito incontrollabile. Nonostante la stanza, che di norma ospitava quattro uomini, fosse stata riservata per lui, Romeo era riuscito a dormire solo pochissime ore, un sonno leggero e disturbato. Lo spavento aveva preso il sopravvento sulle curiosità da studioso.

Il cuore iniziò a martellargli nel petto con foga quando udì alcuni passi avvicinarsi. La serratura fece tre scatti e la porta si aprì, svelando tre soldati armi in pugno.

«Venga fuori, professore.»

Gismondi si mise le scarpe e uscì senza fare un fiato e si avviò circondato dai soldati lungo il corridoio. Dopo alcuni metri si accorse che un altro prigioniero, a sua volta scortato, stava seguendo il suo stesso percorso da un passaggio parallelo. Aveva i capelli di color rosso vivo e un giubbotto ridotto abbastanza male.

Entrambi i gruppi si incontrarono sul grande ascensore della torre ovest e iniziarono una discesa di alcuni minuti.

«Ma quanto è grande esattamente questa struttura?»

commentò a bassa voce Gismondi, senza ricevere risposta da nessuno.

Quando le porte si dischiusero, si ritrovarono in una sala immensa con un maxischermo al centro grande almeno tre volte quello di un cinema. Sopra esso, una mappa del mondo e un fluire incessante di dati, coordinate, analisi ed equazioni. In basso, sotto lo schermo, c'era una lunga fila di oggetti non identificabili dalla sua posizione. Gismondi ci mise un po' a decifrare bene l'immagine, data la distanza, ma avvicinandosi vide con chiarezza che si trattava per lo più di bambini. Chiusi all'interno di grosse strutture metalliche, simili a baccelli, avevano il corpo bloccato e collegato a una serie infinita di cavi. Solo le braccia si muovevano freneticamente su dei piccoli schermi di fronte a loro, come se vi stessero comunicando. Un nugolo di uomini tutt'attorno, all'apparenza scienziati, si prodigavano a segnare e commentare i dati.

«Ma... ma cos'è tutto questo?» chiese Romeo, turbato e inorridito.

«*Locatori, percettori, psicometrici, calcolatori...* tutti coloro che hanno contribuito, e contribuiscono, a rendere grande la Gilda della Rinascita, professor Gismondi, e che permetteranno la realizzazione del nostro scopo» lo informò Nova Lux Temperantia, che gli era appena arrivato alle spalle.

«E quale sarebbe il vostro scopo?»

«Lo vedrete presto, sia tu che Matthias Wichmann.»

L'archeologo si girò verso l'uomo dai capelli rossi e capì che quello era il suo nome.

«Ora torniamo all'hangar. È l'ora della partenza.»

«Della part...»

Gismondi non fece in tempo a replicare che fu spintonato in malo modo verso l'ascensore, seguito da tutto il drappello di uomini e da Temperantia.

Matthias, ammanettato, più che analizzare la situazione era rimasto concentrato sulla citazione della figlia. Quello che pensava fosse solo un sogno quindi era realtà? L'avrebbe in qualche modo *rivista* su questa fantomatica isola?

Arrivati all'hangar, ad attenderli c'era Nova Lux Fortitudo che aveva indossato una tuta nera simile a quella dei soldati, ma con delle forme che sembravano ricalcare alla perfezione ogni singolo muscolo, assecondando il minimo movimento del corpo. Dietro la schiena gli spuntava l'elsa di metallo di una katana, e sul fianco sinistro era assicurata una fondina con una grossa pistola.

«Bella, vero?» si compiacque Fortitudo, muovendo il braccio destro. «Era un po' che non la utilizzavo. Comunque, i quattro Black Dragon sono pronti al decollo. Direi che è ora di partire. *Let's go, guys!*»

«Fai molta attenzione, fratello» disse Temperantia, appoggiandogli una mano sulla spalla destra. «Una volta all'interno della Zona Extramondo sarai completamente isolato dall'esterno, ogni comunicazione ti sarà preclusa.»

Fortitudo sorrise e gli fece l'occhiolino. «Ne sono consapevole. Del resto, è così che deve andare, *right?*»

Si guardarono per alcuni secondi senza parlare, poi Nova Lux Temperantia si voltò e andò verso l'ascensore.

«E adesso forza! Uomini, ricordate il briefing della missione» fece Nova Lux Fortitudo rivolgendosi ai soldati, disposti in quattro plotoni da undici uomini ciascuno. «Una volta penetrati all'interno della Zona Extramondo, la schermatura salverà le nostre apparecchiature elettroniche, ma non potremo più comunicare con l'esterno. Ora, tutti ai vostri posti!»

«Sì Eccellenza! Muovetevi, muovetevi!» sbraitarono gli

uomini a guardia dei due prigionieri, intimando loro di salire.

«Non potreste toglierci queste cazzo di manette?» chiese Matthias in tono sprezzante, agitando le braccia in faccia ai soldati mentre veniva spintonato sul carrello di carico.

«Fermi» ordinò Fortitudo avvicinandosi. Il detective se lo trovò davanti, a pochi centimetri dal naso. Nonostante sorridesse, gli instillava parecchia inquietudine. Poi gli diede le spalle e fece due passi in avanti.

«Alza le braccia all'altezza del petto» gli ordinò senza voltarsi.

«Cosa?»

«Alza le braccia, senza fare troppe storie!»

Matthias eseguì il comando con una certa riluttanza.

Nel giro di un secondo, lo vide estrarre la spada, girarsi, vibrare alcuni fendenti e infine reinserirla nella guaina.

«*Et voilà!*»

Il detective non si era ancora reso conto del brivido alla base della nuca che la katana era già al proprio posto. Si guardò i polsi con gli occhi sbarrati e vide le manette cadere a terra tagliate in tre punti diversi con una precisione chirurgica. Si sfiorò la pelle incredulo, convinto di non trovare le mani al loro posto.

Poi, Fortitudo si girò verso Gismondi e gli fece un occhiolino. «*Come on*, anche tu!»

«Oh no, non si preoccupi» si schermì lui con voce tremula. «A me non danno fastidio, sto benissimo così!»

«Oh, insisto» ribadì, afferrando l'elsa della spada.

L'archeologo sollevò le braccia e si girò, strizzando gli occhi e trattenendo il respiro. Sentì solo un lieve spostamento d'aria ai polsi. Quando riaprì gli occhi, le manette recise giacevano al suolo.

«Parlo ad entrambi. Mi auguro che non farete stupidaggini durante la nostra avventura. Altrimenti sarete voi a implorarmi di uccidervi.»

L'ultima frase, pronunciata con tono serio e un'espressione torva, molto diversa da prima, lasciò Matthias di stucco. Pensò che, almeno per il momento, era il caso di mostrarsi docile e ubbidiente.

8

IL PARADISO PERDUTO

8.1

Norfolk, USA
19 dicembre 2012, ora locale 07:25

«È laggiù» disse Luna, indicando una sagoma lontana accanto al molo dodici.

Kayn emise un sonoro sbuffo, caricandosi le borse sulle spalle. «Non ne potevi trovare una più vicina, Florence? Questi affari pesano come due macigni.»

«Vuoi una mano?» disse il vecchio.

«Ma no, tranquillo, ce la faccio. Speriamo piuttosto che non ci fermi la polizia.»

Florence scoppiò a ridere. «Sciocco ragazzo! Sono le sette di mattina, siamo a meno due gradi e dobbiamo percorrere solo duecento metri. Dovremmo essere proprio sfigati.»

«Tutto può succedere nella vita» replicò il genetista «tutto…»

«Bene, ci siamo» esclamò soddisfatto Florence, aiutando i due a salire sul ponte dello yacht. «Spero che nessuno di voi soffra il mal di mare.»

«Ovviamente io… accidenti a te e alle tue idee del cazzo. Poi fa un freddo cane» borbottò Kayn, soffiandosi nelle mani mentre trascinava i pesanti borsoni nella cambusa. «E un'imbarcazione con un nome meno idiota non la potevi trovare?»

«Guarda che non stiamo andando in crociera» replicò il vecchio. «La scelta della Madama Butterfly è stata dettata dalle sue caratteristiche tecniche: oltre a essere adatta a ogni tipo di navigazione, anche in condizioni climatiche estreme, il motore è stato potenziato per raddoppiarne quasi i cavalli. Potenza del denaro e di un amico meccanico specializzato.»

«Ancora non me ne capacito: hai preparato tutto questo prima di parlare con noi?» continuò il genetista. «Chi ti dava la certezza che ti avremmo seguito? Da solo non avresti potuto dar seguito al piano…»

«La vita è fatta di rischi e incognite. Insomma, chi non risica non rosica. Ma ora bando alle ciance, tenetevi pronti a ogni evenienza.»

«Ma se io adesso» insistette Kayn, guardandolo storto, «ti dicessi che non voglio più venire? Anzi, sai che faccio, questa bella borsa piena di meraviglie la butto in mare.»

Si avvicinò al bordo dell'imbarcazione e appoggiò lo zaino con le armi sulla sbarra di ferro, fissando Florence con aria di sfida.

«Sciocco ragazzo… fa pure» gli rispose con apparente nonchalance.

Kayn apparve un po' spiazzato e cercò una sponda in Luna. «Tu non credi che ci sia qualcosa di strano? Che non ci stia dicendo tutta la verità?»

Lei lo fissò un istante coi suoi intensi occhi smeraldo. «Tu vuoi raggiungere quest'isola?»

«Sì, certo. Però…»

«Ecco. Entrambi vogliamo andare sull'isola, ed entrambi ci andremo. Punto.»

Kayn rimase per qualche secondo immobile, mentre Luna e Florence scesero sotto coperta con le attrezzature. Si guardò un intorno, vedendo tutte le altre barche ormeggiate. «Ma io... cioè... bah! Lasciamo perdere, tanto è uguale» mormorò sbuffando e trascinando la grossa borsa verso la porticina di legno.

8-2

Mar dei Sargassi, Oceano Atlantico
19 dicembre 2012, ora locale 16:05

«Iniziate a prepararvi» annunciò Florence dalla cabina di comando. «Ci siamo quasi.»

«Hai sentito?» ribadì Luna da sotto coperta, mentre controllava per l'ultima volta tutto l'equipaggiamento.

Kayn, dal canto suo, non si curava di ciò che dicevano i suoi compagni di viaggio. Da più di un'ora si trovava a poppa, osservando la scia di schiuma che il potente motore disegnava sull'acqua. Una pasticca era bastata a tenere a bada il suo blando mal di mare, permettendogli così di gustare la giornata soleggiata seppur sferzata da un vento gelido da cui i voluminosi giubbotti procurati da Florence offrivano ben poca protezione.

Il pensiero che su quelle onde, molti anni prima, era passato suo padre riempiva la sua mente. O meglio, quel padre che non aveva mai conosciuto, quello curioso, indagatore, l'opposto di quello pragmatico e inflessibile che aveva segnato la sua giovinezza. Quanto sarebbero andati d'accordo, quante cose avrebbe potuto condividere con lui se solo si fosse aperto davvero! Purtroppo non lo aveva mai fatto, forse per difendere la sua famiglia visti i pericoli in cui le ricerche di Losenberg sarebbero potute sfociare. Ormai, però, il tempo dei rimpianti era finito: avrebbe proseguito l'opera iniziata da suo padre, l'avrebbe fatto per rendere onore al suo nome e per cercare di perdonare a se stesso le volte in cui lo aveva respinto. Oltre al suo interesse da scienziato.

«Bene, miei cari» esordì Florence. «Il varco nella barriera che separa la Zona Extramondo dal nostro universo dovrebbe aprirsi esattamente tra tre minuti e undici secondi, e noi dovremmo raggiungerlo circa un minuto dopo. Vi ho già anticipato il possibile scenario: ci potranno essere scossoni violenti, potreste avere giramenti di testa, nausee e allucinazioni. La percezione del mondo attorno a noi sarà completamente alterata dall'anomalia magnetica e mi aspetto di vedere ripetersi i fenomeni descritti nei vari resoconti. Non fatevi prendere dal panico, anche se doveste avere la sensazione di stare per morire. Non succederà.»

«E se, per caso, le coordinate o l'orario fossero sbagliate anche solo di poco?» chiese Kayn titubante.

«Be', a quel punto o non vedremmo nulla oppure ci attenderebbe una morte orribile se la barriera si richiudesse su di noi. Ma stai tranquillo e tieniti le preoccupazioni per quando sbarcheremo, sciocco ragazzo.»

«Tu sì che sai come infondere sicurezza nelle persone…» mugunò il genetista. Aveva appena pronunciato quella frase quand'ecco che lo yacht ebbe uno scossone. Nella cambusa si sentirono alcuni soprammobili cadere a terra.

Florence osservò la strumentazione di bordo andare in tilt, mentre la bussola iniziò a girare vorticosamente. Scese in fretta la scaletta dalla postazione di comando e inspirò a fondo. «Ci siamo. State pronti.»

Kayn vide l'acqua intorno alla Madama Butterfly gorgogliare come in una pentola sul punto di bollire. Un altro scossone lo sbilanciò, facendolo sbattere contro la parete di legno della cabina. «Merda!»

«Aggrappati a qualcosa e stai calmo!» gli urlò Florence, mentre l'aria intorno si impregnava di un odore simile allo zolfo.

Luna si era accucciata contro il parapetto della barca, il volto tirato nello sforzo evidente di non cedere alla paura.

I colpi si fecero più intensi e frequenti, facendo oscillare lo yacht a destra e sinistra. Il cielo si rannuvolò all'improvviso, passando dall'azzurro terso a un grigio sempre più opaco e spento, fino a coprire per intero il sole. Anche l'acqua subì un fenomeno simile, fino a diventare una specie di schiuma. L'orizzonte a poco a poco svanì e i tre si trovarono immersi in una nube lattea uniforme, senza nessun punto di riferimento.

Kayn si guardò attorno disorientato, il cuore gli batteva a mille, una stretta allo stomaco e il respiro accelerato da quell'aria densa che gli penetrava nei polmoni. Cercò di incrociare lo sguardo di Luna mentre si reggeva con tutte le sue forze, e la vide rannicchiata con gli occhi chiusi. Urlò il suo nome, ma lei non si girò, poi cadde di lato e iniziò a vomitare.

Quello che stava succedendo andava al di là di qualsiasi esperienza sensoriale avessero mai provato. Il cervello si trovava senza gli strumenti per decifrare ciò che avveniva attorno a loro e la reazione più naturale era la paura, un'ancestrale paura della morte che durò un tempo imprecisato, fin quando un sibilo trafisse i loro timpani e tutti e tre persero i sensi.

Con fatica, Kayn riuscì a sollevare le palpebre. Guardò in alto e ritrovò il sole più splendente che mai, tanto che dovette portarsi una mano alla fronte per proteggersi gli occhi.

Mise a fuoco dopo qualche istante e individuò Luna e Florence distesi sul pontile della barca. Si alzò in piedi e si diresse, barcollando, verso i suoi compagni. Dopo pochi passi, l'occhio gli cadde oltre il parapetto dell'imbarcazione. Si bloccò di colpo.

«Oh mio Dio...»

Al termine di un breve tratto di mare, calmo e azzurro come l'avevano lasciato prima dell'anomalia, si intravedeva un'isola.

È quella...

Kayn rimase a bocca aperta, immobile, senza riuscire a parlare. Era tutto vero. Esisteva realmente. Quei dubbi residui che galleggiavano sul fondo del suo io razionale furono spazzati via in un istante. Aveva appena assistito alla trasformazione del mito in realtà.

Pur essendo ancora lontano, notò una vegetazione lussureggianti e alberi come mai ne aveva visti prima in vita sua, così alti da svettare contro il cielo. Udì anche degli sbuffi nell'acqua circostante e un rumore gutturale, quasi gracchiante: si sporse dal parapetto e vide dei cetacei simili a delfini ma due volte più grandi nuotare sott'acqua e saltar fuori improvvisamente per respirare, per poi rituffarsi.

«Quelli sono... ittiosauri!» esclamò, eccitato.

«Parrebbe di sì» confermò una voce raschiata dietro di lui, seguita da un colpo di tosse. Florence si stava rimettendo in piedi, aiutandosi con la sbarra del parapetto. «Visto che siamo sopravvissuti, sciocco ragazzo?»

«È eccezionale!» gridò ancora il genetista, rimanendo fisso a contemplare quegli splendidi animali. «È meraviglioso... ti rendi conto? Sono bestie estinte da sessantacinque milioni di anni e noi ce li abbiamo proprio sotto al naso!»

Florence osservò Luna che stava balbettando qualcosa, ancora a terra. «Dammi una mano a tirarla su» chiese a Kayn, prima di cedere a un altro accesso di tosse.

«Guarda la loro pelle…» ripeteva trasognato il professore, con gli occhi lucidi. «La loro pelle…»

Il pensiero andò subito a suo padre, a Michael Grimm che tanto aveva sognato di poter vedere quella terra.

I miei occhi sono i tuoi occhi, papà.

Luna nel frattempo si era rialzata. «Che è successo?» domandò guardandosi attorno.

«Siamo rimasti privi di conoscenza per un po', ma siamo tutti interi» rispose Florence.

Lei si girò, ancora frastornata, e notò l'isola. «Ma quella è…»

«Esatto, Luna» la interruppe il vecchio. «Ce l'abbiamo fatta.»

Immersi com'erano nella contemplazione di quello spettacolo, non si resero conto dello sbalzo termico: la temperatura si era alzata di almeno venti gradi. Kayn fu l'ultimo a togliersi il piumino e la felpa pesante, rimanendo con una maglietta nera a maniche corte già inzuppata di sudore.

«Florence, grazie. Davvero» sospirò, agitando un lembo della maglietta sulla pancetta prominente. «Questa meraviglia mi ripaga di tutto.»

«Non c'è di che» rispose candido il vecchio. Poi puntò l'indice sul pavimento dello yacht sporco di vomito. «Adesso forza, ripulisci questo schifo.»

Mentre Kayn, straccio e scopettone alla mano, era indaffarato a cancellare le tracce del suo rigurgito, Florence guidò l'imbarcazione per alcune centinaia di metri per poi gettare l'ancora in prossimità della costa: per coprire il tratto di mare finale, avrebbero usato il gommone agganciato a poppa.

«Ehi, quelli cosa sono?» chiese Luna, indicando delle figure scure sulla sabbia bianca.

«Presumo siano relitti» rispose Florence scendendo dalla plancia di comando. «Navi e aerei che hanno avuto la sfortuna di incappare nell'anomalia magnetica in un momento di instabilità. Prendi il mio binocolo dentro la borsa, così puoi vedere meglio.»

Luna non se lo fece ripetere due volte. «Sembrano resti di aerei... una carlinga, pezzi di un'ala» sussurrò «su uno c'è scritto Tmb Avenger. Un momento, che sia quello che penso?»

«La Squadriglia 19? I cinque aerei scomparsi nel '45... fu proprio quell'episodio ad accendere l'interesse mondiale sul fenomeno del Triangolo delle Bermuda. E ora noi siamo qui, testimoni viventi di questa realtà. Bello, vero?»

«Bello?» esclamò Kayn, voltandosi e appoggiandosi con la schiena contro il parapetto. «Direi fenomenale. Se me lo raccontassero, non ci crederei mai e poi mai. Peccato non poter fare foto...»

«Purtroppo l'anomalia magnetica crea interferenze con qualunque macchinario elettronico» rispose Florence, «che siano cellulari, macchine fotografiche, perfino le nostre mappe satellitari. Ci dovremo basare su una buona, vecchia carta nautica per tornare indietro.»

Kayn sorrise. «Almeno per ora, tornare indietro è l'ultimo dei miei pensieri.»

Saliti tutti e tre a bordo del gommone, Florence azionò il motore. Percorsero un brevissimo tratto di mare, dopodichè il motore venne spento e l'imbarcazione scivolò dolcemente sull'acqua fino a sfiorare i detriti sottostanti. A quel punto gli occupanti scesero e la trascinarono per alcuni metri sul bagnasciuga, assicurandola poi con alcuni sassi.

Luna si fermò a contemplare l'ambiente circostante. Niente di quello che aveva visto fino a quel momento poteva competere con un tale spettacolo: l'acqua di un colore così limpido e trasparente che si riuscivano a distinguere le diverse striature delle scaglie dei pesci variopinti che la popolavano, la sabbia simile a zucchero a velo da quanto i granelli erano minuscoli e candidi, la foresta sterminata e rigogliosa che si stagliava di fronte. Per un attimo dimenticò le ragioni per cui era giunta sull'isola e si lasciò inebriare da quell'atmosfera magica.

«È davvero stupendo... non capisco perché, ma mi sento felice.»

Kayn la guardò e sorrise. «Anch'io mi sento in paradiso. Dev'essere questa la sensazione descritta da Valsecchi nel suo diario...»

Luna udì degli strani versi in cielo. Alzò lo sguardo e vide uno stormo di uccelli particolari. «Quelli sono dinosauri... non mi ricordo il nome.»

«Pterodattili» puntualizzò Kayn. «Sono pterodattili.»

La ragazza inspirò a lungo, poi si rivolse bisbigliando a Florence, in modo da non farsi sentire da Kayn. «Siamo proprio sicuri di fare la cosa giusta?»

«È necessario» le rispose anch'egli a bassa voce, mentre il genetista sembrava immerso nella contemplazione di alcune piante. «Non sappiamo quali siano le intenzioni della Gilda della Rinascita, ma presumo sia meglio per tutto il mondo se nessuno lo scoprirà mai. Non so se funzionerà, forse sarà tutto inutile, ma credo sia nostro dovere tentare.»

Luna si limitò ad annuire.

«Forza, ora mettiamoci in cammino» disse a voce alta

Florence. «Per raggiungere il centro dell'isola ci aspettano molte ore di marcia, stando alla cartina disegnata da Valsecchi...» si interruppe brevemente e tossì per l'ennesima volta.

«Ehi? Come stai?» gli chiese Luna avvicinandosi. «Sei sicuro di farcela?»

«Certo, scherzi? Non è niente...» le rispose cercando di ricomporsi. «Stavo dicendo che questa foresta è con ogni probabilità piena di insidie, in fondo ci troviamo in un ecosistema ignoto.»

Con circospezione, si inoltrarono nella fitta giungla.

Il percorso si rivelò più difficoltoso del previsto. Dopo poche centinaia di metri dalla costa il tasso di umidità aumentò di parecchio, rendendo più affannosa la respirazione. Immense rocce, coperte di muschi e licheni, contribuivano a rendere il cammino ancora più impervio. Le liane che pendevano dai rami spesso si intrecciavano andando a formare delle fitte trame pressoché impenetrabili: l'unico modo per superarle era abbatterle a colpi di machete, preventivamente piazzati da Florence nei rispettivi zaini. L'impresa era ardua per tutti: Kayn non aveva mai brillato per prestanza atletica, Luna seppur allenata era una donna di cinquanta chili scarsi, e Florence era ormai prossimo ai settant'anni. Ma non c'era altra scelta, quindi si rimboccarono le maniche e proseguirono un passo alla volta.

Il terreno brulicava di una grande quantità di insetti, alcuni riconoscibili a dispetto delle dimensioni, come una specie di cicala lunga più di dieci centimetri, altri del tutto sconosciuti. Florence e Kayn non sembravano preoccuparsene, calpestandoli con nonchalance; a Luna invece non andavano proprio a genio, tanto che cacciò uno strillo alla vista di un'enorme scolopendra che risaliva il tronco di un'albero.

«Cosa c'è? Non dirmi che una tosta come te ha paura di qualche animaletto...» insinuò Kayn maliziosamente.

Lei lo guardò inorridita. «Sono dei fottuti mostri, altro che animaletti!»

Proseguirono attraverso quel labirinto di rampicanti aggrovigliati capace di far perdere l'orientamento a chiunque. La luce del Sole riusciva a filtrare attraverso le fitte chiome degli alberi solo a piccoli sprazzi. Piante di ogni forma e colore spuntavano dovunque: grossi tuberi su cui si arrampicavano lucertole simili a camaleonti, tozze piante dentellate che somigliavano a basse palme dalle sfumature rossastre, arbusti ricoperti di piccoli peli che si annodavano tra loro.

Kayn era stato più volte in Amazzonia, la culla per antonomasia della biodiversità, ma lì era tutta un'altra storia. L'isola sembrava sfuggire a ogni logica dell'evoluzione, perlomeno quella ipotizzata fino ad allora. Costituiva un vero e proprio mondo a parte che pareva aver raggiunto un equilibio perfetto, nonostante l'incredibile e in apparenza inconciliabile connubio di specie.

A un certo punto Luna parve attratta da un grosso arbusto, alto circa un metro e mezzo, sulla cui cima spuntava un enorme fiore di un magnifico viola sgargiante. Rapita da quello splendore, si avvicinò per osservarlo meglio quando fu bloccata da Kayn.

«Non toccarla!»

Luna sobbalzò. Un istante dopo una grossa libellula si posò sopra il fiore e quello, all'improvviso, si richiuse su se stesso fagocitando l'insetto.

Si ritrasse disgustata. «Ma come facevi a saperlo?»

«Sono andato a intuito. Ricorda una *drosera hartmeyerorum*, che è una pianta carnivora. Ne so qualcosa di botanica, mia madre adottiva aveva una passione per le piante.»

«Meno male, mi avrebbe staccato la mano!»

«Credo che il peggio sia ancora là da venire…» sussurrò Florence, facendo cenno di fermarsi ai due compagni. Kayn non capiva a cosa si riferisse finché non mise a fuoco, a qualche metro di distanza, qualcosa di terrificante.

All'incirca alla sua altezza, due occhi ellissoidali e giallastri scrutavano con cautela tra le liane e il fitto fogliame. Poco più sotto, una grossa bocca socchiusa faceva bella mostra di una doppia fila di denti aguzzi. La creatura si reggeva sulle zampe posteriori, mentre gli arti anteriori erano corti e terminavano con artigli affilati. La pelle, composta di fitte squame, era variopinta e lucida. La coda dritta, vibrante, si muoveva assecondando l'andatura del corpo sinuoso, e la gola emetteva un debole verso gorgogliante.

«Non muovetevi…» sibilò Florence a fil di labbra, portando una mano alla cintura quasi al rallentatore.

Il predatore si fermò, puntando lo sguardo feroce sulla vittima designata. La coda iniziò a oscillare più veloce, mentre i muscoli degli arti inferiori si tendevano pronti allo scatto.

Spalancò all'improvviso le fauci e con un verso stridulo si lanciò su Florence, il quale però fu più veloce: estraendo in un lampo la Colt Python, fece fuoco per tre volte all'indirizzo dell'animale. I proiettili calibro .357 Magnum gli bucarono il torace, smorzando sul nascere il balzo che aveva spiccato e facendolo cadere a terra a pochi centimetri da lui. Iniziò a dimenare furiosamente zampe e coda emettendo dei rantoli acuti, ma due proiettili dritti nel cranio lo placarono per sempre.

Florence trasse dei profondi respiri, rimettendo a posto la sua arma. «Questo era… un velociraptor?»

Luna si avvicinò con cautela al corpo del rettile, ancora

scossa.

«Hai avuto paura?» le chiese Florence, asciugandosi il sudore con la manica della camicia aperta sul petto zeppo di peli bianchi. «Guarda che roba, ha dei denti che sembrano cesoie.»

Luna si abbassò accanto alla carcassa, circondata da una chiazza di sangue verdognolo, e ne accarezzò la pelle squamosa.

Kayn, nel frattempo, era rimasto immobile, con i muscoli impietriti. «Un raptor... cazzo... vi rendete conto?» balbettò. «Incredibile. Neanche Jurassic Park. Stiamo vivendo un'esperienza eccezionale...»

Florence diede un'occhiata al contenuto del suo zaino. Luna incrociò il suo sguardo, cercandovi un cenno d'assenso che puntualmente arrivò.

Tutto a posto.

8-3

Mar dei Sargassi, Oceano Atlantico
Ora locale 17:21

Romeo Gismondi somatizzava il suo nervosismo in vari modi. Di solito sudava in maniera copiosa oppure parlava con un accenno di balbuzie. Se poi si trovava seduto, aveva il vizio di muovere su e giù il tallone del piede destro.

«La smetti?» chiese Matthias, visibilmente irritato. Era seduto di fianco a lui su una panca di metallo, e quella vibrazione continua che sentiva lo infastidiva non poco, essendo già piuttosto nervoso di suo.

«Oh, scusa... è che...»

«Silenzio!» li zittì perentorio Nova Lux Fortitudo. «Non vorrete mica rovinare la solennità del momento col vostro chiacchiericcio?»

Il detective preferì non replicare al cosiddetto Apostolo della Rinascita. Aveva già dato prova della sua pericolosità, quindi doveva andarci coi piedi di piombo.

«Eccellenza, tra tre minuti intercetteremo le coordinate previste» risuonò la voce del pilota dall'interfono. «Condizioni atmosferiche e dell'acqua nella norma.»

«Peeerfetto. Seguite alla lettera il piano concordato, e mantenete la calma» ordinò ai piloti. Poi si alzò in piedi e si rivolse ai soldati. «Uomini, stiamo per entrare nella Zona Extramondo. Allacciate le cinture e non dimenticate il briefing. Una volta sull'isola, azionate la modalità mimetica delle tute e mantenete la formazione. Per quanto riguarda voi due» continuò squadrando i prigionieri. «Ci saranno dei momenti di forte turbolenza. Potreste avere giramenti di testa o nausee, in ogni caso nulla di cui preoccuparsi. Quindi niente piagnistei da femminucce, per cortesia. E non guardate fuori dagli oblò.»

Mentre l'archeologo batteva i denti, Matthias osservò i soldati. Immobili, quasi pietrificati. Anche se la tuta che indossavano gli ricopriva completamente il volto, riusciva a percepire nell'aria una grossa carica di tensione. Stava per succedere qualcosa, qualcosa di poco piacevole.

Trascorsero interminabili secondi di attesa, poi l'aereo iniziò a tremare. Le vibrazioni si fecero via via più intense, fin quando diventarono scossoni veri e propri.

«Oddio! Oddio!» gridò Gismondi terrorizzato, afferrando il braccio di Matthias. «Precipitiamo!»

Il detective si teneva ancorato alle cinture di sicurezza, tentando di mantenere la calma, ma a un certo punto il desiderio di guardare fuori divenne irresistibile. Senza farsi notare, gettò un'occhiata all'oblò per vedere quello che stava succedendo. Il sangue gli si gelò nelle vene quando si rese conto che non c'era più il cielo con le nuvole, bensì una densa e indefinita nube lattiginosa che avvolgeva l'aereo.

E questo cosa diavolo è? Che cosa sta succedendo?

Non disse nulla ad alta voce, anche se in quel momento il panico stava prendendo il sopravvento. Poi, un rumore assordante gli schiaffeggiò i timpani e una sequenza di immagini casuali immagazzinate nella memoria iniziò a scorrergli davanti agli occhi a mo' di diapositive deformate. Era una sensazione simile a quella che anticipava una crisi epilettica. Infine, senza accorgersene, Matthias perse i sensi.

«Dragon 2,3,4, qui Dragon 1, mi ricevete?»

«Forte e chiaro, Dragon 1» risposero a turno gli altri velivoli.

«Condizioni della strumentazione di bordo?»

«Dragon 2, qui tutto funzionante a pieno regime, la schermatura ha retto.»

«Dragon 3, confermo, perfetta funzionalità.»

«Dragon 4, tutto regolare.»

Il pilota chiuse il contatto radio e aprì l'interfono. «Eccellenza, tutti gli aerei in ordine, pronti all'atterraggio.»

«*Perfect*. Uomini, ai vostri posti.»

Matthias, risvegliatosi dopo lo svenimento, vide i soldati attorno a sé indaffarati nella preparazione di armi ed equipaggiamenti, in apparenza esenti da qualunque disturbo collaterale. Con una forte emicrania e i muscoli indolenziti, si voltò e notò che Gismondi giaceva ancora privo di sensi, appoggiato alla fredda paratia dell'aereo, con gli occhialini storti e un rigagnolo di bava che fuoriusciva dalla bocca semiaperta.

«Ehi, sveglia...» lo sollecitò a bassa voce. Il grasso archeologo si svegliò di soprassalto. «Eh? Dove sono? Che succede?»

«Parla piano, maledizione! Già mi scoppia la testa!» lo sgridò Matthias a denti stretti. «C'è stata una strana turbolenza, poi siamo svenuti, a quanto pare. Non capisco perché ma abbiamo perso i sensi solo noi due. Comunque, prima di collassare, ho visto una cosa assurda dall'oblò: non si riuscivano a vedere il mare, il cielo, niente... solo una specie di miscuglio biancastro.»

Gismondi assunse un'aria pensierosa. «Il Triangolo... dev'essere il Triangolo delle Bermuda!»

«Cosa?» fece sbigottito Matthias. «E che cosa ci facciamo qui?»

Poi diede un'occhiata fuori dall'oblò. Il cielo era tornato splendente, e sotto di loro si stagliava una distesa verde lussureggiante. «Stiamo sorvolando un'isola...»

«Un'isola?» grugnì l'archeologo, appiccicando naso e labbra al vetro. «Oddio, l'isola di Giovanni Valsecchi! Esiste davvero! Lo sapevo!»

Nel frattempo, gli aerei si erano messi in posizione e avevano iniziato le manovre d'atterraggio verticale.

«Uomini, operativi! Voi due, invece» disse Nova Lux Fortitudo. «Probabilmente ci saranno degli scontri a fuoco, quindi se tenete alle palle e alla pelle, i miei ordini sono legge. Tutto chiaro?»

«Sì, signore!» rispose ossequioso Gismondi, mentre Matthias si limitò a volgere lo sguardo dall'altra parte. Disprezzava l'archeologo per quell'atteggiamento remissivo da cane bastonato. D'altro canto, si trovavano nella stessa situazione e sarebbe stato più proficuo per Matthias tenerselo buono per un eventuale piano di fuga.

Il portellone posteriore dell'aereo si spalancò e gli uomini uscirono in formazione ordinata. Lo stesso fecero quelli degli altri tre Black Dragon. In totale il commando era composto da quaranta uomini armati fino ai denti. Erano atterrati su una radura circondata ai lati da una fittissima vegetazione.

«Attivare la modalità mimetica» ordinò l'Apostolo della Rinascita. Gli uomini premettero un pulsante quasi invisibile sul collo e le tute iniziarono a cambiare gradatamente colore, sotto gli sguardi attoniti di Matthias e Romeo, fino ad assumere le sfumature della vegetazione che li circondava.

«E questa cosa sarebbe?» chiese il detective.

Nova Lux Fortitudo gli rispose senza voltarsi, muovendo alcuni passi e guardando in ogni direzione. «Tute da combattimento H1120, possono rifrangere la luce a seconda dell'ambiente circostante producendo una capacità di mimetizzazione pari quasi al cento percento. Poiché sfruttano come fonte energetica il calore del corpo, non possono essere indossate per un lasso di tempo troppo lungo.»

«Possedete una tecnologia davvero avanzata…» sostenne in tono polemico Matthias. «Peccato la utilizziate solo per i vostri luridi crimini.»

Una frazione di secondo dopo si ritrovò la lama di Nova Lux Fortitudo contro la gola.

«E tu che vorresti saperne?» gli intimò con sguardo feroce. «Non hai la minima idea di quali siano i progetti della Gilda della Rinascita. Ripuliremo questo pianeta dalla feccia… basta rivalità tra nazioni, basta guerre, basta sfruttamento dei popoli! Un solo governo, un'economia sostenibile e solidale. Metteremo la nostra tecnologia e le nostre conoscenze al servizio dell'umanità intera per garantire un futuro migliore a tutto il pianeta! Ma tu che vuoi capirne di tutto ciò?»

«Io so soltanto che avete assassinato una persona nella clinica, e rapito un bambino. C'era anche una mia amica innocente di cui tuttora non ho notizia, anche se ho un bruttissimo presentimento… e questo mi basta a definirvi delinquenti della peggior specie.»

Mentre Matthias cercava di controllare la tensione serrando la mascella e sforzandosi di ignorare la sensazione del metallo freddo contro la sua carotide, l'Apostolo della Rinascita rimase immobile e in silenzio per qualche secondo. Poi la sua bocca si aprì in un sorriso, ritrasse la spada e la rinfoderò.

«Devo dire che hai fegato, pel di carota. Ma tutte le vittime sono state un sacrificio necessario in nome di una causa maggiore. Una volta realizzato il *Progetto Eden*, non ci saranno più morti. E ora forza, *vamos!*»

«Quest'erba ha un colore strano. E che razza di piante sono?» chiese Matthias a Gismondi, inginocchiandosi a osservare i tozzi arbusti che costellavano il terreno circostante.

«Sono specie estinte da milioni di anni...» balbettò l'archeologo con gli occhi che gli brillavano da dietro le lenti appannate. Si tolse gli occhialini, li pulì con un fazzoletto lurido e li rinforcò per studiare meglio il panorama. Sentì una scarica di adrenalina scorrergli nelle membra: si trovava in un ambiente unico, come fosse un'enciclopedia vivente di tutta la storia del pianeta. La natura incontaminata di quel luogo enigmatico lo mandò letteralmente in estasi.

A un certo punto si avvertì in lontananza un tonfo notevole, seguito da altri sempre più forti.

«Che succede?» chiese intimorito Gismondi. «Un terremoto?»

Tutti gli uomini spianarono i fucili, guardandosi attorno con circospezione. La vibrazione si ripeteva lenta e a intervalli regolari, facendo pensare a dei passi.

«Abbassate le armi» ordinò Nova Lux Fortitudo. Gli uomini obbedirono all'istante.

Dopo pochi secondi, a un centinaio di metri da loro, tra le fronde degli altissimi alberi primordiali, videro spuntare prima un muso di colore violaceo, poi un collo lunghissimo e infine un corpo gigantesco con una coda altrettanto lunga. Il mastodontico animale, intento a ruminare con la bocca piena di foglie, era seguito da quattro cuccioli, ognuno delle dimensioni pressappoco di un elefante, che si rotolavano e si rincorrevano tra le zampe della madre.

«Oh mio Dio…» biascicò il professore. «Credo sia un diplodoco… anzi, è più grande ancora! Forse un *Amphicoelias*… favoloso, favoloso!»

Matthias rimase con la bocca aperta e le braccia molli lungo i fianchi. «I… dinosauri? Quelli… sono dinosauri?»

«Fantastico, vero? Questo luogo è incredibile» disse Gismondi. «Tutte le nostre nozioni scientifiche, tutto il sapere dell'umanità potrebbe essere rivoluzionato per sempre! Oh Dio, grazie per avermi fatto assistere a questo spettacolo!»

Nonostante fosse prigioniero di un commando, si sentiva inebriato di energia positiva che diventava sempre più forte man mano che procedeva nel cammino. Gli sembrava di essere a casa, anzi, di essere nella sua *vera* casa.

Nova Lux Fortitudo, in testa al gruppo, si fermò e si apprestò a parlare. «Allora, abbiamo circa sette-otto ore di cammino prima di arrivare a quel promontorio» e indicò con la mano una montagna dalla cima appiattita, fitta di vegetazione. «Una volta lì, allestiremo un bivacco per la notte, e domattina all'alba ci rimetteremo in marcia. Massima attenzione, mi raccomando, potremmo trovare delle sorprese.»

Ore 18:40

«Io ancora non ci posso credere…» sospirò Viktor rivolto a Natasha.

Era sconcertato e felice allo stesso tempo. La sua amica d'infanzia gli aveva parlato dell'isola, delle sue meraviglie, dei frutti spontanei e gli animali estinti altrove da milioni di anni. Aveva rapito la sua mente con la descrizione delle avventure della ciurma di Giovanni Valsecchi, del Triangolo delle Bermuda e di come le leggende sul suo conto fossero generate dalla Zona Extramondo nei momenti in cui entrava in risonanza con l'universo esterno.

La sensazione di calma e benessere che avvolgeva il suo corpo era forse la cosa più bella che Viktor avesse mai provato in vita sua. Il killer in quel momento non esisteva più, c'era solo una persona che aveva trovato la felicità.

Natasha non rispose subito a molte delle sue domande, assicurandogli che presto avrebbe potuto uscire dalla struttura per vedere tutto coi suoi occhi, ma prima avrebbe dovuto conoscere qualcuno in grado di illuminarlo.

Percorsero diversi corridoi prima di raggiungere quella misteriosa persona. Viktor non riusciva a identificare nulla di ciò che lo circondava. I materiali con cui quel luogo era stato costruito non assomigliavano ad alcuna pietra o metallo che lui conoscesse, né per composizione né per il colore così indefinito e cangiante. Si fermò a osservare un punto della parete e notò come acquisisse una sfumatura diversa ogni secondo. Strane incisioni dalle origini ignote decoravano alcune stanze e corridoi, e non vi era alcuna traccia di macchinari, suppellettili o oggetti in generale che non fossero parte integrante della struttura. Sembrava un gigantesco oggetto unico. La temperatura all'interno era costante, eppure non si vedevano prese d'aria o ventole. L'illuminazione rimaneva un mistero, data la completa assenza di finestre o luci artificiali. Non si udivano nemmeno suoni provenienti dall'esterno o da altre parti della struttura. Viktor non riusciva a spiegarsi come un mente umana avesse potuto produrre, o anche solo concepire, un simile artefatto.

Dopo alcuni minuti si fermarono davanti una parete dalla superficie increspata, con al centro un grande triangolo.

«Sei pronto?» gli domandò Natasha.

Viktor annuì.

La vide appoggiare la mano sul simbolo. Da sotto il palmo si propagò una luce flebile, e la parete si ritrasse uniformemente decomponendosi in minuscoli rettangoli, formando un passaggio grande a sufficienza per loro due.

Viktor aveva ormai smesso di stupirsi per quegli incredibili fenomeni, ma non poté fare a meno di restare a bocca aperta quando vide la sala immensa in cui avevano messo piede. Doveva essere alta molto di più dei maggiori grattacieli al mondo, e dalle pareti fuoriuscivano, percorrevano vari metri e rientravano, forme solide della grandezza di una casa, in un fluire incessante e ordinato in apparenza senza senso. In alto, a mezz'aria, era sospeso una sorta di globo grigio pieno di escrescenze simili a filamenti che si allungavano a mò di ragnatela nello spazio vuoto tutt'attorno.

«Vieni» fece Natasha, indicandogli un punto impreciso sul pavimento qualche metro più avanti.

Viktor obbedì e, dopo un paio di secondi, due piattaforme ovali sotto i loro piedi si staccarono dal suolo e iniziarono a salire di quarantacinque gradi circa. Lui si spaventò un po' quando ne appurò la velocità di ascesa, ma il fatto che Natasha sorridesse lo tranquillizzava.

Passarono alcuni secondi e il suolo si allontanò di centinaia di metri, finché non raggiunsero una rampa che portava dritti verso il centro di quell'ammasso grigio. Nel momento in cui la toccarono, le piattaforme vennero inglobate e i due poterono così coprire la cinquantina di metri che li separava dalla meta.

Viktor scorse con nitidezza sempre maggiore, passo dopo passo, una sorta di trono sul quale sedeva un uomo.

«Eccomi, sono tornata» gli annunciò Natasha raggiante «e ho portato Viktor.»

L'uomo si alzò in piedi e mosse alcuni passi in direzione del russo, che lo squadrò da capo a piedi. Era alto una ventina di centimetri meno di lui, completamente calvo e privo di peli sul viso, con la pelle pallida e gli occhi di uno strano colore tendente al giallo. In mezzo agli occhi, un tatuaggio raffigurante un triangolo. Un soffice drappo di seta bianca gli avvolgeva tutto il corpo.

Cos'è questa sensazione?

Viktor non capiva cosa gli stesse succedendo. Le mani e le ginocchia avevano preso a tremargli, un nodo gli opprimeva il petto e gocce di sudore freddo gli grondavano dalla fronte.

Poi capì.

Lo sguardo di quell'uomo, la sua sola presenza, gli avevano instillato una sensazione fino ad allora quasi sconosciuta: il terrore. Solo un'altra volta aveva provato la stessa cosa, tantissimi anni prima, anche se in quel momento non riusciva a ricordarsi con esattezza la circostanza...

«Viktor Zagaev» tuonò l'uomo con voce profonda. «Io sono il Sacro Guardiano. Non provare timore, non è mia intenzione farti del male.»

Mosse altri due passi verso di lui, fino ad arrivargli a pochi centimetri di distanza. Nonostante cercasse di controllarsi, Viktor sentiva crescere la paura. Aveva l'impressione di trovarsi di fronte a una belva gigantesca.

«Immagino che in questo momento molti dubbi agitino la tua mente, e vorresti risposta a molti quesiti. Su di me, sull'isola, su Natasha. Per molte di esse non sarà possibile fornire una spiegazione, in quanto non possiedi le strutture mentali atte a comprendere una realtà così complessa.»

Il killer respirava con affanno. Tutto quello era più grande di lui. Troppo per metabolizzarlo tutto in una volta.

«Sappi, però, che sei stato convocato qui per un motivo

preciso.»

Il Sacro Guardiano si interruppe un attimo, come se fosse distratto da qualcosa. Poi si voltò verso Natasha, rimasta in silenzio ad ascoltare. «Vai a chiamare Faust. Si stanno avvicinando.»

Lei annuì e si allontanò, risalendo sulla piattaforma ovale che tornò a staccarsi e ridiscese per centinaia di metri.

Viktor restò da solo con il Guardiano, che lo fissava con occhi imperscrutabili.

«Quello che ti offro è di prendere il mio posto. Il tempo è quasi giunto, e tu sarai il nuovo Sacro Guardiano dell'isola» sentenziò con voce solenne. Poi aggiunse, prima che Viktor potesse replicare: «Prima, però, c'è una cosa che devi fare per me.»

8-4

Norfolk, USA
Quattro ore prima della partenza

Luna si accomodò su una delle pregiate sedie dell'hotel, accendendosi una Marlboro light.

Davanti a lei, Florence aveva un'espressione serissima in volto. La fioca luce della lampada sul comodino metteva in risalto i suoi tratti scavati, che durante il giorno non saltavano all'occhio.

«Allora, voglio sentire tutto.»

Florence si lasciò andare a un malinconico sorriso. «Hai la grinta di tuo padre.»

Le iridi di Luna brillarono per un istante. Poi si incupì e inspirò profondamente. «Senti, sono venuta perché hai detto di volermi parlare. Quindi parla, per favore.»

«E anche la sua stessa impazienza» continuò il vecchio, mentre si grattava il mento. «Tuo padre era un uomo eccezionale, ragazza mia. In lui vedevo una parte di quello che sarei voluto diventare io... vedevo onestà intellettuale, capacità di giudizio e senso pratico. Vedevo l'amore cristallino che nutriva nei confronti di tua madre. In fondo lo invidiavo: io non sono mai stato sincero con le persone che amavo, e ho fatto delle cose tremende.»

«Ognuno è responsabile delle sue scelte» replicò lapidaria.

Florence annuì. Poi si alzò in piedi, tossì un paio di volte e si appoggiò a braccia conserte allo stipite della porta. «Io sono un ex berretto verde. Quando dal ruolo di operativo all'interno della CIA mi proposero di far parte dell'Unità K9, presentata come un corpo d'elite, ero al settimo cielo. Lo so che potrà sembrarti sterile patriottismo, ma io ci credevo davvero. Lì conobbi tuo padre e tra noi nacque un'amicizia profonda. Lui era un vero genio, progettava microspie e accessori molto tecnologici per l'epoca.»

«Però anche lui si è accorto in ritardo che qualcosa non andava...»

«Devi capire che aveva a disposizione fondi e apparecchiature per i suoi progetti e i suoi esperimenti, e in ogni caso si interfacciava sempre con il direttore generale a Langley. Solo alla fine capimmo la realtà.»

«Quando riuscì a inserirsi nei computer della Gilda della Rinascita, me l'hai già detto» insistette Luna. «Cos'altro mi devi rivelare?»

Il vecchio la fissò e il suo sguardo si fece più severo. «Uno dei compiti di tuo padre era sovrintendere a un programma di studio per valutare l'effettiva presenza di capacità fuori dall'ordinario in determinati soggetti, le cosiddette abilità ESP.»

«ESP?» ripetè Luna «Vuoi dire piegare i cucchiai con la mente e robe simili?»

«Sì, ma non solo. Ad ogni modo, quasi tutti si rivelarono abbagli, ma ce ne furono alcuni che in effetti possedevano delle facoltà inspiegabili a livello scientifico. Questi individui furono segnalati e testati da Jonathan, convinto che i risultati di queste ricerche sarebbero stati finalizzati alla sicurezza nazionale. Invece...»

«Invece quei dati finivano dritti alla Gilda della Rinascita, immagino.»

«Quei dati e soprattutto quelle persone» sospirò Florence. «Per la maggior parte bambini, poiché molte volte i poteri svanivano con la crescita. Dai file del computer centrale, scoprì che venivano prelevati e sottoposti a terribili esperimenti volti a potenziarne le abilità. In pratica Jonathan stava selezionando delle *cavie*.»

Luna rimase interdetta.

«Da quello che estrapolò dai file, tuo padre si rese conto che i trattamenti erano estremamente complessi, tanto che molti aspetti rimasero oscuri perfino a lui. Venivano suddivisi in tipologie, a seconda della peculiarità da enfatizzare: si parlava di *mappatori*, riferito a quelli che riuscivano a trovare coordinate di determinati eventi o circostanze; di *percettori*, cioè quelli che avevano il dono di prevedere il futuro; di psicometrici, cioè che potevano risalire alla storia di un oggetto col semplice tocco… e altri. La mortalità era superiore al settanta percento, mentre un venticinque percento subì danni cerebrali irreversibili. Puoi immaginare cosa può aver provato tuo padre.»

Luna continuò a fumare, senza parlare, finché non le rimase tra le dita un mozzicone che spense nel portacenere. Dopodiché ne accese subito un'altra.

«Sentiva il senso di colpa soverchiarglie sempre più la capacità di giudizio» continuò Florence. «Non riusciva a pensare ad altro che alle foto di quei bambini con lo sguardo assente a cui era stato devastato il cervello.»

L'impertubabilità di Luna era stata messa a dura prova da quel racconto, reso ancor più vivido dalle notevoli doti oratorie di Florence. «E dimmi… quello che mio padre mi scrisse nella lettera, che significato ha?»

«Riguarda il vero motivo del nostro viaggio. Qualsiasi

cosa ci sia all'interno della Zona Extramondo, non possiamo permettere che cada nelle mani della Gilda della Rinascita. Molto probabilmente ne conoscono l'ubicazione, forse sanno anche della nostra spedizione… insomma, il nostro unico obiettivo è arrivare prima di loro. Uno scontro diretto sarebbe impensabile.»

«E una volta arrivati? Cos'hai in mente, di preciso?»

Florence tacque per un istante, tenendola sulle spine. «Penso che l'unica soluzione possibile sia la più drastica in assoluto: la sua *distruzione*.»

Luna rimase di stucco. «Distruzione?»

Florence annuì.

«Allora stiamo andando su un'isola per… distruggerla? E come hai intenzione di fare? Ci vorrà come minimo una bomba atomica…»

Luna si interruppe di colpo vedendo l'ex operativo che si avvicinava al suo borsone, e sbiancò quando lui estrasse un oggetto.

«Be', questo ne farà ampiamente le veci» disse soddisfatto, tenendo tra le mani quello che aveva tutta l'aria di essere un ordigno. E non un ordigno qualunque.

La ragazza scattò in piedi facendo cadere a terra la sedia. «Tu sei completamente folle! La tieni nello zaino come una felpa?»

«Uh, dai, calmati, non fare come il nostro amico Grimm» scherzò Florence. «Triplo rivestimento e innesco interno. Potresti prenderla a martellate e non succederebbe niente.»

Luna chiuse gli occhi e si passò una mano sulla fronte. «Va bene, allora dimmi: la portiamo sull'isola, la posizioniamo, e poi?»

«Ha un contatore programmabile. Calcoleremo le ore che ci vogliono a raggiungere il punto d'innesco, la nasconderemo e faremo in modo di farla scoppiare quando saremo già fuori dalla Zona Extramondo.»

Lei fissò la bomba qualche secondo, sospirando. «E Kayn deve venire per forza con noi? Almeno io e te un minimo di addestramento ce l'abbiamo, ma lui non sa nemmeno da che parte si impugna una pistola. E poi, non ho proprio idea di come reagirebbe se gli dicessi che, assieme alle scatolette di tonno e ai picchetti per le tende, nel tuo zaino c'è anche un ordigno atomico!»

«Voglio mostrargli che l'isola esiste davvero, che suo padre non era un folle in cerca di una chimera. È quello che vuole anche lui. Finché non la vedrà coi suoi occhi, non sarà mai convinto fino in fondo. E, comunque, sei molto carina a preoccuparti per lui» la canzonò con una punta di malizia. «Posso sapere il motivo?»

La domanda la colse un po' alla sprovvista. Si sentì arrossire. «Penso che potrebbe esserci d'intralcio se ci trovassimo in una situazione pericolosa. Lo pensavo anche prima, figuriamoci adesso. Comunque, preferirei che non si facesse male.»

«Tutto qui?»

«Sì… tutto qui.»

«Va bene, va bene, non insisto» disse Florence, con il sorriso ancora stampato in viso. Poi guardò un attimo a terra e il sorriso sparì. «Il nostro compito è fondamentale. Qualunque segreto ci sia sull'isola, non può cadere in mano alla Gilda della Rinascita.»

8-5

All'interno della Zona Extramondo
19 dicembre 2012, ora locale 18:51

«Tu sei un archeologo, vero?» sussurrò Matthias a Gismondi, mentre osservava spaesato e affascinato quell'angolo di mondo in apparenza al di fuori del tempo e dello spazio. «Hai una spiegazione plausibile a tutto questo?»

Non aveva mai aperto bocca durante le ore di marcia attraverso la fitta vegetazione, le zone paludose e gli acquitrini. Si era limitato a osservare e a riflettere sulla situazione e su quella sensazione di appagamento che lo accompagnava a ogni passo.

«Cosa ti posso dire, non ho parole nemmeno io!»

«Sì, okay, ma parlo di tutto. Quei tizi con il triangolo in testa... con i superpoteri. Cioè, chi sono? Cosa sono? Esseri umani come me e te non credo. La pistola di quel tizio» fece indicando Nova Lux Fortitudo in testa alla fila, «peserà venti chili...»

«Fanno cagare addosso anche me» ammise Gismondi. «Ma in un certo senso, viste le circostanze, quel tizio mi rassicura. Pensa se incontrassimo un predatore.»

«Credo che basterebbe il tuo odore a tenerlo lontano»

replicò Matthias, guardandolo con disgusto. «Ma tu sudi sempre così?»

«Questione di metabolismo, che ci devo fare?»

L'archeologo, in effetti, offriva uno spettacolo sgradevole. Sudava in maniera copiosa, e si era sbottonato la camicia beige zuppa mettendo in bella mostra i peli ricciuti del petto intrisi di goccioline. Ciononostante, il caldo sembrava non pesargli affatto, forse per l'effetto dell'euforia artificiale scatenata dall'isola.

«Comunque» continuò Gismondi. «Guarda che è normale il…»

Le parole gli morirono in gola quando udì un verso che gli fece rizzare i pochi capelli bianchi. Era una specie di ruggito, ma di una potenza tale da far tremare le fronde degli alberi. Risuonò per tutta la zona, mettendo in allerta gli uomini, seguito da altri ruggiti della stessa intensità.

Tutti i quaranta soldati del commando si bloccarono sul posto e imbracciarono fulminei i fucili, controllando il perimetro. L'Apostolo della Rinascita tirò fuori con una mano la grossa pistola, e con l'altra strinse l'elsa della katana.

Un nuovo, terrificante ruggito si propagò tra gli alberi, mandando in fibrillazione tutti i soldati.

«Che cazzo succede?» sbottò Matthias.

Un pesante tonfo si udì dal lato destro, subito seguito da altri in sequenza da altre direzioni. I soldati fecero appena in tempo a vedere le fronde degli alberi più lontani muoversi prima che una figura mastodontica sbucasse alla loro destra, con la pelle olivastra e bitorzoluta e due occhi giallognoli, e aprisse le immense fauci fiondandosi sul soldato più vicino.

«Ore dieci! Fuoco!» gridò il comandante del gruppo. «Mantenere la formazione e disattivare la modalità mimetica!»

Delle grida strazianti risuonarono in mezzo alla raffica di

proiettili che investì la bestia, mentre le gambe del soldato ghermito, rimaste penzolanti dalla bocca, si agitavano spasmodicamente a diversi metri dal suolo. L'animale richiuse le fauci con un colpo secco, producendo un rumore polposo: la parte inferiore dell'uomo cadde sul terreno, spargendo viscere tutt'attorno.

Mentre le pallottole aprivano dei buchi nelle spesse squame e penetravano nelle carni della belva, da cui sgorgavano copiosi fiotti di sangue scuro, la sua furia distruttrice non sembrava placarsi tanto che, una volta inghiottito il tronco superiore del soldato, si rigettò a bocca aperta sul gruppo di uomini. I ruggiti non diminuirono d'intensità, e dalle fronde uscirono altri due lucertoloni, calpestando alcuni soldati e disperdendone altri. Si reggevano su due enormi zampe, mentre gli arti anteriori erano molto piccoli. Alti quasi sei metri, avevano una testa lunga più di un metro e mezzo e si muovevano con relativa agilità, considerata la mole.

«Sembrano… tirannosauri?» sibilò l'archeologo con un filo di voce. Aveva un sorriso ebete in viso e se ne stava imbambolato di fronte a quella devastazione, estasiato da una tale manifestazione di forza ancestrale e allo stesso tempo incapace di muoversi per la paura. I passi di quei dinosauri facevano tremare la terra e le lunghe code sferzavano l'aria per poi abbattersi al suolo, facendo piazza pulita di tutti gli uomini che avevano la sfortuna di trovarsi lì sotto. Gismondi li osservava affascinato mentre affondavano i denti lunghi trenta centimetri nelle carni dei soldati terrorizzati, squarciandone i corpi e gettandoli a terra ancora vivi. La modalità mimetica delle tute, per coloro che non avevano fatto in tempo a disattivarla, si resettava man mano che la vita li abbandonava.

«Voi due, presto!» urlò l'Apostolo, puntando il dito verso una grossa roccia cava. «Lì dentro!»

Matthias, dimostrando un incredibile sangue freddo, prese Romeo per un braccio e si gettò assieme a lui nella cavità, acquattandosi sul terriccio melmoso. L'odore era putrescente, e presto avvertirono sul corpo svariate punture di insetti sconosciuti, ma nessuno dei due pensava lontanamente di uscire allo scoperto.

«Guardali…» sussurrò Gismondi a Matthias, sbirciando attraverso una fessura nella pietra i giganteschi sauri che stavano seminando morte sul campo di battaglia. Osservando con attenzione, si vedeva come le ferite inferte dai fucili dei soldati fossero soltanto superficiali, complici le squame spesse e le fasce muscolari robuste al punto tale da attutire l'impatto dei proiettili ed evitarne la penetrazione fino agli organi vitali. I T-rex si stavano mostrando sempre più aggressivi: sembrava come se si sentissero minacciati dalla presenza di quegli individui e non come se fossero a caccia in qualità di predatori.

Nova Lux Fortitudo puntò la pistola alla testa di uno dei bestioni infuriati. Una sequenza di colpi di grosso calibro partì dall'arma e si conficcò nel cranio del T-rex; una seconda scarica nel medesimo punto riuscì a sfondare le ossa, facendo agitare spasmodicamente l'animale prima di stramazzare al suolo con un boato fragoroso.

L'Apostolo della Rinascita rinfonderò l'arma e si gettò come un fulmine in quel nugolo di sangue, polvere e corpi mutilati, con la mano salda sull'elsa della katana. S'infilò sotto uno dei due bestioni ancora vivi e, con due tagli netti, gli recise i legamenti di entrambe le zampe. Il tirannosauro cacciò un lamento acuto, cadendo di lato; a quel punto si aggrappò alla pelle squamosa della schiena, raggiungendo con un balzo il collo e infilzò la sua affilatissima spada nella gola dell'animale. Il t-rex sembrò impazzire e, mentre il sangue gli sgorgava a fiumi dalla ferita, tentò di rialzarsi per cercare di liberarsi dalla presenza ostile. Nova Lux Fortitudo, però, riuscì a mantenersi attaccato all'animale che alla fine, stremato, crollò al suolo. Una volta toccato terra, il comandante sfilò la sua spada e la rimise nell'elsa, boccheggiando per la fatica dello scontro.

Nel frattempo l'incessante pioggia di proiettili all'indirizzo dell'ultimo T-rex rimasto in piedi aveva sortito l'effetto sperato, anche grazie alle ricariche con proiettili perforanti. Così, dopo alcuni secondi, anche quello si accasciò al suolo con un ruggito assordante.

Matthias e Gismondi uscirono dal loro sudicio nascondiglio, osservando il macabro spettacolo che gli si parò di fronte. Il suolo era cosparso di sangue, corpi mutilati e interiora. In piedi erano rimasti solo nove uomini, due dei quali piuttosto malconci. A terra, uno dava ancora segni di vita, pur avendo l'addome maciullato. Nova Lux Fortitudo gli si avvicinò e gli sfilò il cappuccio coi visori. Era un ragazzo di una ventina d'anni, con diversi tagli in viso e con gli occhi arrossati. «Aiu… aiuto…» pronunciò il giovane, mentre tendeva la mano all'indirizzo del suo comandante.

Fortitudo gli mise la mano destra sotto la nuca, come a sorreggerlo; poi appoggiò la sinistra sulla mandibola e, con un movimento fulmineo, gli girò la testa rompendogli l'osso del collo.

«Era uno dei tuoi uomini!» urlò Matthias, osservando l'assoluta nonchalance con cui Nova Lux Fortitudo aveva ucciso quel ragazzo e la mancanza di reazione degli altri uomini.

«Le sue probabilità di sopravvivere erano minime, e se lo avessimo portato con noi il forte odore di sangue avrebbe attirato altri predatori. È la dura legge della guerra, *chico*.»

Quella risposta strafottente lasciò Matthias di sasso.

«Eccellenza, non ci sono altri sopravvissuti» annunciò un

soldato dopo una breve perlustrazione. «Morris ha una spalla lussata, avrà problemi nei movimenti.»

Nova Lux Fortitudo salì su una sporgenza rocciosa, richiamando l'attenzione dei soldati rimasti. «*No good*, ragazzi. Vi avevo detto di mantenere la formazione, invece vi siete fatti cogliere dal panico come dei dilettanti, disperdendovi e diventando facili prede. Che vi sia di monito, se non volete diventare gustosi manicaretti per lucertoloni. E ora affrettiamo il passo, muoversi di notte sarà più pericoloso.»

9

L·ANTICO
MESSAGGIO

9-1

Oceano Atlantico
4 marzo 1918

«Capitano Worley» chiamò lo sguattero Fred Lewis, bussando alla sua cabina. «Le porto la colazione?»

Non ottenne risposta. Rimase alcuni secondi in attesa, poi bussò di nuovo.

«Capitano Wor...»

La porta si spalancò prima ancora che potesse ritirare la mano.

«Che diavolo vuoi?» gli urlò addosso il capitano, con la fronte corrugata. Aveva due occhiaie profonde, la barba incolta e puzzava di whisky.

«Ma... capitano» riuscì a dire Fred, spiazzato da quella reazione. «Volevo solo portarle la colazione.»

«No! Non la voglio la colazione! Non voglio niente! E adesso sparisci.»

Detto questo, gli chiuse la porta in faccia. Il marinaio rimase interdetto, poi se ne andò sbuffando.

Ma questo è tutto scemo, avevano ragione...

All'interno della sua cabina, il capitano camminava senza sosta avanti e indietro.

Erano salpati dalle Barbados alle cinque e quaranta di mattina, e lui aveva passato una terribile notte in bianco. Da tempo l'insonnia lo tormentava, assieme a continue crisi d'ansia ed episodi di irritabilità improvvisi. La moglie era molto preoccupata per il suo stato di salute, tanto più che quei disturbi erano comparsi in seguito ad alcuni suoi racconti su una presunta bambina fantasma che lo perseguitava. Se lo Stato Maggiore della Marina ne fosse venuto a conoscenza, sarebbe stato senza dubbio congedato. Gli aveva sconsigliato di imbarcarsi, ma lui non aveva voluto saperne: il cargo *USS Cyclops* doveva assolutamente arrivare a Norfolk col suo carico di armamenti.

Qualcun altro, però, gli aveva impartito altre direttive.

«Non riuscirai a farmi impazzire» sghignazzò a voce alta il capitano, tra un sorso e l'altro di whisky. «Non te lo permetterò…»

Un lieve ondeggiamento della nave lo fece cadere a terra, dove versò almeno la metà del contenuto della bottiglia. Cercò di rialzarsi, mugugnando, ma non ci riuscì e crollò senza sensi sul pavimento.

Si risvegliò un'oretta dopo. Arrancò a fatica fino alla branda, con la vista offuscata e un forte mal di testa ma tenendo ben salda la bottiglia di whisky. Con uno sforzo immane si sollevò da terra e si sedette sul materasso, portandosi la mano destra alla tempia. Diede un'occhiata al pavimento sporco e subito dopo alla bottiglia: emise uno sbuffo e ingollò un'altra generosa sorsata. A quel punto, intravide qualcosa con la coda dell'occhio. Mise a fuoco e vide quello che non avrebbe più voluto vedere.

Lei.

«Ehi, Jim, sai per caso cosa c'è oggi da mangiare?»

Il mozzo scosse la testa. «Ma che ne so… forse pesce?»

«E che palle, speriamo di no! Avrei voglia di una…»

Un grido acuto seguito dal rumore di vetri infranti interruppe l'elucubrazione culinaria dei due marinai.

«Cos'è stato?»

«Veniva dalla stanza del capitano! Seguitemi, presto!»

Un nutrito gruppo di uomini salì in fretta le scale che portavano alla cabina privata di Worley.

Una volta lì, iniziarono a bussare con forza. «Capitano! Capitano, cosa succede?»

Nessuna risposta.

«Buttiamo giù la porta!»

Il muscoloso mozzo Jim Dawson prese lo slancio e diede una forte spallata alla porta, che si aprì di colpo.

Agli occhi di tutti si presentò una scena disdicevole: Worley giaceva rannicchiato vicino al letto, con gli occhi sbarrati. Sparsi a terra, i frammenti della bottiglia lanciata contro la parete di legno. Nella stanza aleggiava un denso odore di whisky.

«Capitano… ma cos'è successo?» chiese allibito il mozzo.

Worley farfugliò qualcosa a bassa voce.

«Capitano, può ripetere?»

Questi alzò la testa verso il suo interlocutore. «È tornata.»

Tutti gli uomini si guardarono tra loro. «Scusi, capitano, a chi si riferisce?»

«Lei» rispose Worley, alzandosi in piedi e sistemandosi la giacca blu. «È tornata, come aveva promesso.»

Le facce di alcuni marinai esprimevano perplessità sulla lucidità mentale dell'uomo che avevano di fronte.

«Be', che ci fate ancora qui?» sbottò il capitano. «Ai vostri posti, forza!»

Gli uomini annuirono, guardandolo in cagnesco. Senza dire altro, si voltarono e, borbottando qualcosa tra loro, tornarono ai rispettivi compiti.

Il capitano diede una ripulita ai vetri rotti per terra. Prese uno straccio e un secchio d'acqua, e iniziò a lavare la parete per cancellare le tracce d'alcool. Raccolse dal pavimento un quadro che la bottiglia, nell'impatto, aveva fatto cadere, gli diede una spolverata e lo rimise a posto, restando qualche istante a osservarlo. Era un dipinto a olio che raffigurava una battaglia navale tra due galeoni del Settecento. I colpi di cannone che dilaniavano le imbarcazioni producevano delle esplosioni simili a dense nubi, mentre gli uomini travolti dalla deflagrazione finivano in acqua. Anche lui avrebbe desiderato perdere la vita in battaglia, per difendere quel paese che non gli aveva dato i natali ma lo aveva allevato e cresciuto fino a farlo diventare un capitano degno dei suoi gradi. Ma Worley ormai si era rassegnato: forze molto più grandi di lui avevano già segnato il suo cammino.

Passò in rassegna le sue medaglie, rimirandole per bene, dopodiché le rimise accuratamente al loro posto.

Si sedette alla sua scrivania, aprì il diario di bordo, intinse il pennino nell'inchiostro e iniziò a scrivere.

Dopo alcuni minuti, durante i quali aveva scritto di getto, avvertì una presenza dietro di sé. Posò il pennino nel calamaio e inspirò a fondo, ma non si voltò.

«L'ora è giunta» sentenziò una candida voce di bambina.

Worley fissò un quadretto con una foto di sua moglie

sulla scrivania. Sentì una stretta lancinante allo stomaco, poi si morse il labbro inferiore. Un rivolo di sangue prese a colare dalla parte sinistra della bocca.

Si alzò in piedi di scatto e si diresse alla porta. Uscito dalla stanza, si appoggiò al corrimano e salì le scale fino alla cabina di pilotaggio.

«Oh! Buongiorno, capitano» esclamò ironico il nostromo, esibendo il saluto militare. «Come si sente? Ho sentito dei rumori, prima…»

«Niente, tutto a posto» rispose con flemma Worley. «Piuttosto, come procede la navigazione? Nulla da segnalare?»

«Nossignore, tutto regolare.»

Il capitano non aggiunse altro e si mise a fissare con occhi assenti il mare. «C'è un cambiamento di rotta» annunciò all'improvviso. «Dirigere la prua a Sud. Queste sono le nuove coordinate.»

Detto ciò, porse un foglietto al nostromo, il quale lo lesse e spalancò la bocca. «Ma… signore! Così andremo fuori rotta di almeno venti miglia!»

«Non sta a te dare gli ordini. Fai eseguire la manovra.»

«Potrei almeno sapere il motivo di questo cambiamento?»

«No.»

La risposta secca del capitano lasciò il marinaio senza parole. Il capitano, senza aggiungere altro, uscì dalla cabina di comando per tornare nella sua stanza.

«Nostromo, cosa dobbiamo fare?» chiese sbigottito il guardiamarina Pitt.

«Eseguite l'ordine, la responsabilità è sua e ne risponderà lui.»

«Non è che stiamo cadendo in una trappola? Non dimentichi che il capitano è pur sempre un tedesco…»

«Credo di no, secondo me è soltanto da ricoverare» fece il nostromo sconsolato, picchiettandosi l'indice contro la tempia. «Chissà cosa dirà all'ammiraglio Helm… magari che voleva trovare l'isola del tesoro!»

9-2

All'interno della Zona Extramondo
19 dicembre 2012, ora locale 23:02

Il crepuscolo era sceso sull'isola. L'impavido trio, ormai a corto di energie per il grande sforzo per farsi strada attraverso i grovigli di liane e arbusti, decise di comune accordo che era giunto il momento di riposare. Arrivati in una piccola radura, si liberarono degli zaini e iniziarono a prepararsi.

«Sono esausta» sospirò Luna, tirando fuori delle scatolette di tonno dal borsone. «E mi è venuta parecchia fame.»

«A chi lo dici!» ribatté Florence, mentre fissava a terra i picchetti della tenda. «Non ho più l'età. Per giunta devo fare tutto io, che questo incapace non sa neanche piantare due paletti.»

«C'è chi ha ricevuto in dono le mani, e chi il cervello» replicò Kayn un po' stizzito. «Non si possono avere entrambe le cose. E tu hai davvero delle grandi mani.»

«Accatasta un po' di legna per il fuoco anziché fare battutacce, sciocco ragazzo» lo rimbeccò l'ex operativo. «Ci aiuterà a tenere lontani gli animali. Almeno credo.»

Dopo una decina di minuti di lavoro, Luna osservò Kayn con la coda dell'occhio. «Ehi, dottor Grimm» lo chiamò, lanciandogli una scatoletta di tonno che lui recuperò con una presa goffa. «Mangia qualcosa. Ti piace il tonno, vero?»

«In scatola non molto…» puntualizzò lui, rimirandolo da ogni lato. «Questo mi sembra anche di scarsa qualità, del resto la spesa l'ha fatta Florence.»

«Se giri l'angolo c'è un ristorante» lo schernì il vecchio. «Vai a vedere le specialità del giorno. E, già che ci sei, prendi altra legna, che stai raccogliendo un rametto alla volta.»

Il fruscio di sottofondo che li aveva accompagnati per tutto il cammino all'interno della parte più selvaggia della foresta, opera dei numerosi insetti di cui era popolata, diventò sempre più rumoroso col calare della notte. In lontananza, poi, rimbombavano i ruggiti di dinosauri e altre bestie preistoriche.

L'aria attorno a loro si era riempita di luci svolazzanti di varia grandezza, che si rivelarono essere una via di mezzo tra una falena e uno scarafaggio. Luna li guardava con ribrezzo e terrore quando le sfarfallavano a pochi centimetri dal viso. A un certo punto cacciò un urlo stridulo. «Che schifo!»

«Che succede?» chiese Kayn.

«Uno di quei cosi!» gracchiò lei con una vocina isterica. «Me lo sono sentito tra i capelli!»

Florence si fece una grassa risata nel vederla in difficoltà. Sul viso le si leggeva molta più paura di quando erano stati assaliti dai velociraptor.

«Ma saremo davvero al sicuro, qui?» disse Luna, agitando un tizzone in aria.

«Non so voi» intervenne Kayn, «ma pur essendo consapevole della presenza di bestie spaventose, non mi sento a disagio. Questo luogo mi ricorda un po' l'Amazzonia... ci andai da piccolo, con mio padre. Avrò avuto nove o dieci anni. Lui era stato ingaggiato per una consulenza da una multinazionale del legname, e io me ne andavo in giro con le guide per la foresta. Lì, come figlio della civiltà abituato al benessere, mi sentivo fuori posto... ma dopo un po' compresi che le comodità materiali erano inutili fronzoli, che la vita vera era a contatto con la natura.»

«Eri un piccolo filosofo» sorrise Luna, addentando un pezzo di tonno. «Ma cosa vuol dire questo? Che dovremmo tornare allo stadio primitivo per essere in comunione con la natura? Tipo nelle caverne a mangiare selvaggina cruda?»

«No» rispose perentorio Kayn. «Non ho detto questo. Dovremmo solo capire di essere parte di questo mondo, e non credere di esserne i padroni. Guarda quest'isola, è piena di ogni genere di esseri viventi, eppure la natura è riuscita ad auto-bilanciarsi, a creare un equilibrio, e ciascuna specie ha trovato il proprio posto in questo microcosmo. Solo noi esseri umani siamo un caso a parte, gli unici a non saper convivere col pianeta senza distruggerlo, senza sconvolgerne il clima e gli ecosistemi. Può darsi, come sostiene qualcuno, che ci sia davvero qualcosa di sbagliato nell'uomo, una tara a livello genetico. Magari Dio non era pratico del *crossing over*.»

Detto questo, si sdraiò sull'erba e si mise a guardare le stelle.

«Fermi!» ordinò Nova Lux Fortitudo, alzando il braccio destro.

La squadra sopravvissuta si bloccò sul posto. Dopo lo

scontro coi terribili sauri, la marcia era proseguita attraverso l'intricata foresta fino a raggiungere le pendici del promontorio.

Il comandante e i soldati presero posto in un angolo meno fitto di vegetazione, a fianco a un ruscello. Ispezionarono rapidamente il terreno per verificare la presenza di eventuali nidi di insetti o tane sotterranee, e scandagliarono coi visori a infrarossi gli alberi circostanti alla ricerca di bestie pericolose. Entrambe le operazioni si conclusero presto, con esito positivo.

«Bene, ci accamperemo qui per la notte. Tirate fuori l'attrezzatura. Maxim, accendi un fuoco di media grandezza e tu, Lucius, vai a procurarti dell'acqua.»

«Almeno sapete quello che state facendo?» obiettò Matthias. «È una mossa saggia fermarsi per la notte?»

«E tu che cazzo...» intervenne un soldato con aria minacciosa, ma l'Apostolo della Rinascita gli fece cenno di tacere.

«I soldati devono riposarsi. E anche voi. Io resterò di guardia.»

Il detective inarcò le sopracciglia. «Dopo l'attacco di quelle bestie, non mi sento molto al sicuro. E se per caso ti addormentassi?»

«La Cerimonia di Rinascita ha alterato il mio ciclo circadiano. Mentre voi dovete osservare otto ore di sonno ogni sedici di veglia, io posso stare senza dormire fino a oltre novanta ore senza che l'efficacia del fisico ne risenta. La situazione è sotto controllo, *redhead*.»

«La Cerimonia di Rinascita?» si intromise Gismondi, che nel frattempo si era seduto su una roccia. «Che cosa sarebbe?»

«Quello che ci ha fatto diventare ciò che siamo: gli Apostoli della Rinascita. Che ha trasformato me, Tommaso

Mancini detto Tommy Boy in Nova Lux Fortitudo, Sergej Mizukov in Nova Lux Temperantia, e...»

Il comandante si zittì un istante, e il suo sguardo divenne più cupo.

«E... e chi?» fece Gismondi, pendendo dalle sue labbra. «Io ho visto solo due con il triangolo tatuato in fronte...»

«Entrate nella vostra tenda. *Deberias descansar*. Domattina alle sei in punto si riprende la marcia.»

9-3

20 dicembre 2012
Ora locale 06:01

«*Muoversi, muoversi!*»

Matthias emise un mugugno, contraendo i muscoli facciali. Aprì lentamente le palpebre, pesanti come macigni, e si sollevò aiutandosi coi gomiti. Dal trambusto fuori dalla tenda dedusse che era arrivata l'ora di rimettersi in marcia.

Voltò la testa alla sua sinistra e vide che Romeo dormiva ancora. «Ehi, svegliati.»

L'archeologo non si mosse. Era sdraiato in maniera scomposta, con la bocca aperta, e russava come un maiale.

«E svegliati!» sbottò Matthias dandogli uno spintone.

Gismondi bofonchiò qualcosa e alzò un braccio come a scacciare un insetto. Poi si girò dall'altra parte come se niente fosse.

«Ma guarda questo...»

All'improvviso, la lampo della tenda si aprì dall'esterno. «Voi due, fuori!»

Il soldato non dava l'impressione di voler aspettare i comodi di Gismondi, cosicché Matthias si voltò e iniziò a scuoterlo in modo brusco.

«Uh! Che succede?» domandò il grasso archeologo svegliandosi di soprassalto. Si guardò intorno, con gli occhietti cisposi, e tastò il terreno in cerca dei suoi occhiali.

«Alzati, dobbiamo andare» gli comunicò il detective, porgendoglieli. «Stanno smontando il campo.»

Ore 08:15

«Qualcuno mi dà il cambio?» chiese in tono lamentoso Kayn, toccandosi la spalla. «Credo di avere una contrattura...»

«Va bene, passami il machete» lo assecondò Luna, mentre Florence ridacchiava scuotendo la testa.

Avevano ripreso il cammino alle prime luci dell'alba e, servendosi della mappa disegnata da Valsecchi, erano riusciti a trovare un sentiero piuttosto agevole per risalire il lieve pendio al centro dell'isola. La stanchezza si faceva sentire, seppur mitigata da quella sensazione di benessere che li pervadeva: ad ogni modo, la certezza di essere sempre più vicini alla meta infondeva in Kayn, quello più provato dal punto di vista fisico, un rinnovato coraggio.

Luna, invece, cercava di nascondere a tutti i costi il suo turbamento. L'idea che nello zaino di Florence ci fosse un ordigno in grado di far saltare l'isola suscitava in lei una certa riluttanza a proseguire. Non era convinta del piano dell'ex operativo dell'Unità K9, e in cuor suo sperava di riuscire a fargli cambiare idea quando fosse giunto il momento cruciale.

«E quello... cos'è?»

Luna spostò le ultime fronde davanti a sé, nell'attesa che Florence la raggiungesse. Di fronte a loro si apriva una radura in leggera pendenza, costellata di piccoli arbusti. In fondo, in lontananza, una specie di punta svettava tra gli ultimi massi, invisibile dal resto dell'isola.

«Vedete anche voi quello che vedo io?»

Salirono rapidamente per una ventina di metri, poi si bloccarono di colpo.

«Dio mio...»

Quelle furono le uniche parole pronunciate da Luna. Kayn, invece, non disse proprio nulla, avendo la salivazione azzerata.

Ai loro piedi si apriva uno strapiombo vertiginoso di centinaia di metri, che terminava in un'ampia vallata. Quello che credevano essere un promontorio montuoso aveva in realtà una forma circolare.

«Un cratere» osservò Florence. «Un gigantesco cratere da impatto...»

La punta nerastra che avevano visto in lontananza si rivelò per quello che era in realtà.

«Quella è...» balbettò Kayn con un filo di voce, «una *piramide?*»

9-4

«Eccoci.»

Nova Lux Fortitudo, davanti al resto della squadra, diede l'ordine di fermarsi non appena raggiunse la vetta. Alla sua destra lo seguiva il professor Gismondi, intento a sistemarsi gli occhialini per mettere meglio a fuoco quella strana punta che riusciva appena a intravedere.

Nel momento in cui, coperti i rimanenti metri prima dello strapiombo, l'intera costruzione entrò nel suo campo visivo, il suo corpo ebbe un fremito improvviso. «Quella è... non è possibile...»

Matthias, incuriosito a sua volta, si avvicinò al punto d'osservazione. Arrivato a fianco a Gismondi, anche il suo volto sbiancò. «Cosa diavolo sarebbe... quell'affare?»

«Non lo so» rispose Romeo estasiato. «Ma è magnifica!»

Dinanzi a loro si ergeva una piramide dalla superficie completamente nera, opaca, e dalle dimensioni sproporzionate. In linea d'aria si trovavano una ventina di metri più sotto rispetto alla punta, ma il cratere doveva essere profondo almeno sette-ottocento metri; era altresì plausibile che la piramide affondasse nel terreno oltre la base visibile a occhio nudo, perciò le sue dimensioni reali potevano essere molto maggiori. Il branco di stegosauri che brucava nelle vicinanze sembrava al confronto una colonia di formiche attorno a un elefante.

«Sarà dieci volte la Piramide di Cheope...» sillabò Romeo in preda all'euforia. «E di cosa sarà fatta? Mai visto in natura qualcosa di simile!»

«Uomini, ci siamo» tagliò corto Fortitudo. «Attivate la modalità mimetica e state all'erta, potremmo avere delle sorprese.»

Nova Lux Fortitudo fece strada, dopo aver individuato un sentiero dove il dirupo era meno scosceso e la discesa sarebbe stata più agevole.

L'archeologo procedeva con estrema cautela con la schiena contro la parete rocciosa, mentre pietruzze e detriti si staccavano a ogni passo falso precipitando lungo la ripa scoscesa. Sarebbe stata una morte orribile, pensò, ma non doveva assolutamente succedergli adesso che voleva scoprire tutto su quella meraviglia.

«Signore» disse un soldato, rivolgendosi al comandante. «I soggetti sono in posizione.»

Nova Lux Fortitudo prese dalle sue mani un binocolo e vide tre persone, due uomini e una donna, avvicinarsi alla base della piramide.

«Bene. Tutto secondo i piani. State pronti, *guys*.»

Luna, Kayn e Florence, dopo aver percorso la spianata ai piedi della parete rocciosa, giunsero nei pressi della piramide nera.

Kayn vi si avvicinò, ancora incredulo, e vi poggiò una mano sopra. Iniziò una lenta camminata, tenendo la mano attaccata alla superficie. I polpastrelli non incontravano la minima resistenza, scorrendo come acqua su una pietra levigata. Nessuna imperfezione, nessun avvallamento, nessuna traccia di qualsivoglia lavorazione. «Assurdo... sembra un blocco unico. Chi può aver costruito una cosa del genere?»

«Quindi è questo il centro dell'isola... il punto lasciato in bianco sulla cartina di Giovanni Valsecchi» sospirò Luna, dando un'occhiata intorno e realizzando come il cratere avesse inghiottito la costruzione rendendola invisibile da altre parti dell'isola.

Florence, nel frattempo, posò il pesante zaino a terra e iniziò ad armeggiare col suo contenuto, estraendone l'ordigno e adagiandolo al suolo con delicatezza. Il metallo della superficie esterna riluceva al sole.

«Ragazzi, siamo testimoni di qualcosa di epocale...» commentò Kayn, voltandosi. «La storia dell'uomo cambierà per semp... ma che cazzo è quello?»

Si interruppe di scatto e fissò la bomba incredulo.

«Sei proprio sicuro di volerlo fare?» domandò Luna, visibilmente agitata. «Non vuoi sapere cosa si cela all'interno della piramide? Siamo arrivati fin qui!»

«Luna...» sospirò Florence, puntando lo sguardo in direzione delle pareti rocciose.

«Qualcuno può spiegarmi cosa sta succedendo?» sbottò Kayn, irritato per non aver ricevuto risposta.

«Non siamo stati seguiti» provò a insistere Luna. «Che senso avrebbe andarcene e distruggere tutto in questa maniera, senza avere capito nulla?»

Florence guardò dritto davanti a sé. Improvvisamente, il suo volto si aprì in un sorriso radioso. «Distruggere? Luna, non preoccuparti. Non ho intenzione di distruggere alcunché.»

Detto questo, tirò fuori la Colt Python e la puntò verso i due compagni d'avventura. Entrambi rimasero attoniti per alcuni istanti, fissando l'arma del vecchio.

«Voglio sperare» disse Kayn, «che dietro di noi ci sia un serpente o qualcosa di simile, come nei film…»

Per tutta risposta, Florence sparò un colpo a pochi centimetri dal suo piede destro.

Kayn fece un balzo all'indietro, cacciando un urlo per lo spavento. «Ma che cazzo fai? Sei impazzito?»

«Luna, butta la pistola e avvicinamela» le intimò l'ex operativo.

Lei, dopo un istante di incertezza, fece come ordinato. «Penso che tu ci debba una spiegazione, non credi?»

«Ad esempio su quell'affare…» rincarò la dose Kayn.

«Be', le direttive erano di portarvi qui vivi. Ho fatto credere alla tua amichetta che si trattava di un ordigno atomico, e che era mia intenzione far esplodere l'isola. E pensa un po', se l'è bevuta.»

Kayn si voltò verso Luna, con un'aria stranita. «Ma tu…»

«Mi aveva chiesto di lasciarti all'oscuro» lo interruppe Luna «e così ho fatto, per evitare una tua reazione isterica che avrebbe compromesso la spedizione. E quindi, in definitiva?» fece rivolgendosi al vecchio. «Quale sarebbe il significato di questa messiscena?»

A quel punto, l'ex operativo iniziò a ridere senza ritegno. «Non c'è un ordigno all'interno, è solo un involucro di metallo. Mi è stato detto di comportarmi così, e alla fine è filato tutto come previsto. Chi me l'ha ordinato sapeva il fatto suo.»

«Non capisco il senso di quello che dici! Chi ti avrebbe ordinato cosa, per Dio?»

Florence scosse la testa. Poi, l'ennesimo colpo di tosse secca. «Allora, verità per verità… innanzitutto, questa tosse. Ho un cancro ai polmoni, ho al massimo sei mesi di vita. Me l'hanno diagnosticato ufficialmente un paio di mesi fa, ma in realtà me l'avevano già predetto ventisei anni fa, con una precisione assoluta.»

Kayn rimase a bocca aperta. «Come... predetto?»

«Ricordate quando ho detto che io e Jonathan ci eravamo dati appuntamento per parlare dei dati sottratti ai computer della Gilda della Rinascita? Ecco, in quell'occasione venne a trovarci qualcuno che ci parlò in maniera oscura, molto difficile da comprendere in quel momento. Predisse la mia malattia, e aggiunse che avevamo un compito: a distanza di ventisei anni da quel giorno, avremmo dovuto portare su quest'isola un tale Kayn Grimm, il figlio di Michael Grimm, e la figlia di Jonathan.»

Il professore si voltò verso Luna, che aveva assunto un'espressione glaciale.

«E se quell'idiota di tuo padre gli avesse dato retta, Luna, a quest'ora sarebbe qui con noi, a vedere dal vivo la Zona Extramondo di cui tanto parlava. Purtroppo, non ne volle sapere e minacciò di rivelare al mondo tutti i segreti di cui era venuto a conoscenza, pur sapendo che sarebbe equivalso a un sacrificio. Così, per ovviare al problema, dovetti agire preventivamente.»

«Che vorresti dire?» gli domandò la ragazza a denti stretti, già intuendo la risposta.

«Che ho dovuto eliminarlo, ovvio. Poi, per attirarti nella trappola, mi sono inventato quella lettera da part...»

Luna proruppe in un'esplosione di rabbia incontrollata. Fece per scagliarsi come una furia contro Florence ma Kayn, intuendo le sue intenzioni, la bloccò in tempo per evitare una colluttazione con un uomo armato e pericoloso. Sebbene lei fosse abbastanza esile, in quel momento aveva una forza erculea e dovette sforzarsi non poco per contenerla.

In quel momento si aprì un varco nella piramide e ne

uscirono alcuni uomini, una ventina in totale. Indossavano vestiti piuttosto strani, alcuni all'apparenza appartenenti a epoche antiche, ma erano tutti muniti di fucili automatici. Erano guidati da un individuo vestito solo con un paio di pantaloncini: il resto del corpo, volto compreso, era percorso da quelle che sembravano cicatrici, ustioni, eritemi e dio solo sa cos'altro.

«Finalmente, finalmente!» urlò Florence, prorompendo in una risata fragorosa. «Per ventisei anni ho atteso questo giorno... era tutto vero!»

Gli uomini li circondarono. Il capo dal corpo deturpato si voltò verso uno dei suoi sottoposti e gli comunicò qualcosa col linguaggio dei segni. A sua volta l'interprete si avvicinò a Florence. «Sono loro, dunque?»

L'ex operativo sorrise di gioia. «Esatto. Così come mi è stato ordinato ventisei anni fa. Ora, come promesso, merito di unirmi a voi e vivere in eterno in questo paradiso!»

Per tutta risposta, l'uomo sollevò il fucile e glielo puntò alla testa.

Un attimo prima che la pallottola gli sfondasse il cranio, Florence ebbe l'impressione che il tempo andasse al rallentatore, come a dargli modo di ricordare il giorno in cui il misterioso individuo con il triangolo tatuato in fronte gli aveva fatto visita, le sue oscure parole, i presentimenti di Jonathan che tarpavano le ali alla sua incontenibile smania di ottenere quel dono incredibile, la vita eterna in una terra leggendaria. Rivisse l'istante in cui aveva ucciso il suo migliore amico e quello in cui aveva abbandonato la sua prima famiglia di punto in bianco. Ricordò tutte le menzogne che aveva raccontato alle persone conosciute nella sua seconda vita, mentre attendeva paziente il fatidico giorno. Ventisei anni... la conclusione, però, non era stata quella pronosticata.

Il capo diede ulteriori istruzioni con le dita.

«Venite con noi» esortò in tono amichevole l'interprete. Luna e Kayn erano rimasti sbigottiti da quell'esecuzione, anche se Florence si era rivelato un traditore.

«Chi siete? E dove dovremmo seguirvi?»

«Qualcuno vi sta attendendo» fu la diplomatica risposta dell'uomo.

Per alcuni istanti Kayn e Luna si guardarono restando in silenzio. I loro occhi tradivano indecisione. Poi, lei mosse il primo passo verso di loro.

«Ehi, ma...» obiettò il genetista.

«Abbiamo altra scelta?»

Kayn non aggiunse altro e si unì al gruppo.

Si fermarono di fronte alla parete della piramide nera. L'uomo sfigurato vi poggiò una mano e quella si dischiuse come prima.

Entrarono in un grande cunicolo dalle pareti a blocchi, simili a quelle di un antico tempio Maya con le pietre sovrapposte. Queste però non erano pietre, ma un materiale indefinibile.

«Cosa diavolo è?» chiese Kayn, passando le mani sulla superficie mentre camminava. Non ottenne risposta. Non che se l'aspettasse, a dire il vero: erano diretti da qualcuno, qualcuno che li stava aspettando e che avrebbe sciolto ogni loro dubbio. O almeno così era stato detto loro.

Alla fine del cunicolo, in apparenza senza sbocchi, la parete di fronte si aprì per l'ennesima volta, adesso a mo' di raggiera concentrica.

Entrarono in un androne di dimensioni impressionanti, alla cui vista Kayn e Luna rimasero senza fiato. Dalle pareti laterali fuoriuscivano delle figure geometriche a intervalli irregolari, inglobandosi poi nella struttura nello stesso modo in cui si erano formate. Sembrava quasi che la piramide reagisse al loro passaggio.

A un certo punto il capo del gruppo alzò il braccio, e tutti si fermarono. Luna e Kayn udirono un flebile ronzio, poi avvertirono sulle guance un leggero venticello. Il professore diede un'occhiata intorno, spaventato, e si accorse di essere in movimento su una piattaforma creatasi a partire dal pavimento. Provò a buttare uno sguardo oltre il bordo ma si ritrasse all'istante, col cuore a mille. «Cazzo!»

«Che succede?»

«Soffro di vertigini...» rispose lui ansimando.

«Siamo quasi arrivati» intervenne uno degli uomini del gruppo, come a rincuorarlo.

Poco dopo, la piattaforma raggiunse una lunga passerella in apparenza sospesa nel vuoto, e si fuse con essa. In fondo si intravedeva una specie di trono, con degli interminabili raggi tentacolari che si stagliavano nello spazio vuoto e finivano per fondersi con le pareti dell'androne.

E c'era qualcuno, seduto su quel trono.

Dopo una cinquantina di metri, Luna e Kayn arrivarono al cospetto di quell'individuo.

«Benvenuti. Io sono il Sacro Guardiano.»

Nonostante lo sguardo benevolo, Kayn provava una sensazione opprimente al petto quando lo fissava coi suoi occhi gialli, come se si trovasse dinanzi a un essere che aveva trasceso la sua umanità. Inoltre, quel tatuaggio triangolare in mezzo alla fronte contribuiva ad accrescere la sua paura ancestrale.

«Non abbiate timore» disse il Guardiano con una voce che sembrava far tremare l'intera piramide. «Non voglio farvi del male.»

«Voi siete la Gilda della Rinascita?» azzardò Luna, prendendo coraggio.

Il Sacro Guardiano accennò un sorriso. «Un tempo ne

facevo parte, ma non più. Potrei dire, semmai, che i miei uomini vi hanno salvato dalla Gilda della Rinascita.»

«Però avete ucciso Florence...»

«Ha contravvenuto agli accordi. Uccidendo Jonathan Shelley, tuo padre, non si è dimostrato degno di ricevere il dono di quest'isola.»

«Il dono dell'isola? Cioè la vita eterna, quello che ha detto prima di morire?» si intromise Kayn, ansioso di saperne di più.

«Esatto, Kayn Grimm. La vita eterna. Dono che ai miei uomini è stato concesso. Alcuni di loro fanno parte dell'equipaggio della Sancta Domina, una delle caravelle di Valsecchi.»

Kayn si voltò verso il gruppo di uomini e trasalì. «Non ci posso credere... quindi voi siete sbarcati su quest'isola... nel 1561?»

«Non siamo voluti tornare indietro» spiegò uno di loro. «L'isola è diventata la nostra casa. Per sempre. Il nostro *Giardino dell'Eden*.»

«Incredibile, esseri umani in vita da cinquecento anni...»

«La vostra mente non è abituata a confrontarsi con dei concetti di tale complessità» fece il Sacro Guardiano, alzandosi in piedi e avvicinandosi al professore. «Nel corso della storia ci sono state diverse occasioni in cui la breccia tra l'universo e la Zona Extramondo si è aperta in maniera stabile per un determinato lasso di tempo. Ci sono gli uomini delle caravelle di Valsecchi, come quelli della Pickering, arrivati il dodici ottobre 1824, o i sopravvissuti della Anita, che hanno attraversato l'anomalia mentre si richiudeva il cinque dicembre 1973. E molti altri.»

Nell'udire quei nomi, Kayn ebbe un brivido. Facevano tutti parte della lista di sparizioni avvenute nel Triangolo delle Bermuda. Ecco che, poco alla volta, tutti gli elementi andavano a combaciare e tutto trovava una spiegazione. «Non ho parole…»

«Come è possibile tutto questo?» chiese Luna.

«Questa struttura piramidale emette una gamma particolare di radiazioni che si espandono a tutta l'isola. Esse garantiscono la continua rigenerazione di tutte le cellule del corpo. La genetica nel vostro universo ha sfiorato questo concetto a livello teorico e ha fatto qualche piccolo esperimento sugli animali, ma è ancora ben lungi dal possedere la tecnologia per attuarlo sugli esseri umani.»

«Parla degli esperimenti del dottor Shinya Yamanaka?» putualizzò Kayn, ansioso di scoprirne di più.

«Considerare l'invecchiamento un processo irreversibile è uno dei più grandi errori che la scienza abbia perpetrato fino a poco tempo fa. Ogni cellula, anche quelle adulte, si può trasformare in una *cellula staminale pluripotente indotta* in grado di sopperire a tutte le disfunzioni molecolari associate all'età. Ci vogliono circa una decina di giorni sull'isola perché le radiazioni inneschino il processo. L'unica contropartita consiste nel fatto che…»

Lo sguardo del Sacro Guardiano si perse un attimo a fissare il vuoto, come se avesse percepito qualcosa. In meno di un secondo, a un metro dai suoi piedi, fuoriuscì una massa semi-liquida della stessa sostanza dell'intera struttura che si allungò fino a raggiungere un paio di metri d'altezza formando un'ellisse sottilissima, cava all'interno. Al centro comparve un'immagine olografica in presa diretta che ritraeva lo spiazzo antistante alla piramide, con i dinosauri che pascolavano tranquilli e gli uccelli in volo.

Kayn e Luna rimasero in silenzio a osservare quel fenomeno inspiegabile.

A un certo punto l'inquadratura si spostò verso i bordi del cratere, dove si scorgevano a malapena due uomini i cui contorni apparivano evanescenti.

«Stanno arrivando» annunciò il Sacro Guardiano ai suoi uomini. «Preparatevi allo scontro.»

Ore 09:21

Gli uomini del commando, una volta scesi a valle fino alla base della Piramide, si avvicinarono al cadavere di Florence.

«Chi diavolo è questo tizio?» chiese Matthias, senza ottenere risposta.

«Zecharias, Widget» disse l'Apostolo della Rinascita. «Sapete cosa dovete fare. Tutti gli altri in posizione.»

I soldati si mossero in perfetta sincronia. Due di loro posarono a terra le borse e ne estrassero alcuni componenti di metallo, iniziando ad assemblarli. Il resto della truppa fece quadrato attorno, fucili spianati, pronti a difendersi da un eventuale assalto.

«Che stanno facendo?» chiese il detective. Attese invano una risposta, poi sbuffò scuotendo la testa. «Non ho parole... mi volete, per una dannata volta, spiegare perché mi avete portato qui? Non credo voleste offrirmi una vacanza, o sbaglio?»

«*Papà.*»

«Avete detto che avrei...»

«*Papà!*»

Matthias sussultò. Un brivido improvviso gli attraversò la schiena. Quella voce...

Si voltò lentamente a sinistra.

Davanti a lui, una bambina bionda con un pigiamino azzurro e un pupazzo a forma di giraffa in mano.

«Alexandra... Alexandra!»

«Cosa stai dicendo?» chiese Gismondi, guardandosi in giro. Lui non vedeva nulla, ma Matthias sì. Ogni fibra del suo corpo fremeva dall'emozione. Era questo il luogo che lei intendeva. Era questa l'*isola*.

In quel momento percepì quella visione come più reale di tutto ciò che lo circondava. Come se sua figlia fosse tornata in vita.

Alzò le mani in preda a una gioia incontenibile e scattò per andare ad abbracciarla anche se le gambe rispondevano a fatica, ma la bambina gli diede le spalle e gli fece cenno di seguirla. Iniziò a correre lungo la vallata, diretta verso la risalita del crostone roccioso.

«Alexandra, no! Dove vai? Aspettami!»

Il detective partì come un fulmine all'inseguimento della figlia, sotto lo sguardo allibito di Gismondi.

«Gallagher, Kowalsky» disse Fortitudo alcuni secondi dopo, mentre controllava la sua arma. «Seguitelo a distanza.»

I due soldati azionarono la modalità mimetica delle loro tute e si avviarono lungo la strada battuta da Matthias.

Nova Lux Fortitudo, nel frattempo, aveva estratto la sua pistola e si guardava intorno con circospezione, pronto a scattare da un momento all'altro. Sentiva qualcosa nell'aria.

«Quanto manca per il completamento dello Stabilizzatore?» gridò all'indirizzo dei soldati alle prese con l'installazione di quella grossa apparecchiatura.

«Al massimo cinque minuti, signore!»

«Datevi una mossa!»

Gismondi scrollò le spalle, borbottando qualcosa, e tornò a concentrarsi sulla piramide. Sistemandosi gli occhialini, con la bocca semi-aperta e la lingua un po' in fuori, si avvicinò a una parete quasi sfiorandola con la punta del naso, per cercare di cogliere microtracce di sedimenti o qualsiasi altro segno.

All'improvviso la parete si aprì: per lo spavento l'archeologo fece un balzo all'indietro, atterrando sul sedere. Dalla voragine uscirono una serie di uomini armati, alcuni dei quali lo presero di forza per le braccia e lo trascinarono all'interno della struttura.

Subito dopo, varchi simili a quello si aprirono in altri punti della gigantesca piramide nera, vomitando fuori una gran quantità di persone.

«Difendete lo Stabilizzatore!» ordinò Nova Lux Fortitudo ai suoi.

Nel giro di pochi secondi, la spianata antistante alla piramide si trasformò in un inferno di fuoco. I dinosauri e gli altri animali in zona si diedero alla fuga, impauriti, mentre i due schieramenti si scambiavano una pioggia di proiettili.

Da una parte c'erano gli uomini del Sacro Guardiano, un insieme di individui provenienti da epoche diverse e armati con fucili automatici e RPG fatti arrivare dalla spedizione di recupero di Viktor Zagaev comandata da Faust. Dall'altra parte c'erano i guerrieri della Gilda della Rinascita, inferiori nel numero ma provvisti di protezioni e armamenti migliori.

Le sorti della battaglia volsero presto a favore di questi ultimi e gli uomini del Sacro Guardiano vennero falcidiati senza pietà, riuscendo a replicare seriamente solo con un singolo missile di RPG che uccise in un colpo due soldati della Gilda della Rinascita.

A un certo punto un soldato, che aveva trovato riparo dai detriti dell'esplosione dietro una roccia, si ritrovò davanti un uomo quasi nudo e dal corpo pieno di cicatrici e bruciature. Intento a ricaricare, non fece in tempo a puntare il fucile verso il suo avversario che si ritrovò la gola trafitta da un coltello. Mentre il sangue sgorgava copioso dalla giugulare e il soldato si dimenava aggrappandosi agli ultimi istanti di vita, l'uomo deturpato venne allo scoperto e incrociò lo sguardo di Nova Lux Fortitudo.

«Oh, *mon dieu*, guarda un po' chi ti ritrovo» sogghignò il comandante della Gilda. «Faust Dubois, lo scarto di laboratorio, l'esperimento fallito, il *quasi* Apostolo... colui che sarebbe dovuto diventare Nova Lux Prudentia e che invece di accettare la sua triste condizione di rifiuto umano e il destino che ne conseguiva, ha preferito fuggire col resto dei traditori. Quanto tempo è passato? Ventisei anni, giusto? Sei tornato a parlare, nel frattempo?»

Le labbra scorticate di Faust si inarcuarono in un sorriso beffardo. Sguainò un altro coltello con la mano sinistra, passò la lingua giallastra su quello sporco di sangue e fece un cenno al comandante della Gilda della Rinascita per incitarlo ad attaccare.

Un soldato si voltò verso Fortitudo, ma prima che potesse emettere fiato, era già sparito: si girò di nuovo e vide che si era scagliato contro quell'uomo seminudo. La sua katana, sguainata durante il balzo, fu bloccata dai coltelli incrociati di Faust. Le lame stridettero le une contro le altre, emettendo scintille per il continuo attrito.

«Guardati come sei ridotto» ringhiò l'Apostolo della Rinascita. «Non parli più, metabolismo alterato, pelle rovinata... e immagino che senza le radiazioni di quest'isola i tumori ti avrebbero devastato.»

Detto questo, sferrò un terribile calcio allo stomaco del rivale, facendolo volare di parecchi metri e rotolare sul terreno.

Mentre Faust, in ginocchio, sputava sangue tentando di

rialzarsi, Fortitudo lo guardava beffardo. «Non hai superato la Cerimonia di Rinascita, e come tutti gli altri saresti dovuto morire. Non conta quanta forza tu abbia ottenuto, non basta per diventare Apostolo. Lo sapevi fin dall'inizio, fin da quando eri un semplice Percettore. Eppure, hai preferito fuggire assieme a...»

Faust si diede uno slancio improvviso e piombò sul suo avversario. Il suo sguardo era furente.

«Bravo, così mi piaci...» fece Fortitudo con un sorriso maligno.

I due iniziarono a sferrare terribili fendenti, pur muovendosi con grazia in uno sfavillio di scintille. La concentrazione di entrambi era massima e tutti i sensi erano all'erta per percepire il minimo segnale di esitazione dell'altro. Nova Lux Fortitudo si scagliava ripetutamente sul rivale con affondi precisi, tentando di aprirsi un varco nella sua difesa serrata; Faust rispondeva incrociando i coltelli a X, bloccando così la spada in una morsa simile a una tenaglia con l'intento di spezzarla.

Un attimo di ritardo nel ritrarre le lame, a causa di uno sforzo eccessivo alla spalla sinistra, e Faust si ritrovò con un fianco scoperto: Fortitudo non si fece sfuggire l'occasione e, con un movimento fulmineo, sferrò un fendente che trapassò la carne e mancò il fegato solo di qualche millimetro.

A Faust si mozzò il fiato e un bruciore lancinante si propagò a tutto il suo corpo dal punto di entrata della lama. Fissò l'Apostolo negli occhi e riconobbe lo sguardo di chi pregustava già il dolce nettare della vittoria. Lasciò cadere i coltelli e, stringendo i denti fino a farli stridere, col sangue che gli colava dal fianco sulle deformazioni della pelle, afferrò con la mano sinistra la lama della katana ancora infilzata. Tenendola ferma, sferrò un pugno con tutte le sue forze in faccia all'avversario: Nova Lux Fortitudo fu centrato in pieno e scaraventato in aria per una decina di metri prima di cadere rovinosamente al suolo.

Faust inspirò a fondo: con una mossa secca estrasse la katana e si portò il braccio destro sulla ferita, cercando di resistere al dolore forte quasi da fargli perdere i sensi. Subito dopo averla gettata a terra, gli sembrò di aver visto qualcosa muoversi: alzando lo sguardo si ritrovò di fronte Nova Lux Fortitudo, di nuovo in piedi.

«Non sarà certo uno scarto di laboratorio a sconfiggermi. *En guard*!»

Prima ancora che potesse muoversi, però, uno degli uomini di Faust, ancora a terra per le gravi ferite, ebbe la forza di alzare il fucile, prendere la mira e fare fuoco. Il proiettile colpì Fortitudo solo di striscio, ma fu sufficiente per distrarlo: avvertì un leggero spostamento d'aria prima che il calcio volante di Faust andasse a impattare con tutta la sua forza sulla tempia. Il comandante della Gilda della Rinascita fu scagliato contro la parete della piramide, da cui rimbalzò al suolo. Un urto tremendo. Iniziò a tossire sangue, cercando invano di rimettersi in piedi.

Faust gli si avvicinò, barcollando. Con uno sguardo colmo d'odio, un odio covato per moltissimi anni, gli premette un ginocchio sul petto e con la mano sinistra gli strinse con tutta la forza rimasta la gola.

Nova Lux Fortitudo, anch'egli allo stremo delle forze, era in balia del suo rivale. Teneva gli occhi aperti a fatica e respirava a singhiozzo, con la mano serrata sulla carotide.

A un certo punto, Faust ebbe un giramento di testa, per via di tutto il sangue perso, che gli fece quasi perdere i sensi, costringendolo ad allentare la presa.

Chiamando a raccolta tutte le energie rimanenti, Nova Lux Fortitudo si divincolò dalla presa ed estrasse uno dei coltelli del suo avversario dalla guaina dei pantaloncini, conficcandoglielo in gola. Eseguì l'azione con una rapidità tale da non lasciare spazio per alcuna contromossa. Uno spruzzo di sangue caldo inondò la tuta lacerata del comandante della Gilda della Rinascita, mentre il suo avversario indietreggiava rantolando.

Gli uomini di Faust ancora in piedi si accorsero di cosa era successo e puntarono i loro fucili all'indirizzo di Fortitudo.

Accortosi delle loro intenzioni, con uno scatto felino si riparò dietro il corpo deturpato e sanguinante del suo avversario, che finì crivellato di colpi al posto suo. Uno dei proiettili, però, riuscì a penetrare e gli arrivò alla coscia. Quando si resero conto di aver colpito il loro leader, gli uomini smisero un istante di sparare: Fortitudo mollò il cadavere martoriato e fece fuoco con la sua pistola, colpendo tutti i nemici con rapidità e precisione eccezionali.

Boccheggiando per lo sforzo immane, l'Apostolo della Rinascita rimase per alcuni secondi col braccio teso in avanti. Poi lasciò cadere la pistola e crollò sulle ginocchia, appoggiandosi con gli avambracci al terreno. Osservò il campo di battaglia, trasformato in una distesa di sangue e cadaveri. Da ambo le parti, tutti gli uomini erano morti o in fin di vita. D'un tratto la vista gli si appannò: si sentì venir meno, le forze lo stavano abbandonando e presto avrebbe perso conoscenza. La Cerimonia di Rinascita gli aveva donato un corpo molto più resistente di un normale essere umano, ma anche quel corpo incredibile aveva un limite.

Ma non poteva ancora permettersi di cedere.

Strinse i denti, si alzò e zoppicò fino allo Stabilizzatore, difeso fino all'ultimo dalla sua squadra. Era quasi intatto, rigato solo da un lieve colpo di striscio. Digitò con la mano tremante una sequenza sulla pulsantiera. Il macchinario prese a sibilare, per poi aprirsi sulla parte superiore facendo fuoriuscire una sorta di pigna metallica squamata, di colore verdognolo, che si illuminò gradualmente.

Nova Lux Fortitudo crollò sulla schiena. Aveva la bocca impastata di un sapore amarognolo.

Il sapore della morte.

Era giunta la fine, lo sentiva, ma prima di esalare l'ultimo respiro, allargò le labbra in un sorriso.

Missione compiuta, fratello. Vieni e finisci l'opera. Gloria alla Gilda della Rinascita, che il Sole splenda su un nuovo mondo.

Ore 10:07

Correndo a perdifiato nel folto della giungla, Matthias non si curava affatto di ciò che succedeva alle sue spalle. Era ormai troppo lontano per sentire il rumore degli spari e troppo concentrato a rincorrere il fantasma di sua figlia, o qualsiasi cosa fosse quella visione. Non si era fermato a riflettere sul perché, tanto era sicuro di trovarsi in quel luogo per una ragione ben precisa.

A un certo punto udì in lontananza uno strano sibilo. Il rumore si fece sempre più forte, tanto che dovette fermarsi e tapparsi le orecchie: poi, un bagliore verdastro e molto intenso si propagò dal centro dell'isola seguito da un tuono assordante, inondando il cielo nella sua interezza. Matthias strinse le palpebre per proteggersi gli occhi, e quando li riaprì tutto era tornato come prima.

Il rumore e la luce erano svaniti.

Papà, vieni!

Sua figlia era ricomparsa di fronte a lui e aveva ripreso a correre nella vegetazione, deviando dal percorso originario. Dopo un attimo di smarrimento, Matthias la seguì tra le lia-

ne e le felci, cercando di infilarsi nei solchi naturali e strap-
pando via quello che poteva a mani nude. Riusciva a sentir-
lo con chiarezza: era prossimo alla meta.

9-5

Ore 10:11

«Cos'era quel lampo?»

Kayn si voltò verso il Sacro Guardiano. In quella specie di schermo avevano seguito tutto lo svolgersi degli eventi: la battaglia, il duello tra Nova Lux Fortitudo e Faust, e l'attivazione dello Stabilizzatore.

«Quel macchinario ha provocato l'apertura completa della Zona Extramondo» sentenziò il Sacro Guardiano in tono enigmatico.

«E questo cosa vorrebbe dire?»

«L'isola ora fa parte a tutti gli effetti dell'Universo. L'anomalia magnetica che la avvolgeva e la nascondeva è stata neutralizzata, e adesso è raggiungibile in qualunque momento.»

Kayn e Luna si guardarono esterrefatti. Non si fermarono a pensare alle conseguenze che ciò avrebbe potuto comportare, anche se entrambi avevano una brutta sensazione.

Qualche secondo dopo furono distratti da un rumore, una sorta di ronzio, che poi riconobbero provenire dalla piattaforma che li aveva portati fin lassù. Arrivata a destinazione, questa si fuse col resto della struttura, esattamente come avvenuto prima. Su di essa si trovavano alcuni uomini del Sacro Guardiano e un grassone con gli occhiali, abbastanza in là con gli anni, in apparenza terrorizzato. «Dio... dio santo...» balbettò Gismondi, guardandosi attorno a bocca aperta e con un filo di bava. «Non credo di sentirmi molto bene.»

Con la mano tremante estrasse un fazzoletto dai pantaloni e si asciugò il sudore, traendo dei lunghi e profondi respiri.

«Ma lei» azzardò Kayn, «non è il professor Romeo Gismondi? Il responsabile del Pontificio Istituto di Archeologia Cristiana?»

«Sì, sono io...» replicò timoroso, sistemandosi gli occhialini. «Come fa a conoscermi?»

«Be', è piuttosto famoso» rispose il genetista con tono ironico. «Anni fa sono stato a un convegno dove lei era relatore.»

Prima che la discussione tra i due potesse proseguire, il Sacro Guardiano si diresse verso di loro. Con immenso stupore, i presenti videro la superficie calpestata dai suoi stivali produrre delle onde, come se stesse camminando sull'acqua. Dietro di lui, i raggi tentacolari del trono iniziarono a ritrarsi su se stessi, mentre l'intera struttura sembrava liquefarsi fino a defluire del tutto nella piattaforma.

«Tu... in qualche modo» sillabò Kayn, «sei legato a questa piramide?»

Il Guardiano sorrise, continuando ad avanzare. «Considera questa struttura una sorta di essere vivente, seppur con una connotazione di vita molto diversa da quelli dei canonici cinque regni della vostra classificazione. Ma non mi aspetto che tu capisca.»

«Io invece vorrei capire!» rimarcò Kayn, a metà tra l'alterato e il supplichevole. «Non credi sia il caso di darci qualche spiegazione? Cos'è tutto questo, cosa ci facciamo qui…»

«Non temere, la tua sete di conoscenza sarà presto placata.»

«Ma… un momento…» balbettò Gismondi, indicando il Sacro Guardiano. «Quel triangolo tatuato sulla fronte… tu sei un Apostolo della Gilda della Rinascita?»

Il Guardiano volse gli occhi gialli verso l'archeologo. «Ora non più. Un tempo, prima di giungere su quest'isola, ero Nova Lux Iustitia. Io, Fortitudo e Temperantia eravamo i tre Apostoli della Rinascita, così chiamati dopo la Cerimonia di Rinascita. Abbiamo perso i peli in tutto il corpo, i nostri occhi hanno assunto questo particolare colore e ci siamo tatuati questo triangolo. Faust, l'uomo dal volto deturpato che ha combattuto con Fortitudo e che ha sacrificato la sua vita per noi» continuò, guardando per un attimo verso il basso, «non aveva superato appieno la Cerimonia di Rinascita. Le sue capacità latenti si erano risvegliate, ma le radiazioni del macchinario gli avevano causati danni irreversibili al DNA. Sviluppò in brevissimo tempo una serie di tumori che lo avrebbero presto ucciso. Fortitudo e Temperantia avevano intenzione di lasciarlo al suo destino, per loro era un fallimento. Io, invece, ero di parere opposto.»

«Dunque siete venuti sull'isola per lui… per guarirlo?» fece Kayn, cercando di comprendere meglio ogni sfumatura della vicenda.

«Diciamo che è stato un motivo in più. Però potreste chiedere più informazioni al professor Gismondi, dato che è venuto qui accompagnato proprio dalla Gilda della Rinascita.»

«No, no! Un momento, fatemi spiegare!» rispose lui con la voce spezzata, sentendosi tutti gli occhi addosso. «Io ero loro prigioniero! Mi hanno rapito in Turchia e mi hanno portato nella loro base, poi su quest'isola. Erano interessati a una stele che ho trovato a Urfa risalente a circa undicimila anni fa, su cui erano incisi quelli che sembrano due codici genetici...»

Il genetista rimase a bocca aperta. «Una lastra con due codici genetici?»

«Sì... una scoperta incredibile, due sequenze di basi azotate scritte in un periodo in cui non esisteva ancora l'alfabeto! Purtroppo, non ho fatto in tempo ad approfondire. Con me è stato portato anche un detective tedesco che sembra abbia una correlazione con questa stele, un certo Matthias Wichmann... però si è perso durante la battaglia, è fuggito!»

Luna e Kayn si scambiarono una rapida occhiata.

«Sei sicuro?» chiese lei. «Si chiamava proprio Wichmann?»

«Sì, mi pare di sì... perché, lo conoscete?»

«Matthias Wichmann» li interruppe il Sacro Guardiano. «Nato il dodici ottobre 1971 a Bonn, è la persona cui corrisponde una delle sequenze di DNA incise su quel reperto e su tutti gli altri rinvenuti dalla Gilda della Rinascita.»

Tutti i presenti ammutolirono.

«Cioè...» mormorò Kayn, tentando di riordinare le idee. «Una lastra risalente al Neolitico, quando l'uomo aveva appena scoperto l'agricoltura, riporta inciso un codice genetico... oltretutto di una persona nata migliaia di anni dopo? Pure nato il mio stesso giorno, tra l'altro.»

«Pensi che sia una coincidenza?» disse l'uomo un tempo conosciuto come Nova Lux Iustitia, fissandolo negli occhi.

«Che cosa vuoi dire?» fece Kayn, mentre un brivido gli scorreva lungo la schiena.

«Semplice: che l'altro codice genetico sui reperti... coincide con il tuo.»

9-6

«Alexandra! Aspettami!»

Matthias si appoggiò col braccio al tronco di un albero. Aveva il cuore in gola. Sudava e respirava affannosamente. E tutto quello sforzo per inseguire qualcosa di cui non aveva chiara né l'origine né la natura. D'altronde, non esisteva una spiegazione plausibile che non rasentasse la follia. Sua figlia era morta. Lui stesso le aveva accarezzato le guance ancora calde, su quel letto d'ospedale quattro anni prima. Le aveva stretto la mano candida per l'ultima volta, prima di vedersela portare via dagli infermieri per l'autopsia. Tanta era la confusione che regnava dentro di lui, ma di una cosa era sicuro: c'era una connessione in tutto questo.

Riprese fiato e rinizió a correre. Dopo poche centinaia di metri, il naso gli si riempì di aria più fresca e sapida, mentre la vegetazione diventava sempre meno fitta: stava per raggiungere una spiaggia. Senza comprendere le intenzioni della bambina, Matthias la seguì sulla sabbia bianca fin quando non vide, a una cinquantina di metri dalla riva, un grosso relitto incagliato. La nave aveva un aspetto lugubre e sul metallo ossidato erano ben visibili i segni del tempo. La poppa sembrava essere stata tranciata via di netto, anche se non si scorgeva da nessuna parte il pezzo mancante.

Sul bagnasciuga, Alexandra si girò e gli fece segno con la mano di seguirla ancora.

«Alex, dove stai andando?»

Matthias la vide entrare in acqua e iniziare a nuotare, diretta verso un buco nello scafo del relitto. Non riusciva a capire se avesse di fronte uno spettro o una bambina in carne e ossa, eppure aveva lasciato le sue orme sulla sabbia e l'acqua si increspava al suo passaggio.

Mentre la guardava raggiungere la falla e sparire all'interno, notò una grossa iscrizione scura e incrostata sul bordo della prua. Pensò che potesse trattarsi del nome della nave, perciò si avvicinò di alcuni metri immergendo le gambe nell'acqua fino al ginocchio. Lesse la scritta che confermò il suo primo pensiero.

USS CYCLOPS

La sua mente ebbe un guizzo. Quel nome non gli era nuovo. L'aveva già sentito... ma dove? Il suono di quelle lettere gli risvegliò un ricordo sopito, vecchio di molti anni: un'immagine della nonna che raccontava la storia della sua famiglia e di lui, bambino, che l'ascoltava affascinato. Aveva citato anche una nave con quello stesso nome...

Uno schizzo di acqua fredda sulla pelle lo riportò alla realtà, facendo svanire quel ricordo d'infanzia. Ora doveva pensare solo a raggiungere sua figlia.

Si tuffò nel mare limpido, e in poche bracciate coprì il breve tratto fino allo squarcio.

I due uomini del commando della Gilda della Rinascita che si erano allontanati su ordine di Nova Lux Fortitudo avevano trovato un valido nascondiglio tra le fronde degli alberi vicino alla costa.

Con la modalità mimetica attiva era pressoché impossibile individuarli nel fitto fogliame, ma decisero di interromperla per riprendere fiato poiché sfiniti per la lunga corsa appena affrontata con addosso la tuta che succhiava energie.

«Sta per entrare» sussurrò Gallagher al compagno. «Ma che gli è saltato in mente? Ha iniziato a correre da solo come un pazzo e ora si va a ficcare in quel relitto?»

«Ricordati gli ordini» lo rimbeccò Kowalsky. «Non si fa fuoco per nessun motivo. Dobbiamo solo osservare e annotare ogni suo comportamento. Ora rimettiamoci...»

Lo scoppio precedette di una frazione di secondo lo schizzo di sangue sulla faccia di Gallagher. Pur con la vista offuscata, riuscì comunque a vedere il compagno cadere faccia in giù con la nuca sfondata.

Una scarica istantanea di adrenalina lo fece girare di scatto pronto a premere il grilletto, ma un proiettile di grosso calibro lo centrò in piena fronte un istante dopo. Gli occhi gli si rivoltarono e crollò a terra privo di vita.

Aggrappandosi ai bordi della falla nello scafo, Matthias si issò con un certo sforzo e penetrò all'interno del Cyclops. L'acqua l'aveva rinfrescato dopo la corsa a perdifiato per seguire sua figlia: adesso però era appesantito dai vestiti inzuppati e i capelli gli si erano appiccicati alla fronte.

Una volta imboccato il corridoio principale della stiva, fece una smorfia di disgusto: l'aria era pregna di muffa e quasi irrespirabile. Ogni passo che muoveva lungo quei cunicoli bui faceva scricchiolare l'intera struttura, come se fosse sul punto di cedere da un momento all'altro. La ruggine aveva attecchito ovunque.

Attraversò il magazzino, con l'acqua che gli arrivava alle ginocchia, passando in mezzo a fucili di vecchia fattura e casse di legno marcio.

A un certo punto inciampò in qualcosa e perse l'equilibrio, riuscendo comunque per un pelo a rimanere in piedi. Guardò a terra per capire in cosa si era imbattuto e gli prese un colpo al cuore: uno scheletro, con addosso quello che rimaneva di una divisa da marinaio, giaceva supino con la mascella spalancata al massimo, come se stesse urlando.

Poi, osservando meglio la cassa toracica, Matthias si rese conto che c'era qualcosa di strano: si abbassò e quando tentò di muovere alcune costole, quelle non si spostarono di un millimetro, come fossero ancorate al pavimento. Guardando più da vicino, notò che metà spina dorsale sembrava essersi fusa con la lamiera della nave. Lo stesso poteva dirsi di un pezzo del femore destro. Il detective si alzò in piedi, inorridito, e proseguì il cammino fino a che non si imbatté in un altro malcapitato membro dell'equipaggio, o meglio, nella parte superiore del suo tronco, poiché l'altro pezzo sembrava sparito nel metallo.

Ma che cazzo è successo qui?

Dopo quelle due scene da film dell'orrore, Matthias prese a camminare con più circospezione. Fin da piccolo non aveva mai avuto paura delle storie di fantasmi, ma l'atmosfera paranormale che aleggiava in quel relitto gli stava dando ottimi motivi per ricredersi.

«Papà, vieni!»

Udì la voce della bambina provenire dal ponte superiore attraverso un condotto.

«Aspettami! Sto arrivando!» rispose con convinzione.

Matthias corse verso una scaletta a pioli che lo portò in un corridoio costellato di scheletri più o meno nelle stesse condizioni di quelli nella stiva.

«Vieni, papà! Qui dentro!»

Salì ancora, seguendo la voce, e arrivò alle cabine. Le porte erano tutte spalancate, alcuni resti umani fusi con esse, forse in un disperato tentativo di fuga.

Più avanti c'era una stanza con una porta di legno e una targhetta: la cabina del capitano.

«Entra, papà!» esclamò una vocina dall'interno.

«Alexandra!»

Matthias spalancò la porta speranzoso. Purtroppo non vide sua figlia, bensì l'ennesimo scheletro, seduto dietro una scrivania e parzialmente saldato a essa. Doveva essere il capitano, a giudicare dal cappello logoro sul pavimento. Nella mano sinistra teneva una vecchia Colt che aveva usato per suicidarsi, dato il grosso foro sul cranio.

«Alexandra! Dove sei?»

Matthias si guardò intorno nella stanza vuota.

«Alexandra!»

La sua attenzione venne calamitata da un libretto dalla copertina in pelle marrone sulla scrivania del capitano, proprio accanto alla sua testa. Doveva essere il diario di bordo.

Senza sapere il perché, il detective sentì l'impellente desiderio di leggerlo. Era conservato molto bene rispetto a tutto il resto. Lo prese in mano e lo sfogliò. La grafia era piuttosto incerta e le parole spesso sforavano oltre le righe; la cosa bizzarra era che l'idioma utilizzato non era l'inglese, bensì il tedesco.

Matthias, per un attimo, ebbe la sensazione che quel diario fosse lì proprio per lui.

Diario di bordo del primo ufficiale Friedrick Worley, comandante della nave USS CYCLOPS della Marina militare degli Stati Uniti d'America.

5 marzo 1918, ore 06:15.

L'imbarco è avvenuto questa mattina alle ore 05:00. Direzione Barbados. Tutto si è svolto nella norma e il carico è stato sistemato nella stiva. L'equipaggio è al completo e la navigazione procede tranquilla. Per ora… non so se ho fatto la cosa giusta a salire sulla nave. Non so più neanche cosa voglia dire la parola 'giusto'. Mia moglie me l'aveva sconsigliato, voleva mandarmi in una clinica… crede che sia impazzito! Mi faccio pena da solo, un vecchio capitano con i suoi fantasmi a tormentarlo e nessuno che voglia credergli. D'altronde, come biasimarli? Al posto loro farei lo stesso. Come si fa a dar retta a uno che sostiene di vedere una bambina, lo spettro di una bambina, che gli rivela eventi del futuro? Ridicolo. Davvero ridicolo. Si è presentata dicendo di chiamarsi Alexandra Wichmann…»

Matthias ebbe un sussulto. Rilesse ancora quella riga, e ancora, e ancora. Non riusciva a crederci. Sua figlia non poteva essere il soggetto di un diario scritto cent'anni prima. Era impossibile, illogico, assurdo.

«… dice di essere una mia discendente. Tutti sanno che sono tedesco, e nessuno, a parte mia moglie e pochi altri, conosce il mio cognome originale prima che lo cambiassi in Worley. Quando è iniziato tutto questo? Due anni fa? Non ricordo con precisione… e questo whisky fa schifo. Ma non importa. Questa maledetta bambina del cazzo ha previsto due settimane prima che mi sarei rotto un braccio durante una manovra, ha previsto che… ma chi cazzo è alla porta?»

Era senza dubbio ubriaco mentre scriveva, pensò Matthias. Una storia assurda, eppure… questo doveva essere un suo antenato, il suo bisnonno, forse, e sua figlia gli era apparsa predicendogli il futuro…

Quello scemo di Fred Lewis voleva portarmi la colazione. Che si fotta. L'ultima cosa di cui ho bisogno è mangiare. Prima di imbarcarmi, la bambina mi ha detto che avrei dovuto deviare la rotta secondo le nuove coordinate… quando le ho chiesto spiegazioni (sì, perché io ci parlo col fantasma!) mi ha risposto che si tratta di una circostanza vitale per la riuscita di un grande disegno. Un grande disegno… e che era meglio non sapessi di cosa si tratta.

Ore10:03

Mi è apparsa di nuovo. Maledetta. Vuoi la mia vita… la mia e di tutti gli uomini? Dovrò portarli alla morte solo perché il mio bisnipote dovrà trovarsi qui tra novantacinque anni? Ne andrà della salvezza del mondo, dice. D'accordo, se questo è l'unico modo per liberarmi dal suo tormento, lo farò. Andrò a dire al nostromo di cambiare la rotta e poi aspetterò la fine qui, nella mia cabina. O forse, potrei farla finita prima.

Matthias lasciò cadere il diario. Il capitano si riferiva a lui… e sua figlia Alexandra aveva previsto che si sarebbe trovato in quel luogo quasi cento anni prima, la stessa figlia che l'aveva condotto lì in quel momento! Fu colto da un forte senso di nausea associato a un giramento di testa, tanto che dovette appoggiarsi al bordo della scrivania per non cadere. Trasse dei respiri profondi, cercando di riprendersi, e raccolse il diario da terra. Ormai doveva andare a fondo di quella storia surreale.

Perfetto. Ho eseguito gli ordini del fantasma. In quel punto non è segnato nulla sulle carte nautiche. Non so proprio cosa troveremo, ma ho l'impressione che sarà qualcosa di molto brutto. Ora però voglio scrivere questo: se in futuro tu, mio discendente, davvero ti troverai a leggere queste righe, sappi che è tutto vero. Il destino, ho imparato, muove le sue pedine in maniera imperscrutabile. Solo talvolta, a pochissimi eletti, fa il dono di conoscere alcune mosse. Dono che si può trasformare in condanna, visto che non c'è speranza di essere creduti da questi ciechi vermi che strisciano nella loro ignoranza. Ma non io. Io ho potuto vedere, ho potuto conoscere... siamo solo inutili marionette. Ma non mi è dato di dirti altro. Questo vecchio e pazzo ubriacone si sacrificherà affinché si compia il tuo destino. Così dev'essere, così sarà.

Matthias sfogliò a caso altre pagine. Vuote.

Era incredulo e basito. La cosa andava al di là di ogni logica plausibile.

«Forse hai le idee un po' confuse...» disse una voce alle sue spalle.

Il detective sobbalzò, voltandosi di scatto. Si era talmente immerso nei suoi pensieri da non accorgersi che qualcuno si stava avvicinando.

«Vieni con me, qualcuno potrà darti delle spiegazioni a tutto questo.»

L'uomo di fronte a lui era appoggiato con la spalla destra allo stipite della cabina, le braccia conserte sul petto, in un apparente stato di completo relax. I suoi occhi dai colori diversi calamitarono subito la sua attenzione.

«Viktor Zagaev? Ma cosa...» pronunciò con un filo di voce.

Il russo sorrise, staccandosi dalla porta e lisciandosi i capelli bagnati che gli coprivano parte della fronte. «Ci si rivede in circostanze strane, vero?»

«Cosa diavolo ci fai qui? Come ci sei arrivato?»

«Sto assolvendo un compito.»

«Un compito?» ripeté Matthias. «Hai previsto il futuro anche tu? Sei un fantasma, come mia figlia?»

«Ti sei mai chiesto, detective» gli domandò Viktor, fissandolo negli occhi, «qual è lo scopo della tua esistenza?»

«Mi prendi per il culo?» ribatté. «E come mai sei così loquace, adesso? Quando tentai di interrogarti non tirasti fuori nemmeno mezza parola.»

«Non sono più lo stesso di prima. Sai, c'è sempre stato dentro di me un vuoto incolmabile. Da bambino ho respirato solo violenza, molta violenza. All'inizio piangevo, mi lamentavo, volevo fuggire lontano. Poi, quando l'occasione si è presentata e sono scappato da quell'inferno, mi sono ritrovato del tutto svuotato. Quello che avevo immaginato e desiderato negli anni terribili dell'orfanotrofio mi sembrava ormai senza senso, inutile, come se mi avessero tolto la capacità di provare emozioni.»

Matthias lo guardò senza muovere un muscolo. Non si sentiva la persona più adatta ad ascoltare quello sfogo psicologico.

«L'unica costante che aveva accompagnato la mia vita era la violenza, così essa diventò negli anni a venire il metro per rapportarmi al mondo esterno. Pur sapendo di non meritare altro che disprezzo, avevo sviluppato un gusto perverso nell'arrecare dolore e morte. Mi ero autoconvinto che, oltre alla mia, anche la vita degli altri fosse futile, senza senso. Senza uno scopo. E far fuori qualcuno la cui esistenza non ha uno scopo equivale a buttare una bottiglia vuota, o bruciare una foglia secca.»

«Stai cercando di giustificare i tuoi crimini, Zagaev?»

«In un certo senso, sì. Ma conosco anche la tua storia. Da quando sono morte tua figlia e tua moglie, anche la tua vita ha perso significato, vero? Sei andato avanti più per inerzia che altro, mentre il senso di colpa ti divorava... sbaglio?»

Matthias non replicò, ma le mani gli tremavano. Come faceva quell'individuo a conoscere il suo passato e i dilemmi esistenziali che lo logoravano?

«Eppure, eccoci qua» continuò il killer. «Su quest'isola incredibile. Io e te. Ora sappiamo che tutto ciò che ci è successo, tutto il dolore che abbiamo provato e procurato, i sensi di colpa, l'inutilità, era tutto finalizzato a qualcosa di più grande. La nostra vita ha uno scopo molto, molto importante.»

«Ah sì? E quale sarebbe?» ringhiò Matthias, infervorandosi all'improvviso. «Il mio scopo era tornare a casa da mia moglie, sentire il suo calore... baciare mia figlia sulla fronte per darle la buonanotte. Tutto lì. E mi bastava. Ero felice. Poi vedo mia figlia qui... cos'era, un trucco? Un trucco per farmi venire qui? Non so più a cosa credere, ormai!»

«Detective, siamo prossimi a un evento cruciale» rivelò Viktor, osservando le lacrime sulle guance di Matthias. «Tra poche ore l'universo collasserà su se stesso. Allo scoccare della mezzanotte di oggi, venti dicembre 2012, la fine del mondo su cui si è sempre favoleggiato si compirà in maniera inesorabile.»

Matthias ammutolì. Si ripeté nella testa quella frase diverse volte, per assicurarsi di aver capito bene.

«Ti assicuro che è la verità, per quanto assurdo ti possa sembrare. Ma non è tutto perduto. E noi siamo qui proprio per questo. Faremo la nostra parte per salvare il mondo. È il nostro scopo.»

«Il nostro scopo... salvare il mondo?»

«Ti accompagnerò da chi ti spiegherà tutto. Ma una cosa te la posso dire…»

Il viso del killer assunse un'espressione serissima. «Se riusciremo nel nostro intento, ciò che ti è stato portato via potrà esserti restituito.»

10

DAGLI ALBORI DEL TEMPO

10-1

Deserto dell'Arizona, USA
20 dicembre 2012, ora locale 09:20

«Eccellenza, il satellite Zorax 6 sta rilevando qualcosa nell'area indicata» comunicò ad alta voce un tecnico della Gilda della Rinascita, cliccando sul monitor e trascinando alcune icone con le dita.

«Confermo anche dallo Zorax 5» gli fece eco un collega seduto poco distante.

Nova Lux Temperantia spalancò gli occhi gialli contornati dall'eyeliner. «Mostratemi subito delle scansioni.»

Sullo schermo che aveva davanti apparvero delle immagini di un lembo di terra dalla vegetazione lussureggiante.

«Fratello, sei riuscito nel tuo compito» disse a bassa voce. «Sia gloria eterna a te. La Zona Extramondo è ora parte di questa realtà e presto ne calpesteremo il suolo. Il progetto Eden sta per giungere a compimento!»

All'interno della Zona Extramondo
20 dicembre 2012, ora locale 11:09

«Ora è il momento delle spiegazioni» fece Luna, serrando la mascella. «Dicci cosa vuol dire questa storia del DNA di Kayn sulla lastra e cos'è il progetto Eden. Mio padre è morto per quello.»

Il Sacro Guardiano inarcò le labbra in un sorriso, poi si voltò verso Kayn. «Per quanto riguarda il codice genetico inciso, ne parlerò in separata sede con Kayn Grimm. Invece, a proposito del Progetto Eden... Luna Shelley, chiedi al tuo compagno se conosce quello che viene definito junk DNA.»

Kayn lì per lì fu spiazzato da quella richiesta. Ora gli occhi dei presenti erano su di lui. «Beh... si tratta di una parte di DNA non codificante. Non presenta, in pratica, una trascrizione in RNA. Allo stato attuale, sembra privo di qualunque funzione.»

«Conosco anch'io la questione piuttosto bene» intervenne Gismondi. «Se non sbaglio circa il 98,5 percento del nostro codice genetico è considerato *junk*, spazzatura. Molti illustri scienziati, me compreso» aggiunse con una risatina di compiacimento, «pensano che proprio questa parte di DNA è un ulteriore elemento che invalida la teoria dell'evoluzionismo, in quanto replicare informazioni inutili sarebbe un surplus energetico a carico dell'organismo.»

«Illustri scienziati?» tuonò Kayn. «Siete solo una manica di bigotti invasati che sfrutta l'ignoranza della gente per le vostre assurde teorie. Servi della Chiesa che si vendono per qualche finanziamento, vero professore?»

Colto in fallo, Romeo arrossì in viso e cerco di pronunciare qualcosa a sua difesa, ma fu interrotto dal Sacro Guardiano. «In natura, nulla esiste senza una logica e precisa funzione. Racchiuse in quella parte di DNA vi sono delle potenzialità latenti che non potreste neanche immaginare, tali da sconvolgere la vostra comune percezione dell'essere umano. I poteri ESP che alcuni individui manifestano ne sono solo una piccola dimostrazione.»

Kayn, Luna e Gismondi pendevano dalle sue labbra, quasi ipnotizzati dalla cadenza regolare della sua voce.

«Lo scopo della Gilda della Rinascita è stato da sempre quello di riuscire a risvegliare queste capacità agendo proprio su quei geni dormienti, in modo da tornare alla condizione primigenia dell'homo sapiens sapiens, così come è stato creato molte migliaia di anni fa.»

Kayn sussultò. «Creato? Mi stai dicendo che…»

«La contrapposizione tra creazionismo ed evoluzionismo è stucchevole» riprese colui che un tempo era Nova Lux Iustitia. «Non sono antitetici. La storia della vita sul pianeta si basa sull'evoluzione intesa come adattamento all'ambiente sulla base delle mutazioni che intervengono durante il *crossing over*. Tutto è stato guidato da una logica di funzionalità miglirativa, tutto tranne l'homo sapiens sapiens. Nessuno conosce con precisione date, circostanze e soprattutto gli artefici della sua nascita. Comunque, è fuori di dubbio che sia un organismo diverso da ogni altro essere vivente sul pianeta.»

L'archeologo e il genetista si guardarono esterrefatti. Le teorie studiate e difese con le unghie da entrambi stavano rivelandosi del tutto inadeguate.

«Quindi, gli esperimenti descritti da mio padre…» sibilò Luna con un filo di voce. «Tutti quei bambini…»

«I soggetti di studio erano prevalentemente individui che mostravano già delle potenzialità, delle piccole percentuali di risveglio. Io ero uno di loro, fui portato alla Gilda della Rinascita all'età di dieci anni circa. Questo perché nella maggior parte dei casi le capacità si affievoliscono con la crescita fino a sparire del tutto in età adulta. Furono condotti molti esperimenti, e la maggior parte dei soggetti trovò soltanto la morte o gravi deficit neurologici. Gli altri furono destinati a varie funzioni: locatori, percettori, psicometrici. Infine, i più dotati in assoluto sono stati sottoposti alla Cerimonia di Rinascita, ossia l'esposizione alle radiazioni Alpha. Su circa duecento individui siamo sopravvissuti in tre, quattro contando anche Faust. Non siamo comunque riusciti ad ottenere un risveglio totale, in quanto il macchinario che gestisce le radiazioni Alpha è una mera imitazione.»

«Imitazione di cosa?» chiese Kayn, fremendo dal desiderio di saperne di più.

«Di ciò che rappresenta il segreto più nascosto dell'isola. Il Progetto Eden, infatti, si divide in due fasi: la prima è l'apertura della Zona Extramondo, in modo da renderla raggiungibile per sempre; la seconda è…» Il Sacro Guardiano lasciò passare alcuni secondi di silenzio assoluto, durante i quali i tre sentirono ogni singolo battito del proprio cuore. «Ottenere il risveglio del cento percento del potenziale per l'umanità intera, creando una sorta di Cerimonia di Rinascita globale e utilizzando questa Piramide come un'antenna da cui dipanare le radiazioni Alpha originarie a tutto il mondo. Qui, infatti, si trova l'oggetto con cui nessun essere umano, dal giorno dell'inibizione, può entrare in contatto: il *Frutto della Conoscenza*.»

10-2

3 agosto 1561

«Capitano, gli approvvigionamenti sono completi.»

All'interno della sua cabina, il capitano Giovanni Valsecchi sedeva composto dietro a una scrivania in radica di noce. Sul ripiano, il suo diario di bordo aperto alla data di quel giorno. Batté tre volte l'indice contro il legno duro, poi si schiarì la voce.

«Perfetto, guardiamarina Flamberti. Va' ad avvertire gli uomini che tra trenta minuti esatti si molleranno gli ormeggi. Che salutino i loro compagni e l'isola... si torna a casa.»

Tra i due ci fu un rapido ed eloquente scambio di sguardi. L'ufficiale fece il gesto del saluto impettito, ma l'espressione malinconica del suo viso tradiva quanto fosse intenso il suo desiderio di rimanere su quella magica terra. Oltretutto, era uno dei pochi, assieme al nostromo Giacomo Lodato, a essere certo della fine che li avrebbe attesi una volta tornati in patria. Il capitano non lo aveva detto a chiare lettere, ma lo aveva lasciato intendere. Loro, però, avevano una missione... e senza di loro, il capitano col suo prezioso diario non avrebbe potuto raggiungere la terraferma.

Rimasto solo nella sua cabina, a bordo della caravella maggiore Sancta Domina, il capitano Giovanni Valsecchi si passò varie volte il pollice e l'indice sulla gobba del naso aquilino, gesto che compiva d'istinto quando era immerso nelle sue riflessioni. Poi, armandosi di coraggio, si decise a prendere in mano la penna e a intingerla nel calamaio, per scrivere quella che sarebbe stata l'ultima pagina del suo diario.

Diario di bordo della Sancta Domina.
3 agosto, A.D. 1561
I preparativi per la partenza sono ultimati, e tra pochi minuti lasceremo per sempre quest'isola eccezionale. Nessuno più di me vorrebbe restare e godere della luce e della gioia del Paradiso Terrestre, luogo creato affinché l'uomo vi trovasse la sua ideale collocazione in eterno, ma l'Onnipotente ha in serbo per me, ahimé, un destino diverso. L'angelo del Signore mi è apparso nelle vesti di una splendida bambina e mi ha fornito le istruzioni necessarie al compimento della mia missione. Tutti quelli tra i miei uomini che rimarranno sull'isola, avranno il dono di vivere fino al Giorno del Giudizio, che sarà il ventuno dicembre dell'anno del Signore 2012. Indi sarà loro gravoso compito schierarsi con l'esercito del Signore per combattere il Maligno e le sue legioni, che invaderanno quest'isola per appropriarsi del Frutto della Conoscenza, fulcro della vita e della morte dell'Universo Intero. Possa la mano del Signore guidarli e la luce divina trionfare. Io invece dovrò far ritorno dai miei mandatari, il Papa e i cardinali, dei quali soltanto ora ho capito la vera natura, la loro brama cieca di soldi e potere. Il mio diario verrà nascosto in un luogo sicuro e verrà trovato al momento opportuno, mentre noi subiremo la ferocia di costoro. Possa Iddio aver pietà delle nostre anime. Queste sono le ultime parole del capitano Giovanni Valsecchi. O voi che leggerete questo diario, sappiate che non una

sola menzogna è mai uscita da questa penna. Per grazia di Nostro Signore che mi ha investito del ruolo di messaggero oltre le soglie del Tempo.

Sia fatta la sua volontà.

10-3

Ore 11:58

«Il Frutto della Conoscenza...» sospirò Gismondi trasognato. «Incredibile, il mito biblico della Genesi ha dunque un fondamento reale!»

«Venite» tagliò corto il Sacro Guardiano, voltandosi e iniziando a camminare verso il bordo della passerella sospesa nel vuoto. «Ve lo mostrerò.»

Il gruppo scese fino alla base del gigantesco androne e imboccò l'ennesimo tunnel aperto con un tocco della mano in un punto casuale della parete.

Gismondi camminava fianco a fianco con un'abitante dell'isola. L'uomo era più alto di lui di una decina di centimetri, era di carnagione scura e portava i capelli molto corti. Aveva una barba nerissima, folta e poco curata. Lo guardò di sbieco per alcuni secondi, un po' a disagio. Moriva dalla curiosità di sapere cosa avesse provato al suo approdo e voleva capire cosa l'avesse convinto a restare per sempre sull'isola, abbandonando la propria casa e i propri affetti.

«Eh... che lingua parli?» gli domandò in inglese, non

prima di aver tirato fuori il solito fazzoletto ed essersi asciugato la tempia destra.

L'uomo si voltò verso di lui, continuando a seguire il gruppo. «Mi chiamo Goffredo Scaglione» rispose in italiano, causando un moto di stupore in Gismondi.

«Ah! E da quanto tempo ti trovi sull'isola?»

L'uomo inarcò le sopracciglia, continuando a sorridere. «Sono arrivato con la spedizione del capitano Valsecchi.»

L'archeologo fece il calcolo in un lampo. «Più di quattrocentocinquant'anni... incredibile. E come ti senti fisicamente?»

«Benissimo.»

Quando si ritrovarono al punto esatto in cui erano scesi, si materializzarono di nuovo le piattaforme staccandosi dal suolo. Vi salirono tutti e stavolta gli ascensori si diressero verso l'alto a velocità elevata. Con le bocche cucite in un misto di apprensione e curiosità, Luna e Gismondi osservavano tutt'intorno i contorni mutevoli di quella enigmatica piramide, gli enormi spazi vuoti e le figure geometriche che cambiavano senza un apparente motivo. Kayn, invece, per via delle sue vertigini, aveva chiuso gli occhi subito dopo la partenza.

Passarono diversi minuti prima che gli ascensori iniziassero a rallentare. Luna ebbe l'impressione di essere arrivata in cima alla piramide.

«Hai ragione, siamo allo Zenit» confermò il Sacro Guardiano.

Luna si sentì avvolgere da un brivido che le scosse tutto il corpo. Quell'essere le aveva frugato nella mente e la sensazione era stata orribile, non si sarebbe sentita così a disagio nemmeno se si fosse trovata nuda di fronte a mille persone.

«Mi hai… letto nel pensiero?»

«Non essere turbata» la rassicurò quell'uomo dotato di poteri incredibili. «In questo momento le tue sinapsi sono sovraeccitate, e la risonanza dei loro impulsi elettrici si diffonde nell'aria creando un reticolato da me facilmente captabile e traducibile.»

Luna rimase a bocca aperta. Cercò istintivamente di liberare la mente da ogni pensiero, ma una sola cosa non riusciva a sfumare: la sensazione che quell'individuo fosse, in realtà, la vera minaccia.

Superata l'ultima barriera prima della cima, vennero investiti da un intenso bagliore. I tre visitatori si coprirono subito gli occhi con le mani, ma qualche istante dopo si accorsero che la luce che filtrava tra le dita non era affatto fastidiosa, tutt'altro. Quando abbassarono le mani all'unisono e videro quello che si parava loro davanti, rimasero incantati a contemplarlo con gli occhi quasi fuori dalle orbite. Ogni pensiero o turbamento svanì d'un tratto, lasciando il campo sgombro a una sensazione di quiete quasi innaturale.

Il salone dove terminava la piramide era immenso, alto più di cinquanta metri fino alla cuspide e con le pareti convergenti intarsiate di venature luminose quasi invisibili per il riverbero. Al centro si trovava una grossa sfera del diametro di una decina di metri. Era completamente bianca, di un bianco che in natura non avevano mai visto, assoluto ed etereo. La luce che irradiava si insinuava sotto pelle e ottundeva i sensi.

«Ecco il Frutto della Conoscenza» scandì l'ex Apostolo della Rinascita. «Ciò che può permettere all'uomo di risvegliare le capacità sopite.»

I tre non risposero. Le sensazioni trasmesse da quella sfera ipnotica erano sconvolgenti, tali da togliere la capacità di articolare una frase di senso compiuto.

«Questo è il luogo che la Gilda della Rinascita, con a capo ora soltanto Nova Lux Temperantia, vuole raggiungere e usare per il suo scopo: la Cerimonia di Rinascita finale, applicata a tutto il mondo.»

«Da dove...» balbettò Kayn con aria trasognata, senza distogliere lo sguardo dalla sfera. «Da dove viene?»

«Non è dato saperlo» rispose il Sacro Guardiano. «Ma posso dirvi con certezza che non si tratta di materia appartenente a questo universo. Esso trascende qualunque legge della fisica ed è probabile che sia proprio la sua presenza ad aver originato la Zona Extramondo.»

«Però... come mai» chiese Kayn in una parentesi di lucidità della sua mente appannata dall'ebbrezza sensoriale della sfera, «ti vuoi opporre al risveglio completo delle capacità umane?»

«A nessuno è permesso» replicò fermo il Guardiano. «Eccetto a colui che viene eletto come Sacro Guardiano, affinché adempia esclusivamente al suo compito.»

«Dunque tu hai subito il risveglio completo delle capacità insite nel DNA umano?» lo incalzò. «E non pensi che se avessimo tutti i tuoi poteri, l'umanità potrebbe fare cose impensabili? Porteremmo la nostra vita sul pianeta a un altro livello!»

«Te lo ripeto: non è permesso. Da sempre è l'unica legge che regna sull'isola. Se nel corso della storia c'è stato un momento in cui le capacità dell'uomo sono state inibite al livello al quale si trovano tuttora, deve esserci stata una ragione valida. Ci potete arrivare anche voi.»

«Ma di cosa parli?» urlò Kayn a squarcia gola, infervorato. «Se siamo stati creati in quel modo, abbiamo il diritto di sfruttare ciò che si nasconde dentro di noi! La Gilda della Rinascita vuole dare a tutti questa opportunità e tu lo vuoi impedire?»

Kayn si girò verso Luna e Romeo, guardandoli con un'espressione spiritata negli occhi di cui probabilmente non si rendeva conto. «Ma cazzo, pensateci un attimo... pensate al senso di vuoto, di smarrimento, il bisogno spasmodico di aggrapparsi a certezze, gli interrogativi che assillano l'uomo da sempre» sbraitò, agitando le braccia. «Forse è proprio questa la motivazione! Qualcosa di immenso che si trova dentro di noi, bloccato, di cui sentiamo inconsciamente la mancanza! E pensate a quali progressi potrebbe fare la scienza! Sarebbe davv...»

Le parole di Kayn furono strozzate da due rauchi colpi di tosse. Strabuzzò gli occhi e il suo viso cambiò espressione: si congestionò e diventò quasi cianotico, mentre sul collo risaltavano le vene tirate allo spasimo. Non riusciva né a parlare né a respirare, emettendo solo versi scomposti. Non distolse mai lo sguardo, durante quei secondi interminabili, dalla mano del Sacro Guardiano che puntava verso di lui.

Gismondi rimase immobilizzato dal terrore. Luna, sbigottita, estrasse la pistola e la puntò tremante all'indirizzo del Guardiano. «Fermati, figlio di puttana! Che cazzo fai?»

Senza neanche il tempo di un batter di ciglia, Luna vide la pistola scivolarle via dalle mani, come trascinata da una calamita invisibile, e fluttuare in aria a pochi metri da lei. Dopo un paio di secondi l'arma fu smontata di tutti i suoi componenti, che caddero a terra tintinnando.

Il Sacro Guardiano la fissò per un attimo negli occhi, dopodiché abbassò il braccio. Kayn sputò fuori anche l'anima, tornando a respirare, seppur in affanno.

«Con il cinque percento delle sue capacità» tuonò il Guardiano, «l'uomo è stato in grado di massacrare milioni e milioni di suoi simili, spazzare via intere civiltà, distruggere e avvelenare irrimediabilmente il pianeta portandolo vicino all'ormai inevitabile collasso.»

Kayn fece per replicare, ma non trovò la forza.

«Fortitudo e Temperantia vi sembrano forse uomini virtuosi, nonostante la Cerimonia di Rinascita? Averne sopito quasi tutte le potenzialità è stato un tentativo di salvare l'homo sapiens e fargli trovare un equilibrio col pianeta. A giudicare dagli eventi, però, il tentativo è fallito lo stesso. Il mio compito è proprio evitare che l'uomo entri in contatto col Frutto della Conoscenza e acquisisca capacità sufficiente a diffondere il virus della sua specie in altri mondi.»

10-4

Ore 12:54

Matthias e Viktor si erano allontanati dalla costa e stavano facendo il percorso a ritroso per tornare alla piramide. L'apparente calma di quell'ambiente selvaggio era per il detective motivo di preoccupazione: memore dell'attacco dei T-rex, buttava di continuo occhiate a destra e sinistra, con le orecchie tese per captare eventuali rumori sospetti.

«Guarda che non hai nulla da temere» lo rassicurò il killer dai capelli platino, notando le sue movenze. «Gli animali dell'isola vi hanno attaccato perché vi hanno riconosciuti come invasori e si sono sentiti minacciati. Semplice istinto di auto-conservazione.»

Matthias non rispose, continuando a controllare ogni movimento del fogliame, anche se dentro di sé si sentì più sollevato.

«Anche se ne uscissi vivo» esordì qualche istante dopo, «mi rinchiuderebbero in manicomio se facessi cenno a tutto questo. Se parlassi di te... cioè, il killer Viktor Zagaev che ha compiuto una serie di omicidi in un ospedale appena due giorni fa, e ora è qui a filosofeggiare sul destino.»

Il viso di Viktor si incupì. «La mia vita passata era come un motore che girava a vuoto. Nemmeno io in realtà sapevo cosa mi tenesse ancorato a questo mondo. Ora, grazie al Sacro Guardiano, l'ho scoperto.»

«Sacro Guardiano? Questo tizio ti ha fatto il lavaggio del cervello, per caso?»

Il russo sorrise. «Tutt'altro. Mi ha mostrato una piccola parte di ciò che in realtà contiene la mente umana, le sue sconfinate potenzialità.»

«Cioè?»

«A tempo debito lo scoprirai.»

All'interno dello zenit della piramide, il Guardiano mostrava uno sguardo compassionevole ai tre ospiti sui cui volti erano dipinti sconcerto e timore.

«Per il momento, basta così. Servirà un po' di tempo alle vostre menti per metabolizzare queste informazioni. In fondo, dal vostro punto di vista, gli eventi sono soltanto un susseguirsi di causa ed effetto.»

Romeo Gismondi inarcò le sopracciglia. «Che vuol dire?»

«Vorrei avere un colloquio privato con Kayn Grimm. I miei uomini vi accompagneranno dove vorrete, se avete bisogno di riposarvi vi mostreranno dove potrete farlo, e vi scorteranno nel caso in cui vogliate visitare l'isola.»

Appena ebbe terminato, il gruppo di isolani si avvicinarono a Luna e Gismondi con fare calmo ma risoluto, facendo cenno col braccio come ad aprir loro la strada: il modo più elegante possibile per lasciar intendere che non c'era possibilità di contraddittorio.

Luna si sentì attanagliare la gola. «No, non se ne parla! Io rimango con lui!»

Quelle parole le uscirono fuori di getto. L'istante successivo si rese conto di quello che aveva appena detto e non riuscì a capacitarsene. Era come se l'emisfero del cervello che regola le emozioni avesse agito per conto proprio, senza fare i conti con l'altra metà.

«Non c'è nulla di cui preoccuparsi» dichiarò il Sacro Guardiano, mentre Luna veniva circondata dai suoi seguaci. «Vi rivedrete tra poco.»

Luna incrociò lo sguardo di Kayn, il quale le fece un cenno di assenso. A quel punto, lei si convinse e si diresse assieme agli altri verso le piattaforme ascensionali.

«Bene, ora che se ne sono andati tutti» esordì Kayn, «possiamo parlare.»

«Noto con piacere che il tono di ostilità nei miei confronti si è notevolmente affievolito. Ottimo, un atteggiamento diverso sarebbe stato controproducente alla luce di ciò che sto per rivelarti.»

Kayn tirò un lungo sospiro. «Diciamo che mi sento come un gatto centrifugato in lavatrice. In due giorni ho trovato le risposte a tutti i miei dubbi da scienziato, eppure…» Si interruppe per alcuni secondi, durante i quali continuò a fissare il Frutto della Conoscenza. «Ho una sensazione strana che mi attanaglia fin da quando hai detto che il mio DNA è inciso sul quel manufatto. Cosa mi stai per dire?»

«Te ne svelerò il significato» rispose il Guardiano. «Così comprenderai anche lo scopo della tua esistenza.»

«Lo scopo?»

«Sì, Kayn Grimm. Niente è frutto del caso. I libri letti, gli studi intrapresi, la conoscenza di determinate persone, ogni singolo attimo trascorso sul pianeta è servito a condurti qui, sull'isola, in questo momento esatto. Era tutto prestabilito. Ora non ti resta che adempiere al tuo destino.»

11

L·INVASIONE

11-1

Passando di nuovo attraverso i cunicoli che si aprivano al loro passaggio, il gruppo di isolani con al seguito Luna e il professor Gismondi si ritrovò a oltrepassare l'ultima parete esterna della piramide nera, uscendo sulla piana sterrata del cratere.

Il Sole batteva splendente più che mai. Luna, nonostante la tranquillità artificiale trasmessa al suo corpo dalle radiazioni dell'isola, non riusciva a togliersi dalla testa un brutto presagio.

«Seguiteci» disse uno degli uomini in tono gentile.

«Dove stiamo andando?» gli domandò Luna, senza muoversi di un millimetro.

«Penso che abbiate bisogno di rifocillarvi» rispose l'uomo «Vi sto portando dove potrete trovare cibo e acqua.»

«Sì!» esclamò eccitato Gismondi. «Finalmente... ho la gola riarsa e anche un discreto appetito.»

Luna non disse una parola. Tutte le sue preoccupazioni erano rivolte a Kayn, il cibo era l'ultima delle sue priorità. Diede un'ultima occhiata alla piramide, poi si decise a seguire il gruppo verso la parete del cratere.

Dopo qualche ora di cammino, superata l'altura e penetrati in una zona dalla vegetazione non troppo fitta, gli isolani portarono Luna e Romeo a ridosso di un piccolo fiume costellato di ciottoli. L'acqua limpida e dai riflessi argentei scorreva quasi senza far rumore.

«Potete bere quest'acqua» disse quello che sembrava il leader del gruppo, sempre col sorriso stampato in volto. Poi alzò il braccio verso ovest, indicando alcuni alberi. «E se avete fame, c'è molta frutta a disposizione.»

Con stupore, Luna e Gismondi osservarono gli alberi di banane, mandorle, mele e molto altro, come se tutta la frutta del mondo fosse riunita in quel luogo.

«Guarda le pesche!» esclamò entusiasta l'archeologo. «Sono enormi!»

«In tutto il territorio» continuò l'isolano, «sono presenti alberi da frutto, ma in questa zona la concentrazione è maggiore. L'isola raggruppa tutta la biodiversità del pianeta, sia animale che vegetale, quindi non dovreste faticare a trovare qualcosa che soddisfi i vostri gusti.»

Una volta rifocillatisi, Luna si rivolse al capogruppo, che nel frattempo avevano scoperto chiamarsi Alfredo.

«Quindi, voi non siete mai tornati a casa? Non vi mancano le vostre famiglie?»

Gli occhi dell'uomo si illuminarono per un istante. Fece un lungo sospiro, poi sorrise. «Ogni tanto ci penso. Ci pensiamo tutti, credo. Ma nel momento in cui abbiamo scelto di restare sull'isola, eravamo tutti al corrente delle conseguenze. Trascorsi i primi dieci giorni, il corpo diventa dipendente dalle radiazioni emesse dalla piramide. Allontanarsi dall'isola dopo quel periodo significherebbe la morte entro settantadue ore a causa del proliferare di una serie di tumori. Oltre al fatto che, durante i secoli di permanenza sull'isola, i momenti abbastanza lunghi per poter uscire dalla Zona Extramondo sono stati pochissimi.»

Luna incalzò. «Quindi, pur di avere la vita eterna, si è disposti a lasciare per sempre la propria famiglia.»

Alfredo si fece più serio. «La vita eterna è un mezzo, non un fine.»

«Cosa intendi?» gli chiese lei, non cogliendo appieno il significato di quella frase a effetto.

«Ho imparato che ogni evento accade per una determinata ragione. Se noi siamo incappati nella Zona Extramondo, doveva essere per un motivo preciso. Come voi, del resto. Il nostro compito è difendere questo angolo di Paradiso.»

«Difendere? Da chi, dalla Gilda della Rinascita?»

«Prima o poi sarebbero giunti, ce l'aveva detto il Sacro Guardiano.»

«Ma li avete respinti...»

Alfredo alzò lo sguardo al cielo. «Sono riusciti nel loro intento, invece. Hanno distrutto l'anomalia magnetica... ora la Zona Extramondo non esiste più, l'isola è raggiungibile in qualunque momento come ogni altra parte del pianeta. Piomberanno qui.»

Mentre Gismondi era intendo a divorare le sue pesche, Luna si rese conto che gli uomini di fronte a lei si stavano preparando al sacrificio. «E voi combatterete, come hanno fatto prima i vostri compagni...»

«Ognuno di noi ha vissuto ben oltre il suo limite fisico naturale. Questo è stato il dono più grande. Siamo grati a quest'isola e al Sacro Guardiano, e faremo il possibile per difenderla.»

Dopo alcune ore di relativa calma, il gruppo fece ritorno alla piramide.

Ad attenderli, a pochi metri dall'immensa struttura, c'era Kayn. Nel vederlo da lontano, a Luna si illuminò il viso. Iniziò a correre a perdifiato, senza fermarsi, finché non gli piombò letteralmente addosso, tanto che lui fece fatica a non perdere l'equilibrio.

«Ma... Luna...»

La ragazza fremeva, stringendosi a lui. «Avevo una brutta sensazione, non so perché. Per fortuna mi sbagliav...»

«Luna.»

Kayn appoggiò le mani sulle sue spalle, allontanandola delicatamente. Lei, stupita, notò che aveva un'espressione particolar negli occhi. Non l'aveva mai visto così serio, così cupo. Inoltre, un rivolo di sangue gli colava dal naso alle labbra.

«Ascoltami bene...» esordì lui, con un filo di voce. «Dovete andarvene. Adesso. Tu e quello sciroccato. Prendete la Mary Ann e tornate indietro.»

Luna percepì la parola *andarvene* come un macigno tra capo e collo. «Dobbiamo? E... tu?»

«Io devo restare.»

«Ma sei fuori di testa? Perché mai dovresti?»

«Cazzo, Luna!» sbottò. «Non c'è tempo! Tra poco la Gilda della Rinascita sarà qui in massa!»

«Appunto per questo devi venire via! Che intenzioni hai? Cosa ti ha detto il Guardiano mentre noi eravamo fuori?» sbraitò fuori di sé, rendendosi conto che la sua brutta sensazione aveva trovato conferma.

«Non posso spiegartelo! Devi andartene e basta!»

«No, non ti lascio qui!»

Al suono di quelle parole, Kayn sentì un calore improvviso divampargli nel petto. In un istante rivide tutte le situazioni vissute al suo fianco: pochi giorni, ma di una tale intensità da sembrare anni interi. Avvertì il desiderio fortissimo di lasciar perdere ogni cosa, ignorare il discorso del Sacro Guardiano e fuggire con lei. Ma non poteva.

«Vattene!» gridò, spingendola via con forza. Luna perse l'equilibrio e cadde all'indietro, guardandolo con occhi lucidi.

«Non fare sceneggiate! Non eri la donna d'acciaio, tu?» le urlò addosso, mentre una parte di sé avrebbe disperatamente voluto strozzare quelle parole in gola.

Le lacrime accennate sul viso di Luna gli fecero più male di una pugnalata, eppure si voltò senza dire altro, trattenendosi il più possibile per non versarne a sua volta.

La ragazza si rimise in piedi, respirando con affanno e strofinandosi gli occhi con le mani, e fissò Kayn che si allontanava per alcuni secondi. Infine si voltò e rincorse il gruppo di isolani che avrebbero scortato lei e l'archeologo verso la nave.

Sentendo il rumore dei suoi passi affievolirsi, Kayn si sentì morire dentro. Mai avrebbe immaginato di riuscire a comportarsi in maniera così fredda e distante... ma staccarsi da lei era l'unico modo per metterla in salvo. Non avrebbe potuto esprimere ad alta voce quello che sentiva nel profondo del cuore e poi raccontarle la verità. Avrebbe finito per baciarla, e non avrebbe trovato il coraggio di dirle che non si sarebbero più rivisti.

11-2

Quattro ore prima

Il riflesso cristallino del Frutto della Conoscenza irradiava il volto di Kayn, schiarendogli la pelle fino a renderla di un pallore cadaverico. Il nero dei suoi jeans era sbiadito in un grigio nebbia.

«Cosa devo aspettarmi?» esordì, dopo una lunga pausa di silenzio successiva all'uscita del gruppo dalla stanza.

L'ex Apostolo della Rinascita assunse un'espressione enigmatica. «Immagino tu voglia sapere il motivo della presenza del tuo codice genetico in una stele risalente a dodicimila anni prima della tua nascita. Ora saprai tutta la verità. Per prima cosa sappi che esattamente tra 11 ore, 24 minuti e 46 secondi, questo universo collasserà.»

Kayn si pietrificò. Si chiese se avesse udito bene, poi gli venne in mente che si trovava a ridosso della data fatidica, il ventuno dicembre 2012.

«Non mi dirai che...»

L'uomo abbassò lo sguardo sul pavimento della sala, a pochi metri dai suoi piedi. Il suolo si aprì in un'ellissi e un ascensore salì a combaciare alla perfezione lo spazio vuoto. Su di esso si trovavano due uomini: uno aveva un volto minaccioso, i capelli biondo platino e gli occhi di due colori diversi; l'altro, rosso di capelli e di corporatura più massiccia, mostrava un'espressione smarrita. Un rivolo di sangue gli colava dal naso sul labbro superiore.

«Costui è Matthias Wichmann» disse il Sacro Guardiano, indicando il detective. «L'uomo a cui è stato riservato il tuo stesso destino.»

Kayn fissò Matthias come se lui potesse fornirgli una spiegazione plausibile, ma sembrava quasi in trance.

Il Sacro Guardiano indicò a Matthias il Frutto della Conoscenza. Il detective si avvicinò alla sfera, come se sapesse già cosa fare, e poggiò lentamente una mano sulla superficie eterea di quell'enigmatico artefatto. Dalle sue dita si dipanò una serie di onde concentriche, come se avesse toccato una sostanza liquida.

«Ma cosa...»

Kayn mosse le labbra, ma le parole gli uscirono afone: la voce gli si era fermata in gola. La mano di Matthias penetrò all'interno della sfera come se stesse attraversando un muro d'acqua, e al contempo il suo viso era sorridente, radioso.

«Aspetta...» biascicò il genetista, sollevando il braccio verso Wichmann e scattando verso di lui. Il suo tentativo irrazionale di fermarlo fallì miseramente: lo raggiunse quando ormai era già sparito all'interno del Frutto della Conoscenza. Non appena l'ultimo lembo di pelle del detective fu inglobato, la parete esterna della sfera ritornò allo stato solido e le dita di Kayn si infransero contro la dura materia bianca.

Ritrasse la mano dolorante, tenendo lo sguardo fisso su quell'oggetto che sfuggiva a ogni possibile spiegazione logica. «Cos'è successo? Dove diavolo è finito?»

Il Sacro Guardiano invitò Viktor, che aveva osservato la scena a braccia conserte, a lasciare la stanza. Poi si voltò verso Kayn e lo fissò per alcuni istanti. «Quello che sto per dirti necessita del massimo sforzo di comprensione da parte tua.»

Si accostò al Frutto della Conoscenza e lo sfiorò con la mano destra, mentre con l'altra fece cenno a Kayn di avvicinarsi. Questi, con lo sguardo fisso sulla sfera, mosse tre passi nella sua direzione fino a farsi poggiare una mano sulla fronte.

Dopo un paio di secondi di calma assoluta, una bomba atomica deflagrò nel cervello di Kayn. Un fluire ininterrotto di pensieri, percezioni, rielaborazioni e nuove connessioni su tutto ciò che aveva visto fino a quel momento, a un livello che non avrebbe raggiunto nemmeno dopo anni e anni di studi. Era come se un uragano fosse entrato nel suo magazzino di informazioni e lo stesse rivoltando da cima a fondo, portando alla luce tonnellate di nozioni che altrimenti sarebbero rimaste per sempre sopite.

«Non temere, Kayn Grimm. Sto filtrando il potere del Frutto della Conoscenza in modo tale da riversarne una quantità infinitesimale nel tuo cervello. In questo momento si sta riattivando una piccola parte dei tuoi geni quiescenti.»

Kayn, con gli occhi rivoltati all'insù in stato di semitrance, udiva la voce del Sacro Guardiano direttamente nella testa.

«La tua comprensione delle interazioni della materia è basata su ciò che hai studiato, osservato, assimilato e conosciuto. Ma, come ti sarai reso conto, questo luogo trascende i concetti fisici basilari come gravitazione, massa, densità. Perfino io, dopo l'illuminazione completa, devo sottostare a delle logiche al di là della mia portata.»

Nella mente di Kayn si placò per un istante il fiume di informazioni e si ritrovò immerso in un mondo olografico tridimensionale.

«La Zona Extramondo si è formata in un momento indefinibile della vita del pianeta. Ignoro chi l'abbia creata, così come il fatto che contenga praticamente tutte le specie di esseri viventi comparsi sul pianeta dalla sua formazione.»

Mentre le sue parole si disperdevano nell'etere, Kayn si ritrovò a fluttuare sull'isola, contornato da piante e animali autoctoni.

«Una cosa, però, è certa. La Zona Extramondo ha un ruolo fondamentale per la Terra e non solo: ha a che vedere con gli equilibri stessi di mantenimento della membrana dell'universo.»

Il suo viaggio mentale proseguì sulla costa, e nel tratto di mare che la lambiva notò qualcosa, una sorta di piccola tempesta. Da quella nube lattea comparve la prua di un antico vascello. Purtroppo, l'anomalia si richiuse quando solo una piccola parte dell'imbarcazione era passata all'interno della Zona Extramondo, finendo per spezzarla in due.

«Stai osservando un episodio risalente al novembre 1564, quando l'inquisitore Nicodemo Farnese mandò una caravella, la San Francesco, alla ricerca dell'isola. È solo una delle tante. Da circa mille anni, secondo la datazione del mondo esterno, la struttura dell'universo ha iniziato a sfaldarsi. Si sono verificate delle anomalie magnetiche in varie parti del mondo, classificate dalla Gilda della Rinascita come Eventi Ignoti. Incidenti aerei e navali, morie di massa, fenomeni inspiegabili e altro ancora. Individuare le tracce di quelli passati, prevedere quelli futuri e stabilire una correlazione, tramite i bambini dotati di poteri ESP, contribuiva a dare un quadro dettagliato della situazione della struttura dell'universo.»

Kayn si ritrovò sospeso a un centinaio di metri sopra un peschereccio, in mare aperto, circondato da migliaia di pesci morti, mentre i marinai osservavano attoniti quello spettacolo raccapricciante. Poi, senza soluzione di continuità, fu dentro un aereo in volo: pochi secondi dopo il velivolo subì un'inspiegabile deformazione alla lamiera della carlinga che causò una voragine, e la decompressione scagliò all'esterno sedili e decine di passeggeri urlanti.

«Tutti questi fenomeni sono comparsi una sola volta, tranne uno, il più misterioso, chiamato Evento Ignoto Omega, che si ripeteva nello stesso luogo più volte a cadenza irregolare. Nonostante gli sforzi, non riuscivamo a determinarne le tempistiche né le coordinate esatte. Si tratta proprio del punto di contatto tra la Zona Extramondo e lo spazio esterno. Quando ero ancora un Apostolo della Gilda della Rinascita, pervenni per primo, anche grazie al lavoro di Jonathan Shelley, il padre di Luna, a calcolare le date esatte di apertura e chiusura. Nel frattempo Faust, dopo aver conseguito danni dalla Cerimonia di Rinascita, stava per essere lasciato al suo ineluttabile destino. Così decisi di non dire nulla a Temperantia e a Fortitudo e partire portandolo con me.»

Con la stessa nitidezza, Kayn poté rivivere le immagini dello sbarco di Nova Lux Iustitia assieme a Faust e ad altri soldati.

«Raggiunsi la Piramide, con la speranza di essere a un passo dal trionfo. Invece accadde l'incredibile: si aprì un varco nella parete esterna della costruzione, come se qualcuno mi stesse attendendo. Entrai e la Piramide, simile a una creatura vivente, mi condusse in autonomia dal Sacro Guardiano di allora.»

Le immagini si interruppero un attimo.

«Il contatto con lui fu sconvolgente. Io, un invasore, fui accolto come un fratello. La pacatezza dei suoi gesti e la purezza delle sue intenzioni sortirono un effetto così profondo sul mio animo da lasciarmi davvero turbato. Disse che mi stava aspettando e che presto avrei dovuto prendere il suo posto. Aggiunse anche che la presenza delle falle nella barriera magnetica che isolava la Zona Extramondo era dovuta a un progressivo deterioramento della stessa, e che in un futuro prossimo sarebbe stato possibile, dall'interno, neutralizzarla del tutto: l'isola sarebbe così tornata sullo stesso piano spazio-temporale della Terra, distruggendo la speranza di poter salvare l'universo dal collasso. Tutt'a un tratto compresi l'immenso valore di questo luogo e mi convinsi che era mio compito preservarlo il più a lungo possibile, scongiurando quell'evento catastrofico. Evento che purtroppo, con l'arrivo di Nova Lux Fortitudo e l'attivazione dello Stabilizzatore, si è verificato.»

Kayn, sconvolto dalla potenza e dalla vividezza di quelle percezioni, ascoltava in silenzio.

«Ci troviamo di fronte a qualcosa di più grande di tutti noi, una fonte di potere inimmaginabile. Capisci che non possiamo in nessun modo permettere alla Gilda della Rinascita di entrarne in possesso?»

«Sì, lo capisco» rispose Kayn tramite telepatia, accortosi di poter comunicare così con l'ex Apostolo. «Non so perché, ma sto avvertendo un desiderio innato di proteggere l'isola. Ma non saprei come fare.»

«Io sì. Conosco il tuo ruolo e quello di Matthias Wichmann.»

Kayn si ritrovò sopra un tratto d'oceano antistante l'isola. L'immagine si spostò sotto la superficie dell'acqua, passando in mezzo alla variegata fauna ittica, finché non riuscì a scorgere in lontananza la sagoma di un gigantesco oggetto in movimento.

«La Leviathan, la nave sottomarino della Gilda della Rinascita. Un capolavoro di tecnologia. È salpata otto ore fa, prevedo il loro arrivo sulla costa tra sei-sette ore. Al suo interno si trovano tutti i soldati rimasti, oltre cinquecento, al comando di Nova Lux Temperantia. Non riusciremo a respingerli combattendo.»

«Quindi? Cosa pensi di fare?»

«Una cosa sola. Ripristinare la barriera magnetica distrutta con lo Stabilizzatore e sigillare nuovamente la Zona Extramondo. Per sempre.»

«Ricreare la barriera… in modo da tenerli fuori. Ma come?» chiese Kayn, con un barlume di speranza.

«No, non per chiuderli fuori» specificò il Sacro Guardiano «Essi rappresentano una minaccia per il mondo intero, e nessuno sa cosa potrebbero tramare in futuro.»

«E quindi?»

«Chiuderli all'interno. All'interno della Zona Extramondo.»

«Dentro? Ma così facendo riusciranno comunque a raggiungere la Piramide!»

«No. Per ricostruire la barriera utilizzerò le vibrazioni del Frutto della Conoscenza. Nel momento in cui il suo potere si attiverà, per un brevissimo lasso di tempo l'intera isola sarà investita da un'ondata di radiazioni Alpha: le stesse che sto usando per te e che hanno permesso il mio risveglio, solo in misura infinitamente più grande. Avranno l'effetto di distruggere completamente il DNA di tutti gli uomini presenti sull'isola.»

«Compresi i tuoi?»

«Conoscono la loro sorte dal principio, e sono sereni. Il loro compito sarà ritardare il più possibile l'avanzata delle truppe in modo da garantirci un margine temporale sufficiente a fare la nostra parte.»

«E io? Cosa dovrei fare esattamente?»

«Qui entrate in gioco tu e Matthias Wichmann. Voi due avete una cosa in comune: siete venuti al mondo entrambi nello stesso istante. Ma così non doveva essere. Un po' come nel paradosso del gatto di Schrodinger.»

«Cosa intendi?»

«Semplice. Un gatto, chiuso in un contenitore con una capsula di veleno che può rompersi in qualsiasi momento, deve essere considerato sia vivo che morto finché il contenitore non viene riaperto. Tu e Matthias Wichmann eravate la stessa cosa all'interno dell'utero delle vostre rispettive madri.»

«Spiegati meglio...»

«In ogni istante, l'equilibrio dell'universo si regge sulla posizione di ciascuna particella subatomica e sulla sua relazione a livello macroscopico. Mentre a livello microscopico le particelle possono assumere diversi stati contemporaneamente, a livello macroscopico ciò non è possibile. Dalla posizione opposta di un singolo elettrone, sarebbe partita una catena di eventi che avrebbe portato alla morte di uno di voi prima di venire al mondo. In un universo tu saresti sopravvissuto, in un altro sarebbe sopravvissuto Wichmann. Così non è stato: il gatto, nel nostro universo, si trova a essere in contemporanea sia vivo che morto.»

«Quindi... la teoria quantistica del Multiverso è corretta? Esistono infiniti universi e ogni diversa posizione delle particelle subatomiche dà luogo alla nascita di un differente universo?»

«Sì. L'evento ha causato un'anomalia nello spazio-tempo, lasciando una traccia. I manufatti coi vostri codici genetici, di cui ne abbiamo trovate diverse copie, erano a noi oscuri. Solo una volta entrato nel Frutto della Conoscenza mi si è chiarita tutta la vicenda nei minimi particolari.»

Kayn si stava sforzando al massimo per comprendere fino in fondo il discorso del Sacro Guardiano, ma non era per nulla facile.

«Voi due siete l'unica speranza. Se entrerete entrambi nel

Frutto della Conoscenza, il vostro corpo sarà in simbiosi col mio: io disgregherò la mia struttura atomica e mi insinuerò nella frattura spazio-temporale creando l'onda Alpha che ripristinerà la barriera. Una volta che la Zona Extramondo sarà di nuovo sigillata, stavolta in maniera stabile, il pericolo di un collasso della struttura dell'universo sarà scongiurato.»

D'un tratto, l'ex Apostolo della Gilda della Rinascita tolse la mano dalla fronte di Kayn, che crollò a terra respirando affannosamente. Cercava in tutti i modi di trattenere gli ultimi pensieri che stavano già abbandonando la sua mente, tornata al suo status normale. Quando vide delle macchie rosse sul pavimento, si toccò le narici, sporcandosi le dita di sangue.

«Non preoccuparti, è solo lo stress conseguente all'attivazione artificiale delle zone quiescenti che ha rotto qualche capillare» spiegò il Sacro Guardiano in risposta allo sguardo interrogativo di Kayn, che in quel momento si ricordò che la stessa cosa era successa a Matthias Wichmann.

«Ho capito... bene? Disgregare la struttura atomica?»

«Pensala così: io sarò l'esplosivo, voi due sarete il detonatore. Quando uscirete dal Frutto della Conoscenza, avrete ottenuto entrambi il risveglio totale. Sarà un evento eccezionale. Diverrete i nuovi Sacri Guardiani dell'isola... e come conseguenza logica, rimarrete qui per sempre.»

11-3

Ore 18:20

Lungo il tragitto verso la Mary Ann, il professor Gismondi, paonazzo in viso e con la pancia che ballonzolava sotto la camicia zuppa di sudore, camminava in maniera scomposta cercando di star dietro agli isolani. Ora che si trovava in loro compagnia non aveva nulla da temere e poteva ammirare la bellezza di flora e fauna dell'isola in tutta tranquillità, bellezza che però acuiva la sua angoscia. Avrebbe fatto di tutto per restare in quel luogo, sarebbe stato disposto a non tornare mai più sulla terraferma pur di poter vivere in quel paradiso. Purtroppo, gli era stato vietato. Non volevano coinvolgerlo nella guerra che sarebbe scoppiata di lì a poco, avevano detto. Si era perfino offerto di combattere, in barba al suo cuor di coniglio e al terrore per le armi da fuoco. Sapere che non sarebbe mai più potuto tornare sull'isola lo faceva andare fuori di testa, senza contare che non avrebbe potuto raccontare nulla di quanto aveva visto, pena l'essere preso per folle e perdere quel poco di stima e credibilità che aveva ancora.

A destarlo bruscamente dai suoi pensieri bastò un attimo di disattenzione: lo scarpone si impigliò in una grossa radice che fuoriusciva dal terreno, Gismondi inciampò e finì faccia a terra.

«Cretino!» sbottò Luna, tentando di farlo rialzare tirandolo per il braccio. «Guarda dove metti i piedi!»

L'archeologo, mentre si sforzava di rimettersi in piedi, notò gli occhi rossi e gonfi della ragazza. Non la conosceva più di tanto, ma non si fece sfuggire l'occasione per fare una delle sue domande inopportune. «Scusa, ma tu e quell'uomo, Kayn Grimm... per caso, c'è qualcosa tra di v...»

Luna lo fulminò con lo sguardo e gli lasciò andare il braccio all'improvviso, facendolo ricadere sul terriccio.

«Ahi!» bofonchiò lui. «Che modi!»

«Forza, muovetevi» li redarguì un isolano, invitando Gismondi, senza mezzi termini, ad alzare il culo e rimettersi in marcia.

Dopo mezz'ora di cammino, Luna continuava a pensare esclusivamente a quello che le aveva detto Kayn. Qualcosa inequivocabilmente le si era mosso dentro. I suoi sentimenti per lui, di cui fino a quel momento aveva avuto solo qualche timida avvisaglia, erano esplosi nel giro di poche ore. Poteva imputarlo alle circostanze straordinarie in cui si trovava, che magari avevano amplificato certe sensazioni, ma non per questo il risultato finale era meno reale: se non era proprio amore, ci si avvicinava parecchio. Lo capiva soprattutto da come si era sentita nel momento in cui Kayn l'aveva respinta. Cercava di convincersi che l'avesse fatto per un motivo preciso ma non poteva averne la certezza, e questo non faceva che aumentare la sua sofferenza man mano che si avvicinava alla spiaggia da dove avrebbe lasciato per sempre l'isola.

«Devi tornare indietro.»

Luna si bloccò sul posto. Una voce, flebile come un soffio, gli aveva sussurrato quella frase. Si girò, dando una rapida occhiata intorno, ma non vide nulla di strano.

«Ehi, che succede?» le domandò Gismondi.

«Tu non hai sentito nulla?» gli chiese lei di rimando, con gli occhi che saettavano da un punto all'altro della vegetazione. Per tutta risposta ricevette solo un'alzata di spalle e uno sguardo perplesso.

Indugiò ancora per qualche secondo, cercando di scandagliare ogni minimo movimento attorno a sé, poi riprese la marcia giusto in tempo per evitare un richiamo del capogruppo Alfredo. Eppure, era certa di averla sentita.

«Torna indietro, devi avvertirlo!»

Luna si bloccò di nuovo. Non poteva essere un'allucinazione. Provò ancora a guardarsi intorno, in fibrillazone, e stavolta alla sua destra notò qualcosa.

Una bambina.

Bionda, scalza, con un pigiama azzurro e un pupazzo a forma giraffa nella mano destra.

Luna rimase a bocca aperta.

«Vieni con me» scandì la bimba. «Torniamo da Kayn! Dobbiamo dirgli la verità!»

Detto questo, scattò come un fulmine addentrandosi nel folto della vegetazione.

«Aspetta!» le urlò dietro Luna, iniziando a rincorrerla. «Che verità? Di cosa parli?»

Gismondi se la vide sfrecciare a fianco e nello slancio si sentì sfiorare la spalla. Luna non si voltò nemmeno per chiedergli scusa. «Ma che diamine...» borbottò, mentre lei si infilava tra le fronde.

Alfredo, sentendo il trambusto, si girò e vide la sua sagoma sparire in mezzo al fogliame. «Ferma!» urlò, alzando il braccio destro e richiamando l'attenzione degli uomini più avanti. Lanciò un'occhiata minacciosa a Gismondi, il quale abbassò gli occhi intimorito, poi gli si avvicinò con decisione e lo prese per la manica della camicia.

«Dove diavolo sta andando?»

«Non lo so! Non so niente!» protestò lui, spaventato da quell'inaspettato cambio di atteggiamento dell'isolano. «Ha urlato 'aspetta', non so a chi, poi è scappata via!»

L'uomo mollò la presa, scambiò uno sguardo coi suoi e scosse la testa. «Non manca molto all'arrivo della Gilda della Rinascita... abbiamo il compito di portarvi in salvo, e nonostante facciate di tutto per suicidarvi» rimarcò guardando fisso Gismondi, «ci riusciremo. Murray, Oleg, andate a cercarla, noi vi aspettiamo alla barca.»

I due uomini si lanciarono senza fiatare all'inseguimento della ragazza, mentre Alfredo fece segno agli altri di riprendere la marcia.

L'archeologo rimase un attimo incantanto con lo sguardo verso la vegetazione, sperando gli piovesse dal cielo il coraggio di seguirla. Aveva la sensazione che non fosse soltanto fuggita e moriva dalla curiosità di saperne di più. Quel coraggio purtroppo non arrivò, così si rimise in cammino dietro i suoi accompagnatori.

Luna continuava a inseguire freneticamente la bambina. La vedeva attraversare senza fatica le fitte liane come se conoscesse la posizione esatta di ogni albero. Sgusciava via senza sfiorare una foglia, anche in virtù della sua statura minuta. Luna, invece, nel tentativo di farsi strada, si procurava numerosi taglietti ed escoriazioni a causa dei rami spinosi di cui era costellata quella parte dell'isola. Ogni tanto sentiva dei versi spaventosi provenire dal cuore della giungla, ma non poteva né voleva prestarvi attenzione.

Non aveva un'idea chiara sul da farsi: qualcosa l'attirava verso quella bambina, perciò non poteva fare altro che correre, correre, correre. Mai, prima d'allora, nemmeno nei giorni più duri dell'addestramento a Quantico, le sue gambe avevano sostenuto uno sforzo del genere.

La bambina a un certo punto le fece cenno di seguirla passando per un grande albero cavo, che portava in un'area della vegetazione talmente intricata che la luce del Sole riusciva a malapena a filtrare.

Luna indugiò un istante, poi sentì dei passi dietro di lei e si infilò nella cavità. Mimetizzata nella vegetazione, osservò i due membri del gruppo degli isolani, sbigottiti dall'improvvisa mancanza di tracce, separarsi per cercarla in due diverse direzioni.

«D'accordo, allora...» esordì Luna, sistemandosi i capelli in maniera grossolana e tentando di riprendere fiato dopo quella corsa. «Di follie ne ho viste talmente tante in questi giorni che penso di essere vaccinata, ormai. Insomma, chi sei? Sei sbarcata sull'isola con qualche nave, immagino. Sei la figlia di qualcuno degli uomini del Sacro Guardiano?»

La bambina rimase in silenzio per alcuni secondi, poi sorrise. «Non sono una di loro.»

«Ah, no?» fece Luna, inarcando le sopracciglia. «E allora... chi sei?»

«Non ha importanza. Tu mi hai seguito nonostante tutto. Vuol dire che il tuo istinto ti ha suggerito di fidarti di me, giusto?»

«Be', penso di sì...» rispose incerta, ormai conscia di non

trovarsi di fronte a una normale bambina di una decina d'anni, vista la prontezza e la capacità nell'esprimersi. «Anche se non comprendo il perché… mi hanno detto che tra poco ci sarà una guerra, che quest'isola verrà invasa, e loro mi stavano portando in salvo.»

«Per te è molto importante Kayn Grimm, vero?»

Luna lì per lì rimase spiazzata. «Questo cosa c'entra?» replicò con una punta d'imbarazzo. «E tu come fai a conoscere Kayn?»

«L'ho incontrato molti anni fa.»

«Molti anni? Ma quanti anni hai?»

«Devo affidarti un compito» tagliò corto la bambina. «Un compito di vitale importanza. Torna da lui alla piramide e riferiscigli esattamente quello che ti dirò adesso.»

Luna cercò di mantenere il controllo e analizzare la situazione. «Perché hai bisogno di me? Non potevi andare tu?»

«Non posso entrare all'interno della piramide. È un luogo a me precluso.»

La ragazza non sapeva cosa replicare e si limitò a guardarla da capo a piedi. Aveva un'aria così candida, delicata. Né il suo pigiamino né la pelle di porcellana erano sporchi o intaccati, nonostante la corsa nella giungla. Sembrava circondata da un'aura misteriosa che la rendeva quasi irreale.

«Allora, cosa dovrei dirgli?»

«Che è stato ingannato» sentenziò seria la bambina. «Siete stati tutti ingannati dal Sacro Guardiano. Il suo piano è molto diverso da quanto vi ha fatto credere.»

11-4

Ore 16:01

«Eccellenza» disse un ufficiale dell'armata della Gilda seduto di fronte a un grande monitor sulla Leviathan «Abbiamo raggiunto il punto di attracco.»

Nova Lux Temperantia storse la bocca in un ghigno. «L'ora è giunta. Tutte le truppe si preparino!»

Improvvisamente il mare iniziò a gorgogliare. Prima un'antenna, poi i boccaporti e i cannoni superiori, infine tutta la nave emerse dall'acqua nella sua maestosa imponenza. Era lunga più di seicento metri, e la corazza esterna era costruita da enormi scaglie sovrapposte, che la rendevano simile a un enorme pesce primordiale.

Si avvicinò a un centinaio di metri sulla spiaggia, poi un portellone sotto la prua si aprì e ne uscì una rampa metallica che andò a coprire per intero il breve tratto di mare fino alla battigia.

Dalla pancia dell'ammiraglia iniziarono a fuoriuscire delle sagome scure: i Ratchar, i carri speciali della Gilda della Rinascita con il compito di spianare la strada, seguiti dai blindati H, una versione evoluta di quelli in dotazione all'esercito americano, e da una piccola avanguardia a piedi che si diresse subito nella giungla.

Quell'enorme e rumoroso sciame di cavallette meccaniche si apprestava a invadere tutta l'isola, con l'intenzione di convergere verso il centro e travolgere qualunque cosa trovasse sul suo cammino.

Ore 18:28

«Forza, professore» lo esortò Alfredo. «Ci siamo quasi.»

Romeo era affaticato, la marcia a passo spedito era stata troppo spossante per il suo cuore già malandato.

«Adesso cosa avete intenzione di fare con Luna?» chiese ansimando, senza sforzarsi di dissimulare più di tanto il suo disinteresse, visto che in fondo a lui importava solo di salvare se stesso.

Il capocomitiva tirò un sospiro, poi scosse la testa. «Abbiamo poco tempo a disposizione. C'è un'imbarcazione ancora in funzione sull'altro lato dell'isola, se la recuperiamo potremmo farla partire da lì.»

«Oh, in fondo non sono affari miei» disse l'archeologo. «Quella svitata ha preso ed è…»

Le sue parole furono interrotte da una raffica di proiettili provenienti dal fitto della vegetazione, che si conficcarono nei tronchi degli alberi circostanti.

«Sono già arrivati!» urlò Alfredo, brandendo il fucile e riparandosi dietro un albero. «In posizione!»

Anche gli altri isolani corsero a nascondersi mentre Gismondi, preso dal panico, si immobilizzò. Con una prontezza di riflessi invidiabile, Alfredo riuscì a prenderlo per un braccio e tirarlo a sé appena in tempo prima che un'altra scarica di fuoco lo travolgesse in pieno.

«Merda! Merda!» strillò l'archeologo. «Sono loro? La Gilda della Rinascita? Cazzo! Cosa facciamo?»

Il leader degli isolani fece un segnale con la mano destra agli uomini. Tutti e tre assieme puntarono i fucili nella direzione degli spari e fecero fuoco a oltranza per una decina di secondi. Una pausa improvvisa nelle raffiche nemiche lasciava presagire che i proiettili fossero andati a segno, sebbene non potessero averne conferma visiva.

«Muovetevi! Adesso!»

Nel momento in cui udì pronunciare quell'ordine, Gismondi ritrovò un inaspettato impeto di energia e iniziò a correre come un forsennato dietro gli isolani, mentre Alfredo rimase più staccato per un eventuale fuoco di copertura.

Dopo pochi istanti, una seconda scarica di colpi si rovesciò su di loro: i sibili fulminei delle pallottole schizzavano a pochi centimetri dalle loro orecchie, falciando la vegetazione tutt'attorno. Alfredo si gettò a terra, strisciando carponi verso un tronco vicino per ripararsi dalla tempesta di fuoco, e altrettanto fecero i suoi compagni. Dopo essersi messo al sicuro, vide l'archeologo correre a zig-zag preso dal panico e gli fece segno di raggiungerlo. Purtroppo, incrociò il suo sguardo troppo tardi: quando Romeo fece per andargli incontro fu scosso da un fremito improvviso e si bloccò, con la bocca spalancata. Abbassò lo sguardo sul petto e vide una chiazza rossa allargarsi a macchia d'olio sulla camicia. Incredulo, alzò la testa verso Alfredo e sussurrò qualcosa, ma fu interrotto da un secondo e da un terzo proiettile che gli trapassarono un polmone e il braccio destro. Fece mezzo passo in avanti, poi si accasciò sulle ginocchia e cadde di faccia contro il suolo.

Il leader degli isolani tirò un pugno contro la corteccia dell'albero in un impeto di rabbia, poi si rivolse ai suoi. «Andate! Tornate alla piramide, dovete assolutamente avvisarli che sono già arrivati! Io troverò il modo di fermarli.»

I due esitarono solo un istante, poi si voltarono e iniziarono una folle corsa verso il centro dell'isola, mentre Alfredo riprendeva a far fuoco all'impazzata all'indirizzo dei nemici. Sapevano già come sarebbe finita.

Alfredo riversò tutto il caricatore più quello di riserva contro gli uomini della Gilda della Rinascita. Quando rimase a secco, nascosto dietro un albero, aprì una tasca dei pantaloni e tirò fuori un piccolo cilindro d'acciaio con un'estremità verdognola.

Sentì i passi degli uomini farsi sempre più vicini, e le raffiche crescere di intensità. Attese alcuni secondi, per essere sicuro di coinvolgerne il più possibile nella deflagrazione. Poi inspirò a fondo, trattenne l'aria nei polmoni e premette la mano destra sul pulsante.

Un boato fragoroso accompagnò l'esplosione, spazzando via tutto ciò che si trovava nel raggio di una cinquantina di metri quadrati.

11-5

Kayn, dopo aver detto addio a Luna, era tornato nella sala del Frutto della Conoscenza. Perdeva ancora qualche goccia di sangue dal naso e la testa sembrava sul punto di scoppiargli.

«Mi sento malissimo... come se mi si fosse squagliato il cervello...» bofonchiò, cercando di tenere gli occhi aperti senza vomitare.

«Sei riuscito a guardare oltre i tuoi limiti per un breve lasso di tempo. Affrontare un abisso sconosciuto fa paura, a maggior ragion se sai che è dentro di te.»

Kayn era sconvolto. Questo essere una sorta di *eccezione* all'interno degli equilibri dell'universo era un concetto troppo grande per essere interiorizzato appieno. «Quindi io dovrei...»

Si interruppe quando vide il Sacro Guardiano distogliere lo sguardo da lui e fissare il vuoto.

«È successo qualcosa di imprevisto» dichiarò l'ex Apostolo. «La tua compagna di viaggio non ha lasciato l'isola come da programma. Si trova qui sotto, fuori dalla piramide.»

«Cosa?» esclamò ad alta voce il genetista, sentendo un guizzo di felicità infiammargli il petto. «Falla entrare, presto!»

«Certo. Almeno farà luce su quanto accaduto.»

Dopo alcuni minuti, l'intrico di piattaforme guidate mentalmente dal Guardiano depositò Luna davanti alla sala. La parete si aprì e la ragazza venne inondata dei raggi luminosi del Frutto della Conoscenza.

«Luna!» urlò Kayn eccitato. Provava un desiderio irresistibile di saltarle al collo, ma la sua faccia scura e tesa fu un deterrente più che sufficiente. Qualcosa non andava.

«Cosa è successo alla squadra di Alfredo?» chiese il Sacro Guardiano, senza tradire alcuna emozione. «Non siete riusciti a raggiungere l'imbarcazione?»

«Kayn, non devi fidarti di lui. Ci ha presi in giro fin dall'inizio» sentenziò a gran voce Luna, tenendo lo sguardo fisso su Nova Lux Iustitia.

«Eh? Cosa dici?» ribatté Kayn meravigliato. «Ci ha salvato la vita! E la Gilda della Rinascita sta arrivando in massa sull'isola. Dobbiamo evitare che entrino in contatto col Frutto della Conoscenza!»

«La Gilda della Rinascita è già arrivata» urlò Luna. «Ma lui non ha alcuna intenzione di sigillare la Zona Extramondo e salvare l'universo!»

Kayn sgranò gli occhi. «Ma tu come fai... a sapere tutte queste cose?»

«Chiedigli cos'ha intenzione di fare in realtà! Forza, chiediglielo!»

Il genetista si voltò verso il Sacro Guardiano con aria incredula.

«Apparentemente illogico» commentò l'ex Apostolo, con

la solita imperturbabilità in volto ma con un timbro di voce che faceva rabbrividire. «Speravo di analizzare i tuoi pensieri, Luna Shelley, ma sembra ci sia una specie di blocco che me lo impedisce. Chi, o cosa, è stato a creare un artificio del genere?»

«Il Frutto della Conoscenza è molto di più di quello che ci ha raccontato» continuò Luna. «È un oggetto al di là di questo piano di esistenza: le crepe nella struttura della realtà sono iniziate proprio dopo che il Frutto vi ha fatto il suo ingresso.»

«Ma chi ti ha detto tutte queste cose?»

«Non ha importanza, Kayn! Ascoltami! Il Frutto della Conoscenza è una sorta di ponte di comunicazione non vincolato dallo spazio-tempo, e lui vuole utilizzare te e Matthias Wichmann per...»

«Va bene, basta così» tagliò corto il Sacro Guardiano, alzando la mano destra. Luna sentì la gola chiudersi di scatto e l'aria tornare nei polmoni, strozzando la frase a metà.

«Luna! Luna!» urlò Kayn, correndo a sorreggerla prima che cadesse a terra, col volto paonazzo e le vene del collo tirate allo spasimo. Lei si aggrappò con tutte le sue forze alla maglietta e cercò di dirgli qualcosa, di terminare la frase, ma non ne ebbe modo. L'aria non riusciva più a entrarle nei polmoni e, dopo una breve serie di rantoli, morì.

Kayn la scosse, l'accarezzò, cercò di soffiarle aria in bocca, ma fu tutto inutile.

«Che cazzo hai fatto...» mormorò prima di esplodere e correre addosso al Guardiano. «Che cazzo hai fatto!»

Quegli, impassibile, spalancò al massimo i suoi occhi color miele.

Kayn si bloccò sul posto, come se le gambe gli fossero diventate di cemento, e iniziò a sentire un formicolio che partiva dai piedi, risaliva lungo la spina dorsale e arrivava fino al cervello. Il suo campo visivo si riempì di puntini luminosi sempre più grandi, finché non perse conoscenza.

Pochi minuti dopo, Viktor fece il suo ingresso nella stanza. Quando vide i due corpi a terra, si rivolse al Sacro Guardiano con un'espressione preoccupata. «Cosa è successo?»

«Un semplice inconveniente, anche se dall'origine ignota. Ma è tutto recuperabile. La morte di questa donna fungerà da collante per l'accettazione della nuova realtà, come è avvenuto per Matthias Wichmann. Il sentimento offuscherà la ragione.»

Il Sacro Guardiano alzò il braccio in direzione del corpo di Kayn, il quale iniziò lentamente a levitare. Sotto la guida della sua mano, entrò in contatto col Frutto della Conoscenza. Come era avvenuto per Matthias, la superficie della sfera cambiò stato e divenne liquida, in modo che il corpo potesse entrare ed esserne inglobato.

Alla fine del processo, sul volto del Sacro Guardiano si dipinse un sorriso sinistro.

«*Omniae viae ferunt Romam.*»

11-6

Ore 19:04

Con il Sole ormai prossimo al tramonto, tutte le truppe della Gilda della Rinascita si misero in marcia.

Uomini armati di lanciafiamme e veicoli blindati equipaggiati con grossi apripista d'acciaio sulla parte frontale si facevano largo attraverso la vegetazione. Il loro passaggio lasciava una scia di devastazione, e tutti gli animali si davano alla fuga come potevano. Alcuni grossi predatori si gettavano come impazziti contro i mezzi e la fanteria, riuscendo a creare un po' di scompiglio e provocando diverse vittime, ma alla fine venivano sopraffatti dalla pioggia di proiettili e dai missili dei blindati.

La violenza contro quella natura incontaminata continuò fin quando la Gilda della Rinascita non riuscì ad arrivare al tanto agognato cratere, da cui si vedeva la piramide in tutta la sua magnificenza. Un fiume di soldati scese dai mezzi corazzati, armati ed equipaggiati ai massimi livelli, pronti ad affrontare la discesa e la parte finale dello scontro.

Nova Lux Temperantia scese per ultimo e si avvicinò al ciglio della parete rocciosa.

«Meravigliosa» commentò soddisfatto. «Anche se abitata da un inquilino spiacevole.»

Detto questo, si mise in testa alla spedizione, pronto a conquistare i segreti nascosti in quel luogo.

Davanti alla piramide, uno sparuto gruppo di uomini del Sacro Guardiano, l'ultimo baluardo difensivo sotto il comando di Viktor, era in attesa della battaglia. Il loro scopo era prendere tempo per impedirgli di giungere prima del tempo all'interno della costruzione. Il killer era stato istruito a dovere dall'ex Apostolo: nel momento in cui tutto sarebbe stato pronto, avrebbe ricevuto una comunicazione telepatica e sarebbe rientrato all'istante nella piramide, giusto in tempo per evitare l'ondata di radiazioni Alpha che avrebbe sterminato tutti i soldati della Gilda della Rinascita. E solo allora sarebbe diventato il nuovo Sacro Guardiano dell'isola.

«Mi raccomando, aspettate…» fece Viktor, mentre i soldati scendevano dal dirupo e marciavano verso la piramide. «Aspettate che siano scesi tutti.»

Passarono i secondi… i minuti… mentre la folla in tuta nera da combattimento si avvicinava sempre più.

«Adesso!»

All'urlo di Viktor, tre uomini azionarono dei detonatori che tenevano in mano.

Una serie di tremende esplosioni si scatenò a un centinaio di metri dalla piramide, sollevando una nube gigantesca di fumo e polvere.

Gli isolani iniziarono a far piovere raffiche di fuoco sul gruppo di soldati della Gilda della Rinascita, approfittando del momento di confusione. Si dimostravano impavidi e risoluti, memori di quello che l'isola aveva donato loro e desiderosi di ricambiare quel dono prezioso difendendola a costo della vita.

Dalla nube di polvere, però, uscì a sorpresa Nova Lux

Temperantia, apparentemente illeso. Gli isolani puntarono nella sua direzione e una pioggia di proiettili grandinò con l'intento di fermare il comandante della Gilda della Rinascita, ma l'impresa si rivelò vana: l'Apostolo, sollevando una mano in direzione degli spari, creò un'invisibile barriera in grado di fermare le pallottole come se rimbalzassero contro un muro di gomma, e nel mentre continuò ad avanzare correndo. Poi, mosse l'altro braccio in direzione degli isolani: una potente onda d'urto colpì in massa gli uomini, scaraventandoli in aria e facendoli impattare contro la parete della Piramide a oltre trenta metri di distanza.

Viktor, schivato miracolosamente quel terribile attacco, si fece avanti e puntò il dito verso Nova Lux Temperantia.

«Ci sfideremo io e te, adesso.»

«E tu chi saresti?» chiese l'Apostolo. «Lo sai con chi hai a che fare?»

«Il Sacro Guardiano ha risvegliato anche le mie capacità latenti» disse Zagaev con fierezza, mettendosi in guardia. «Ora combatteremo ad armi pari.»

Il comandante della Gilda della Rinascita rimase immobile, senza dire nulla.

Il killer prese l'iniziativa, spiccando un balzo in avanti per sferrare un pugno con tutte le sue forze.

«Sei sbilanciato» disse Temperantia, schivando di lato l'attacco come nulla fosse e rispondendo con un colpo a mano aperta sulla nuca dell'avversario.

Viktor si schiantò al suolo. Iniziò immediatamente a vomitare sangue. Non riusciva ad alzarsi, respirava a fatica e sentiva un formicolio doloroso dietro la testa che si stava dipanando ovunque.

«Queste sarebbero le tue capacità risvegliate? Povero stupido, sei stato preso in giro.»

Il killer non riusciva a crederci. Perché? Davvero il Sacro

Guardiano gli aveva mentito? A che scopo? Si rivolse sulla schiena e guardò il cielo, ma la vista già gli si stava appannando. Aveva creduto di aver trovato lo scopo della sua vita... perché ognuno ha uno scopo, ognuno è parte di un grande progetto e nulla è lasciato al caso. Sarebbe dovuto restare nella piramide con la sua Natasha. Invece...

«Invece, per fortuna, mi sono già occupato di Natasha. Così non dovrà vedere questo spettacolo riprovevole.»

Il messaggio mentale del Sacro Guardiano arrivò con la potenza di un tuono nella sua mente già annebbiata.

«Sento che la vita ti sta abbandonando. Non sei in grado di formulare pensieri compiuti e rispondermi. Avrei voluto spiegarti cos'è realmente il Frutto della Conoscenza, ma ormai non c'è più tempo. Ora muori in pace, tutti gli altri ti seguiranno tra poco.»

Viktor Zagaev volse la testa di lato e i suoi occhi si spensero.

Nova Lux Temperantia non perse tempo e arrivò davanti alla parete della piramide. Non conosceva con esattezza le caratteristiche di quell'artefatto, ma sentiva un legame particolare con esso. Toccò con la mano destra il freddo materiale di cui era composta. La parete si ritrasse e si aprì un varco.

Dopo un istante di titubanza, l'Apostolo della Rinascita decise di entrare.

11-7

Chicago, USA
12 aprile 1986

«Jonathan, vieni a tavola.»

Lo scienziato, intento a lavorare nel suo studio, non sembrava curarsi affatto dell'invito della moglie. Era interamente assorbito da alcuni calcoli che gli stavano dando dei risultati quantomeno singolari.

«Jonathan!»

«Arrivo, Hilary, arrivo... un attimo.»

«Questo tacchino è una favola!» esclamò un satollo Jonathan Shelley, pulendosi col tovagliolo. «Ogni volta riesci a farlo meglio di quello precedente. Ma è tutto un allenamento per pavoneggiarti al Ringraziamento?»

«Sarebbe ancora più buono se non l'avessi fatto freddare» ribatté Hilary un po' seccata. «Sono due settimane che non esci quasi da quella stanza, giorno e notte. Da quando sei andato a quel dannato convegno...»

«Amore, lo sai che è importante. Te l'ho spiegato.»

«Sì, va bene, ma questa fisica... qualcosa» continuò a punzecchiarlo. «Ha un po' stufato.»

«Fisica quantistica, tesoro. E la teoria del Multiverso.»

«Mi sembrano cavolate da film.»

«Mettila in questi termini» spiegò Jonathan. «Sto cercando di capire se possa esistere un universo con una Hilary che cucina il tacchino meglio di così.»

«Ecco, buona idea! Così vai sposarti quella lì e io mi prendo un Jonathan che lava i piatti e passa lo straccio, oppure un Jonathan che sa riparare il rubinetto della cucina, visto che perde da due settimane e non ti sei ancora degnato di aggiustarlo»

«Dai, amore» insistette. «Lo sai che ti reputo molto intelligente. Mi fa piacere discutere di queste cose con te, anche se non sei una fisica.»

Mentre sua moglie appoggiava i piatti sporchi nel lavandino, Jonathan prese in mano alcune posate. Mise una forchetta dritta davanti a sé. «Guarda, amore. Questa forchetta è il nostro universo. La teoria del Multiverso sostiene che in ogni istante si originano due differenti universi a seconda della posizione di ogni singolo elettrone nell'atomo, che per la teoria della fisica quantistica può essere...»

Hilary aggrottò le sopracciglia, segno evidente che non aveva intenzione di seguirlo sulla via dei tecnicismi scientifici.

«Ehm, per spiegartelo in parole semplici» continuò lo scienziato, cercando di ricalibrare l'approccio alla discussione. «Immagina un universo in cui ti aiuto a lavare i piatti, e un altro in cui invece me ne sto qui seduto a blaterare.»

Prese dunque un'altra forchetta e un coltello, e li sistemò in posizione divergente rispetto alla punta della prima forchetta, come a formare una Y, mentre la moglie lo guardava perplessa.

«Vedi? Poi, immagina che nell'universo-coltello in cui ti aiuto a lavare i piatti, ne faccio cadere a terra uno. Si origineranno a loro volta altri due universi, uno in cui ti arrabbi e mi urli addosso, un altro in cui mi perdoni e, presi dal vortice della passione, facciamo l'amore sul tavolo... e così via, in una diramazione continua. Hai capito, più o meno?»

«Ho capito, ho capito» confermò Hilary, sospirando nel vedere le macchie di unto formate dalle posate sulla tovaglia. «Adesso, però, aiutami sul serio, o potrei usarlo su di te l'universo-coltello, in modo da farti passare la voglia di certe necessità fisiologiche.»

Jonathan fissò il coltello. Dal pube gli partì un brivido gelido che si irradiò a tutto il corpo. Si alzò all'istante e portò le posate sporche nel lavello.

«Sai, c'è dell'altro...» aggiunse dopo aver asciugato e riposto nella credenza i piatti sciacquati dalla moglie. «C'è uno scienziato molto famoso, un certo Stephen Hawking, professore dell'accademia di Cambridge... pensa, è paralizzato su una sedia a rotelle a causa della SLA e comunica con un sintetizzatore vocale perché ha appena perso l'uso della voce, ma è di un'intelligenza sovrumana. Ad ogni modo, ha esposto una teoria che mi ha lasciato molto turbato. L'ha chiamata *principio di censura cosmica*. Si parlava di viaggi nel tempo e delle ripercussioni sui possibili modelli di universo. Ebbene, lui sosteneva che, nel caso di un evento che mettesse a repentaglio la struttura dell'universo, come ad esempio un viaggio nel tempo o l'attraversamento di un *wormhole*, interverrebbe una forza ignota dal punto di vista fisico che non permetterebbe a tale evento di realizzarsi.»

«Non credo di aver capito...»

«È una cosa particolare» proseguì Jonathan, visibilmente eccitato. «Per questo mi affascina tanto. In pratica Hawking ha teorizzato una sorta di meccanismo di autodifesa insito dell'universo stesso: potrebbe provocare un infarto all'uomo che sta viaggiando nel tempo, o farebbe in modo che il motore di questa ipotetica macchina del tempo non si accenda.

Oppure, metterebbe in moto una serie di situazioni molto più complesse per giungere allo stesso scopo.»

«Un grande anticorpo dell'universo, quindi?»

«Esatto. Per sua stessa ammissione, non è in grado di spiegare con precisione cosa sia, se sia una forma di vita o qualcos'altro. Però, è un'idea molto intrigante. Risolverebbe la questione dei paradossi temporali, anche nel caso di un Multiverso.»

In quel preciso momento, il trillo del telefono distolse l'attenzione dello scienziato dai suoi discorsi.

«Chi sarà mai a quest'ora?» disse ad alta voce, avvicinandosi alla cornetta.

«Pronto?»

«Jonathan, sono io.»

Era la voce di Florence.

L'espressione del suo viso cambiò all'improvviso. «Sì… Tommy, ciao. Dimmi…»

«Domani alle cinque. In sede. Partiamo per una missione.»

«Ah, va bene. Certo, Tommy, vado io a prenderlo» disse buttando un occhio alla moglie. «Poi ti chiamo.»

Mise giù la cornetta senza aggiungere altro.

«Amore, chi era?» chiese Hilary, sfilandosi il grembiule da cucina.

«Oh, niente. Era Tommy, un collega di lavoro. Per un progetto.»

Dal piano di sopra, tutt'a un tratto, un lamento. Prima debole, poi sempre più intenso.

«Povera Luna, il telefono deve averla svegliata…» disse Jonathan. «Salgo io a farla riaddormentare.»

La nota di malinconia nella sua voce non fu colta dalla moglie. Jonathan Shelley sentiva dentro di sé che quella sarebbe stata l'ultima sera in compagnia di sua figlia.

12

OLTRE L·ULTIMO CONFINE

12-1

Nova Lux Temperantia osservò quell'ambiente a lui alieno. La grande piramide in cui era celato il Frutto della Conoscenza... finalmente, era vicino al suo traguardo. E il Progetto Eden, dopo tutte quelle battaglie e quelle perdite, poteva finalmente compiersi.

«Ti piace questo luogo, fratello?» disse una voce proveniente dall'alto.

«Non sono più tuo fratello. Tu sei solo un traditore. Hai preferito quell'esperimento fallito di Faust a me e Fortitudo» rispose Temperantia, guardando una piattaforma ascensionale scendere fino a toccare terra e inglobarsi con la struttura. Su di essa, quello che una volta si faceva chiamare Nova Lux Iustitia.

«Come sei scortese. Bisognerebbe essere più accomodanti, quando si viene accolti in casa d'altri.»

«Questa non è casa tua. La Gilda della Rinascita è l'unica degna occupante di questo luogo. E tu non ne fai più parte.»

Il Sacro Guardiano accennò un sorriso, poi fece un cenno alla sua destra con la mano. Una massa informe si sviluppò dal pavimento, andando a creare uno schermo. «Ebbene, guarda che fine farà ora la Gilda della Rinascita.»

Comparve un'immagine dello spazio esterno alla piramide. Una marea di cadaveri era sparsa ovunque. Di isolani non ne era rimasto nessuno, in piedi, mentre una cinquantina di soldati della Gilda della Rinascita era impegnata chi a medicarsi le ferite, chi a perlustrare il perimetro, secondo gli ordini impartiti in fase di briefing.

«Avevamo lo stesso obiettivo… il Progetto Eden» fece Nova Lux Temperantia. «Tutti gli esseri umani al massimo del loro potenziale, la vita eterna per governare questo mondo e portarlo verso nuovi traguardi. Niente più guerre o rivalità, solo armonia. Una nuova era per l'umanità.»

Subito dopo aver terminato quella frase, sullo schermo vide i suoi soldati gettarsi a terra, urlando come pazzi e schiacciandosi la testa con le mani. Dopo alcuni secondi di agonia, uno dopo l'altro, smisero di muoversi.

«Meno ce n'è, meglio è. Di umanità, intendo» fece il Sacro Guardiano, senza perdere il suo ghigno. «Cosa pensi di ottenere con una Cerimonia di Rinascita globale? Voi vi credete moralmente superiori quando volevate uccidere Faust solo perché la sua non è riuscita alla perfezione? L'uomo è sempre uomo, un virus che ha infettato e distrutto il pianeta. Potenziandolo, non faremmo altro che farlo espandere in tutto l'universo.»

L'Apostolo della Rinascita rimase impassibile, senza mostrare rabbia né tristezza per la morte dei suoi soldati. «D'accordo. Raggiungerò da solo il Frutto della Conoscenza e darò luogo al Progetto Eden. Preparati.»

Il Guardiano fece una risata sommessa, poi prese il suo mantello e lo scagliò via. Sotto aveva la tuta corazzata della Gilda della Rinascita con la quale era fuggito sull'isola molti anni prima. «L'ho conservata per l'occasione, semmai si fosse presentata.»

Due uomini praticamente identici sia nell'aspetto che

nell'abbigliamento si trovavano uno di fronte all'altro, pronti allo scontro finale.

Appena terminata la frase, Nova Lux Temperantia corse con una rapidità incredibile verso il suo avversario, saltando in aria e cercando il suo petto con un calcio volante.

«Novanta per cento del peso in avanti» calcolò ad alta voce il Sacro Guardiano, schivando l'attacco al millimetro e tirandogli un fortissimo pugno su un rene che lo fece cadere e rotolare a poca distanza «e sei saltato tre centimetri dopo il necessario. Ciò ha esposto il tuo corpo a una condizione di equilibrio troppo precario. Comunque, la percentuale di successo del tuo attacco era del 92 percento, un ottim...»

Da terra, l'Apostolo della Gilda della Rinascita mosse la sua mano destra in direzione del suo ex-compagno. Il Guardiano fece appena in tempo a coprirsi il volto incrociando le braccia che una terribile onda d'urto lo investì in pieno, scagliandolo per oltre una ventina di metri. Il rumore dello spostamento d'aria rimbombò in tutto lo spazio vuoto dell'immensa piramide.

Si rialzarono, ansimando, praticamente in contemporanea. I loro corpi erano tesi al massimo, pronti a sfruttare ogni singolo errore dell'altro.

In un battito di ciglia, il Sacro Guardiano si ritrovò a pochi centimetri da lui. Temperantia ebbe appena il tempo di meravigliarsi di quell'incredibile velocità quando vide partire un pugno diretto al naso. Riuscì a schivarlo all'ultimo momento, e contrattaccò con un calcio diretto alle costole: l'ex Apostolo, però, aveva già intuito la traiettoria del colpo e riuscì a bloccarlo con l'avambraccio sinistro. A sua volta restituì un calcio dritto in faccia al suo avversario, centrando il bersaglio in pieno.

Nova Lux Temperantia si ritrovò di nuovo a terra, con

un labbro rotto e un copioso rivolo di sangue che gli colava sul mento.

«Non capisco perché ti sia ostinato nel misurarti in uno scontro che sai già di non poter vincere» disse il Sacro Guardiano, guardando il suo nemico dall'alto in basso. «Sei a conoscenza del fatto che il macchinario per la Cerimonia della Rinascita ha una produzione di radiazioni Alpha limitata, e causa quindi un risveglio solo parziale. Io, te e Fortitudo eravamo allo stesso livello prima che entrassi in contatto con il Frutto della Conoscenza, ma adesso...»

Nova Lux Temperantia strinse i pugni, digrignò i denti e si gettò sul suo avversario con rinnovata energia, tentando di colpirlo con un'onda d'urto a distanza ravvicinata. L'Apostolo traditore, sorpreso per questo inaspettato attacco, riuscì a schivarlo a fatica.

Temperantia raccolse tutte le sue forze e scagliò un fulmineo calcio rovesciato: il tallone gli arrivò preciso sul mento. Il Sacro Guardiano accusò il colpo, perse l'equilibrio e poggiò un ginocchio a terra.

«Notevole.»

Boccheggiò per un paio di secondi, poi si rialzò in piedi. Il suo volto cambiò espressione.

In una frazione di secondo coprì la distanza che lo separava dal suo avversario e si ritrovò di fronte a lui. L'Apostolo della Gilda non fece nemmeno in tempo a sorprendersi per quella velocità sovrumana: il Sacro Guardiano lo colpì alla gola col taglio della mano, mozzandogli il respiro, dopodiché gli scaricò sul petto una raffica di pugni e terminò l'attacco penetrandolo sotto le costole con le dita di entrambe le mani, per poi ritrarle subito dopo.

Temperantia indietreggiò di alcuni passi, tossendo, e notò che dalla ferita non usciva neanche una goccia di sangue.

«Ti ho causato un'emorragia interna fatale, anche con le tue capacità di rigenerazione da Apostolo» lo informò il Guardiano, incrociando le braccia, «tra poco perderai i sensi e la tua vita avrà termine.»

Nova Lux Temperantia riusciva a sentire in maniera nitida il suo sangue spandersi in tutto il corpo. La sua fine era ormai prossima. «Hai raggiunto il tuo scopo» disse al suo nemico, respirando con affanno. «La razza umana rimarrà limitata in tutte le sue potenzialità e il mondo proseguirà verso il collasso ineluttabile. Devi esserne fiero.»

Il Sacro Guardiano scosse la testa e sorrise. «Visto che stai per morire, ti svelerò cos'è realmente il Frutto della Conoscenza. Sarai l'unico a conoscere la verità, anche se solo per pochi minuti.»

Fece alcuni passi in direzione dell'Apostolo della Gilda della Rinascita, che nel frattempo si era seduto a terra e cercava di non svenire. «Risvegliare le capacità sopite dell'uomo, quella che pensavo fosse la sua funzione principale ai tempi in cui anch'io facevo parte della Gilda, è in realtà solo la piccola parte di un processo molto più grande. Vedi, i nostri Creatori, i Creatori di tutti gli universi, hanno lasciato questo oggetto come una sorta di prova. Ogni altro universo che compone il Multiverso ne possiede uno. E la prova consiste nel riuscire a comprendere, tramite il risveglio delle proprie capacità latenti, la struttura dell'alterazione che ha permesso al Frutto della Conoscenza di entrare in contatto col nostro universo, e la risoluzione della stessa: tramite la fusione di Matthias Wichmann e Kayn Grimm, ossia le cause dell'anomalia strutturale dell'universo, col Frutto della Conoscenza, la prova sarà superata. Tutti gli universi collasseranno, ci sarà un nuovo Big Bang e io avrò il sommo onore di trasmutare il mio essere, la materia di cui sono composto, per proiettarmi nel piano di esistenza superiore dove risiedono i Creatori.»

«E tutto questo... come lo sai?» chiese con un filo di voce Temperantia, ormai crollato a terra.

«Solo il risveglio completo tramite le radiazioni Alpha pure del Frutto della Conoscenza permettono di comprendere appieno tutto questo» fece il Sacro Guardiano compiaciuto. «La piramide nera e il Frutto della Conoscenza, il suo nucleo, altro non sono che mezzi di trasporto e traslazione extradimensionale. Passerò oltre gli universi e la mia natura, evolvendomi in una forma di esistenza superiore. Diventerò uno dei Creatori...»

Nova Lux Temperantia giaceva ormai senza vita, e il Sacro guardiano lo squadrò coi suoi occhi color miele. Poi alzò lo sguardo e richiamò a sé una piattaforma ascensionale che lo avrebbe portato nella stanza del Frutto della Conoscenza.

«Diventerò un Dio.»

12-2

«Forza! Svegliati!»

Kayn si destò bruscamente.

Era sdraiato su un materasso morbido. Si stropicciò gli occhi e vide un'ombra sfocata in ginocchio mentre armeggiava dentro uno zaino. La fissò un istante e ne riconobbe i lineamenti.

«Luna?»

«Eh, alla buonora! Dai, forza, preparati che siamo in ritardo sulla tabella di marcia.»

«Prepararmi... per cosa? E dove mi trovo?» domandò Kayn, ancora un po' intontito. Osservando meglio la stanza riconobbe l'albergo dove avevano soggiornato prima di partire con la Mary Ann. «Cosa... cosa sta succedendo?»

«Non ti ricordi cosa dobbiamo fare?» lo punzecchiò Luna. «Non poltrire, muoviti e prepara il tuo zaino.»

Era lei, senza dubbio. Quei modi bruschi era i suoi. Ma com'era possibile? L'aveva vista morire tra le sue braccia.

All'improvviso, la confusione nella sua testa svanì e i ricordi si fecero più nitidi. Il suo sguardo da inebetito divenne più cupo.

«Che hai da guardare in quel modo?» gli chiese la ragazza.

«Tutto questo... è già successo.»

Luna non sembrava dargli troppa attenzione, intenta a controllare i caricatori delle pistole. «Successo cosa?»

«Come cosa? Questo!» ripeté Kayn alterato. «Siamo già stati sull'isola, era un piano di Florence per consegnarci al Sacro Guardiano. Poi Florence è morto, e sei morta anche… tu…»

«Ah, certo che sei di buon auspicio! Se fossi un uomo, mi toccherei le p…»

Luna fu interrotta dall'entrata di Florence nella stanza.

«Florence, dobbiamo portarcelo per forza quest'uccello del malaugurio?» lo canzonò divertita.

«Ehi, capisco che tu sia spaventato» disse l'ex agente dell'Unità K9. «Ma è fondamentale che…»

«Stai zitto!» urlò il genetista soverchiandolo con la voce. «Tu non esisti! Sei finto! È tutto finto!»

Detto questo, afferrò una pistola dallo zaino e la puntò tremante contro Florence.

«Calmati, Kayn» disse il vecchio, avvicinandosi a poco a poco e tendendo le mani verso di lui. «Sei agitato, è normale, ma va tutto bene.»

«No, no, non mi calmo! Cazzo! Non sono pazzo e sono benissimo che tutto questo non è reale! Immagino sia opera del Sacro Guardiano, vero? Ehi, puoi sentirmi, stronzo?»

Sempre tremando, spostava la pistola ora su Luna ora su Florence.

«Kayn!» gridò lei. «Metti giù quella pistola! Conosci l'importanza del nostro viaggio, dobbiamo stare uniti e collaborare!»

«Forza, dammela» disse Florence in tono pacato, avvicinandosi ancora di più e porgendo il palmo della mano.

Un tuono assordante rimbombò nella stanza. L'ex operativo abbassò lo sguardo sul petto e vide una chiazza rossa allargarsi a macchia d'olio. Con gli occhi spalancati, sollevò la testa e aprì la bocca per dire qualcosa, ma ne uscirono solo dei bisbigli sconnessi. Le gambe gli cedettero, facendolo crollare sul pavimento.

«Oh no… ma che cazzo hai fatto!» strillò Luna sconvolta, mentre cercava di soccorrere Florence. «Sei impazzito!»

Un secondo proiettile partì dalla canna ancora fumante, colpendo la ragazza alla tempia. Il suo corpo si accasciò di lato sul tappeto.

«Voi non siete reali…» balbettò Kayn, col cuore che gli scoppiava nel petto.

Attorno ai due cadaveri si stava formando una pozza di sangue scuro che finì per lambire gli zaini con dentro le armi e l'equipaggiamento.

Il genetista lasciò cadere la pistola a terra, respirando affannosamente. Si portò le mani alle tempie. Di nuovo qulla sensazione di annebbiamento.

«Svegliati, svegliati! Cazzo…» si ripeteva ad alta voce «Tutto questo non è reale, non è reale!»

Sei più resistente del detective…

Il Sacro Guardiano, nello zenit della piramide, teneva entrambe le mani fisse sul Frutto della Conoscenza. La superficie della sfera era increspata, come fosse tornata liquida.

Ma questo era solo un test, Kayn Grimm.

12-3

«Sveglia!»

Kayn aprì le palpebre di colpo.

Dove mi trovo?

Un soffitto in ombra fu la prima cosa che gli saltò agli occhi. Aveva qualcosa di familiare. A poco a poco la forma e il colore acquisirono definizione, e Kayn riconobbe la camera da letto di casa sua.

Nella parte destra del letto notò un cuscino sformato e un lungo capello castano.

«Adesso arrivo!»

Una voce dal piano di sotto. Una voce che riconobbe subito.

Luna?

Il rumore felpato dei piedi scalzi sul parquet si associava al tintinnio di posate e piatti. La donna entrò nella stanza con in mano un vassoio e un sorriso raggiante che fece rimanere Kayn di sasso.

«Ti ho stupito, vero?»

È davvero lei.

Una vestaglia rosa le accarezzava candidamente le forme, lasciando intravedere lembi di pelle liscia e priva di imperfezioni. Sopra al vassoio, la colazione.

«Cos'è quella faccia? Hai visto un fantasma?»

«Eh? No, è solo che…»

Un turbine di strane percezioni prese a sconquassargli la testa. Frammenti di ricordi si mescolavano tra loro, creando una confusione inestricabile.

«Io… io ho già…» fece Kayn, non troppo convinto. «Ho già visto… tu non sei reale, sei morta. L'ho visto coi miei occhi…»

«Uhm, interessante. Quindi sarei una specie di zombie?»

«Ti ha ucciso il Sacro Guardiano…» Kayn si guardava attorno, cercando di raccapezzarsi e mettere a fuoco dettagli che sembravano svanire e riapparire a intermittenza. «L'uomo col triangolo tatuato in fronte. Con gli occhi gialli… la piramide…»

«Kayn, cosa stai dicendo? Mi devo preoccupare?» domandò Luna, avvicinandosi.

«Aaagh! Fanculo!» sbraitò, tirando due pugni contro il materasso.

Luna appoggiò bruscamente il vassoio sul comodino. «Senti, la colazione è qui. Quando ti sarai calmato, mangia e dimmi cos'hai.»

Mentre lei sorseggiava il latte, seduta di spalle sul lato opposto del letto, Kayn prese con la mano tremante una fetta biscottata. La guardò con attenzione, ne verificò la consistenza e la ruvidità sfregando i polpastrelli sulla parte asciutta. Piccole briciole gli caddero sulle ginocchia. Rimase diversi secondi in silenzio, con la fetta in mano.

«No, non è reale… non può esserlo!»

Con un gesto di stizza buttò a terra la fetta biscottata, che si ruppe in tanti piccoli pezzi. Poi, con la faccia rossa dalla rabbia, scaraventò lontano l'intero vassoio. Tazze e piatti caddero sul parquet, rovesciando il loro contenuto.

Luna si alzò in piedi di scatto. «Cos'hai fatto? Sei completamente impazzito? L'avevo preparata apposta per te!»

«Tutto questo è fasullo. Non esiste, è finto. Tu… tu non sei reale!»

«Perché fai così? Non ti capisco!» ripeté lei con la voce rotta e gli occhi lucidi. Si abbassò a raccogliere i cocci, cercando di trattenere le lacrime.

Kayn, a quella vista, si sentì avvampare. Provò un improvviso desiderio di abbracciarla, di consolarla e riempirla di baci. La donna che amava stava piangendo per colpa sua. Si appoggiò le dita sulle tempie, affondandole nei capelli. Provò con tutte le forze a ricordare, a liberarsi di quell'atroce confusione che gli regnava nel cervello e rendeva sbiadito il confine tra passato e presente. Stava vivendo un sogno, o qualcosa di fittizio, ne era sicuro.

O quasi.

Luna era morta, soffocata dai poteri del Sacro Guardiano.

Il Sacro Guardiano. Occhi gialli, senza peli, mantello, triangolo in fronte…

È una trappola di qualche tipo…

«Ho capito… sei tu, sei tu il Sacro Guardiano!» urlò Kayn, fissando Luna con gli occhi spiritati. «Cosa mi stai facendo, figlio di puttana?»

«Basta, basta!» disse lei piangendo. «Perché stai dicendo tutto questo? Cosa ti prende? Io non… non capisco!»

«Taci, bastardo schifoso!» gridò, gettandosi addosso con foga e facendola cadere a terra, prima di salirle sopra e stringerle le mani attorno al collo. «È colpa tua, è colpa tua se lei è morta! L'hai uccisa tu!»

Luna emetteva dei rantoli raschiati, dimenandosi e cercando di liberarsi dalla presa.

Kayn era furioso, col volto paonazzo e le vene gonfie per lo sforzo. La fissò negli occhi lucidi e spalancati, colmi di terrore e incredulità.

Per un istante le sue dita si bloccarono.

Che sto facendo?

Immediatamente dopo, l'immagine del Sacro Guardiano gli ritornò alla mente. Scacciò ogni ombra di ripensamento e strinse con tutta la forza che gli rimaneva.

Luna dimenò le gambe e affondò le unghie nel viso di Kayn, procurandogli dei graffi profondi, mentre lui ringhiava come un cane rabbioso. Poi, d'un tratto, i muscoli della ragazza si rilassarono e le braccia le ricaddero lungo i fianchi. I suoi splendidi occhi smeraldo lo fissavano immobili, spenti, con le sclere piene di capillari rotti.

La furia di Kayn sembrò placarsi. Il respiro a poco a poco tornò regolare e smise di digrignare i denti. Lasciò la presa e si rialzò in piedi.

Ora è finita...

Diede un'occhiata attorno a sé, in attesa. Non stava cambiando nulla. La casa era rimasta tale e quale, così come il cadavere di Luna sul pavimento.

Si guardò le mani, aprendo e chiudendo le dita.

Stai tranquillo, non è reale... sto sognando... sicuramente sto sognando.

Come un automa si sedette sul letto e incrociò le mani sotto al mento, fissando le guance di Luna rigate dalle lacrime. Poi l'occhio gli cadde sul collo, arrossato dalle impronte dei polpastrelli. Passò alcuni minuti così, attonito, con lo sguardo assente.

D'un tratto, un terribile presentimento si fece strada nella sua mente. Si gettò sul cadavere, provando a scuoterla leggermente.

«Luna...»

Nessuna reazione.

«Luna... Luna!»

Kayn fu colto da un brivido che gli mozzò il respiro e in

un attimo il panico prese il sopravvento. Cercò di concentrarsi e di praticarle un massaggio cardiaco nel disperato tentativo di farla rinvenire.

«Luna... svegliati, ti prego!» ripeté ad alta voce, premendo ritmicamente sul petto e immettendole aria nei polmoni.

«Dio... Luna!»

Massaggiava e soffiava, massaggiava e soffiava.

«Io non volevo... non volevo!»

Continuò con foga sempre maggiore, mentre la voce cominciava a spezzarglisi per via dei singhiozzi.

«Torna da me, ti prego... ti prego...»

Si interruppe solo quando non riuscì quasi più a muovere le braccia, tanto le aveva sforzate. Le sollevò la nuca e l'abbracciò, in un fiume di lacrime, appoggiandole le labbra sulla fronte.

«Luna, apri gli occhi! Torna da me!» urlò a squarciagola, piangendo a dirotto. «Svegliati, Luna! Ti prego, svegliati!»

Ci siamo quasi.
Un po' più in profondità.
Ancora un po'...

12-4

«Ehi!»

«Eh? Mmh...»

Kayn si svegliò di soprassalto, mugugnando qualcosa.

Era sdraiato su un divano rosso scuro. Si massaggiò la fronte e diede un'occhiata distratta alla stanza, che non riconobbe nonostante alcuni dettagli che gli sembravano familiari. Poi guardò di fronte a sé e vide Luna poggiargli una mano sulla spalla.

«Ben svegliato. Ma che cosa stavi sognando? Parlavi nel sonno, mi chiamavi gridando...»

«Cosa? Non so... non mi ricordo...» rispose confuso, mentre spezzoni di immagini si perdevano nella memoria. «Forse...»

Si interruppe un attimo per sfiorarle il braccio. Nel sentire il calore della sua pelle, rabbrividì. «Amore...»

Luna sembrò sorpresa. «Che c'è?»

Non fece in tempo a finire la domanda che Kayn le si era già avvinghiato, appoggiandole la testa sulla spalla.

Luna ricambiò quel caloroso abbraccio. «A cosa devo tanto affetto? Hai qualcosa da farti perdonare?»

«No, è che ho sentito un desiderio fortissimo di abbracciarti. Una spinta compulsiva, ecco. Ci dev'essere un motivo preciso, dopotutto? Ti starei attaccato tutta la vita, se potessi.»

«Okay, okay, va bene. Solo che poche volte hai questi slanci di tenerezza» disse sorridendo. «Allora forza, adesso che hai fatto il tuo riposino post-pranzo, va' a prepararti che dobbiamo andare. Nel frattempo finisco di pulire la cucina.

«Dobbiamo andare?» chiese Kayn stranito. «E dove?»

«Come dove? Da tuo padre! Te ne sei già dimenticato?»

«Mio... padre?»

«Certo! Gli avevamo promesso che saremmo passati da lui nel pomeriggio, ricordi? O fai finta di non ricordare?»

Kayn rimase alcuni secondi in silenzio. Alla fine gli si illuminò il viso come non gli era mai successo in vita sua.

«No, mi ricordo. Anzi, ho una voglia indescrivibile di vederlo.»

Salì in camera.

Tutte le stanze dell'appartamento dove si trovava erano piuttosto spoglie, ma non si soffermò più di tanto a domandarsi il perché. Aprì l'unico armadio presente e prelevò un paio di pantaloni e una camicia.

«Non andare.»

Il genetista si voltò e fu colto di sorpresa vedendo una bambina bionda, scalza, in pigiama e con una giraffa di pelouche in mano.

«E tu chi sei?» chiese sbigottito. «Che ci fai in casa mia? Come... come sei entrata?»

«Ti sta consumando lentamente» bisbigliò la bambina, serissima. «Devi riprenderti. Prima che sia troppo tardi.»

«Ma di cosa stai parlando?» replicò Kayn, aggrottando le sopracciglia.

«Ascoltami. Sono riuscita a ritagliare questa finestra nello spaziotempo grazie al ricordo che serbi di me, ma non durerà a lungo. Presta molta attenzione a ciò che ti dirò, è molto complesso.»

Sbalordito dal linguaggio non proprio tipico di una bambina, Kayn provò una strana pulsione a starla a sentire, nonostante la circostanza sembrasse assurda.

«Tutto ciò che stai vivendo ora non è reale. È solo il risultato della manipolazione e rielaborazione dei tuoi ricordi, delle tue emozioni e dei tuoi desideri, un mondo fittizio creato ad arte dal Sacro Guardiano per imprigionare la tua mente. La tua coscienza e i tuoi ricordi reali regrediranno sempre di più fino al momento in cui, in maniera inconscia, percepirai questa realtà come l'unica mai esistita. Tutta la tua vita precedente sarà completamente cancellata.»

«Che… cosa?» disse Kayn, facendo una smorfia di incredulità. «La realtà? Sogno? Stai dicendo cose senza senso.»

Poi, un déjà-vu… ebbe l'impressione di aver già sentito quel nome: *Sacro Guardiano*. Ma durò meno di un secondo.

«Stai per gettare le armi, ma siamo ancora in tempo. Dimmi: chi è la persona nell'altra stanza?»

«Come chi è? Luna, mia moglie.»

«Quando vi siete sposati?»

«Quando? Be'… il sei aprile…» Kayn si sforzò di ricordare, ma non riusciva proprio a richiamare alla mente l'anno esatto. «Al momento non mi ricordo, non so perché.»

«Quando vi siete trasferiti in questa casa?» incalzò la bambina.

«Eh, vediamo…»

Il genetista tentennò di nuovo, non riuscendo a recuperare alcun ricordo o data inerenti a quell'avvenimento.

«Questa realtà» continuò la bambina, «non si è ancora sedimentata del tutto nella tua mente. L'elaborazione sta proseguendo in fretta, si delineano i contorni, si aggiungono particolari, ma non è ancora terminata.»

Kayn rimase a fissarla sbigottito. Trovava tutta quella situazione ridicola. «Ascolta, non sto capendo nulla. Ma come mai sei qui? I tuoi genitori lo sanno?»

«Sforzati di ascoltarmi!» gli urlò la bambina. «È importante!»

Il genetista ammutolì. Il suo non era lo strillo di una bambina... c'era qualcosa nella sua voce che metteva i brividi.

«Anche se non te lo ricordi, le altre volte sei riuscito a prenderne coscienza da solo e a svegliarti, ma stavolta si è già radicata troppo in profondità nella tua mente perché tu possa comprenderla ed estraniarti. Non puoi farcela, con le tue sole forze.»

«No, no, aspetta» replicò Kayn, che pur cercando di mantenere la calma iniziava a essere leggermente turbato dalle parole della bambina. «Non siamo mica in Matrix. L'armadio è reale, giusto?» Diede un colpo con le nocche sull'anta. «Mi sembra di sì, o sbaglio? Lo sento. Io sono reale, se mi tiro uno schiaffo» e lo fece davvero. «Sento il rumore, sento dolore... non mi sveglio. Insomma, cosa stai blaterando?»

«È costruita molto bene, questa realtà. Il Sacro Guardiano sta cercando di creare un mondo in cui tu ti inserisca alla perfezione, in modo da portare a compimento i suoi piani. Ma la verità è un'altra e il tuo corpo si trova all'interno dell'artefatto chiamato Frutto della Conoscenza.»

«Mi dispiace» rispose Kayn dopo un attimo di silenzio. «Ma se non parli dell'albero del Paradiso Terrestre, di Adamo ed Eva, non ho proprio idea di cosa tu intenda.»

«Il piano del Sacro Guardiano» continuò Alexandra senza scomporsi, «è quello di fondere assieme te e il tuo omologo

Matthias Wichmann in modo da annullare l'anomalia e svelare il vero potere del Frutto della Conoscenza. Sappi che quello in cui sei nato è solo uno dei miliardi di universi che costituiscono il Multiverso di cui *io* sono responsabile.»

Kayn indugiò un istante. «Il Multiverso... la teoria di Hugh Everett III. La conosco. Tu, piuttosto... come fai a conoscerla? E cosa vuol dire che ne sei responsabile?»

«Nel tuo universo alcuni scienziati hanno teorizzato la mia esistenza col nome di Principio di Censura Cosmica. La bambina che ti sta parlando, e che ti parlò moltissimi anni fa in un parco del New Jersey, è la manifestazione dell'equivalente di un supercomputer centrale che regola il Multiverso. Dall'inizio dei tempi, il mio compito è vegliare e intervenire affinché la struttura del Multiverso non venga messa in pericolo. Pericolo che si è verificato quando sul tuo pianeta, sessantacinque milioni di anni fa, è precipitato il Frutto della Conoscenza col suo involucro, la piramide nera. L'asteroide che gli studiosi della tua epoca suppongono essere stato la causa dell'estinzione dei dinosauri era, in realtà, proprio la piramide.»

Kayn sentì gelarglisi il sangue nelle vene. Avrebbe dovuto bollare quei discorsi come fantasie di una bambina parecchio strana, ma quel concentrato di conoscenze tecnico-scientifiche non potevano essere frutto di immaginazione o di informazioni riportate a memoria. Inoltre, sentiva qualcosa nella sua mente che lo attirava verso questi discorsi, che gli imponeva di riflettere e sforzarsi a ricordare.

«Altre piramidi hanno raggiunto altri universi, ma senza entrare in contatto con una forma di vita intelligente, almeno finora.»

«Torna un attimo indietro» la interruppe Kayn, con un atteggiamento nettamente diverso. «Cosa sarebbero di preciso questi... Frutti della Conoscenza?»

«Neanche io posso saperlo con precisione. Appartengono a un piano di esistenza superiore al Multiverso, di cui trascendono le leggi fisiche. Oltre a risvegliare le capacità latenti nell'uomo, essi sono soprattutto dei canali di comunicazione in grado di traslare l'individuo nel piano di esistenza da cui provengono i Creatori stessi degli artefatti e del Multiverso. Ciò che mi è dato sapere, è che un solo individuo può arrivare a trascendere il suo stato. E che questo causerà la *fine* di tutto il Multiverso.»

«Cioè...» balbettò Kayn confuso. «Se ho capito bene, degli esseri superiori... questi Creatori... avrebbero sparso i Frutti della Conoscenza per tutti gli universi, per vedere se qualcuno sarebbe riuscito a raggiungerli? E nel caso qualcuno si riuscisse, si distruggerebbero tutti?»

«Detto in maniera grezza, sì. Il collasso totale causerebbe un nuovo Big Bang e quindi la nascita di un nuovo Multiverso.»

Kayn rimase in silenzio alcuni istanti. Tirare le fila di quel discorso stava diventando quasi impossibile.

«Analizzando diversi fattori» continuò la bambina «avevo previsto la nascita, sulla Terra, di una forma di vita intelligente. Decisi quindi di evitare un contatto del Frutto della Conoscenza con essa isolando una piccola zona in una sorta di bolla magnetica, creando così la Zona Extramondo. Per effetto delle radiazioni del Frutto della Conoscenza, la vita sull'isola andò incontro a uno sviluppo autonomo e singolare rispetto al resto del pianeta.»

Anche quel termine provocò un déjà-vu nella mente di Kayn.

«Purtroppo, la bolla magnetica perse stabilità, dando origine all'apertura periodica delle brecce. Ricalcolando i parametri causa-effetto, ho previsto l'ineluttabilità di un contatto tra l'homo sapiens e il Frutto della Conoscenza, e anche la data esatta: la mezzanotte e un secondo del 21 dicembre 2012. Ossia, tra pochi minuti.»

«Il 21 dicembre 2012?» esclamò il genetista. «Ma dai, è una cazzata assoluta!»

«In questo momento sta parlando la parte più accomodante della tua mente, quella succube del *bias* di conferma, quella su cui il Sacro Guardiano sta plasmando questo mondo fittizio. Non cedere, Kayn Grimm. Concentrati, questi discorsi li hai già sentiti, sei stato anche tu nella Zona Extramondo, hai visto tutto coi tuoi occhi. Questi ricordi sono ancora nella tua testa, seppelliti nella mem…»

«Amore» lo appellò Luna, entrando all'improvviso nella camera da letto. «Con chi stai parlando? Eri al telefono?»

«Eh? No, no…» arrancò, preso alla sprovvista.

«Okay, allora stai invecchiando, mi sa» gli disse sorridendo, mentre tirava fuori alcuni vestiti da lavare.

Il genetista ricambiò il sorriso a mezza bocca, e subito dopo tornò a voltarsi verso la bambina.

Non c'era più.

Fissò di nuovo Luna, con sguardo interrogativo.

«Che c'è?» chiese lei, con in mano i panni sporchi.

Kayn non rispose e le si avvicinò, continuando a fissarla. Poi le cinse la vita con le braccia e le stampò un lungo bacio sulle labbra. Labbra che sapevano di pesca, carnose, con quella ruga accennata da fumatrice incallita. Sentì un fuoco divampargli nel petto, il fuoco di un amore intenso, pieno, quasi adolescenziale. Quelle sensazioni erano reali, e anche se era del tutto illogico cercarne una conferma, ora l'aveva ottenuta.

«Sì, direi che oggi siamo proprio in vena di dolcezza» gli sussurrò Luna all'orecchio, divincolandosi dalla sua presa. «Ti amo anch'io, però adesso fammi mettere a lavare questi panni, sennò non usciamo più.»

La donna lasciò la stanza seguita dallo sguardo languido di Kayn.

«Ti stai arrendendo.»

Si voltò all'istante e vide la bambina ancora lì, nello stesso punto di prima.

«Stai zitta. Sei solo un'allucinazione... Luna non ti ha visto.»

«Io sono l'unica cosa vera di quello che ti circonda in questo momento. Quella che chiami Luna non esiste, la vostra vita insieme non esiste, il vostro reciproco amore non esiste. Sono solo rielaborazioni di dati e ricordi, come ti ho già spiegato.»

«Basta cazzate!» sbraitò Kayn. «Questo mondo è reale, così come l'amore che provo per lei! E, non so perché, continuo a parlare con qualcosa che davvero non esiste!»

La bimba scosse la testa. «Osserva.»

Alzò la mano destra e lo spazio attorno a essa si deformò, fino a prendere le sembianze di uno squarcio all'interno del quale si intravedevano delle immagini sfocate.

Dopo un attimo di paura per lo strano fenomeno, Kayn riuscì a distinguere una famiglia, composta da padre, madre e figlia, impegnati in un picnic.

«Questo è Matthias Wichmann. L'uomo nato nel tuo stesso giorno, l'altra faccia dell'anomalia di questo universo.»

Al genetista, per l'ennesima volta, parve di aver già sentito quel nome. Lo osservò bene, con quei capelli rossi e la corporatura robusta, mentre mangiava soddisfatto un panino preparato dalla moglie e scherzava con la figlia. Tutt'a un tratto l'occhio gli cadde sulla bambina. «Ma quella... sei tu?»

«No. Lei era Alexandra Wichmann, morta all'età di otto anni durante una rapina in casa. Io ho preso le sue sembianze e sono apparsa al padre il giorno antecedente alla tragedia, causando il paradosso che ha portato moglie e figlia a trovarsi da sole in casa, e quindi alla morte. Un sacrificio terribile, ma necessario per dare il via alla catena di eventi che gli avrebbe fatto incrociare Viktor Zagaev, il quale gli avrebbe fatto un discorso convincente e lo avrebbe portato qui, a compiere la scelta di arrendersi al mondo artificiale costruito per lui dal Sacro Guardiano.»

«Cosa? Ma allora, lui…»

«Quello che vedi è il risultato della manipolazione giunta allo stadio definitivo. Matthias Wichmann si è fuso col Frutto della Conoscenza e sta vivendo in un limbo temporale creato estrapolando i suoi ricordi più felici. Proprio in quanto struttura extratemporale, la sua percezione del tempo è bloccata. Egli vivrà, senza rendersene conto, lo stesso periodo della sua vita, in un ciclo continuo e perpetuo. Che nella realtà, invece, durerà un istante.»

Un lampo di luce illuminò una parte della stanza e sparì una frazione di secondo dopo.

«Cosa diavolo è stato?» urlò Kayn terrorizzato.

«È la tua mente che a livello inconscio cerca di lottare contro questo artificio. Le mie parole stanno risvegliando qualcosa in te, Kayn Grimm.»

Lui cominciò a vagare per la stanza con un principio di emicrania. Si sforzò di regolare il respiro, senza successo. Il pensiero che quella bambina, o qualunque cosa fosse, stesse dicendo la verità stava diventando qualcosa di più che una remota intuizione. «Non riesco a capire. Doveva andare tutto in questo modo? Era già prestabilito? Inoltre, non hai provato a dire queste cose anche a Matthias Wichmann?»

«Parli di eventi prestabiliti, ma ti sbagli» rimarcò la bambina. «Si tratta di catene di avvenimenti che partono a livello microscopico per evolversi a livello macroscopico. Chi si trova all'interno non ha né gli strumenti né le capacità per intervenire su di essi: io sì, ma posso intervenire solo in caso di pericolo per la struttura del Multiverso. Ho fatto in modo che tutti si trovassero qui: Nova Lux Iustitia, poi diventato il Sacro Guardiano...»

Il Sacro Guardiano... il Sacro Guardiano...

Kayn cercava disperatamente di mettere a fuoco delle scintille di ricordi evocate da quel nome. Riusciva a fermare per un istante l'immagine di una figura indistinta, ma tutto svaniva subito dopo.

«Florence Thompson, Viktor Zagaev, Matthias Wichmann, Luna Shelley, tu. Matthias Wichmann, come avevo previsto, si è rivelato più debole e non ha avuto la forza di opporsi al Sacro Guardiano. Ora è tutto nelle tue mani. Voi rappresentate un'anomalia, ma al contempo siete l'unica speranza di salvezza per il Multiverso.»

«Salvezza? Io?»

La bambina annuì sorridendo. «Dobbiamo impedire che il Sacro Guardiano usi il Frutto della Conoscenza. Puoi dunque scegliere se farti imprigionare in questo mondo onirico e viverci in eterno, oppure compiere l'unica azione possibile per lacerare una volta per tutte il tessuto artificiale di questa realtà fittizia.»

«E sarebbe?»

Lo fissò, tornando seria. «Suicidarti.»

Con gli occhi spiritati e la sudorazione copiosa, Kayn girava senza sosta per la stanza. L'emicrania stava diventando insopportabile, e piccoli episodi di alterazione del campo visivo andavano ripresentandosi a intermittenza.

«Un momento... mi ricordo di te» fece Kayn con voce incerta, puntando l'indice tremolante della mano verso la bambina. «Ero piccolo e ci incontrammo in un parco. Ero appena andato in una fumetteria. Cazzo, com'è possibile? È un ricordo vivido, come fosse successo due minuti fa!»

«La tua mente ora è più ricettiva, e ogni ricordo riconquistato risulta più nitido. Quell'incontro, in particolare, diede l'impulso alla tua passione per l'ignoto e avviò la catena di macroeventi a esso correlata.»

Kayn si fissò le mani tremanti. «Ma… allora è veramente tutto finto?»

«Sì. Ti ho detto cosa puoi fare per porvi rimedio, sta solo a te la scelta.»

«E se io accettassi… cosa succederebbe?»

«Sacrificandoti ed evitando di fonderti con il Frutto della Conoscenza, preserverai lo status quo del Multiverso. Tu morirai, è vero, ma l'anomalia magnetica sarebbe ripristinata e la Zona Extramondo sigillata per sempre. Nessun altro essere umano potrà mai entrarci in contatto. Nova Lux Iustitia, o il Sacro Guardiano che dir si voglia, rimarrà per sempre intrappolato all'interno della piramide senza la possibilità di utilizzare il Frutto della Conoscenza per il suo scopo.»

«Quindi…» disse lui dopo alcuni istanti di silenzio. «Non cambierebbe nulla di quanto è già successo? Luna non tornerebbe in vita?»

La bambina scosse la testa. «No. Ma posso, in via eccezionale, rivelarti questo, anche se un singolo universo non dovrebbe mai entrare in contatto con un altro nemmeno a livello di informazione. In quasi nessuno degli universi possibili in cui sei nato tu e non Wichmann vi conoscete, in altri vi siete solamente incrociati. Ma esiste un universo in cui le cose sono andate diversamente: vi siete conosciuti, vi siete innamorati e vivete felici. Assieme.»

Kayn ci mise alcuni secondi a cogliere il significato di quello che gli aveva appena spiegato quella bimba. Il pensiero di salvare altri universi, altre esistenze speculari alla sua era qualcosa di molto complesso.

Tutt'a un tratto accadde qualcosa di inaspettato.

Preannunciata da un lampo abbagliante, un'ombra nera si materializzò all'improvviso nella stanza, deformando lo spazio attorno a sé. L'aura oscura si diradò pian piano, come fosse formata da tanti pixel che sparivano uno a uno, lasciando scoperti una figura con un mantello bianco e un triangolo tatuato in fronte.

«Ma che cazzo...» fece Kayn con la bocca spalancata. «Chi sei?»

Gli ipnotici occhi gialli del Sacro Guardiano incrociarono quelli della piccola. «Dunque eri tu il motivo di quell'inspiegabile interferenza.»

La bimba non rispose.

«Non capisco» continuò lui. «Mi hai fornito coordinate e intervalli di apertura della Zona Extramondo, pensavo fosse tuo compito favorirmi. E ora, cosa stai cercando di fare? Vuoi impedirmi di raggiungere i Creatori e diventare uno di loro, ora che ho dimostrato di esserne degno?»

«Kayn, il mio tempo è finito» fece la bambina. «Tieni.»

Gli porse un coltello.

«Questo... dove l'hai preso?» le disse, sconcertato.

«L'hai immaginato tu. Pensa a quello che ti ho detto, Kayn Grimm. Il destino del Multiverso dipende da te.»

La bambina diede un'ultima occhiata al Sacro Guardiano, poi si dileguò nel nulla con un sibilo.

L'Apostolo traditore abbozzò un sorriso. «Un evento imprevisto. Ma non cambierà nulla.»

Kayn lo fissò a lungo. «Mi ricordo... sei quello che ha ucciso Luna! Il Sacro Guardiano sei tu! Maledetto bastardo!»

D'impeto gli si scagliò contro per colpirlo con il coltello, ma all'ultimo momento la figura dell'intruso svanì e l'affondo andò a vuoto.

«È inutile» sentì dire alle sue spalle. «Sono solo una proiezione nella tua mente. Il mio corpo fisico è a contatto col Frutto della Conoscenza. Non puoi farmi nulla.»

Kayn si voltò, stringendo i pugni. La paura aveva lasciato il posto alla rabbia più viscerale. «Tutto questo è finto! L'hai creato tu, vero?»

Il Sacro Guardiano sorrise. «Sì, esatto, è opera mia. Ma vedi, il concetto di realtà o finzione è relativo. Percepisci la realtà attraverso il tuo cervello: quindi, ciò che vedi, senti, annusi, assaggi e tocchi *è* reale. Se nessuno ti avesse rivelato che questa è un'architettura mentale fittizia, non te ne saresti mai accorto.»

«Ora sto ricordando tutto…» esclamò Kayn. «Luna, l'isola, i tuoi discorsi… le tue cazzate! No, non permetterò che tu l'abbia vinta!»

«Ascolta, stupido omuncolo insignificante» tuonò il Sacro Guardiano con una voce che fece tremare le pareti della stanza. «Ti rendi conto del privilegio che ti viene concesso? Un mondo ideale dove rivivere in eterno i momenti migliori che ho estrapolato dai desideri reconditi della tua anima. Quello che più si avvicina al concetto di Paradiso.»

«Ma è tutta una montatura!» urlò Kayn. «Quella donna di là non è reale, Luna l'hai uccisa tu!»

«Nel momento in cui cesserai di opporre resistenza, tutti i tuoi ricordi precedenti andranno persi. Tutto ciò che riguarda la Zona Extramondo non sarà mai esistito» spiegò il Sacro Guardiano «Ti sembrerà di aver sempre vissuto *questa* vita. Sarà la tua unica realtà, per sempre. Matthias Wichmann, come hai visto, sta vivendo la vita che ha sempre desiderato. È felice. Non sprecare questo dono eccezionale che ti sto offrendo. La scelta è semplice: felicità oppure morte.»

Corrugando le labbra, Kayn ripensò alle parole della bambina e fissò il coltello con la mano tremolante. Inspirando a fondo, se lo puntò all'altezza dello sterno. «Non devo ascoltarti. Non devo, cazzo. Non voglio morire, ma è se l'unica speranza per salvare tutto... tutto l'universo, anzi gli universi... chi sono per rifiutarmi? Per arrogarmi il diritto di vivere in quella che è una semplice illusione?»

«Vuoi proprio fare l'eroe? Ma tu non sei un eroe» sentenziò con voce tranquilla il Sacro Guardiano. «Io ti conosco, ho scandagliato gli abissi più reconditi della tua mente. Ricordi quando il tuo amico Billy Foster veniva bullizzato a scuola? Tutte le volte che ti ha chiesto aiuto e tu ti sei negato adducendo scuse... in realtà volevi farti amici quei ragazzi, li vedevi come idoli da ammirare. Ti ricordi com'è finita? Ti ricordi che fine ha fatto Billy?»

A Kayn tornò alla mente quell'episodio di tantissimi anni prima. Strinse i pugni e avvampò per la vergogna. «Ero solo un ragazzino!»

«Certo, certo. E quando Joe Belger è stato accusato di aver copiato la tesi di laurea, tu sapevi benissimo che non era vero. Eppure hai taciuto perché, al suo posto, avrebbero assegnato il dottorato di ricerca a te.»

«Ho sbagliato... ho sbagliato cazzo! Cosa vuoi che dica, che sono un vigliacco?»

«Non devi avertene a male» continuò il Guardiano, «è la natura umana. Tu, in fondo, vuoi solo vivere e amare la tua Luna. Non intestardirti sull'idea di salvare universi che non comprendi e di cui ignoravi l'esistenza fino a poco fa. E ricordati che c'è anche un'altra persona.»

Kayn fu colto alla sprovvista. Dal suo cellulare sul comò sentì partire la melodia di Indiana Jones, una delle sue preferite quando era bambino.

Abbassò per un attimo il coltello dimenticando i suoi

propositi di suicidio e si avvicinò al mobile. Il suo cuore perse un battito quando lesse il nome sul display.

Papà.

Prese in mano il telefono, tremando come una foglia.

«Pronto…»

«Kayn! Ciao!»

Quella voce gli schiaffeggiò il timpano con la forza di uno tsunami, lasciandolo completamente stordito. Erano decenni che non la sentiva, eppure non aveva dimenticato nemmeno una sfumatura di quella cadenza, quel timbro inconfondibile.

«Papà…» balbettò incredulo.

«Allora? Vi state preparando per far visita a questo vecchiaccio?»

Kayn inspirò a lungo e chiuse gli occhi, riflettendo. Se lui in quel momento aveva quarantadue anni, il padre ne avrebbe dovuto averne settantaquattro… si soffermò sul ricordo dei lineamenti del suo viso nel lontano 1986 e cercò di immaginarselo ora, coi segni del tempo a solcargli la pelle.

«Ehi, Kayn, ci sei?»

«Sì, papà… ci sono. Come… come stai?»

«Come devo stare? Sto bene, sto bene! Anche se speri di vedermi schiattare presto, eh? Guarda che faccio testamento e lascio tutto al canile!»

Il suo modo di fare sarcastico, a tratti scorbutico, la voce tagliente, tutto era esattamente come Kayn lo ricordava. Quelle parole che un tempo l'avrebbero infastidito, ora lo riempivano di una gioia incommensurabile.

«Certo che potresti farti sentire più spesso» lo redarguì il padre, cambiando tono di voce all'improvviso. «Sei il mio unico figlio… se non ti chiamo io, buonanotte al secchio!»

Nell'udire questa frase, a Kayn si bloccò la voce per alcuni secondi.

«No, papà… è che…»

Per anni lo aveva divorato il rimpianto di non aver passato più tempo con lui, di averlo spesso disprezzato e addirittura odiato per alcuni suoi comportamenti. Ora, in un attimo, realizzò che qualcosa, qualcuno, gli aveva offerto la possibilità di rimediare.

Però…

«Papà, per farmi perdonare» disse Kayn, col tono di voce più soave della sua vita, a tratti increspato da un accenno di pianto, «ti porto a cena fuori, solo io e te. Andiamo a mangiare la carne argentina che ti piace tanto. Ti va?»

«Certo che mi va» rispose suo padre. «Comunque si chiama angus.»

«Sì, papà… l'angus argentino…» lo accontentò Kayn, con la voce spezzata.

«Che succede, figliolo?»

«Niente, niente.»

Stava cercando di trattenere le lacrime con tutte le sue forze, ma quelle spingevano per uscire.

«Papà…» continuò, stringendo il più possibile le labbra. «Ti ricordi… ti ricordi di quando volevi portarmi a fare quella gita in montagna? E io mi rifiutai?»

«Oddio, ma cosa vai a ripescare? Sì, comunque, certo che mi ricordo.»

«Be', sappi» riprese Kayn fra le lacrime, riafferrando il coltello con la mano sinistra sotto lo sguardo attonito del Sacro Guardiano, «che sono stato uno stupido. Io sarei venuto, ma il giorno prima avevamo litigato e non volevo dartela vinta.»

«Ma figliolo, non fa niente…» lo rassicurò suo padre.

«No! Te lo dovevo dire, papà. E devi sapere un'altra cosa… nonostante sia stato un pessimo figlio, nonostante sia sempre stato freddo e scostante con te… ti volevo un bene dell'anima. E sapevo che tu me ne volevi altrettanto. Mi dispiace di non avertelo mai detto…»

«Non ce n'era bisogno, Kayn» rispose Michael Grimm, scoppiando a sua volta in lacrime. «Tu sei il mio bambino… e lo sarai per sempre.»

«Com'è possibile?» urlò improvvisamente il Sacro Guardiano, che aveva colto ogni parola della conversazione e si era accorto di come la figura del padre non fosse più quella elaborata dal suo mondo artificiale. «Hai riplasmato questa realtà… fermati, maledetto!»

Kayn si puntò per la seconda volta il coltello al petto.

Inspirò a fondo e sorrise.

Ciao, papà.

EPILOGO

New Jersey, USA
20 dicembre 2012, ore 23:39

«Allora, Kayn? Quanto hai intenzione di startene là fuori?» disse Luna.

«Ho bisogno di concentrazione, non disturbare» rispose scherzando, seduto sulla sedia a dondolo nel giardino della sua villetta. Era una nottata piuttosto calda rispetto al normale, tanto che si trovava a indossare una semplice felpa.

Chissà, pensò, forse questo clima è un invito a osservare il cielo. In fondo quella era una data speciale. Mancavano pochi minuti alla profezia…

«Vedi, anche Ursus si sta annoiando» scherzò Luna, uscendo dalla porta con una tazza di tè in mano. Entrambi guardarono il grosso rottweiler, accucciato a pochi centimetri dal padrone, aprire le possenti fauci in un ampio sbadiglio.

«Beato lui che non sa chi sono i Maya e non sa quanto sei stupido. Tieni» gli disse porgendogli la tazza «Prima che arrivino le astronavi. Ma anche i tuoi amici *broker* a Wall Street credono a 'ste cavolate?»

«No, sono l'unico. Ma… tè verde? Quello al cacao è già

finito?» chiese Kayn dopo aver visto il contenuto nella tazza. Non lo faceva impazzire, nonostante la moglie glielo raccomandasse per la sua azione drenante: scopo reale, fargli perdere almeno qualche chilo dei quindici di troppo accumulati in tre anni di matrimonio. L'espressione contrariata di Luna, in ogni caso, lo fece desistere dal fare ulteriori osservazioni.

«Tesoro, ricordati che ti amo» chiosò ironico mentre sua moglie era già rientrata in casa e si apprestava a riordinare la cucina dopo l'abbondante cena. Kayn aveva usato la debole scusa "dell'ultima cena prima della fine del mondo" per pretendere un menu gourmet a base di pesce. Luna, che dopo la nascita del loro primogenito, Matthias, aveva abbandonato la sua promettente carriera nell'FBI per dedicarsi alla famiglia, era diventata col tempo un'ottima cuoca.

I minuti passavano e il broker restava con gli occhi incollati al cielo. In fondo, sapeva che la probabilità di un evento eccezionale era quasi pari a zero: era una sorta di rituale obbligato, organizzato molti mesi prima. Anche se una piccola scintilla di speranza albergava ancora dentro di lui.

«Matthias si è svegliato…» lo informò Luna mentre terminava di riordinare in cucina.

«Eddai!» ribatté lui «Ci siamo quasi!»

«Va bene, come non detto. Salgo io. Non voglio certo distrarti» borbottò un po' seccata.

Mancavano pochi secondi al countdown e più si avvicinava l'ora fatidica, più la tensione nell'aria e le aspettative di Kayn crescevano.

«Ecco, tra poco ci siamo, Ursus» disse rivolto al suo cane, che si limitava a guardarlo coi suoi occhioni e ad accennare uno scodinzolio.

«Mezzanotte!»

Kayn scandagliò attentamente il cielo per parecchi secondi. Nessuna cometa, nessuna astronave, nessun bagliore. Rimase lì ancora per un po' a guardare verso l'orizzonte. Nulla, se non un paio di aerei in lontananza.

«Allora? Siamo ancora vivi?» chiese Luna, sportasi dalla finestra della camera di Matthias al piano superiore.

«Pare di sì...» le rispose, con una nota di delusione nella voce.

«E adesso cosa scriverai agli invasati sul tuo blog?»

Sua moglie si riferiva al blog di ufologia 'La Zona Oscura', aperto da Kayn pochi mesi prima.

«Non precipitiamo le cose. In fondo, tante profezie parlano di un punto di inizio, di un momento di passaggio. Nulla di visibile adesso, insomma. Però, chissà, magari da un'altra parte, in un altro universo parallelo...»

Si interruppe un istante. Un sibilo acuto gli risuonò dal nulla nella testa e per un attimo ebbe un mancamento.

«Ehi, che succede?»

«No, niente» rispose, riprendendosi subito. «Una specie di déjà-vu...»

«Andiamo a dormire, forza. Chissà che domattina non ci ritroviamo gli alieni in camera.»

Kayn rimase ancora qualche secondo lì fuori, fissando il cielo con un'espressione ambigua.

Che strana sensazione...

Poi, riscossosi da quei pensieri, diede una carezza a Ursus e rientrò in casa, diretto verso la camera da letto.

«Ecco che arriva l'aeroplano... eccolo... aaahm!»

Seduto sul suo seggiolone, Matthias ingoiò l'omogeneizzato alla frutta senza troppa convinzione, fissando coi grandi occhi neri, ereditati dalla mamma, quel magico cucchiaio.

Nel frattempo, la televisione stava trasmettendo il telegiornale con le ultime considerazioni politiche sulle elezioni appena concluse, che avevano visto per la prima volta l'elezione di un presidente donna, Hillary Clinton. Ursus se ne stava tranquillo sotto al tavolo a rosicchiare un osso di pelle di bufalo taglia jumbo.

«Ma che bravo bambino!» esclamò Kayn, inzuppando ancora una volta il cucchiaino nella boccetta di vetro. «E adesso questo lo mangia il papà! Che ne dici?»

Mimando di nuovo un aereo in volo, avvicinò il cucchiaino al naso. «Meglio di no...» concluse, facendo una smorfia di disgusto e invertendo la rotta verso la bocca di Matthias. «Mangialo tu che devi crescere.»

«Ci metti sempre due ore per farlo mangiare, vuoi darti una mossa?» lo rimbrottò Luna, mentre tirava fuori il pollo con patate dal forno. «Poi si raffredda tutto.»

«Molto clamore sta suscitando in questo momento...»

Kayn si voltò d'istinto verso la TV, restando col cucchiaino a mezz'aria.

«...la notizia di una foto pubblicata sul sito della Nasa e poi rimossa subito dopo. Questa foto sarebbe stata scattata dalla sonda Discovery, atterrata sul suolo di Marte il dodici novembre scorso. Come potete vedere...»

«Che hai, ti sei imbabolato? Vuoi dargli da...»

«Shhh!» la zittì Kayn senza staccare gli occhi dallo schermo. Ora il conduttore era una voce fuori campo e sullo schermo era comparsa una fotografia piuttosto singolare, a prima vista indecifrabile.

«*...all'interno di uno dei più grandi crateri di Marte, sembrerebbe celarsi una struttura a forma piramidale, molto scura, dalle dimensioni impressionanti: facendo il raffronto con la larghezza del cratere, si potrebbe stimare in oltre dieci volte la Piramide di Cheope.*»

Kayn rimase a bocca aperta, immobile.

«*La foto e la sua sostituzione risalirebbero alla settimana scorsa, ma solo ieri ha iniziato a circolare. La Nasa, dal canto suo, ha già emesso un comunicato stampa dando una spiegazione a questa vicenda: durante un attacco hacker risalente alla settimana scorsa sarebbe stata caricata questa immagine burla, nient'altro che un fotomontaggio, mentre venivano sottratti dati sensibili. L'immagine è rimasta online fin quando, pochi minuti dopo, non è stata rimossa dalla sicurezza informatica della Nasa. Abbastanza, però, per essere scaricata da qualcuno e dare il via a tutto questo.*»

Matthias stava iniziando a lagnarsi per la pappa che non arrivava, ma Kayn era rapito dal telegiornale.

«*Inoltre, sul sito ufficiale, sono state caricate altre immagini di quel cratere relative ai giorni successivi, sempre riprese dalla Discovery, in cui si vede con chiarezza che non c'è nulla se non le rocce e la polvere del suolo marziano. Quindi, tutto risolto? Forse, o forse no. Jonathan Shelley, un astrofisico ex collaboratore della Nasa e ora molto attivo nel campo dell'ufologia e delle scienze alternative, ha detto che la sua teoria della Zona Extramondo declinata su Marte potrebbe fornire la spiegazione definitiva al mistero. Non solo: afferma che la Nasa ne era già a conoscenza, e che ci sarebbero in corso dei preparativi per mandare l'uomo su Marte con una spedizione non registrata ufficialmente.*»

RINGRAZIAMENTI

Tutti coloro che mi sono stati vicini, tutti quelli che inconsapevolmente hanno contribuito alla realizzazione di quest'opera, tutti quelli che hanno cercato di ostacolarla. La mia ostinazione, il gusto della scoperta, quel libro regalatomi più di trent'anni fa che ha causato il big bang.

ALTRE OPERE DELL'AUTORE

Progetto Abduction: la serie completa

La raccolta completa dei 4 volumi del Progetto Abduction.

-Missing Time (Progetto Abduction file 1)

-La Caccia (Progetto Abduction file 2)

-L'Artefatto di San Michele (Progetto Abduction file 3)

-Oltre il Varco (Progetto Abduction file 4)

Federico Bonfanti, un giornalista brianzolo e noto debunker, viene contattato da Augusto Palanca, guru di un gruppo di persone vittime, a loro dire, di un rapimento alieno. Palanca, nonostante dei trascorsi tutt'altro che rosei con Federico, chiede di essere intervistato, rivelando senza pudore che la sua è tutta una montatura finalizzata a racimolare donazioni. Questa confessione è un lascito al giornalista, in quanto Palanca ha intenzione di fuggire in un paese senza estradizione a godersi i suoi soldi.

Entrambi, però, dovranno presto ricredersi. E scopriranno che il fenomeno delle abduction esiste eccome e cela una verità tanto misteriosa quanto terrificante.

Contatti

-Facebook-
AuthorRiccardoPietrani

-Instagram-
riccardo.money.pietrani

-Email-
Riccardo.pietrani@gmail.com

Grafica interni
di Abel Montero

Free fonts used under OFL: Reckoner Bold/Cardo/Libel Suit RG. Elementi grafici: abstract-logotype-collection / triangles-background / Colorful marble effect background Free Vector all used by free attribution licence from freepik.com

Lightning Source UK Ltd.
Milton Keynes UK
UKHW011029051220
374661UK00014B/874/J